Términos y condiciones

LAUREN ASHER

Términos y condiciones

Traducción de Víctor Ruiz Aldana

Besties Books

Obra editada en colaboración con Editorial Planeta - España

Título original: *Terms and Conditions*

Composición: Realización Planeta

Bajo el sello editorial MARTÍNEZ ROCA M.R.
Avenida Presidente Masarik núm. 111,
Piso 2, Polanco V Sección, Miguel Hidalgo
C.P. 11560, Ciudad de México
www.planetadelibros.com.mx

Primera edición impresa en España: mayo de 2024
ISBN: 978-84-270-5271-0

Primera edición en formato epub en México: julio de 2024
ISBN: 978-607-39-1664-6

Primera edición impresa en México: julio de 2024
ISBN: 978-607-39-1611-0

Impreso en los talleres de Impresora Tauro, S.A. de C.V.
Av. Año de Juárez 343, Col. Granjas San Antonio,
Iztapalapa, C.P. 09070, Ciudad de México
Impreso y hecho en México / *Printed in Mexico*

A quienquiera que esté librando
una batalla invisible.
Te entiendo

Banda sonora

«The Man» – The Killers
«I Am Not a Woman, I'm a God» – Halsey
«If I Ever Feel Better» – Phoenix
«Glitter» – BENEE
«Enemy» – Imagine Dragons & JID
«Wicked Games» – Kiana Ledé
«Fallen Star» – The Neighbourhood
«altar» – Kehlani
«Slow Dancing In a Burning Room» – John Mayer
«Trip» – Ella Mai
«Shivers» – Ed Sheeran
«Angels Like You» – Miley Cyrus
«Animal» – Neon Trees
«Unlearn» – benny blanco & Gracie Abrams
«Earned It» – The Weeknd
«safety net» – Ariana Grande (feat. Ty Dolla $ign)
«Iris» – The Goo Dolls
«Daylight» – Taylor Swift
«Someone To Stay» – Vancouver Sleep Clinic
«Great Ones» – Maren Morris
«Marry Me» – Train
«Paper Rings» – Taylor Swift

1

Iris

—Es un crimen celebrar un día así tú sola —me interrumpe Cal, mi mejor amigo y hermano del jefe.

A pesar de llevar el traje arrugado y el pelo rubio sucio, capta la atención de varias de las meseras que pasan junto a nuestra mesa. Bloqueo el celular y me fuerzo a sonreír.

—Yo no soy la que se casa.

Él me observa entre pestañeos.

—No, pero eres la titiritera que consiguió lo imposible.

—Tampoco fue para tanto.

—Ahora sí me queda claro que no estás bien. ¿Te entristece... que Declan se case? —susurra, con una voz más baja que de costumbre.

Se me escapa una carcajada.

—¿Cómo? Para nada.

—Entonces, ¿qué te pasa?

Dejo caer la cabeza y unos cuantos rizos me cubren los ojos. Me paso una mano por el vestido para alisar unas arrugas inexistentes. La viva tela lavanda contrasta con mi tono de piel oscuro y me otorga un aspecto alegre que dista mucho de cómo me siento en realidad.

—Me acaban de enviar un correo para decirme que no me dan el trabajo.

—Carajo. Lo siento. Sé que trabajaste mucho en la entrevista.

Después de pasarme meses preparando una presentación para el Departamento de Recursos Humanos de la Kane Company, me rechazaron el traslado. Me duele más de lo que debería. A pesar de que tampoco estaba aspirando a lo más alto con aquel puesto básico de Recursos Humanos, tenía una buena idea con un futuro prometedor que podía beneficiar a innumerables personas disléxicas atrapadas en la rutina empresarial. Mi plan podía llevar la empresa al siguiente nivel, si me hubieran dado la oportunidad, claro.

«Ya lo intentarás la próxima vez.»

Pierdo la sonrisa.

—Supongo que no era mi destino.

—Eso es una tontería, sinceramente.

—Es verdad —contesto, riéndome—. Al menos Declan no lo sabe. ¿Te imaginas si le dijera que ni siquiera conseguí el trabajo? Me lo recordaría toda la vida.

—Bueno, es bastante bravucón.

—De ahí la fiesta —digo, y señalo el gigantesco arco de globos con una sonrisa de oreja a oreja.

Cal arquea una ceja hacia el cartel de neón destellante que reza «Dijo que sí».

—Sutil. Le encantará.

Pestañeo con una delicadeza fingida.

—Me limité a preparar la fiesta que me pidió. Debería haberme especificado qué clase de evento quería.

—Recuérdame que no te saque de quicio.

—Lo tengo todo planeado para cuando llegue ese día.

Cal simula un escalofrío.

—¿Dónde está la futura esposa?

—Declan quería verla antes del anuncio.

—Pero ¿cómo se te ocurre? —me pregunta, asombrado.

—Pues... porque todavía no la conoce, ¿puede ser?

—¡Exacto! ¡Por eso es una idea nefasta! —Cal se pasa las manos por las densas ondas de su pelo.

—¿Crees que es capaz de hacerla cambiar de idea?

—Conociendo a mi hermano, tampoco tendría que esforzarse demasiado.

—Ella firmó un contrato. El acuerdo está cerrado.

—Si tú lo dices... —responde, encogiéndose de hombros.

—Tal vez debería ir a ver cómo están —digo, y me giro hacia los elevadores.

Cal me agarra del brazo.

—No; esta noche descansas.

—Pero...

—Es probable que tengas razón. Declan no se arriesgaría a estas alturas a cagarla y joderlo todo. Incluso él sabe controlarse.

—Ahora sí sé que me estás mintiendo.

Cal suelta una carcajada.

—Ven, vamos dentro a esperar a Declan. Imagínate lo que se esforzará por no fruncir el ceño y meter la pata. Carajo, creo que no lo veo mirar a alguien sin cara de desprecio desde... —se interrumpe.

—¿Desde cuándo?

Me esquiva la mirada.

—Desde nunca, de hecho. Seguro que la tiene en carne viva de tanto jalársela por las noches.

Le doy un golpe en el hombro y me río.

—¡Oye, es mi jefe!

—Y no por eso es menos cierto. Me sorprende que con tanto abuso, no se le haya caído el apéndice.

Dejo escapar otra risita.

—Callahan —brama la voz de Declan.

Unos cuantos rezagados se apresuran a entrar en el salón de baile al oír su voz.

—No se puede negar que sabe despejar una habitación —dice Cal.

La poca felicidad que podía haber percibido en los ojos de Cal muere en cuanto Declan se detiene a nuestro lado y tuerce el gesto. El aire se enrarece, y la mirada gélida de Declan amenaza con revertir el cambio climático. Su descomunal cuerpo me bloquea la visión del vestíbulo por completo. El foco que tiene detrás no hace sino resaltar sus rasgos afilados, la oscuridad de sus ojos y los bordes de su mandíbula.

Comparado con la facha de niño bonito de Cal, con su pelo rubio y sus ojos azules, Declan me recuerda a la parte más profunda del océano: frío, oscuro e inquietantemente silencioso. Como el monstruo que acecha, apenas a un aliento de convertir a alguien en su presa. Desde su cabello oscuro hasta la mueca perpetua de su rostro, transmite una sensación que hace que todo el mundo dé media vuelta.

Bueno, todo el mundo menos yo. Quizá alguien diría que se ha ganado mi lealtad a golpe de cheque, pero nada más lejos de la realidad. Compartimos un respeto mutuo por el otro que soportó el paso del tiempo. Aunque nuestros primeros meses trabajando juntos fueron complicados, mi compromiso por ser una buena asistente ayudó a encauzar el rumbo de la relación que tenemos hoy.

Hicimos clic, de algún modo, por mucho que seamos polos opuestos en casi todos los sentidos. Yo soy una mujer negra. Él, un hombre blanco. Yo sonrío y él refunfuña. Él madruga todas las mañanas para entrenar, y a mí no me verían ni muerta en el gimnasio a menos que fuera para tomarme un licuado en la cafetería. No podríamos ser más diferentes ni aunque quisiéramos, y, con todo, conseguimos que la cosa funcione. O, bueno, yo lo consigo.

Me interpongo entre los dos hermanos.

—Declan, ¿qué haces aquí? ¿Ya están preparados para anunciarlo?

Declan aparta la vista de Cal y la baja hacia mí. La mayoría de la gente se encoge ante su mirada, pero yo enderezo la espalda y lo miro de frente, tal como me enseñó mi abuela.

—Se echó para atrás.

—¿Quién? —pregunto, desconcertada—. ¿La *wedding planner*?

—No, la novia. Belinda.

—¡¿Bethany se echó para atrás?!

Cal se atreve a esbozar un gesto presuntuoso. Declan ni siquiera se digna a desviar la mirada mientras revienta mis minuciosos planes.

—Sí, esa.

—No, no es posible.

Me niego a creer que haya echado por tierra meses de duro trabajo. Encontrar a una mujer que estuviera dispuesta a casarse y tener un hijo con él para que pudiera ser el director general y ganarse la herencia resultó casi imposible.

«Que me niegue a creerlo no cambia lo que pasó.»

—Me duele mucho ser yo quien te recuerde que te lo dije, pero... —empieza Cal.

—Todo esto es culpa tuya —replico, y lo fulmino con la mirada.

Cal levanta las manos.

—¡Claro que no! ¿Qué culpa tendré yo de que el mal genio de mi hermano sea más grande que lo que tiene entre las piernas?

Declan le da un coscorrón a Cal. Ignoro su berrinche mientras camino en círculos por la alfombra a su alrededor.

—Deberías haberte casado sin miramientos mientras aún tenías la oportunidad. —Cal vacía su copa antes de robarme la mía, que aún está medio llena.

—¿Hablas por experiencia?

A Cal se le ensanchan las aletas de la nariz y cierra con fuerza los puños antes de tomar aire y dejar que la ira se acabe disipando. Dirige su atención hacia mí.

—Por eso mi abuelo incluyó aquella cláusula de la herencia. Sabía que Declan no estaba preparado para ser director general y pensaba que tener una familia podría llegar a ablandarlo. Porque, vamos a ver, ¿cómo va a ser capaz de inspirar a las masas una persona cuyo único objetivo es destruir a todos los que lo rodean?

Declan tensa la mandíbula y Cal arquea una ceja en un gesto de provocación sorda. Señalo a Cal.

—Deja de comportarte como un niño y aprovecha esa cabezota que tienes para ayudarnos a solucionar este desastre. —Declan ya me está mirando fijamente cuando volteo hacia él—. Y tú deja de proyectar tu mal caracter con todo el mundo. Cal no tiene la culpa de que hayas metido la pata, te lo buscaste tú solito.

Se limita a observarme con una mirada impasible que me saca de quicio. Cal resopla.

—Es obvio que la cagó. La última actualización de su *software* no incluía el manual sobre cómo ser un ser humano decente.

—No tienen remedio, ninguno de los dos. —Gruño para mis adentros mientras saco el teléfono y marco el número de Bethany. Suena dos veces antes de mandarme al buzón de voz. Vuelvo a llamar, pero esta vez me manda directamente—. ¡Diablos!

—¿No contesta? —me pregunta Cal, con la audacia de sonar gracioso.

—¿Se puede saber qué hiciste? —escupo en dirección a Declan, que se quita una mota invisible de polvo de la manga de la chamarra, como si esta conversación fuera lo más aburrido que le pasó hoy.

—No estaba a la altura del trabajo.

—¿Y qué pretendes que haga con esa información cuando tenemos cientos de personas esperando recibir la noticia de tu compromiso con una mujer misteriosa? Soy toda oídos.

Me mira fijamente con los ojos entornados, y yo lo atravieso con la mirada y pongo los brazos en la cintura. Cal deja escapar un ruidito como si quisiera recordarnos su presencia.

—A mí también me interesa saber cómo va a desarrollarse todo esto. A nuestro padre le hará una ilusión tremenda enterarse del compromiso fallido de Declan.

Ay, diablos. Por mucho que su padre no conozca la existencia de la carta que Brady Kane le entregó a Declan, en la que detallaba los requisitos de la herencia, no es estúpido. A fin de cuentas, no es casual que sea un exitoso hombre de negocios. No me cabe duda de que si percibe el más mínimo indicio de que aquel compromiso era falso, irá directo a buscar al abogado de Brady. Y si el abogado lo cree, Declan podría perderlo todo.

«Piensa, Iris. Piensa.» Pruebo otra vez con el número de Bethany, porque la tercera es la vencida. El buzón de voz se oye alto y claro a través del diminuto altavoz del celular. Cal silba antes de imitar el sonido de una explosión.

—Y así es como suena el futuro moribundo de Declan.

—¿No tienes nada mejor que hacer? ¿Irte a algún antro, por ejemplo? —le espeta Declan.

—¿Por qué pagar el alcohol cuando puedo conseguirlo gratis a tu costa? —Cal sonríe mientras alza la copa de champán en el aire.

Intento ignorarlos mientras valoro las opciones de que dispongo.

«¿Qué puedes hacer? ¿Abandonar de una vez por todas?»

No. Me niego a tirar la toalla a estas alturas. No cuando estoy tan cerca de ayudar a Declan a lograr su objetivo.

«Podrías llamar a la segunda opción, pero Declan la hizo llorar...»

—Iris está soltera, no sé si lo sabes. —La sonrisa de Cal se convierte en un rictus siniestro—. Podría ejercer esa función sin despeinarse, porque nadie te conoce mejor que ella.

—No —replica Declan.

Un momento.

Sí.

¡Yo!

Tampoco tengo demasiados motivos que me impidan dar un paso al frente como sustituta. Sin novio ni compromisos anteriores, podría remplazar sin problema a Bethany.

«Que puedas no significa que debas.»

Bueno, ¿y quién si no? Se nos acaban el tiempo y las prometidas aptas. Abro la boca, pero me interrumpe el chillido de Tati, la *wedding planner* de Declan.

—¡Ahí está! Me estaba preguntando adónde se habría escapado el novio. —La voz aguda de Tati resuena por toda la estancia.

—Este tipo de entretenimiento no tiene precio. —Cal vacía mi copa antes de apoyarse en la mesa con una sonrisa.

—¿Dónde está la prometida de la que apenas me habían hablado? —pregunta Tati, agitando el portapapeles como si de una varita mágica se tratara.

Me alegro de haberme reservado la identidad de Bethany por si llegaba a ocurrir algo como esto.

«No te estarás planteando seriamente lo de casarte con él, ¿no? Ni siquiera lo quieres.»

«No tengo por qué quererlo. Es un contrato, no un matrimonio por amor.»

Declan interrumpe mis pensamientos.

—Beatr...

—Se llama Tati, corazón. —Le aprieto la mano contra el pecho.

Él se queda rígido, y yo le doy otro golpecito con el que le comunico que actúe con naturalidad. Arruga las oscuras cejas mientras observa mi mano como si quisiera arrancármela dedo a dedo.

—¿Se puede saber qué haces? —Pronuncia las

palabras con la frialdad suficiente como para echar abajo la fachada perfecta que construí.

—Pues ahorrarte el esfuerzo de presentarme y contar nuestra historia. —Le dirijo la más dulce de las sonrisas que puedo esbozar, dadas las circunstancias.

«¿Ya eres consciente de lo que vas a hacer, Iris?», me pregunta la voz de la razón.

«No veo muchas más opciones.»

«¡Es un matrimonio! No es algo de lo que puedas retractarte cuando te asustes.»

Silencio los pensamientos que se oponen a mi plan. No son más que un puñado de años de mi vida.

«¡¿Y lo del hijo?!»

«Bueno, siempre quise ser madre.»

«Sí. ¡Dentro de cinco años!»

«Bueno, puedo poner en marcha con un poco de antelación mi plan a los próximos cinco años.»

Trago saliva para deshacer el nudo que tengo en la garganta y vuelvo a centrar mi atención en Tati. Me zafo del rígido abrazo de Declan antes de tomarle la mano. Los músculos que hay bajo su traje se contraen, tensándose de forma visible bajo la tela de la chamarra.

«Fantástico. Ya trabajarán más tarde lo de la aversión a que lo toques.»

—Tati, no fui totalmente honesta contigo cuando hemos hablado por teléfono.

—¿En serio? —contesta, y su sonrisa desaparece.

—Dudaba sobre si presentarme solo como la asistente de Declan antes de que nos conociéramos en persona. Verás: llevo un tiempo trabajando en la Kane Company, y ya sabes lo rápido que corren los rumores.

Tati ladea la cabeza y se aprieta el portapapeles contra el pecho.

—Claro, lo entiendo.

—Me aterraba lo que la gente pudiera pensar de que yo saliera con mi jefe, pero ya no podemos ocultarlo. Ya no queremos ocultarlo. —La voz se me rompe por voluntad propia.

El único signo de malestar que detecto en Declan es que me mira y parpadea dos veces. Jamás lo había visto parpadear dos veces, ni cuando saltó por los aires un acuerdo por el que llevaba dos años trabajando ni muchísimo menos cuando murió su abuelo.

Me... inquieta.

Enderezo la espalda y volteo hacia Tati.

—Estamos listos para seguir adelante con nuestro futuro. Ya no tenemos motivo alguno para continuar manteniendo nuestro amor en secreto.

Cal me da el visto bueno a espaldas de Tati. «De Oscar», me dicen sus labios, antes de hacerle un gesto a Declan con ambos dedos corazón para que sonría.

A Tati se le ilumina el rostro mientras asimila nuestras manos entrelazadas.

—¡Qué emoción! Hoy debe de ser una noche muy especial para los dos, por varias razones —exclama, y baja la vista a mi dedo anular desnudo.

—Ay, sí. ¡El anillo! —Dirijo la mirada al rostro de Declan, y el tic de su mandíbula no le pasa desapercibido a nadie.

«Lo siento, Declan, estoy evitando que eches a perder todo tu futuro, aunque ahora mismo pueda parecerte lo contrario.»

Declan me suelta la mano antes de sacarse del bolsillo un anillo de platino con un único diamante precioso. Me sorprende hasta cierto punto esa elegante joya. No podría ser más diferente de la monstruosidad infame que escogí para su futura esposa, lo cual me confunde. ¿Se equivocaría al recogerla en la tienda? Sabía que no debería haberle confiado algo tan importante, pero insistió.

Tati arquea una ceja en un gesto inquisitivo y me devuelve al momento presente.

—Le pedí a Declan que se la quedara porque me la tienen que ajustar. El dichoso anillo se me salió volando del dedo cuando me lancé a sus brazos después de que pidiera mi mano.

—¡Ay, qué mal! —exclama Tati con una mueca.

Cal asoma la cabeza por delante de Tati.

—Le dije a mi hermano que no era buena idea pedírselo en mitad de una tormenta, pero él duro y dale con que era el momento idóneo, porque Iris las adora.

—No he visto a nadie arrodillarse más rápido que él —añado, antes de guiñarle un ojo a Tati y hacer que se ruborice.

Declan frunce todavía más el ceño, y yo no puedo evitar reírme.

—Estuvo a punto de desgarrarse los pantalones Tom Ford al echar a correr detrás del anillo. No había visto nunca a mi hermano tan desesperado; menos mal que lo encontró antes de que se metiera por una alcantarilla. —Cal rodea con el brazo a Declan y este se apresura a quitárselo de encima.

—¿No lo grabaron? ¡Me encantaría enseñárselo a los invitados! —exclama Tati.

Noto que la nuca se me calienta.

—Para nada. Fue algo improvisado. Fue taaan romántico... —Inspiro cuando el demonio me agarra la mano izquierda y se me pone la piel de gallina. La repasa suavemente a la vez que me pone el anillo en el dedo.

—Uy, ¡mira! ¡Al final le queda y todo! —Tati aplaude. Juro que solo tiene dos volúmenes posibles: alto y ensordecedor.

—Debe de haber encontrado un hueco en su ajetreado horario para que me lo ajustaran —contesto con las mejillas encendidas.

Declan tira una vez del anillo para comprobar si baila o no, antes de meter la mano en el bolsillo. Yo acaricio el diamante con un dedo antes de tirar también del anillo. No se mueve lo más mínimo. Me aclaro la garganta y me obligo a sonreír.

—Creo que está atorado.

Quién iba a saber que Bethany tenía el dedo más pequeño que yo. ¿Es que esta noche no me puede dar ningún respiro?

—En más de un sentido —susurra él, bajando la voz para que solo pueda oírlo yo. Hay algo en la profundidad de su voz que me provoca otro escalofrío. Se aleja de mí y yo tomo aire.

—Bueno, vamos a dejar atrás el numerito.

Un numerito. Ni más ni menos. Un matrimonio falso cuyo objetivo es impedir que mi jefe pierda todo por lo que tanto ha trabajado a lo largo de su vida. Siento un ataque de pánico ante la mera idea, mucho más fuerte que antes. Procuro recordarme que solo es un matrimonio sobre el papel, pero no parece que haya nada que pueda evitar que el corazón se me salga por la boca.

Mi mirada y la de Declan se cruzan, como si pudiera sentir mi ansiedad creciente. La realidad cobra forma como una mala quemadura solar, y me doy cuenta de que con cada segundo que pasa me cuesta más y más respirar.

Me ofrecí a ayudarle a Declan, para bien o para mal. «Hasta que la muerte nos separe.»

2
Declan

—Me gustaría hablar un momento con mi prometida en privado —digo, y noto las palabras como papel de lija en la lengua.

Los ojos de Iris se encuentran con los míos. Los abre mucho antes de posarlos sobre Cal en una súplica silenciosa de ayuda. Su habilidad de interpretarme como un polígrafo hace que sea muy efectiva en su trabajo, pero ahora no es más que un inconveniente.

Cal abre la boca, pero la mirada que le lanzo, sea la que sea, lo obliga a retroceder lentamente.

—Los veo dentro —acaba diciendo, antes de dirigirle a Iris un saludo a medias y entrar en el salón de baile.

La *wedding planner* consulta la hora en el reloj.

—Vuelvo de aquí a cinco minutos para recogerlos. No desaparezcan otra vez. —Nos guiña un ojo antes de entrar en la cocina.

El corazón me martillea en el pecho, y trato de respirar hondo tres veces para calmarme.

«Le dijiste que te buscara a alguien con los cromosomas XX y la capacidad de procrear. Aquí el único culpable eres tú.»

Hace tiempo que superé el punto de no retorno. Jamás me habría imaginado que Iris recurriría a este tipo de plan sin preguntarme si estaba de acuerdo. Es una idea terrible que pone en riesgo todo lo que hemos construido a lo largo de los años.

«Relájate.»

«Uno..., dos...»

«A la mierda.»

—¿Se puede saber en qué diablos estabas pensando?

Iris apenas se inmuta con mi tono, aunque frunce los labios en un gesto de disgusto.

—Te estoy salvando el pellejo, eso hago.

—Pues, mira, no veo cómo.

—¿Quieres que te pida cita para una revisión ocular? Me han dicho que la vista empeora con los años —responde, pero la típica broma de que yo tengo doce años más que ella no funciona ahora.

Cierro los ojos casi por completo.

—No me pongas a prueba.

—Y tú no me mires así. —Se lleva una mano a la cadera, en actitud de batalla. El diamante del dedo resalta sobre su tez oscura, y capta mi atención—. Si no hubiera intervenido, le habrías tenido que explicar a una sala con cien invitados dónde estaba la futura novia. ¿Qué les habrías dicho? ¿Que la perdieron los de correos?

—No —contesto, apretando los dientes—. Aunque ahora mismo poder pedir una novia por correo me parece la mejor opción.

No puedo creer que los ojos le estén a punto de brillar.

—Asúmelo. Te quedaste sin tiempo y sin opciones.

—Es evidente. —La observo de reojo y distingo un destello tras sus ojos que no tarda en desaparecer.

Ella alza ligeramente la barbilla en un gesto de desafío, sin dejar de mirarme a los ojos.

—Tú sí sabes hacer que una chica se sienta especial.

—*Especial* es la última palabra que utilizaría para describirte. —Porque me parece demasiado genérica para alguien como ella.

Deja escapar un gruñido y levanta las manos.

—No sé por qué creí en ningún momento que esto sería una buena idea.

—Pues ya somos dos. ¿Cuál es exactamente tu objetivo?

—Me caes suficientemente bien como para querer salvarte de ti mismo. Estoy segura de que debe de ser algún tipo de desequilibrio hormonal, así que pienso contárselo todo a mi psicóloga el lunes.

La miro y parpadeo.

—No me dirás que te vas a casar conmigo solo por pura bondad, ¿no?

Se le juntan las oscuras cejas y se yergue.

—¿Y qué si es así?

—Cálmate. Esas cosas solo pasan en las películas de Dreamland.

Separa los labios.

—Va en serio, aunque, por tu reacción, me gustaría que no fuera el caso.

Hay algo en todo este asunto que no tiene sentido. ¿A razón de qué se ofrecería Iris de repente a ser mi esposa tras meses buscando a la candidata perfecta?

«Porque no quiere verte casado con nadie más», me susurra la vocecita que tengo en la cabeza.

No sería capaz... No. Ni de broma.

«¿O sí?»

Eso explicaría su comportamiento errático. Le sigo la mirada y me fijo en que está examinando el anillo. Repasa despacio el borde del diamante. Con reverencia, me atrevería a decir.

«Carajo.»

La atracción es una cosa. El enamoramiento es un juego totalmente distinto al que no tengo ningún interés en jugar a corto plazo.

Aprieto con fuerza los molares.

—No estarás haciendo todo esto porque, en el fondo, estás enamorada de mí, ¿no? —Las palabras me salen de la boca precipitadamente. El corazón me repiquetea en la caja torácica, luchando por abrirse paso.

No había llegado a plantearme que pudiera sentir algo por mí más que indiferencia. Carajo, tengo cientos de razones para no haber querido pensar nunca en ello, pero sobre todo porque es la mejor asistente que tuve jamás. Perderla no es una opción. Y menos cuando es una parte fundamental de mi plan para heredar el puesto de mi padre.

La idea acaba rompiéndose en mil pedazos cuando Iris se dobla por la mitad y deja escapar la más desagradable de las carcajadas. En los tres años que he estado con ella, ni una sola vez había visto una fisura en su cordura. ¿Quién habría dicho que solo necesitaba mi anillo en el dedo para provocarle una crisis nerviosa completa?

Busca a tientas un punto de apoyo, y se agarra a lo que tiene más cerca, que resulto ser yo. Se me tensan todos los músculos del cuerpo y el calor me asciende por el brazo como si las llamas me estuvieran consumiendo. Me mantengo firme como una columna mientras su risa da paso a una especie de silbido asmático.

En lugar de sentir alivio, no puedo evitar que su reacción me descoloque. El estómago se me revuelve ante el desprecio que siente por la idea de amarme.

«Nunca te va a querer nadie.» La voz de mi padre se me cuela en la cabeza en los momentos más inoportunos, y un escalofrío me recorre el cuerpo.

Le separo los dedos de mi bíceps uno a uno.

—¿Estás teniendo una crisis o algo así?

—Claro que no, burro. No estoy enamorada de ti. —Vuelve a reírse, emitiendo un silbido espantoso cada vez que toma aire—. Es un favor de amiga.

—Nunca seremos amigos.

«Y nunca querré que lo seamos.»

—Mentiroso —responde ella, frunciendo la boca—. Los amigos se ayudan cuando la pasan mal.

—No sé de qué me hablas.

—¿Te acuerdas de cuando tuve gripe?

Cruzo los brazos.

—Sigo sin estar del todo convencido de que aquello fuera verdad.

—¡Ah, o sea, te acuerdas! —exclama, y la carcajada se convierte en una tos áspera.

—Sí, pero porque tuve que contratar a un equipo de limpieza para asegurarme de desinfectar el despacho.

—Lo que tú digas. ¿Y cuando te emborrachaste en aquel viaje de negocios y yo te eché una mano?

—No necesitaba que me ayudaras.

—Te estabas tropezando con tus propios pies y me pedías que te presentase a mi hermana gemela porque no la conocías.

Mi tolerancia al vodka es igual que mi tolerancia a las personas: inexistente.

—Cuando estás borracho, eres mucho más simpático. Me pediste que te arropara y te cantara una canción de cuna.

—Ahora sí sé que estás mintiendo. Conozco a pocas personas que canten peor que tú. —Mis labios amenazan con curvarse y esbozar una sonrisa, pero termino optando por una mueca.

Ella levanta las manos.

—Ok, sí. Es mentira. ¡Pero no me habría negado si me lo hubieras pedido! Porque los amigos se ayudan mutuamente.

Estoy tentado a pagar lo que haga falta para eliminar la palabra *amigo* de todos los diccionarios del mundo. No tengo amigos. No necesito amigos. Y no quiero ser el amigo de nadie, y mucho menos de ella.

La risa ronca de Iris da paso a un acceso de tos. Antes de poder contenerme, recojo su diminuto bolso de la mesa y se lo lanzo a las manos.

—Haz algo con esa tos, por Dios.

Rebusca en el bolso hasta encontrar el inhalador.

—¿Te preocupa mi bienestar?

—Por razones puramente egoístas.

—Claro, cómo voy a olvidarlo —dice, y esboza una sonrisa en torno a la abertura del dispensador antes de inhalar la medicación.

—Vamos a dejar unas cuantas cosas claras —empiezo, y ella frunce el ceño y abre la boca, pero la hago callar—. La amabilidad que haya podido demostrarte en el pasado se debe única y exclusivamente al respeto que siento por ti como mi asistente. Yo no pierdo el tiempo en algo tan inútil como las amistades, así que, si crees

que ha habido algo platónico entre nosotros, la culpa es tuya, no mía.

A diferencia de la mayoría de las mujeres que lloran en mi presencia, Iris responde a mi dureza encogiéndose de hombros.

—No, si la tonta fui yo por creer que podías sentir algo más que desprecio por los demás. Te aseguro que no volverá a ocurrir.

—No siento nada más que un profundo deseo de alcanzar mi objetivo final.

Iris suspira.

—En la vida hay más cosas que acabar con tu padre.

La ignoro mientras miro la hora; nos quedamos sin tiempo.

—Quiero establecer unas normas básicas.

—¿Normas? —repite ella, con los ojos como platos.

—Cada mirada.

Los latidos irregulares de mi corazón me inundan los oídos. Ella contiene el aliento cuando le toco la mejilla. Le acaricio la delicada piel con el pulgar, arriba y abajo, como si pudiera marcarla con mi nombre solo tocándola.

—Cada caricia.

Iris cierra los ojos. No hay célula de mi cuerpo que no me incite a retirarme, a poner distancia entre los dos, porque no debería tocarla así; desdibuja demasiados límites. Pero me quedo inmóvil al inhalar su perfume de coco, y mis pulmones se quejan de la invasión.

—Todos y cada uno de los besos... no son más que una mentira.

Le rozo la comisura de los labios con la boca, y siento como si me hubieran conectado un par de pinzas de arranque. Ella abre mucho los ojos cuando me aparto; salta a la vista que está confundida, como si una tormenta le arreciara en la cabeza. Yo meto las manos en los bolsillos y finjo normalidad, mientras que a ella el pecho le sube y baja con cada exhalación entrecortada.

—Me dices... Tú... Pero...

Sus palabras son igual de inconexas que sus pensamientos. Debería sentir cierto orgullo por mi habilidad para dejarla sin habla, pero lo único que siento es desconcierto. Porque el hecho de tocarla no debería provocarle esa reacción. No si fue sincera conmigo cuando me dijo que solo hace esto porque me considera su «amigo».

Trato de reconducir la situación, de levantar algo semejante a un muro a mi alrededor.

—Haría lo que fuera por conseguir la herencia. Recuérdalo cuando te olvides de que esto, para mí, es solo un juego.

Iris abre la boca, pero la interrumpe la voz chirriante que me atormentará el resto de mi vida.

—Eh, ustedes dos. Los invitados están impacientes por conocer a los futuros cónyuges —exclama la *wedding planner*. Apunta con el portapapeles hacia la entrada del salón de baile como si de un comandante militar se tratara.

—¿Estás listo? —me pregunta Iris, y me agarra la mano. Su sonrisa es una versión aguada de la que le dedicó a Cal poco antes.

Guardo silencio, consciente de que todo lo que pueda salir de mi boca será mentira.

3

Iris

—Por favor, pido un aplauso para los futuros señor y señora Kane.

Me quedo perpleja con el anuncio del DJ.

«O sea, que ¿así es como van a anunciarlo? ¿Así, nada más?»

«Tú sabrás, se te ocurrió a ti.» Me fustigo mentalmente por la espantosa fiesta de compromiso. De haber sabido que yo sería el centro de todas las miradas, habría elegido un anuncio sencillo en redes sociales.

Las rodillas me tiemblan mientras examino a la audiencia. Tenso y junto las piernas para no caerme. La cantidad de ropa de diseño que hay en esta sala es obscena, y las sonrisas falsas de sus rostros me dan escalofríos.

Mi mirada se cruza con la de Declan. Ahora lo veo reflexivo, y con un solo gesto comparte cientos de palabras.

—Respira hondo. —Me toma de la mano y el calor de

su palma me atraviesa la piel. Me inquieta que se dé cuenta de lo nerviosa que estoy sin que tenga que decírselo.

«Llevas tres años trabajando para él. Obvio que sabe distinguir cuándo estás nerviosa.»

—Iris y yo nos casaremos a final de mes.

«¿A final de mes? ¡Pero si faltan dos semanas!»

La música se detiene. Alguien tose. A un mesero se le cae la bandeja. Nos rodean todo tipo de reacciones, cada una más desconcertada que la anterior. Y no los culpo. Creía que Declan y yo tendríamos un mes para organizar nuestro compromiso, pero ahora solo disponemos de dos semanas.

El silencio es sobrecogedor. Mi estómago amenaza con devolver su contenido sobre el reluciente suelo de mármol, pero de algún modo consigo tragarme la sustancia ácida que me repta por la garganta.

«Venga, tú puedes.»

—¡Sorpresa! —exclamo, con la esperanza de contrarrestar la tímida reacción de Declan.

Le suelto la mano y la levanto para que todo el mundo vea el anillo de compromiso. Un millón de colores rebotan desde el diamante y atraen la atención de todos hacia el símbolo del inminente desastre.

—Bienvenida a la familia, Iris. —Rowan, el hermano pequeño de Declan, surge de entre la multitud.

A pesar de que la mayoría de la gente opina que se parece a Declan por su pelo castaño y mirada oscura, a mí me resultan muy diferentes. Sobre todo porque Rowan transmite cierta humanidad, y Declan no comparte para nada la misma compasión.

Cal aparece entre el gentío y levanta su copa.

—La terapia familiar es los jueves por la noche. ¡Sé puntual!

Un puñado de personas se ríen y, de algún modo, la tensión se rebaja lo suficiente como para que el ambiente vuelva a ser respirable.

—Una hora y nos vamos —masculla Declan para que solo yo pueda oírlo.

—Yo pensaba sugerirte media hora, pero si insistes...

No sonríe, pero los ojos le brillan cuando se cruzan con los míos. El resoplido que deja escapar es prácticamente una carcajada. Los dos sabemos que no saldremos de aquí en media hora, no cuando Declan es el primer Kane que se casa desde Seth, treinta años atrás. Este tipo de anuncios está al nivel del príncipe de Inglaterra revelando que va a tener un hijo, y todos los presentes querrán pasar unos minutos con él.

Sea cual sea la respuesta de Declan, se extingue cuando su padre, Seth Kane, divide la multitud como Moisés. La intensidad de su desagrado podría hacer que un hombre inferior cayera de rodillas. Yo me mantengo firme. Pasé suficiente tiempo con él como para aprender que se alimenta de las debilidades de la gente.

Declan finge indiferencia, salvo por un sutil tic en la mandíbula. Es un maestro ocultando sus emociones, pero de vez en cuando atraviesan la barrera. Un músculo tenso en la mandíbula. La flexión repentina de la mano. Los ojos entrecerrados antes de recuperar su habitual mirada fría.

—Relájate —digo, antes de apoyarme en él y pasarle la mano por encima del acelerado corazón.

«No eres el único que está nervioso.» Parece que Declan es más humano de lo que creía.

—Hijo. —Seth ni siquiera se molesta en reconocer mi presencia, como de costumbre. No tengo ninguna utilidad para él y, por tanto, no existo. Es tan sencillo como eso.

—Padre —responde Declan, y levanta la barbilla.

Los dos son inquietantemente similares, con sus cabellos castaños y miradas oscuras y vacías. Pero ahí termina el parecido. Estoy convencida de que Seth fue apuesto en algún momento de su vida, pero el consumo excesivo de alcohol lo ha envejecido más allá de lo que el bótox puede arreglar.

—Supongo que tendré que felicitarlos. —Seth sonríe por primera vez desde que lo conozco. La hipocresía que supura me pone enferma—. Mi hijo es muy afortunado de tenerte en su vida.

Por supuesto. El tipo no sabe nada sobre mí. Después de tres años, sigue llamándome Irene cuando tengo que desviarle las llamadas al teléfono de Declan.

—Guárdate el numerito para las cámaras. —Declan me rodea con el brazo. Por muy robótico que sea el gesto, agradezco que intente darle verosimilitud a la situación. E *intentar* es la palabra clave. Le noto los músculos más cargados que los tragos de mi abuela, y esos pueden tumbarte con una sola copa.

—Gracias por el consejo; tú ahora mismo también estás interpretando bastante bien tu papel.

Declan me aprieta la cintura con una fuerza exagerada.

—Que estés amargado con el amor no significa que el resto tengamos que sentir lo mismo.

Seth deja escapar una risita burlona.

—No tienes ni idea de lo que es el amor.

—Bueno, dicen que se aprende mucho de los errores de los demás, así que gracias.

Distingo una sutil fisura en la sonrisa falsa de Seth.

Es tan fugaz que casi la paso por alto, pero el dolor que percibo en sus ojos me desconcierta.

«Que no te engañe. No es real.»

—No sabes nada de lo que tuvimos que soportar tu madre y yo, y espero que nunca tengas que vivir algo así en tu matrimonio. —Seth da media vuelta y sale del salón de baile sin prestar atención a las personas que lo rodean.

«Se acabó lo de aparentar ser una familia unida y feliz en público.»

Hay pocas cosas que saquen de quicio a Seth, pero la mención de su esposa siempre lo supera. Es difícil no sentir compasión por el hombre que perdió a su mujer por culpa del cáncer. Pero luego recuerdo lo mal que ha tratado a sus hijos y la lástima se esfuma en un dos por tres.

Aparece alguien nuevo y pronuncia el nombre de Declan.

—Vamos a quitarnos esto de encima —musita Declan entre dientes.

—¿Quién iba a decir que llegaría el día en que vería a Declan Kane prometido...? —El hombre me ignora por completo mientras le da una palmada a Declan en el hombro y le susurra algo al oído.

Los invitados se nos acercan de uno en uno a felicitarnos. Y todos y cada uno de ellos me evitan, mientras se acercan a lambisconear a Declan, lo que no hace sino aumentar la bilis que noto en el estómago. Mi única fuente de entretenimiento esta noche es ver a Declan fingir con cada nuevo encuentro, pero incluso eso pierde interés al cabo de una hora.

«Es como si fueras invisible.»

El DJ pide que se vacíe la pista de baile cuando una melodía suave comienza a salir de las bocinas. En ese mismo instante, sé que estoy metida en un problema.

Declan debe de pensar lo mismo, porque nuestras miradas se cruzan de un extremo a otro de la pista de baile. En circunstancias normales, me habría reído del sutil tic de su mandíbula, pero sé que formo parte de esa tortura y apenas si soy capaz de esbozar una sonrisa. Atraviesa la habitación y me toma de la mano.

—¿Sabes bailar? —le pregunto en voz baja, para que me oiga solo él.

—Claro que sé bailar. —Aunque el rostro de Declan sea un lienzo en blanco, por cómo me estrangula la mano sé exactamente cómo se siente.

«Detesta ser el centro de atención tanto como tú.»

Me siento como si alguien me hubiera prendido fuego. Cien pares de ojos penetran la fachada que construí con tanto cuidado, y la ansiedad se me dispara cuando Declan me atrae hacia él. Una de sus manos me sube por la espalda mientras con la otra sujeta la mía, que no para de temblarme, con la fuerza suficiente como para cortarme la circulación.

Las puntas de sus dedos reptan por encima de mi trasero. Siento chispas en la piel con el contacto, y contengo el aliento.

—Para —mascullo a través de una sonrisa forzada.

—¿Que pare de qué?

—De tocarme así.

—Eres mi prometida —responde, como si eso lo explicara todo.

Retira la mano y yo suelto un suspiro, solo para dar un respingo cuando tira de mí hasta no dejar más que un milímetro entre los dos. Respirar se convierte oficialmente en algo opcional a estas alturas.

—¿Qué clase de baile lento es este?

—Pues de los que tienen a todo el mundo grabándonos.

Se me descompone el gesto cuando miro alrededor de la sala.

—Ay, Dios.

Él me acaricia la coronilla con la cara, y juro que en este momento estoy prácticamente levitando. Para alguien que no tiene el menor interés por estar en una relación, se le da de lujo aparentarlo. Ya consiguió que me cuestione todo lo que ha ocurrido hasta ahora, porque ¿dónde estaba este hombre? Y, lo que es más importante, ¿por qué lo oculta?

«¿Y qué más da? Ni siquiera es real.»

Ese pensamiento me rebaja la emoción y siento un nudo en el estómago por la decepción. Esto no es más que un numerito para beneficio de todos los presentes. Es posible que me haya visto atrapada por un instante, pero debo recordarme por qué accedí a esto. No es una relación de verdad. No hay besos en la frente ni caricias íntimas suficientes que puedan cambiar eso.

«Cíñete al plan y saldrás ilesa.»

Me repito ese mantra una y otra vez mientras Declan se mueve al ritmo de la música. Al final del baile, me siento más fuerte que nunca y lista para separar la realidad de la ficción.

«Que venga lo que sea.»

Me paso otra media hora esperando en silencio junto a Declan hasta poder escaparme por fin al baño. Tomo un poco de agua de la llave con las manos y me mojo la cara.

—Tú puedes, Iris. Que no te intimiden —me digo.

«La teoría es muy fácil, pero la práctica...» Aunque nadie me dirigió la palabra más que para saludarme, no tardaron en evaluarme como a una rata de laboratorio. La cantidad de mujeres que se fijaban en la bebida que me estaba tomando y en si la hinchazón de mi barriga era un embarazo o pizza era abrumadora. Nunca tuve complejos físicos, pero me analizaban de tal manera que me hirvió la sangre debajo del pañuelo de seda.

«Son insignificantes.» Echo atrás los hombros y me retoco el labial antes de salir del lavabo. Apenas doy un paso hacia el salón de baile cuando alguien me agarra del codo y pierdo el equilibrio.

—¿Cuánto te paga? —El padre de Declan me da la vuelta para que estemos cara a cara.

Yo tiro del brazo para zafarme.

—No sé de quién ni de qué me está hablando.

—Estoy dispuesto a pagarte el doble de lo que te haya ofrecido para que la boda no llegue a producirse jamás.

—¿Disculpe? —respondo, sin poder creerlo.

—No puedes ser más obtusa.

—Le pido por favor que me hable con claridad, ya que por lo visto tengo problemas para entender los conceptos más elevados.

—Es obvio que Declan debe de estar desesperado para haberte elegido precisamente a ti.

La osadía de este hombre es digna de ver.

—Soy una mujer afortunada. Casarme con su hijo es como una historia de Dreamland hecha realidad.

Seth deja escapar un sonido desde el fondo de la garganta.

—Que no se te suba a la cabeza. Si Declan va a casarse contigo es única y exclusivamente por la herencia.

—¿Cómo dice? —exclamo, subiendo el tono justo en el momento adecuado.

—Ah, que no lo sabías —contesta, y frunce el ceño.

Lo tengo justo donde quería.

—¿Se puede saber de qué habla? No me ha dicho nada sobre ninguna herencia. —Le ordeno a mi labio inferior que tiemble, y los resultados son milagrosos.

—La única razón por la que se comprometió contigo es porque quiere mi puesto. Sin ti, no tiene oportunidad alguna de ser el director general.

Parpadeo varias veces.

—¿Cómo?

Su risa ácida me genera el impulso de retroceder.

—¿De verdad piensas que se casa contigo por amor?

—Si no es por amor, ¿por qué es? —Me presiono el pecho con la mano, aferrándome a la tela del vestido como si quisiera arrancarme el corazón.

Si Cal estuviera aquí, me imagino que me entregaría un trofeo de oro por mi actuación. Y tal vez Declan me subiría el sueldo.

—¿Que por qué? Por la herencia. Sin esposa ni hijo, no puede ser el próximo director general.

—¿Lo dice en serio? ¡Están todos mal de la cabeza! —Levanto el tono hasta que casi parece que pueda echarme a llorar en cualquier momento.

Él se mete las manos en los bolsillos.

—Es lo que hay, por desgracia.

—¿Y cómo lo ha descubierto?

—Eso es lo de menos —responde, frunciendo el ceño.

Reprimo la necesidad física de poner los ojos en blanco.

—¿Tiene alguna prueba? No me creerá tan tonta como para fiarme más de usted que de mi prometido.

Entrecierra sutilmente los ojos, como si me dijera «Sí, creo que eres así de tonta». Al menos su suposición hace que la conversación sea mucho más exitosa.

—Él y yo discutimos cuando me pidió consejo. Traté de advertirle que no siguiera adelante con este asunto, pero hizo oídos sordos.

Bum. He conseguido justo lo que quería. Es imposible que Declan hable con su padre sobre la herencia, lo cual significa que las suposiciones de Seth Kane se basan puramente en especulaciones. Estoy a punto de echarme a reír con mi descubrimiento, pero todavía no estoy preparada para salirme del papel. Me la estoy pasando genial tomándole el pelo al imbécil más grande de Chicago.

Me toco con suavidad las comisuras de los ojos.

—Discúlpeme. Todo esto me supera.

El señor Kane niega con la cabeza, como si las decisiones vitales de Declan lo disgustaran de verdad. No tiene ningún argumento que pruebe su historia, pero sabe actuar. Casi mejor que yo.

—Mi hijo debería ser consciente de que no puede jugar así con los sentimientos de una mujer inocente. Creía haberlo educado mejor.

No sé ni por dónde empezar con ese comentario.

«No caigas en su trampa. Solo está intentando asustarte para que canceles la boda.»

Enderezo la espalda.

—Aquí solo hay una persona jugando con mis sentimientos, y la estoy mirando fijamente. Gracias por la información, de todas formas. Estoy convencida de que a Declan le interesará saber cómo ha tratado de arruinar nuestro compromiso.

Su rostro muta en algo sacado directamente de la pesadilla de un niño.

—Te crees muy lista, ¿verdad?

—Uy, sé que lo soy.

—Estaba intentando ahorrarte un matrimonio sin amor, pero me parece a mí que se merecen estar el uno con el otro.

—Eso espero, que por algo nos casamos.

—Jamás te querrá. Es incapaz de amar.

—Si quisiera un consejo paterno de un padre medio loco, se lo pediría al mío.

La indirecta va por él y por toda la mierda que le hizo vivir a sus hijos. Seth tensa la mandíbula.

—Esto no va a quedar así.

Le ofrezco una sonrisa radiante cuando un puñado de invitados pasa a nuestro lado.

—Eso espero. Disfruto enormemente viéndolo hacer el ridículo. —Le doy la espalda al padre de Declan, macerándose en la pelea que él mismo se buscó.

—Tu padre lo sabe.

Eso es lo primero que le digo a Declan cuando se sube al coche. Harrison, su chófer, cierra la puerta antes de entrar en la cabina privada del conductor.

—¿A qué te refieres con que lo sabe? —pregunta, ladeando la cabeza.

—Digamos que él y yo nos sinceramos cuando me acorraló a la salida del lavabo.

Su gesto de fastidio refleja a la perfección el mío.

—Cuéntame exactamente qué te dijo.

Le relato con pelos y señales toda la conversación, desde las presuposiciones de su padre hasta la oferta de pagarme el doble por cancelar la boda. Declan me escucha con los labios apretados hasta que termino.

—No tiene pruebas.

—Eso no significa que no vaya a hacer lo que sea por encontrarlas —digo, retorciendo las manos sobre mi regazo.

—Pues entonces le daremos al mundo el numerito que tanto desea.

—Pero ¿no te preocupa que pueda hacer algo irracional?

Los ojos se le iluminan, como si aceptara el desafío.

—Que lo intente. Nada me gustaría más que acabar con él de una vez por todas.

Un escalofrío me recorre la columna.

—Bueno, ¿y cuál es nuestro plan, entonces?

—¿Cómo que «nuestro plan»?

Le acerco el anular a la cara.

—Esto te convierte automáticamente en un jugador de equipo.

Los músculos de la mandíbula se le tensan.

—No tienes ni idea de dónde te estás metiendo con este hombre.

—Si las historias que Cal me ha contado son ciertas, creo que me puedo hacer una buena idea.

—Lo que te haya contado Cal no es más que una versión descafeinada de la realidad.

—¿A qué te refieres? —pregunto, juntando las cejas.

Declan aprieta los labios, y los dos nos sumimos en el silencio mientras él decide reservarse. Pongo los ojos en blanco.

—Bueno, pues nada. Mira, aprecio tu preocupación, pero tu padre no me asusta, así que no malgastes saliva con tus advertencias.

—Debes de tener impulsos suicidas, porque, si no, no me explico un comportamiento tan irracional.

Suelto una carcajada.

—Obvio, porque de lo contrario no habría accedido a casarme contigo.

4

Iris

—¡¿Que te qué?! —Los ojos oscuros de mi madre se abren como platos, y cruza las manos para no jalarse el cabello.

—Que dice se comprometió —responde la abuela en voz alta antes de darle un sorbo al café. Sus trenzas senegalesas, ya encanecidas, se agitan cuando se remueve en la silla de mimbre que hay frente a mí.

—¿Cómo? ¿Dónde? ¿Con quién? ¡Hasta donde yo sabía estabas soltera! —La piel alrededor de la boca de mi madre se arruga.

—Es complicado.

«Bueno, es una forma de describirlo.»

Quizá no estaba preparada para este tipo de conversación un día después de la infernal fiesta de compromiso.

—Pues no nos hagas esperar. No sé cuánto me queda en este mundo, y si sigues balbuceando así, tendrás que organizar un funeral antes que una boda —añade mi abuela con cara larga.

Es probable que ella sea la razón por la que pude fingir tanto tiempo lo del compromiso frente a una sala llena de desconocidos.

—No hay mucho que planear, porque vamos a casarnos de improviso.

—¡¿Cóóómo?! —La respiración entrecortada de mi madre me borra la sonrisa de la cara—. Para nada. Eres mi única hijita y no pienso permitir que te cases en la sala trasera de un juzgado.

—¿Y qué tiene de malo? Así me casé yo —replica mi abuela; parecía haberse ofendido de verdad.

—Pues precisamente por eso —responde mi madre.

—El sitio era más que conveniente. Después nos fuimos a Bourbon Street y tu padre y yo aprovechamos la noche.

—Estoy bien informada del día que me concibieron. No hace falta que recuerdes la historia.

No tengo claro cómo viven estas dos bajo el mismo techo sin tenerme a mí para mediar entre ellas.

—¿Quieren que les cuente mi historia o les interesa más traumatizarme de por vida?

—Tu historia —responden al unísono.

Empiezo diciéndoles que Declan y yo nos dimos cuenta de lo que sentíamos durante un vuelo peligrosamente turbulento a Tokio. Que yo lloraba porque no quería morir en un accidente de avión y que Declan me dio un beso para que me tranquilizara. La parte más difícil de la mentira es contarles que llevo un año manteniendo la relación en secreto porque no tenía claro si saldría bien.

Es curioso que esa mentira sea la más convincente de todas, teniendo en cuenta mi historial con los hombres.

—¿Me estás diciendo que te comprometiste con Declan Kane? ¿Por voluntad propia? —me pregunta mi madre, y resopla con sorna.

—¿Tan difícil de creer es?

Mi madre deja de caminar en círculos para mirarme fijamente.

—No. A decir verdad no.

Me quedo boquiabierta.

—¿Perdón?

Mi abuela se ríe.

—Por favor. El año pasado nos dejaste plantadas en Navidad porque estabas con él en Tokio.

—Estaba trabajando.

Otra carcajada.

—Claro. A todas nos gusta trabajar, cariño. A unas más que a otras. Y, si puede ser, más de una vez al día.

Me ahogo con el café.

—Creía que la libido bajaba con la edad.

—Tengo recuerdos para una vida entera.

Mi madre deja escapar un gruñido.

—Por favor, te animo a que te los lleves contigo a la tumba.

Mi abuela estalla en carcajadas. Mi madre se sienta a mi lado y me toma las manos, antes de examinar el anillo desde todos los ángulos posibles.

—¿Estás segura de que es lo que quieres?

—Sí.

«Vas a ir al infierno por mentirle a tu propia madre.»

«Al menos Declan y tú pueden seguir juntos en el más allá.»

—Me parece todo tan... —comienza mi madre, pero da la impresión de que le cuesta encontrar las palabras.

—¿Inesperado?

—Justo.

—Es... especial. Lo quiero mucho, en serio. —Tengo que reunir toda la fuerza de voluntad de que dispongo para pronunciar esas palabras con el gesto serio.

Mi madre inclina la cabeza. Siempre ha sido capaz de sacarme la verdad, de una forma u otra. Me muerdo el labio antes de soltar alguna estupidez.

«¿La verdad, por ejemplo?»

«Cállate un poco.» Obligo a mi conciencia culpable a sentarse en la banca.

—Es tu jefe.

—Ya lo sé.

—Te lleva muchos años.

—¿Se supone que eso es malo? Porque yo solo le veo ventajas —comenta mi abuela.

—No decidimos de quién nos enamoramos —digo sin inmutarme.

Mi madre suspira.

—No, eso es cierto.

Una punzada de culpa me atraviesa el corazón. Ella es el ejemplo perfecto de haberse enamorado del hombre equivocado, y yo fui el resultado inesperado. Me aprieta la mano para reconfortarme.

—Si tú eres feliz, yo también.

Asiento con la cabeza, porque temo lo que pueda salirme de la boca si la abro. Si mi madre supiera la verdad sobre la boda, creo que no me apoyaría tanto. Es muy sufridora. No me cabe duda de que le preocuparía que me atara a un hombre a quien apenas caigo bien y a un bebé que él no desea. Querría algo mejor para mí, no que siguiera sus pasos.

Mi ansiedad se acrecienta cuando mi abuela despega los labios y pregunta:

—Bueno, ¿y cuándo nos lo presentas?

Abro la puerta de casa y veo a Cal apoyado en el marco.

—Me estás evitando —dice.

—He estado gestionando las consecuencias de mis acciones, más bien. —Me aparto para que Cal pueda entrar en mi depa.

El espacio parece diez veces más pequeño en cuanto pone un pie dentro. Mi departamento es poca cosa, pero es mío después de años de trabajo duro y de soportar que la gente dudara de mí.

Esquiva el campo minado de macetas antes de dejarse caer en el sofá de piel desgastado.

—¿Por qué lo hiciste?

Me siento delante de él y me acerco las rodillas al pecho.

—Porque soy imbécil.

—¿Cómo pasaste de romper con todos tus novios antes de que las cosas «fueran escalando» a acceder a casarte con mi hermano?

—Dicho así, no encaja mucho con mi personalidad.

Cal se ríe.

—¿Qué pasó con lo de renunciar a los hombres para siempre?

—Pues que «para siempre» es muchísimo tiempo, ¿no te parece?

—Dice la mujer que creía que lo de que su ex le comprara un cepillo de dientes era «ir demasiado rápido».

—Esto es distinto.

Ya sé, no tengo el mejor historial de relaciones del mundo. Siempre he sido de las que se retiran antes de que las cosas se vuelvan demasiado reales porque el miedo me hace actuar primero y arrepentirme después. Mis patrones de conducta no son los más sanos, pero han impedido que me convierta en mi madre. Porque, aunque la quiera, crecer siendo testigo de su matrimonio abusivo con mi padre hizo que no deseara verme jamás en esa situación. Querer significa perder más de lo que estoy dispuesta a renunciar.

Cal me saca de mis pensamientos.

—A ver, distinto es. Vas a casarte. Y a tener un bebé. O sea, que me vas a hacer tío.

Se me revuelve el estómago.

—Sé que parece una locura...

—No, no. Es que es una locura.

Levanto las manos.

—Y, entonces, ¿por qué me animaste?

—¡¿Cómo iba a saber que te atreverías a hacerlo?!

Abro la boca, pero no digo nada. Él suspira.

—Mi hermano es el último hombre con el que deberías casarte.

Siento una opresión creciente en el pecho.

—¿Por qué?

—Porque te hará daño. Para él es algo casi instintivo, y es cuestión de tiempo que te atrape en su espiral destructiva.

—Gracias por preocuparte, de verdad, pero nuestra relación no es más que un acuerdo contractual. No tendrá oportunidad de hacerme daño.

Por eso acepté esta idea desde el principio. Si me hubiera preocupado que me partiera el corazón, no habría dicho que sí. Pero con la falta de interés de Declan por las relaciones y mi miedo al compromiso, somos la pareja perfecta.

—Corres el riesgo de enamorarte de él.

Me río hasta que se me saltan las lágrimas.

—Si Declan y yo fuéramos las dos últimas personas sobre la faz de la Tierra, seguiría escogiendo a mi vibrador antes que a él.

Cal frunce los labios con asco.

—Tampoco hace falta que entres en detalles.

—¡Es que es verdad!

—¿Y se puede saber cómo piensas tener un hijo con él?

—Con la ayuda de alguien con una bata blanca.

No he revisado el contrato que redactó Declan, pero estoy al tanto de que su intención es recurrir a la inseminación *in vitro*.

—Tener un hijo con alguien genera un vínculo entre las dos personas que no puede romperse.

Una sombra le recorre el rostro, y la opresión que siento en el pecho se intensifica. Trago saliva para deshacer el nudo que tengo en la garganta.

—Ya lo sé.

—Espero que seas consciente de lo que estás haciendo.

No lo soy. En absoluto. Pero en lugar de dejar que la ansiedad me coma viva, me enderezo y afronto la realidad.

—Es posible que el matrimonio sea difícil, pero estoy dispuesta a esforzarme al máximo.

Solo espero no echar la vista atrás en algún momento y arrepentirme de todas las decisiones que estoy tomando.

5
Declan

Me pasé el fin de semana posterior a la fiesta de compromiso redactando todo el papeleo para asegurarme de que Iris no tenga forma de echarse atrás.

Arrojo el contrato recién impreso sobre el escritorio de madera. Las páginas rosa pastel contrastan con los documentos repartidos por la superficie.

Iris levanta la vista.

—¿Qué es esto?

—Nuestro contrato de matrimonio.

—¿Por qué es rosa?

Por su expresión facial, casi parecería que le estoy pidiendo que renuncie a su preciada colección de zapatos.

—Alguien dejó el papel cargado en la fotocopiadora y no sé cambiarlo.

A Iris se le escapa una risita.

—No sé qué harías sin mí.

—Me preocupa esa autoestima tan subida que tienes.

—No hace falta que finjas que te doy asco.

—Tu primer error es creer que estoy fingiendo.

Iris sonríe por toda respuesta al ataque.

—Dicen que del amor al odio hay solo un paso.

—Pero no lo bastante corto —mascullo entre dientes.

Ella vuelve a reírse y recoge el contrato rosa.

—Pon tus iniciales en la parte inferior de todas las páginas cuando acabes de leerlas —le indico, y le tiendo un bolígrafo.

—Este contrato es más grueso que la Biblia —replica ella, contemplando el fajo de hojas con el rostro descompuesto.

Yo permanezco en silencio, apoyado en el escritorio, y me cruzo de brazos.

—¿Algún problema?

Iris frunce fugazmente el ceño antes de recuperarse.

—No, pero voy a tener que dedicarle toda la pausa de la comida.

—Dedícale todo el tiempo que necesites, pero ese contrato no sale de este despacho.

No puedo arriesgarme a que alguien lea una sola palabra de nuestro acuerdo.

—Está bien —contesta ella, pasando un dedo por la primera página—. Pero mi intención es revisar tres veces todos los párrafos para asegurarme de que no incluiste nada sospechoso, así que no te enojes si te quito parte de tu preciado tiempo a solas.

La respuesta atraviesa sus labios sin un suspiro de duda.

«Y te acusó de mentir.»

—Ahórrame los jueguitos y empieza a leer. Tengo más cosas que hacer. —Tomo asiento y mi silla gruñe bajo mi peso.

—Si ganas un poco más de músculo, un día la silla va a terminar partida en dos.

Los músculos se me tensan bajo el traje cuando me desabrocho la chamarra.

—Cómo lo disfrutarías, ¿eh?

—Solo si tengo una cámara a la mano.

La ignoro y desbloqueo la computadora. Apenas puedo responder un puñado de correos cuando Iris deja escapar un ruidito de protesta.

—Esto es una broma de mal gusto, ¿no? —pregunta, y la voz se le rompe.

—¿El qué?

—¿Tu intención es darme la custodia total de nuestro hijo? —dice, y abre los ojos hasta un punto preocupante.

—¿Hay algún problema?

—Carajo, ¡un problemón!

—Supongo que ha llegado el momento de que te comunique que el contrato no es negociable.

—Pues haz que sea negociable —replica, levantando la barbilla en un gesto terco.

—No.

—Pues me voy.

No aparto la vista de la pantalla de la computadora cuando respondo:

—Inténtalo si quieres.

Se levanta, tira el contrato a mi escritorio y recoge su bolso del suelo.

—Si no puedes ser un padre responsable, ya no me interesa ayudarte.

—Es broma, ¿no?

—¿Quieres ponerme a prueba?

«Mierda.» Las reglas de este juego siguen cambiando sin mi consentimiento, y todo porque Iris hace trampas.

«Para variar.»

—¿Vas a rechazar cien millones de dólares solo por una cláusula sobre la custodia?

—El problema no es el dinero, sino tu decisión. —Gira sobre los talones y me da la espalda.

Voy perdiendo el control con cada paso que da para alejarse de mí.

—Te ofrezco doscientos millones.

Sigue caminando hacia la puerta, ignorándome por completo. El movimiento que hace con las caderas es una incitación muda a agarrarla. A hacer algo más que dejar que me dé la espalda a mí y a nuestro acuerdo.

—Trescientos millones.

Parece dar un traspié, pero no se detiene hasta poner la mano en el pomo. Aprieto el botón redondo que hay bajo mi escritorio, y el mecanismo de cierre de la puerta se activa.

Ella maldice entre dientes.

—Abre la maldita puerta.

—Hasta que no te sientes aquí y firmes el contrato no abro nada.

—Que no. —Forcejea con el pomo, pero es un esfuerzo vano. Estas cerraduras de alta seguridad están pensadas para mantener a raya a los intrusos, pero me están resultando bastante prácticas para retener dentro a mi asistente.

Espero sentado a que se canse. Es posible que Iris sea una persona con una voluntad fuerte, pero la mía es férrea. Y me juego tanto que no puedo permitirme que se eche atrás, por mucho que llegue a odiarme por ello.

Apoya la frente en la puerta.

—¿Y qué pasa con lo que yo quiero?

—Renunciaste a tus derechos en cuanto accediste a ser mi prometida.

—Cuidado, Declan. Sacúdete, que tienes un poco de misoginia.

Se me escapa una sonrisa.

—No tienes ningún poder de negociación.

—Piensa en esto como mi moneda de cambio —replica, y me enseña el dedo anular.

—Qué fina eres —respondo con sequedad.

—O aceptas mis condiciones o llamo al primer periodista que me aparezca en la lista y anuncio que cortamos.

—¿Me estás amenazando? —pregunto, entornando los ojos.

—¿Yo? No se me ocurriría —contesta, y parpadea—. Yo prefiero hablar de «motivar».

Al parecer, su locura aplaca la mía.

—Eres como un grano en el trasero.

—Ni al caso. Si te duele es por el palo que tienes metido, que se está enderezando.

Y pensar que le pago más que a cualquier otra asistente del edificio para que me trate así...

«Porque los dos saben que lo vale.»

Dejo escapar un suspiro de desinterés.

—Vamos, dime cuáles son tus condiciones.

Sus tacones se arrastran por la alfombra antes de que Iris se desplome en su silla habitual. La piel está desgastada por los años que lleva abusando de ella.

—Custodia compartida, o lo tomas o lo dejas. Vas a ser un padre el cincuenta por ciento del tiempo, quieras o no.

—Si estás intentando utilizar a nuestro hijo para sacarme todavía más, te aviso que no va a funcionar.

Se le ensanchan las aletas de la nariz.

—Sé que te cuesta entender este hecho teniendo en

cuenta lo mucho que se esfuerza la gente por tenerte contento, pero el mundo no gira a tu alrededor.

—Ahora me dirás también que la Tierra no es plana.

—No soporto que intentes ir de graciosito —responde, arrugando la nariz.

—¿Por qué?

—Porque te prefiero sin personalidad. —Le brillan los ojos, siempre un reflejo exacto y directo de su corazón. De ese corazón sensible y repelente—. Mira, esto es importante para mí. Importantísimo, vaya. —Baja tanto la voz que debo incorporarme para distinguir las palabras siguientes—. No quiero que ningún niño crezca creyendo que sus padres no lo quieren.

Me aprieto los muslos con los puños. «Tenías que comprometerte con una persona con más traumas paternos que tú...»

Iris aparta la mirada y la fija en la distancia, como si un recuerdo se apoderara de ella.

—Sé lo que es que un padre no te quiera. Es algo que no le desearía ni a mi peor enemigo, y mucho menos a mi propio hijo.

Como si yo pudiera ser tan inútil como él. Cal me ha hablado bastante del padre de Iris como para saber que no me parezco en nada a él, pero por su mirada sé que mis planes perfectamente diseñados corren peligro. En ningún momento me dijeron que debía aspirar a padre del año. Sé de primera mano que los empresarios no son buenos hombres de familia, por mucho que lo finjan por cuestiones publicitarias.

«¿Qué es lo peor que puede pasar si lo aceptas? ¿Que contrates a una niñera para que críe a tu hijo?»

El cuello se me humedece mientras valoro las consecuencias de ceder a las exigencias de Iris. Sé cómo funciona esto. Una contingencia da paso a otras dos, y a la próxima oportunidad que se le presente, solo tendrá que amenazarme con marcharse para salirse con la suya. Lo esperaría de cualquier persona menos de ella, aunque tampoco me sorprende su capacidad para aprovechar mis debilidades en mi contra.

«Es decepcionante, al menos.»

—Una semana al mes —anuncio antes de tener la ocasión de contenerme.

Ella carraspea.

—Es un buen comienzo...

—Trato cerrado, pues...

—Pero no.

—Carajo.

Se queda sorprendida ante mi arrebato.

«Contrólate.»

Iris continúa como si no hubiera sido testigo de una inusual muestra de emociones por mi parte.

—No quiero tener que encargarme sola de lo más aburrido, deberes y tareas domésticas.

—Pues contrata asistentes y tutores. Te lo puedes permitir.

Ella niega con la cabeza

—Esa no es la cuestión. Deberíamos intercambiarnos cada semana para ofrecerle un hogar más sano y estable. Así los dos podremos ser también el progenitor divertido.

—Te aseguro que a mí jamás se me describirá como el «progenitor divertido».

Iris pone los ojos en blanco.

—Los niños son simples. Mientras los alimentes, juegues con ellos y te sepas de memoria sus personajes favoritos de las series de televisión, te convertirás al instante en la persona más buena onda de su entorno.

—Qué infierno, sinceramente.

—Al menos te sentirás como en casa.

Vuelvo a centrar la vista en la computadora.

—Hecho. Nos cambiaremos a la criatura cada semana.

—¿Lo ves? Sabía que podíamos llegar a un acuerdo si te daba la oportunidad.

—La extorsión es un método infalible.

Ella sonríe.

—No sé, tú dirás. Es tu táctica preferida.

«Si tú supieras...» Aunque Iris está al tanto de mi capacidad para obtener información de la gente, no sabe hasta dónde estoy dispuesto a manipular una situación en beneficio propio. Siempre consigo lo que me propongo. Que Iris dirija esta negociación me favorecerá a largo plazo, por mucho que ahora me lleve ventaja.

—Una cosa más —dice, levantando un dedo. No me da opción a protestar antes de continuar—: Mi madre quiere que sea una boda tradicional, por la Iglesia.

—Ni hablar.

—Pero...

—Nos casamos sin invitados —la interrumpo.

—No, no podemos. Ya no hay trato.

—Y, claro, te echarás para atrás de nuestro acuerdo si me niego a aceptar tu plan.

Algo predecible, aunque efectivo, para que yo tire la toalla.

—¿Eh? Para nada. Pero te agradecería muchísimo que me echaras una mano con esto. Por favor. —Le tiembla el labio inferior, y me arrepiento de haberle seguido la corriente con aquel absurdo plan de comprometernos.

Pero oculto mi sorpresa.

—Ah, o sea que es una petición.

—Y de las grandes, teniendo en cuenta lo que opinas de las bodas, pero no te lo pediría si no fuera absolutamente necesario.

—Me debes una.

La mirada se le ilumina cuando levanta el anular con la argolla.

—Estamos en paz.

Un gruñido de desagrado se me queda atrapado en la garganta.

—Firma el contrato y vete de aquí antes de que cambie de idea.

Ella desliza los papeles hacia mí.

—Por descontado. Cuando hayas introducido los cambios necesarios, además de aumentar el pago inicial hasta los trescientos millones de dólares. Entonces lo firmaré.

«Hija de...»

—Te crees muy lista, ¿eh?

Su sonrisa no hace más que empeorar la ira que me recorre las venas.

—Yo no te había pedido más dinero, pero ya que te has ofrecido con tanta generosidad...

«Mierda.» Cubro mi media sonrisa con el dorso de la mano.

—Bien jugado.

Ella me guiña un ojo.

—Gracias, señor. Usted me ha enseñado todo lo que sé.

«Y no hay día que no me arrepienta.»

6

Iris

Si esperaba que me redujeran mis responsabilidades laborales por tener que planificar una boda entera en dos semanas, estaba muy equivocada. Casi todo sigue igual, y ese es precisamente mi problema. Me ahogo. En el trabajo. En las expectativas. Y en un montón de preguntas absurdas como qué color quiero para las servilletas o qué estilo de cursiva es mejor para las tarjetas de las mesas.

Y ni siquiera soy capaz de leer en cursiva.

—Necesito que revises este informe de Yakura —dice Declan, parándose junto a mi escritorio.

—¿Otra vez? —gruño—. Ya van tres en seis meses.

Declan deja caer un fajo de papeles naranja pastel sobre la mesa.

—¿Aún tienes problemas con la impresora? Puedo enseñarte cómo funciona si tienes un minuto.

Ni siquiera se preocupa en responder a mi pregunta.

—Espero tus comentarios al final del día.

—¿Hoy?

—¿Algún problema?

—En absoluto. Ya encontraré un hueco entre planificar nuestra boda, escoger el vestido e ir a la cata de pasteles de esta noche —contesto, y le lanzo una sonrisa tensa.

—Genial. Lo quiero en mi mesa a las nueve.

Pasa por delante de mí y camina hacia la puerta de su despacho.

«Lo quiero en mi mesa a las nueve.» Aporreo el teclado con los dedos mientras escribo la contraseña.

«Tú puedes, Iris. Por algo has durado tanto en este trabajo.»

El teléfono se me ilumina con un mensaje de Tati en el que me confirma nuestra primera sesión de coreografía de baile para mañana por la tarde.

«Genial. ¿Hay algo más que el universo quiera echarme encima?»

—¿Iris?

Se me escapa un resoplido irritado antes de tener la oportunidad de contenerlo.

—¿Qué?

Nuestras miradas se cruzan. Siento cosquillas en las terminaciones nerviosas de la nuca. Soy la primera que aparta la vista, y pongo fin a esa extraña sensación antes de darle la oportunidad de extenderse.

—Gracias por todo.

Vuelvo a clavar en él la mirada.

«¡¿Cómo que "gracias por todo"?!» Es la primera vez que oigo a Declan expresar gratitud sin tono sarcástico.

Me cuesta encontrar las palabras adecuadas. Mi silencio no hace sino empeorar la incómoda tensión que crece entre nosotros. Por suerte, Declan zanja el asunto entrando en su despacho y cerrando la puerta.

Salgo del trance y le envío un mensaje a la única persona que sé que puede ayudarme a procesar lo que le esté pasando a Declan por la cabeza.

Yo: Tu hermano acaba de darme las gracias.

Cal: ¿Rowan? ¿Por qué?

Yo: No. ¡DECLAN!

Cal: ¿Pues qué hiciste?

Yo: Nada.

Cal: O sea, ¿te dio las gracias con sinceridad?

Yo: ¡¡Sí!!

Cal: ¿Lo estabas encañonando con un arma?

Me río mientras escribo la respuesta.

Yo: No.

Cal: ¿Un puñal en la garganta?

Yo: No te niego que el abrecartas que me regalaste me tienta a veces, pero no.

Cal: Ay, Dios.

Cal: A lo mejor estaba de buen humor.

Yo: ¿Hubo alguna tragedia mundial que pudiera calentarle el corazoncito esta mañana?

Cal: Según las noticias, hay un desabastecimiento de camarones que tiene a la gente un poco alterada, pero nada más.

Declan detesta los mariscos, así que descartamos esa posibilidad. De hecho, no se me ocurre nada que justifique un comportamiento tan irracional. Nada salvo una idea lo bastante ridícula como para que se me revuelva el estómago.

Que lo haya dicho de corazón.

—Tu hado padrino llega con refuerzos —anuncia Cal, dejando en mi mesa una bolsa de comida para llevar.

—Dios, sí. Por favor. —Rasgo la bolsa de papel y saco un bocadillo—. Te quiero.

—Ya lo sé.

—¿Te importa? Esto es una conversación privada —digo, señalando la comida.

Cal suelta una carcajada mientras se sienta.

—¿Cómo van las revisiones?

—Pésimo. No tengo claro qué nos pide el señor Yakura. Es la enésima vez que nos devuelve la propuesta del Dreamland de Tokio, y con un solo comentario.

Cal se acerca a mí.

—¿Qué dice?

—«Falta algo.»

—¿En serio? —dice, arqueando las cejas—. ¿Así nada más?

—¡Sí! Pero no soy capaz de descubrir qué falta.

—¿Se lo comentaste a Rowan? Podría echarles un vistazo a tus últimas ideas.

Niego con la cabeza.

—Declan y yo nos reunimos con él hace un mes, pero la cosa no salió bien.

—¿Declan todavía está enojado con él por lo de Dreamland?

Desde que Rowan decidió seguir en el puesto de director del parque original de Florida, Declan lo trata con una frialdad inaudita. Es obvio que a Declan le ofende que Rowan le haya dado la espalda a las expectativas de la familia por la mujer a la que ama. Pero es posible que tengamos que volver a intentarlo si Declan quiere seguir adelante con su propio parque Dreamland en Tokio.

—Sí —suspiro—. Creo que la presión del señor Yakura le está atacando los nervios. Llevamos meses trabajando en este acuerdo y todavía no vemos resultados.

—Podrían buscar a otro promotor dispuesto a venderles sus terrenos. Mucha gente mataría por una tajada de los beneficios de Dreamland.

Niego con la cabeza.

—Declan insiste en que debe ser esta propiedad. Y estoy segura de que Yakura se ha dado cuenta de lo desesperado que está, y por eso nos está poniendo tantas trabas. A lo mejor espera que le paguemos más.

—Eso o que disfruta siendo una de las pocas personas que hacen sudar a Declan.

—Puede ser —contesto, y me río—. Aunque eso no me ayuda a aceptar el rechazo.

—No te lo tomes como algo personal. Tus ideas son fantásticas, así que es cuestión de tiempo que ceda.

—Es fácil decirlo.

Mi síndrome del impostor siempre asoma su repugnante cabeza cuando recibo otro correo electrónico de rechazo por parte de Yakura. Cal, como si percibiera mi estado de ánimo, se anima.

—¿Quieres que te ayude?

—No necesitamos ayuda, no —nos interrumpe la voz de Declan. Se apoya en el marco de la puerta con los brazos cruzados y la mandíbula tensa.

Cal levanta la barbilla en su dirección.

—Hola, hermano. ¿Cómo llevas la tarde? ¿Ya has hecho llorar a alguien?

—No, pero queda mucho día por delante.

Cal vuelve a centrar su atención en mí.

—No sé cómo accediste a casarte con él. Es insoportable.

Me encojo de hombros.

—Le acabas tomando cariño.

—Te juro que debes de estar sufriendo algún tipo de síndrome de Estocolmo laboral, porque, si no, no me lo explico.

Declan arrastra a Cal hasta levantarlo de la silla que hay frente a mi escritorio.

—Aire. Aquí hay gente que tiene que trabajar.

—Ser la decepción de la familia Kane es un trabajo a jornada completa, muchísimas gracias. Los beneficios son una mierda, también te digo.

Cal sonríe cuando dejo escapar una carcajada.

—De verdad que solo existes para complicarme la vida —le espeta Declan, pulsando el botón del ascensor.

Cal finge hacer pucheros.

—Por fin encontré mi propósito en la vida, y todo gracias a ti.

Declan prácticamente empuja a Cal hacia el interior del elevador cuando las puertas se abren.

—¡Chao, Iris! Te veo en la cata de pasteles esta noche. —Cal se despide de mí mientras le muestra su dedo medio a Declan.

Mi prometido no se aparta del elevador hasta que las puertas se cierran por completo. Acto seguido, gira sobre los talones y me atraviesa con la mirada.

—¿Se puede saber de qué habla?

Centro la atención en la pantalla de la computadora para esquivar su amenazante mirada.

—Le he pedido a Cal que me acompañe a la cata de tartas de boda.

—¿No se te ocurrió pedírmelo a mí?

Arqueo las cejas.

—Pues... no. No me pareció que te interesara cuando te lo he mencionado antes.

—No se me había pasado por la cabeza que fueras a invitar a mi hermano.

«Ay, Dios. ¿Está celoso?»

No. Es imposible. Me niego a creerlo. Igual que me

niego a creer la sutil emoción que me provoca la idea de que Declan reaccione así con su hermano.

«¿Se puede saber qué te pasa?»

Me aclaro la garganta.

—Se invitó él solito cuando le dije que iría sola al salir del trabajo.

A Declan se le hunde el pecho cuando deja escapar una honda exhalación.

—Dile a Cal que ya no necesitarás sus servicios.

Niego con la cabeza.

—No.

—¿A qué hora es la cata de pasteles? —dice, ignorándome mientras saca el celular.

—¿Por qué?

—Porque nos vemos allí. Envíale a Harrison la dirección.

No me da margen para discrepar antes de volver a su despacho. La puerta se cierra con un clic, y yo me quedo dándole vueltas a preguntas que jamás recibirán respuesta.

—Iris.

Algo me da un golpecito en el hombro.

—Déjame, estoy durmiendo.

Levanto la mano para alejar el ruido de mí.

—Tenemos que irnos.

—Uf. ¿Ahora también me fastidias en sueños? ¿Es que no me vas a dar ni un respiro?

Oigo una risita grave que me hace incorporarme de súbito. Se me despeja la visión y veo a Declan junto a mi mesa, con la sonrisa más sutil que es capaz de esbozar un hombre.

—Vamos tarde. —Alarga un brazo y me arranca un post-it de la frente.

—¿Eh? ¿Tarde a qué? —pregunto de malos modos.

—A la cata.

—¡Ay, no! —Me pongo en pie entre tambaleos—. ¿Qué hora es? —Abro el cajón de abajo y saco el bolso. No tardo en ponerme los tacones, ignorando las protestas de mis dedos hinchados.

—Las diez.

—¡¿Las diez?! ¡Teníamos cita a las nueve!

—Los llamé y les dije que llegaríamos tarde —responde él, encogiéndose de hombros.

Me quedo de piedra.

—¿Los llamaste? ¿Tú?

—No me tardé ni dos segundos.

—¿Por qué no me despertaste?

Silencio.

—¿Cuánto llevo dormida?

—Dos horas.

—¡Dos horas!

«Carajo. Las revisiones.»

—Declan, lo siento mu...

Él levanta una mano.

—Envíamelas mañana a primera hora.

Me quedo boquiabierta.

—No pretendía quedarme dormida.

—Olvídalo.

—Pero...

—¿Acaso quieres que me enoje? —Su voz suena ahora mucho más agitada.

—¿Sinceramente? Sí.

—No soy un idiota del todo. Sé que tienes muchas cosas encima —me espeta.

—Para.

—¿De qué?

—De ser tan... comprensivo. Me pone de nervios.

Puedo gestionar a un Declan malhumorado. Pero ¿a un Declan a quien no le importa que me quede dormida en mi puesto de trabajo y se me pasen fechas de entrega? Esta incertidumbre me está provocando una ansiedad incapacitante.

—Vámonos —dice él con la mandíbula tensa—. No tengo tiempo para tus tonterías.

Esa respuesta sí me hace sonreír.

—Aaah... Ese es el tipo antipático que tanto me gusta.

—Un día esa lengua que tienes te traerá problemas —replica bajando la voz.

No sé qué es más peligroso: si la promesa tácita o que algo en mi estómago cobre vida solo con esa frase.

—Estoy en la gloria —suspiro antes de respirar hondo de nuevo.

Los distintos aromas que nos rodean hacen que la boca se me haga agua antes de tiempo. Suena una campanilla cuando Declan entra en la pastelería, apenas iluminada, detrás de mí. La puerta trasera se abre y una brillante luz nos baña cuando sale de dentro una mujer rubia que debe de rondar mi edad.

—¡Bienvenidos! Me alegro muchísimo de que al final hayan podido venir.

—Perdón por el retraso —me disculpo con una mueca.

—¡No pasa nada! No hay problema. ¿Por qué no se sientan y les traigo unas muestras? —Señala una diminuta mesa para dos a la luz de las velas antes de regresar a la cocina.

—¿No te parece encantador? —pregunto en un intento por romper el incómodo silencio, pero me interrumpe una música romántica suave que sale de unos altavoces ocultos.

Declan aparta una de las sillas por mí. El intercambio entre nosotros es fluido, un gesto practicado cientos de veces. Y hasta ahora no había caído en la cuenta de que llevo años pasándolo por alto.

—Gracias.

La silla de madera gruñe bajo la presión de sus manos.

—¿Por?

—Por hacer siempre esto. Lo de la silla, digo —respondo tropezando con las palabras.

Él guarda silencio mientras se sienta frente a mí.

Y ahora recuerdo por qué dejé de darle las gracias cuando tenía un detalle.

—¡Aquí vienen! —La pastelera saca una bandeja llena de pasteles mini—. Los dejo para que los prueben con calma. Si necesitan algo, avísenme —dice, y vuelve a desaparecer por la puerta.

La boca se me hace agua mientras examino la bandeja.

—¿Tienes alguna preferencia? ¿Por dónde quieres comenzar?

—Me da igual, por donde quieras. —Saca el celular y empieza a revisar correos electrónicos.

—¿En serio? ¿No descansas ni de noche?

—No.

—¿Y se puede saber por qué te tomaste la molestia de venir aquí?

Otro silencio. Empieza a sacarme de quicio que se cierre cuando le pregunto algo que exige más de un monosílabo por respuesta. En lugar de echarme para atrás, lo presiono un poco más.

—¿Sabes qué pienso?

—Estoy convencido de que vas a contármelo diga lo que diga.

Le doy una patada a la pata de su silla. No se mueve ni un solo centímetro, pero sí consigo captar su atención.

—Creo que no querías que viniera Cal conmigo porque estás celoso.

Declan resopla.

—No tengo motivo alguno para sentir celos de mi hermano.

—¿Eso crees? ¿Ninguno en absoluto? —Arqueo una ceja en una provocación muda mientras le acerco a la cara mi celular con la notificación de llamada perdida.

—Nop —responde, y toma un pastelito de la bandeja antes de apuñalarla con la cuchara.

—Fantástico. Pues déjame que le haga una videollamada a Cal para que participe en el debate. Si querías ser amigo nuestro, no tenías más que decírnoslo...

Me quita el teléfono de la mano.

—Ya te dije que no quiero ser amigo de nadie —replica. El ojo derecho le tiembla; los nervios lo traicionan.

—Ay, Dios. ¡Qué mentiroso eres!

—Cállate ya.

Soy incapaz de callarme, sobre todo ahora que dispongo de esta valiosa información.

—Es posible que Cal se niegue a aceptarte en nuestro

dúo, pero estoy segura de que estaría más predispuesto si... —Pongo los ojos como platos cuando me mete una cucharada llena de pastel en la boca.

—Por fin encontré la forma perfecta de callarte.

Lo fulmino con la mirada mientras saboreo el postre más delicioso que he probado en mi vida. Él clava los ojos en mis labios al tiempo que desliza la cuchara limpia a través de ellos.

—Lo único que debo hacer es asegurarme de que siempre tengas la boca ocupada.

En ese momento, procedo a ahogarme con delicadeza.

7
Declan

Es posible que me precipitara cuando anuncié que Iris y yo nos casaríamos en dos semanas en lugar de en un mes. En retrospectiva, quería asegurarme de que no aprovechaba la primera oportunidad que tuviera para arrepentirse del compromiso. Pero ahora debo afrontar las consecuencias de mis actos.

—Espero que te mudes a mi casa antes de que acabe el fin de semana. —Paso por delante del escritorio de Iris en dirección a la puerta de mi despacho.

Ella levanta la vista de la pantalla de la computadora.

—¿Cómo?

—Puedes cargar los honorarios de la empresa de mudanzas a mi tarjeta.

—¿Quieres que me mude este mismo fin de semana?

—Exacto.

—Pero si mañana es sábado...

Respiro hondo mientras me apoyo en el marco de la puerta.

—¿Y?

Iris se pasa las manos por la cara y gruñe.

—No voy a encontrar ninguna empresa de mudanzas disponible con tan poca anticipación.

—Por cierto precio, sí.

—Voy a tener que rescindir el contrato de renta antes de tiempo.

—Yo me hago cargo de los gastos.

—O podría mantener el departamento por si acaso...

—¿Qué imagen crees que le daremos al mundo si conservas un departamento aparte «por si acaso»? —la interrumpo, y veo que le tiembla el labio.

—Pero es que me encanta mi depa.

—Estoy convencido de que lo de vivir cerca de escenas del crimen activas debe de tener su encanto, pero lo superarás.

—Vivo en Hyde Park, no en una zona de guerra.

—*Vivías* en Hyde Park. A partir de mañana, ya no eres residente de esa zona.

Iris entrecierra los ojos.

—¿Ya está? ¿Truenas los dedos y se supone que tengo que comportarme como una esposa obediente que no te cuestione nada?

—Llevas años practicando, así que la curva de aprendizaje no debería ser demasiado pronunciada.

Mi comentario me cuesta que me lancen una pelota antiestrés a la cabeza y una carcajada entrecortada que se oye a través de la puerta cerrada de mi despacho.

«Piensa en tu futuro.» El ojo derecho me tiembla cuando veo a Iris cargar con otra planta hasta mi casa. A este ritmo, mi hogar se va a convertir en un vivero. La tierra que salpica la duela me sirve de recordatorio de que mi vida, perfectamente organizada, se está poniendo patas arriba.

Rodeo otras tres plantas del tamaño de árboles pequeños antes de llegar a la puerta principal. Iris le habla a una de las plantas entre susurros, acariciando una de las hojas mientras se disculpa por haberla desarraigado. Está más loca que una cabra. No hay otra forma de describir a una persona que les arrulla a las plantas como si de niños se tratara.

«Al menos será una madre decente.»

Silencio el celular para que no me oiga el encargado del Departamento de Auditorías.

—¿Ya está? Se va a ir todo el calor de la casa. —Señalo la puerta abierta. Como si esperara mi señal, una ráfaga de aire me embiste.

Iris se frota las manos antes de soplárselas.

—Iría mucho más rápido si me echaras una mano.

—Yo no hago trabajos manuales.

—Pues gracias a Dios que no vamos a tener hijos a la antigua usanza, porque si no tendría que encargarme yo de todo.

Cualquier réplica que se me pudiera ocurrir se me queda atorada en la garganta, e Iris se ríe.

—¿Te crees graciosa?

—Antes graciosa que vaga —me espeta, y después echa a correr hacia la puerta, claramente satisfecha de haberme dejado sin palabras.

Casi me olvido de la persona que hay al otro lado de la línea hasta que comienza a hablarme. La presencia caótica de Iris ya está poniendo patas arriba mi vida, y me pregunto cómo voy a sobrevivir a los tres años que estará viviendo aquí. Mi espacio vital está manchado ya con sus baratijas, desde las mantas de colores que cubren mi impoluto sofá hasta las fotos de dos mujeres a las que aún no me ha presentado.

Me esfuerzo al máximo por centrarme en la conversación, pero apenas presto atención a lo que me dicen. Mi capacidad para concentrarme se vio gravemente perjudicada desde que el camión de mudanzas de Iris se estacionó en la entrada de mi casa.

Veinte minutos después, Iris se desploma en el suelo.

—¡Listo!

Las dos trenzas se extienden a su alrededor, cubiertas de copos de nieve. Algunos rizos se le soltaron de las apretadas trenzas durante la mudanza y se le pegaron a la cara. Su abrigo de invierno rosa pastel parece estar fuera de lugar, en un contraste absoluto con mi traje, zapatos y alma negros.

Examino el perímetro y detecto menos de diez cajas.

—Tienes más plantas que cosas.

Ella suelta una carcajada hacia el techo.

—Soy una loca de las plantas. ¿Qué quieres que te diga?

—Nada, si es posible.

El cuerpo le tiembla en una carcajada muda mientras se levanta.

—¿Qué se siente el tener a alguien invadiendo tu espacio?

—Mucho ruido.

—Imagínate cómo estarás cuando tengas por aquí a una criatura correteando y chillando.

—Invertiré en un collar antiladridos.

—Por favor, dime que es broma —dice ella, pestañeando.

Me pellizco el puente de la nariz.

—Carajo, claro que no lo digo en serio.

Iris deja escapar un bufido de alivio.

—Aunque una habitación insonorizada no me parece tan mala idea.

—¿Para el niño o para ti? —pregunta, arqueando las cejas.

—Para el niño. La mía la remodelé hace años.

De repente, parece interesarle todo salvo mi rostro. Pagaría lo que fuera por oír un segundo lo que le pasa por la cabeza.

Millones. Tal vez miles de millones.

—Total, que... —Se balancea sobre las botas mientras estudia sus posesiones—. ¿Cómo vamos a organizarnos?

«Claro. Cíñete al plan.»

Gruño mientras levanto una pesada caja de la parte superior del montón.

—¿Qué llevas aquí?

Iris echa un vistazo a lo que escribió en un lateral de la caja.

—Los tacones.

—Quedarán de lujo dentro de la chimenea.

Se incorpora y trata de recuperar su preciada mercancía de mis manos.

—Pobre de ti.

Destruir su colección de zapatos bien merecería su ira. Los tengo en la lista negra desde que Iris encontró un vacío legal en el contrato respecto al calzado. En lugar de seguir el código de vestimenta de la oficina que establece que solo se lleven prendas de vestir neutras, ella pone a prueba mi paciencia con tacones letales y accesorios arcoíris.

«Al menos hace honor a su nombre.»

—A estas alturas ya deberías saber que no te conviene subestimarme.

Pone la mano en la cintura, en actitud desafiante.

—Declan Lancelot Kane. Te prometo que si desaparece un solo zapato, te...

—No me digas así —protesto.

—¿Prefieres que recurra a la opción más formal de sir Lancelot? —pregunta, sonriendo.

—Lo que prefiero es que te calles.

Iris pone los ojos en blanco.

—Qué aburrido eres.

—Es que no estás aquí para divertirte.

Y, con todo, esto tampoco parece un trabajo que se diga.

«Y justo por eso todo esto es tan mala idea.»

Es fácil acomodarse al ritmo de Iris. Casi demasiado fácil.

—Un día te va a dar un ataque al corazón de tanto odio acumulado. No es nada bueno para tu presión arterial.

La ignoro mientras echo a andar hacia la escalera.

—Te voy a enseñar nuestra habitación.

—¿Cómo que «nuestra»? —pregunta, tropezando con las botas.

—No puedo arriesgarme a que el servicio cuestione la legitimidad de nuestro acuerdo.

—Ya, claro —asiente con una expresión inocente que dista mucho de sus rápidas y frecuentes réplicas.

«Está nerviosa.» Le doy la espalda, ocultando la media sonrisa que esbozo mientras la guío por la escalinata en dirección a mi habitación. Me ayuda a abrir la puerta de mi espacio favorito de toda la casa. Las paredes azul cielo y el mobiliario blanco contrastan con la duela oscura.

—Guau. Es mucho más luminosa de lo que me esperaba.

—En contra de la creencia popular, los ataúdes no son un lugar cómodo para dormir.

Su escandalosa risotada provoca que yo haga una mueca por toda respuesta. Dejo la caja cerca de la entrada de su vestidor vacío.

—Puedes guardar aquí la ropa.

—Pero no... No vamos a... No esperarás que... —Mira alrededor de la habitación sin fijarse en nada en concreto.

Ser la única persona capaz de desequilibrarla me produce una intensa satisfacción.

—¿... que durmamos en la misma cama? —termino por ella.

Vacila un poco y asiente.

—Sí. Eso.

—No.

—Gracias a Dios —contesta, y se muerde el labio inferior—. Habría sido muy incómodo.

—Claro. —Siento un hormigueo en la nuca—. En la casa, podemos comportarnos como queramos, pero en público espero que me trates con un mínimo afecto.

—¿Estás seguro de que puedes soportar el contacto conmigo durante periodos prolongados de tiempo?

—Rozaré los límites de mi paciencia, pero me las arreglaré. —Entro en el vestidor y abro una puerta en el otro extremo.

Iris se para en seco.

—¿Mandaste construir una puerta oculta a otra habitación? ¡¿En un vestidor?!

—Sí.

—Pero ¿por qué?

—Porque me estuve preparando para esto.

Las palabras se me deslizan entre los labios con facilidad.

—Un momento —dice ella, levantando una mano—. ¿De verdad la gente se prepara para matrimonios de conveniencia?

—Es esperable cuando tienes que pagar ciertas cantidades de impuestos.

Iris frunce la nariz.

—Qué desagradable.

—Así es la vida.

Me mira fijamente con los labios entreabiertos. Me doy la vuelta y entro en la segunda habitación. Los colores se complementan con los de la de matrimonio, pero, en lugar de azul, las paredes están pintadas de un amarillo pálido.

—Es preciosa. —Con una mano repasa la colcha de encaje.

La habitación es grande, y cuenta con su propia sala de estar, baño y ventanas con vistas al enorme jardín.

—Puedes decorarla como quieras. Solo te pido que la tengas limpia, porque las personas del servicio no se les permite entrar.

Iris levanta la cabeza y me mira.

—Pensaste en todo, ¿eh?

—En todo menos en ti.

—Parece que Iris se está adaptando bien. Estás feliz, ¿eh? —Cal examina una de las plantas que sumó a la esquina del salón. Mi casa se está convirtiendo poco a poco en un vivero; cada día llegan plantas nuevas que ocupan esquinas y paredes vacías.

Lo ignoro mientas le doy un sorbo a mi copa.

—¿Cómo va tu parte del testamento del abuelo?

Cal se encoge de hombros.

—¿Qué prisa tienes? Ni que fueras a ascender a director general mañana.

—No, pero si me salgo con la mía, ascenderé a finales de año.

Mi hermano levanta las cejas.

—¿Iris está al tanto de ese calendario acelerado?

—Conocía el acuerdo cuando firmó el contrato.

—Eso no significa que esté preparada para ser madre ahora mismo.

—Pues menos mal que va a tener nueve meses para hacerse a la idea.

Un ruidito se le queda atrapado en la garganta.

—Y mira que pensábamos que el matrimonio te humanizaría un poquito.

—¿Y eso por qué?

—Porque la respetas.

—Es verdad.

Su capacidad de trabajar a mi lado como un recurso y no como un obstáculo ya hace que esté a años luz de los demás. Es rápida y está dispuesta a todo con tal de que yo triunfe, aunque eso signifique casarse conmigo y tener un hijo. No hay dinero para pagar tanta lealtad. Lo intenté, pero después de espantar a más de una prometida, soy muy consciente de lo mucho que necesito a Iris. Si cree que por eso vamos a acabar siendo los mejores amigos del mundo, que así sea.

—Y porque sabemos que te atrae.

«Esto es nuevo.»

—¿«Sabemos»? ¿Tú y quién más?

—Rowan y yo.

—¿No tienes nada mejor que hacer que chismear a mis espaldas? ¿Como, yo qué sé, irte a buscar a Alana y hacer lo que el abuelo te pidió?

Cal no puede esquivar a su exnovia eternamente, sobre todo teniendo en cuenta que el abuelo incluyó una fecha límite en la cláusula de su herencia. Tiene que ponerse en contacto con ella antes de que acabe el año si espera obtener su parte de las acciones de la empresa. Después de la lata que me dio con mi parte, lo mínimo que puedo hacer es recordarle su falta de iniciativa.

Aprieta la mandíbula.

—No te va a funcionar.

—¿Qué?

—Intentar sacarme de quicio solo porque estés a la defensiva con lo de Iris.

—¿Y por qué iba a necesitar ponerme a la defensiva?

—Dímelo tú, que fuiste el que me dijo que no te importaba con quién te casaras siempre que fuera... ¿Cómo era? —Se da unos golpecitos en la barbilla—. Ah, ya. «Práctica, fértil y con una cara lo bastante proporcionada para considerarla atractiva.»

Aprieto con fuerza la copa.

—Sé lo que dije.

—No envejeció bien, ¿eh?

Tenso la mandíbula.

—¿Se puede saber por qué sacas esto ahora?

—Te lo recuerdo como advertencia.

Decido no responder, y opto por darle un largo sorbo a mi copa.

—Puede que seas mi hermano, pero Iris es mi mejor amiga. Y sí, quiero que triunfes y seas el director general, pero no voy a permitir que la destruyas en tu esfuerzo por conseguir lo que crees que te hará feliz. —Le lanzo una mirada aburrida.

—Si a Iris le preocupa algo, que venga a hablar conmigo. No tiene ninguna necesidad de mandarme a su perro guardián.

—A ella no le preocupa nada, pero a mí sí.

—Si eso es lo que implica la amistad, razón de más para no tener ninguna.

Cal aprieta los labios en una fina línea.

—No le rompas el corazón.

Se me escapa una risita.

—Esa debería ser la última de tus preocupaciones.

—¿Cómo no me voy a preocupar? Eres un cabrón desalmado que no tiene ni idea de cómo cuidar a otra persona.

—Ayudé a criarte, y saliste bastante bien —dice, con la mandíbula tensa.

—Somos familia. Estás obligado a sentir afecto por nosotros, te guste o no.

—La familia me vale madres. Tú deberías saberlo mejor que nadie.

Cuidar de mis hermanos no tuvo nada que ver con el ADN que compartimos. Le prometí a mi madre antes de que muriera que estaría ahí para ellos, y cumplí con mi parte del pacto independientemente de las consecuencias personales que tuviera para mí.

Cal aparta la vista con un suspiro.

—Mira, tú cuida de ella.

El corazón me late con fuerza mientras repaso toda la conversación. Un escalofrío me recorre la columna.

—¿Estás enamorado de ella?

Formulo la pregunta con más agitación de la esperada. A Cal se le iluminan los ojos antes de reírse.

—Claro que no.

—No sé por qué, pero me cuesta creerte.

Por cómo habla de ella, sería un iluso si creyera que lo suyo solo es platónico.

—Nos besamos una vez.

La sangre me bombea en las orejas y siento que las puntas se me enrojecen.

—¿Que qué? —La letalidad de mi voz hace que Cal vuelva a mirarme.

—Fue un error.

—Carajo, más te vale. —La copa me tiembla en la mano de la fuerza con que presiono el fuste.

Los labios de Cal se curvan en las comisuras.

—Sabía que estabas celoso.

—Como si pudiera sentir celos de alguien como tú.

Cal me guiña un ojo.

—Pues eso no es lo que me dice tu mirada asesina.

—La tortura es mi método de venganza favorito, para que lo sepas.

Ahora esboza ya una sonrisa de oreja a oreja.

—El beso fue horroroso, por si te hace sentir mejor.

Pero ¿cómo carajo va a hacerme sentir mejor? No me quito la imagen del beso de la cabeza, por mucho que intente borrar de mi mente los últimos cinco minutos de la conversación.

«¿Y por qué te molesta?»

Porque me dijo que solo eran amigos.

«Claro. Tú sigue convenciéndote de eso.»

—Me estás vendiendo de maravilla la idea de casarme con ella —respondo con sequedad, a pesar de la furia que me arde dentro.

El pecho le tiembla con una risa sorda.

—No tuvo nada que ver con ella. Yo estaba borracho y ella se sentía sola. El resultado fue incómodo, y me quedo corto.

—¿Se sentía sola?

—¿Cómo no va a sentirse sola? Lo de que ella y yo seamos amigos debería darte alguna pista.

—No sabía que se sintiera así.

—¿Y? ¿Esperas que te lo cuente? A ti, a diferencia del resto de la humanidad, te gusta estar solo.

Me muerdo la lengua para no hablar demasiado. Que me haya acostumbrado a algo no significa que me guste. Simplemente aprendí a preferir eso a la alternativa, que era dejar que la gente se me acercara demasiado. ¿Qué sentido tiene si al final siempre se acaban yendo?

Le doy un sorbo a la copa para quitarme el gusto amargo de la debilidad de la boca.

—Vuelve a besarla y me divertiré mucho arrancándote la lengua de la garganta.

Cal levanta las manos.

—Solo te conté lo del beso para que dejes de pensar que quiero algo con ella. No me interesa en ese sentido. Confía en mí.

—Porque el beso fue horroroso —repito con una voz despojada de toda emoción.

—Porque, para empezar, nuestro destino no era estar juntos.

Claro que no. Por muy falso que sea el matrimonio, el destino de Iris es estar con un solo hombre.

Conmigo.

8

Iris

—Carajo. ¡No me puedo creer que haya madrugado para esta mierda!

Me incorporo en la cama. Mi mente desorientada tarda unos segundos en procesar que estoy durmiendo en casa de Declan.

Mi casa.

Paso una mano por las sábanas arrugadas, tratando de eliminar las pruebas de que estuve toda la noche dando vueltas. Dormir en un lugar nuevo siempre es incómodo, pero lo de dormir en la misma casa que mi jefe... Todavía no lo asumo del todo. Tal vez porque aún me cuesta aceptar que mi vida se haya puesto patas arriba.

—¡¿Otro retraso por la lluvia?! ¿Desde cuándo le da miedo a esta gente una llovizna de verano? —La voz de trueno de Declan me hace saltar de la cama.

Miro la hora en el celular y gruño. ¿Son las seis de la mañana? Debería ser un crimen despertar a cualquiera tan temprano el día que descansa.

Declan vive por y para las normas, así que quizá haya llegado la hora de que yo también establezca alguna, empezando por la prohibición de hacer ruido entre las once de la noche y las siete de la mañana. No tardo en quitarme el pañuelo del pelo, peinarme y cambiarme los pantalones de pijama por unos *leggings* antes de salir por la puerta.

La casa de Declan es un laberinto de largos pasillos y habitaciones vacías sin propósito alguno. Si soy capaz de encontrarlo con rapidez es por lo fácil que es seguir el volumen de su voz hasta un santuario masculino. Un televisor descomunal ocupa la mayor parte de una de las paredes, colocado para ofrecer unas vistas perfectas desde un sofá profundo en el que no veo el momento de hundirme. Declan camina en círculos entre el televisor, en el que se ve algún tipo de competición deportiva, y una mesita de café hasta el tope de aperitivos.

—¿Eso es una mimosa? —No soy capaz de controlar el horror en mi voz.

Me limito a mirarlo boquiabierto. Por mucho que lo intente, no encuentro palabras para describir la escena que tengo ante mí más que «de otro mundo». Mimosas. Donas. Un cigarrillo apagado junto a una botella medio vacía de champán.

«¿Se puede saber qué pasa aquí?»

Declan deja de caminar y nuestras miradas se cruzan. Yo me muerdo la lengua para asegurarme de que no estoy soñando. El dolor es instantáneo, y hace que el momento sea increíblemente real.

Quienquiera que sea este hombre, debe de ser un producto de mi imaginación. No hay otra explicación para la gorra de béisbol al revés, los pants y la camiseta salpicada de azúcar glas.

Nunca había visto a Declan con algo que no fuera un traje. Jamás. Ya fuera en un vuelo de veinte horas o en jornadas nocturnas en la oficina, era imposible descubrirlo con algo que no fuera de Tom Ford. Me siento tentada de taparme los ojos, porque este hombre está enseñando tanto antebrazo que lo considero prácticamente desnudo.

—¿Qué llevas puesto? —Su mirada se endurece mientras me repasa de arriba abajo, y yo me siento fuera de lugar con la sudadera y los *leggings*.

¿Yo? ¿Y él qué?

—Mira quién habla. Las donas van a la boca, no a la camiseta.

Las comisuras de los labios se le levantan mientras se limpia las migajas del pecho. No puedo evitar fijarme en cómo se le mueven los músculos. Los brazos se le tensan, y clavo la mirada en las venas que le surcan los antebrazos...

«¡Basta! ¿Se puede saber qué te pasa?»

—Sigues manchado de un lado —digo, y me señalo la boca para indicarle el lugar en que aún tiene un poco de azúcar glas.

«Bien hecho. Aprovecha tu vergüenza para alimentar la suya.»

Pero no es tan fácil alterar a Declan. Se limita a caminar hacia mí hasta que apenas nos separan unos pocos centímetros.

—Sé una buena prometida y échame una mano.

Aprieto los labios. Podría apartarme y decirle que se mire en un espejo, pero entonces sabría que su presencia me ha puesto de nervios.

Y la situación sería muy incómoda.

«Como si no fuera ya lo bastante incómoda.»

Levanto la mano hacia su rostro y le limpio la comisura de la boca con el pulgar. Él sigue cada movimiento con los ojos. Tres segundos que me parecen tres minutos por cómo me observa. A pesar de mis esfuerzos por evitar sus labios, le rozo con el pulgar el carnoso labio inferior. Él respira hondo y nuestras miradas se cruzan.

Declan entrecierra los ojos.

«Está enojado.»

«¡Pues que no te hubiera pedido ayuda!»

«Probablemente tampoco esperaba que lo manosearas.»

«¿Cómo que lo estoy manoseando?»

«Ah.» Le suelto el brazo, que le estaba apretando con fuerza, como si me hubiera quemado.

«Necesitabas apoyarte en él para ponerte de puntillas. No hay más.»

—¡Como nuevo! —digo, pero mi voz suena como un quejido.

La expresión que Declan pudiera haber esbozado unos segundos atrás desaparece, sustituida por unos labios apretados y una mirada vacía.

Me distraigo limpiando el desastre de la mesita de café.

—¿Quién se levanta voluntariamente tan temprano un sábado?

—Es domingo.

—Por mí como si fuera Pascua y tú el mismísimo Jesucristo; nadie debería ponerse a gritar a las seis de la mañana.

Algo en la tele le llama la atención. Deja escapar un ruidito de disgusto al tiempo que levanta las manos.

—Vete al demonio, Cruz. A nadie le importa que te haya tocado una posición inicial de mierda.

Me esfuerzo por reconciliar aquella versión de Declan con la otra, más fría y reservada.

—Ahora mismo no te reconozco.

—No sé si eso es bueno o malo.

Me río.

—Bueno, es extraño.

Se produce una diminuta fisura en la fachada glacial de Declan cuando esboza una sutilísima sonrisa. En cuanto parpadeo, desaparece.

Es como si ponerse ropa normal y comer comida chatarra le hubiera recordado que tiene un ser humano real dentro que necesita salir a la luz de vez en cuando.

—¿Qué ves? —Me siento en el sofá y tomo una dona.

—Fórmula 1.

—¿No había una carrera en Indiana o algo así?

Su pesado suspiro de decepción puede oírse a kilómetros de allí.

—Tenías razón. Este matrimonio no va a funcionar.

—Cállate.

—¿Una mimosa? —me ofrece.

Pestañeo de nuevo, despacio, antes de asentir con la cabeza.

—¿Quién habría dicho que un esnob del whisky como tú podía disfrutar de algo tan frívolo?

—A mi madre le gustaba tomarlas los días que había carreras —dice con indiferencia, como si no fuera la primera vez que me habla de su madre.

«Bebe mimosas porque le recuerdan a su madre.» Desde que conozco a Declan, no me ha hablado jamás voluntariamente de su madre. El hecho de que la perdiera tan joven es devastador. No puedo imaginarme lo que habría sido crecer sin mi madre cerca, regañándome o tomándome el pelo sobre mi vida. Mis ojos me delatan, y parpadeo varias veces hasta contener las lágrimas.

Trago saliva para deshacer el nudo que se me formó en la garganta.

—¿Te gustan las carreras por ella?

—No. El culpable de eso es, o era, mi abuelo. —Va posando los ojos en mí y en el televisor.

—Déjame adivinar: él aficionó a tu madre a base de mimosas.

—Bienvenida al lado oscuro: tenemos bebidas espirituosas —responde, y me alarga una copa llena.

El pecho se me sacude de la risa.

—¿Y qué es exactamente lo que te ha pasado para que le hayas estado gritando a la tele como un niño?

—Entiendo que no has visto nunca una carrera.

—No, pero me están entrando ganas viendo a ese tipo.

El chico al que están entrevistando capta mi atención. Hay algo en sus ojos castaños y su traje de carreras rojo que hace que me interese sin duda aprender todo lo posible sobre la Fórmula 1.

—Está casado.

—¿Crees que podría plantearse la poligamia? Siempre se me he dado bien compartir.

—Bueno, voy a ir quitándote esto —dice, y trata de arrebatarme la mimosa de la mano, pero la aprieto con fuerza contra mi pecho.

—¡Para!

—Deja de babear con Alatorre. Es asqueroso.

—Mmm... —Saco el celular y busco «Alatorre Fórmula 1». Los resultados son prometedores.

«Muy prometedores.»

—Lo estás buscando en Google, ¿no?

No necesito levantar la vista para saber que le pareció gracioso. Estoy convencida de que si lo descubro en el acto, la sonrisa desaparecerá antes de que me dé tiempo de procesarla en condiciones.

Las cuentas en redes sociales de Santiago Alatorre son tan tentadoras como las búsquedas en Google.

—¿Sabes qué? Creo que de repente me interesa todo lo que tenga que ver con la Fórmula 1.

Declan pone los ojos en blanco de una forma insospechada en alguien como él.

—Claro que sí.

No he entendido absolutamente nada de la carrera, salvo por la descarga de adrenalina que me recorre el cuerpo cuando Santiago Alatorre cruza el primero la línea de meta, para decepción de Declan.

—Estás enojado porque ganó mi chico.

—«Tu chico» gana siempre. Es aburridísimo ver lo perfecto que es todo el rato, carajo.

—Ay. Buena suerte para la próxima vez. A lo mejor tu chico podría ganar si consiguiera mantenerse en el carril más allá de la primera vuelta. —Le doy unos golpecitos en la mano con una empatía fingida.

—Más le vale, aunque solo sea para borrarte esa sonrisa estúpida de la cara cada vez que nombran a Santi.

—Vaya, vaya, Declan Kane. ¿Te pone celoso que me guste un poco?

—¿Un poco? Pero si llevas dos horas babeándome el cojín mientras lo espías por internet.

Suelto el cojín en cuestión y lo examino en busca de pruebas.

—Mentiroso.

—Me das asco.

Sonrío.

—¿A la misma hora la semana que viene?

—No.

La sonrisa se me borra de la cara.

—Ah. —«Vaya forma de acoplarte a sus planes.» Es que pensaba... «¿Qué? ¿Que a lo mejor le interesaba hacer algo contigo el único día que tiene libre?»

Tal vez...

«Qué tonta eres, Iris. Así no funcionará nunca la relación.»

Declan carraspea.

—El fin de semana que viene no hay carrera, pero como tampoco has sido la peor compañía del mundo, puedes venir para la próxima.

Algo cobra vida en mi pecho y me advierte que no debería pasar más tiempo con Declan. Debería tomármelo como una señal para mantener separadas mi vida personal y profesional, pero no le hago caso.

Asiento y confirmo nuestra nueva tradición.

—Me decepcionas. —Cal se deja caer en el sofá del salón.

—¿Qué hice ahora?

Levanto la vista hacia él desde mi lugar junto a la mesita de café. Cuando Declan empezó a limpiar la habitación de aperitivos de contrabando, decidí ponerme cómoda y empezar a trabajar. Entre planificar una boda y trabajar horas extra, no consigo encontrar tiempo suficiente en el día para todo.

Al menos no si tenemos en cuenta que nos casamos el próximo sábado.

Cal examina los montones de papeles repartidos por la mesa antes de resoplar.

—¿Ya está? ¿Vuelves a estar en la misma posición que antes de pedir un traslado?

El corazón me da un vuelco cuando salgo disparada de la zona de la alfombra y escudriño el perímetro. Los pasillos están vacíos y no oigo a Declan moviéndose en el piso de arriba, así que es improbable que nos oiga.

Tras nuestra sesión matutina estrechando lazos, lo último que quiero es que se entere de mi secretito.

El que encerré en el cajón de «no va a pasar ni de broma» de mi cerebro.

—Ya se fue.

—¿De la casa? —pregunto, y me dejo caer en el sofá delante de él.

—Estaba saliendo por la puerta cuando me estacioné.

—Vaya.

No sé por qué el hecho de que Declan se haya ido sin decirme nada hace que sienta una opresión incómoda en el pecho. Tampoco espero que me lo cuente todo, pero no estaría de más un simple y educado «Me voy un rato». Sobre todo teniendo en cuenta que creía que habíamos compartido un momento divertido esta mañana.

—Viendo cómo está esto, entiendo que ya no te vas, ¿verdad?

—No.

—¿Por qué no?

—Porque me lo rechazaron.

Cal sacude la cabeza.

—Eso no significa que no puedas volver a intentarlo en otro lugar. En cualquier lugar, de hecho, siempre que te valoren.

—Declan me valora.

—Siempre que hagas todo lo que te pida.

Entrecierro los ojos.

—Eso no es cierto y lo sabes.

Yo no hago todo lo que me pide. Puede que sea mi jefe, pero no tengo ningún problema en rebatirle y compartir mis ideas. Me gustaría pensar que esa es en parte la razón por la que he durado más que mis predecesoras.

—Te valora en función de las contingencias, como con todo lo que lo rodea.

—¿Y qué quieres que haga? Nos vamos a casar.

Nuestras miradas se desvían hacia la argolla.

—Podrías hablarle de tus proyectos.

Apoyo la cabeza en el sofá mientras me río en dirección al techo. Cal frunce el ceño.

—¿Qué pasa?

—Por algo no le hablé nunca de la solicitud de traslado que envié.

—Ya lo sé. Pero ahora las cosas son distintas. Te lo garantizo.

—¿Porque voy a casarme con él?

Cal asiente, lo cual me hace reírme aún más fuerte. Él me lanza una mirada seria.

—Tú tienes algo que Rowan no tiene.

—Si dices «vagina», te vas a arrepentir de no tenerla.

Cal tuerce el gesto.

—Qué genio. Iba a decir un contrato de matrimonio.

Me río.

—Como si sirviera de algo.

—Puede que aún no, pero dale tiempo. Si Declan siente debilidad por alguien, es por ti.

—¿A esto lo llamas tú sentir debilidad por alguien?

Paso la mano por encima de la mesa repleta de papeles.

—Podrías negarte. Llevarte tus ideas a otra parte y empezar de cero.

—No puedo dejarlo ahora. Nuestra relación complica las cosas.

Cal niega con la cabeza.

—No complica nada. De hecho, en todo caso, tiene todavía más sentido que te vayas. Hay un conflicto de intereses si trabajas para tu marido.

—Me necesita —suspiro.

—Mi hermano no necesita a nadie. Lo deja bastante clarito cuando alguien se lo dice. —Cal habla con un tono algo más alterado de lo normal.

—Ni siquiera sabe utilizar una impresora por su cuenta.

—Porque no quiere aprender.

—¿Por qué?

—Porque, si no, ¿de qué le servirías? —responde, y sonríe.

Tomo un cojín y se lo lanzo a su cara de imbécil.

—Para tu información, acabo de detectar un error en el informe trimestral de Declan —digo, y señalo una falta de ortografía.

—Los niños con dislexia del mundo celebran tu historia de superación.

Le muestro mi dedo medio con una sonrisa.

—No sé por qué te lo conté, sinceramente.

—Porque necesitabas un hombro en el que llorar después de que Declan te molestara tanto por aquella errata imperdonable.

Me cubro la cara con las manos y amortiguo un quejido.

—Me prometiste que no volverías a sacar el tema.

Llevaba un mes trabajando de asistente para Declan cuando estuvo a punto de despedirme por un error. Podría haberle confesado la verdad, pero admitir mi debilidad era como traicionarme a mí misma. Como si no pudiera sobrevivir a un entorno intenso de trabajo por un trastorno del aprendizaje que llevo toda la vida intentando solucionar. Así que, en lugar de pedirle a Declan que lo tuviera en cuenta, me esforcé todavía más para cumplir con sus estándares.

Como revisar informes en domingo.

¿Por qué complicarse la vida buscando la conciliación entre el trabajo y la vida personal si puedo hacer que mi vida sea el trabajo?

—Has evolucionado mucho. Declan incluso te respeta lo suficiente como para dejarte leer algunas de sus presentaciones. —Las palabras sinceras de Cal me llenan el corazón—. Pero eso no significa que debas renunciar a tu sueño solo porque creas que los de mi hermano son más importantes.

Pierdo la sonrisa.

—No es un buen momento.

—Nunca hay un buen momento para tomar una decisión difícil.

—¿Cuánta yerba te fumaste esta mañana?

—No la suficiente como para ser la voz de la razón en esta charla.

Lo fulmino con la mirada.

—No voy a dejarlo ahora mismo, así que olvídalo.

—¿Dejar el qué? —nos interrumpe la voz de Declan.

El pulso se me acelera ante aquel tono grave y autoritario. Necesito reunir todo el coraje de que dispongo para mirar a Declan a los ojos.

—Eso, Iris, ¿qué es lo que piensas dejar? —pregunta Cal, arqueando una ceja sin molestarse lo más mínimo por ocultar su gesto petulante—. Qué raro verte tan pronto, hermano. ¿Olvidaste algo?

Declan no responde, pero los dos comparten miradas antes de que mi prometido voltee hacia mí.

—Pues..., verás... —Doy un vistazo por la habitación, tratando de dar con alguna idea. En la pantalla del televisor anuncian un refugio de animales.

—No quería contarte la verdad... —empieza Cal.

Salto del suelo y me planto delante de él.

—No pienso dejar de insistir hasta que adoptemos un perro.

«Mierda. ¿En serio dijiste eso? ¡No te planteaste tener un perro en tu vida!»

La expresión de Declan me indica que, en efecto, eso es precisamente lo que dije.

—Un perro —repite.

—Ay, sí. A Iris le encantan los perros —añade Cal, sin ocultar la burla en su voz.

Si las miradas mataran, Cal se estaría ahogando con su propia lengua en este preciso instante.

—Mi madre no me dejó nunca tener mascotas, así que creo que ahora es el momento perfecto para tener una.

Es decir, es posible que tener un perro tampoco sea tan mala idea. Me haría compañía en este caserón vacío.

—Quieres un perro —constata Declan con una expresión extraña en el rostro.

Se me ocurre una idea para salir de este problemón.

—Sí, un perro grande y blandito que me siga a todas partes.

—No.

«Insiste. No levantes sospechas renunciando con tanta facilidad.»

—Pero yo me encargaría de todo. Sé que el entrenamiento en jaula es molesto, pero dudo que lo oigas ladrar por encima de tus ronquidos.

—No pienso permitirlo. Que te quede claro.

—Piensa en toda la serotonina que generaríamos si tuviéramos uno.

—Mi decisión es firme —sentencia, antes de girar sobre sus talones y salir del salón.

—«Mi decisión es firme.» Vaya que es pedante, el muy imbécil. —Cal pone los ojos en blanco.

Yo me dejo caer en el sofá aliviada.

—Eres un cabrón. ¿A qué vino eso?

—Le podrías haber contado la verdad.

—Jamás.

—Pues entonces no te enojes si llegas un día a casa y te encuentras un cachorrito precioso que necesita una familia que lo quiera.

Le doy un golpe en el hombro.

—Ni se te ocurra. Tu hermano me mataría si lo hicieras.

—Admite que sería un poco divertido que adoptaras un perro teniendo en cuenta que los odias.

—¡Que no odio a los perros! ¿Por qué clase de monstruo me tomas?

—Pues por la clase de monstruo que disfruta trabajando para mi hermano.

9
Iris

—¿Quieres seguir adelante con esto? ¿Estás seguro? —Miro de reojo a Declan, que se aferra con fuerza al cuello de la botella de vino.

—Mi respuesta no ha cambiado desde la última vez que me lo preguntaste, hace tres minutos. —Levanta la vista hacia el bloque de pisos de mi familia con los ojos entornados.

Nunca me he avergonzado del barrio en el que crecí. Puede que esté a años luz del estilo de vida opulento de mi padre, pero siempre tuve la suerte de dormirme sabiendo que mi madre y yo estábamos a salvo y éramos felices sin él. Crecer con el sueldo de una profesora de arte de Chicago me enseñó a dar las gracias por lo que tengo, porque hay niños con vidas mucho peores que la mía.

—Bueno, vamos a quitarnos esto de encima. —Guío a Declan más allá de las luces titilantes del zaguán en dirección a la escalera.

—¿No hay elevador?

—Solo si quieres que esperemos a los bomberos para que nos rescaten.

En comparación con mis desesperados resuellos, él no parece haberse cansado lo más mínimo después de tres tramos de escaleras.

—Qué acogedor —apunta, examinando el papel desprendido de la pared y la moqueta manchada con ojo crítico.

—No juzgues hasta que veas el interior.

—No veo el momento de entrar —responde con una voz impasible.

—Idiota.

No sé por qué sus críticas me molestan tanto. Jamás mide sus palabras, pero ¿tanto le cuesta ser educado de cuando en cuando?

«Probablemente. No tardó ni cinco minutos en espantar a la pobre Bethany.»

Agarro la aldaba y golpeo la puerta con más fuerza que de costumbre. Estamos el uno al lado del otro, dos cuerpos tensos que no se han acostumbrado a tenerse cerca. Me seco el sudor de las manos en el vestido. Estoy hecha un manojo de nervios, en comparación con la fría indiferencia de Declan.

Mi abuela abre la puerta. Repasa a Declan de arriba abajo antes de volver la mirada hacia mí.

—Ahora entiendo por qué trabajas los fines de semana y los días festivos para este hombre. Si mi jefe hubiera estado la mitad de bueno que este, no habría dimitido jamás.

Siento la necesidad de buscar el primer sumidero que encuentre y saltar dentro. La habitual mirada vacía de Declan da paso a un brillo en sus ojos que no le pega nada, de modo que pestañeo para asegurarme de que no me lo estoy imaginando.

¿Le hizo... gracia?

«Solo porque se alimenta de la vergüenza de los demás.»

—Soy Declan. Encantado de conocerla —dice, extendiendo la mano.

—Yo también me alegro de conocerte —le responde mi abuela a la carísima botella de vino. Declan se la ofrece y ella desaparece en la cocina.

Yo aparto la vista. El pecho me tiembla por la risa contenida.

—Ahora veo de dónde sacaste tu rebosante personalidad.

La calidez del cuerpo de Declan me cala cuando me rodea la cintura con el brazo. El buen humor se evapora rápidamente, sustituido por el ritmo irregular de mi corazón.

«Supongo que habrá que fingir hasta que nos vayamos de aquí.»

Entramos en el departamento juntos. Declan mueve la mano de mi cadera a las lumbares. El cuerpo me arde hasta tal punto con su tacto que el gesto se me antoja improcedente. Durante los últimos años, Declan jamás hizo ademán de tocarme. En todo caso, es como si hubiera evitado todas las situaciones que pudieran conducir a que nos acercáramos lo suficiente como para que nuestras pieles entraran en contacto. Tal vez por eso me descoloca incluso el más mínimo roce de su mano...

... o tal vez esté sufriendo los efectos secundarios que se asocian con la larga sequía de Chicago. El tiempo lo dirá.

Mi madre asoma la cabeza por la cocina.

—¡Denme unos minutos! Ponte cómodo, Declan, como si estuvieras en tu casa.

Mi madre está cocinando algo y el piso entero huele a gloria. Declan echa un vistazo por la casa de mi infancia del mismo modo que estudiarías una exposición en un museo. Estoy segura de que daría lo que fuera por saber dónde está la salida más cercana. A diferencia de su hogar, el nuestro es una explosión de colores, telas y fotografías.

—¿Aquí te criaste? —Se detiene ante todos y cada uno de los dibujos enmarcados que le hice a mi madre de pequeña.

—Pasé aquí casi toda mi vida.

Aquel dato parece horrorizarle cuando clava la mirada en una mancha de humedad.

—Aunque la alfombra estaba en mejores condiciones por aquel entonces —intervengo.

—Eso espero.

Declan levanta un marco con una fotografía de mi madre, mi abuela y yo en mi graduación de la escuela. Mi madre está hecha un mar de lágrimas a pesar de la amplia sonrisa. No teníamos claro que pudiera llegar a graduarme, pero superé los obstáculos y perseveré. Solo necesité repetir una materia y cientos de sesiones de tutoría para conseguirlo.

Examina la fotografía con un gesto que me hace sentirme una suerte de experimento científico. La piel se me eriza por la expectación, esperando a que diga algo. Me vendría bien cualquier cosa que no fuera su silencio.

—Entiendo que son unidas.

—Dependiendo del día y de si mi abuela se tomó las pastillas esa mañana.

—¡Te escuché! —grita mi abuela.

La mirada de Declan parece más cálida que de costumbre.

—Me imagino que crecer en un hogar así tiene sus... ventajas. —Lo dice con la nariz fruncida y con un tono que me provoca una carcajada.

—Y yo que pensaba que no llegaría a ver el día en que mi hija se enamorara... —nos interrumpe mi madre.

Declan deja escapar un ruidito que podría clasificarse como risa. Yo atravieso a mi madre con la mirada.

—Vaya si te gusta dejarme en ridículo, ¿eh?

—¿Esto te parece ridículo? Pues todavía no le enseño a Declan tu álbum de fotos de bebé.

—Pobre de ti.

Mi madre se ríe, antes de limpiarse las manos en el delantal y ofrecerle una a Declan.

—Es un gusto conocerte, Declan. Me hablaron maravillas de ti.

Señalo a mi madre.

—No mientas. No le va nada bien para el ego.

La mirada de Declan se desvía entre mi madre y yo antes de estrecharle la mano con firmeza.

—El placer es mío.

Es como si los refunfuños en el trayecto en coche hasta aquí no hubieran existido. «Imbécil.»

—Por favor, siéntense. ¿Quieres tomar algo?

Los dos nos sentamos en el sofá retro de mi madre. Las flores del tapizado están pasadísimas de moda y son radicalmente opuestas al estilo de la casa fresa de Declan, pero me recuerda a las pelis los viernes por la noche y a mi abuela quedándose dormida con las telenovelas coreanas.

—Solo agua, gracias.

Mi madre parece avergonzada.

—¡Ay, claro! Ahora te traigo un vaso. Te pido perdón por cómo se comportó mi madre antes. Apenas sale de casa.

—Porque me quitaste la licencia de manejar —apunta mi abuela desde la cocina.

—No se lo tengas en cuenta. Debe de haber una fuga de monóxido de carbono o algo. Normalmente no son así.

Mi abuela saca la cabeza desde la cocina.

—¿Por qué lo engañas? Siempre somos así.

Le doy a Declan unos golpecitos reconfortantes en el muslo.

—Bienvenido a mi familia.

Aparto la mano, pero él me la caza y me la agarra con fuerza. La calidez de su palma hace que me arda la mano.

Mi madre me apunta con el dedo.

—Aún no. Todavía tiene que pasar la prueba Landry antes de que sea oficial.

Declan arquea una ceja.

—Espero que te guste la comida picante. —Mi abuela aparece de repente, dándole un sorbo a su vino.

Las tres estallamos en carcajadas al ver la expresión de desconcierto de Declan.

«Quizá está noche no sea tan terrible después de todo.»

—¿Estás bien? —Es la tercera vez que le lleno el vaso de agua a Declan. Una gruesa capa de sudor le cubre la frente, y su pelo, normalmente relamido con gel hacia atrás, le sobresale en todas direcciones. Incluso se quitó el saco.

Este hombre nunca, jamás, se quita el saco, ni mucho menos se arremanga. Me esforcé al máximo por mantener la mirada fija en lo que tiene por encima del cuello, pero se le ven tantas venas que no puedo dejar de mirarle los antebrazos como si fueran un faro.

Debería ser ilegal esconder unos brazos así debajo de un traje.

Carajo, para empezar, debería ser ilegal tener unos brazos así. Distraen a la población en general.

El chirrido del tenedor de Declan contra el plato rompe el silencio. Contempla el trozo de pollo picante como si deseara viajar atrás en el tiempo y retorcerle el pescuezo al animal él mismo.

—Bueno, Declan, ¿y cuándo te diste cuenta de que estabas enamorado de mi hija?

Declan suelta el cuchillo que tiene en la mano, que repiquetea contra el suelo.

—Ay, lo estás poniendo nervioso —comenta mi abuela, y le da un sorbo al vino para ocultar su sonrisa.

Estas dos y sus técnicas de interrogatorio. Menos mal que a Declan se le da de lujo poner a prueba a las personas, porque yo no habría soportado que las pesquisas de mi familia fueran a más.

—Creo que una parte de mí siempre había sabido que era mi alma gemela. Pero necesité un tiempo para que el resto de mi cerebro se diera cuenta —responde, esquivándome la mirada.

Me muerdo la lengua para no reírme. Que sea capaz de mentir en cualquier situación es algo digno de admirar. Hace un poco de ruido, pero parece funcionar. A mi madre se le cae la baba con aquella respuesta.

—¿Y por qué tardaste tanto? —pregunta mi abuela, a la que no se la ve tan embelesada como a mi madre.

—Porque no era el momento adecuado.

Esquivo, como siempre. Eso le ayudará a navegar por su red de mentiras.

Mi madre sonríe.

—Bueno, me sorprende que te diera una oportunidad. Llevo tiempo intentando emparejarla con alguno de los profesores de mi escuela, pero siempre se niega...

—Porque no estaba interesada, claro —la interrumpo, y hago un gesto de cabeza en dirección a Declan.

Él ni me mira. Tendremos que practicar un poco estas interacciones más tarde, porque su ejecución tiene margen de mejora.

—Iris va dejando un rastro de corazones rotos por donde va. —La abuela levanta la copa hacia mí, como si hubiera desbloqueado algún tipo de logro.

—Para nada —digo, apretando los dientes.

Ella se crece con mi vergüenza.

—¿Sabes que su último novio le pidió matrimonio y ella le dijo que no?

—¡Abuela!

—¿Qué? Me parece interesante que por fin hayas decidido sentar la cabeza. ¿Qué pasó con lo de renunciar a los hombres el resto de tu vida?

—¿Tu ex te pidió matrimonio? —me pregunta Declan con una mirada más ligera que de costumbre.

No he llegado a contarle nunca por qué corté con mi ex hace un año. Declan probablemente pensara que había sido una ruptura amistosa, pero lo cierto es que Richard me pidió que me casara con él.

Le dije que no.

Y se echó a llorar.

Yo creía que estábamos en el mismo punto vital; fue culpa mía no interpretar las señales a tiempo. La llave de su casa. El cepillo de dientes que había dejado en mi piso. El entusiasmo desmesurado con que me ofreció la mitad de su clóset y su vestidor, una división del espacio muy valiosa en Chicago.

Después de romperle el corazón, dejé de salir con chicos. No era justo darles falsas esperanzas si yo no estaba preparada para el compromiso.

«Y ahora vas y te casas con tu jefe», me susurra la vocecita de mi cabeza.

Esto es distinto. No hay nociones ni expectativas preconcebidas. Simplemente lo hago por ayudar a Declan a lograr su meta, y, cuando lo consiga, podré seguir yo con la mía.

«Llevas años diciendo eso.»

—El pobre alquiló un restaurante caro y todo para la ocasión —añade mi madre.

—¿Con el anillo en una copa de champán? —pregunta Declan.

Mi madre asiente.

—Claro que sí. Iris casi se ahoga con el anillo.

Le lanzo una mirada asesina.

—¿Y pétalos de rosa en la mesa?

—¡Sí! —grita mi abuela—. Rojas. Sus favoritas.

Detesto las flores cortadas porque me parece que es malgastar una planta que está perfectamente bien.

—Tu situación ideal, ¿eh? —La mirada de Declan busca la mía. «Qué imbécil.»—. Me pregunto qué salió mal —añade, antes de apartar de nuevo la vista hacia mi madre y mi abuela.

No soporto que sepa todo lo que detesto.

—Supongo que no era lo bastante bueno, porque Iris, aquí donde la ves, lo rechazó sin pensarlo dos veces —responde mi abuela.

—Qué mala suerte. —El tono seco de Declan dice todo lo que sus palabras callan: se la está pasando genial.

Así no es como se suponía que debía ir la cena. Se suponía que mi familia debía hacer sentir incómodo a Declan, no a mí.

—Pues sí, la verdad. —Mi abuela levanta la copa en dirección a Declan—. Imagínate si hubiera dicho que sí.

—Con ese tipo de proposición genérica, lo sorprendente es que dijera que no —dice, y le da un sorbo al agua.

Apenas se inmuta cuando le piso el mocasín. Cambio mis tácticas militares arrastrando el tacón por su musculosa pantorrilla, y recibo a cambio una agitada respiración. Noto un calor creciente en el vientre, que se convierte en lava fundida cuando Declan me agarra el muslo.

«Para», me dice su mano.

«No hasta que cambies de tema», responde mi modesta sonrisa.

Me da un último apretón en el muslo antes de dejarlo definitivamente. El recuerdo de su palma se me queda grabado a fuego en la piel, y su ausencia me produce un ligero escalofrío.

—No sé si es buen momento para que te hablemos del día en que Iris le prendió fuego a una iglesia —dice mi madre sonriendo.

—Me encantaría oír la historia —contesta Declan; ni siquiera intenta ocultar la diversión en su voz.

Es curioso que mi madre y mi abuela se estén comportando como si fuera la primera vez que hablan con otro ser humano.

Suspiro. «Esta noche va a ser eterna.»

—Te doy mi aprobación. —Mi madre toma mi abrigo del clóset. Menos mal que se guardó ese comentario hasta que Declan fue al baño antes de marcharnos.

—Más te vale, después de la situación traumática que me hicieron pasar.

Mi madre deja escapar una risita.

—Espero que me perdone por lo del pollo. La idea era que le diera cuatro mordiscos, pero se acabó el plato. Estoy bastante segura de que esta vez usé un bote entero de pimienta de cayena.

—Yo sigo enojada con que haya superado el récord de tu abuelo. Aquel hombre perdió la mitad de las papilas gustativas después de prepararle el pollo.

—¿Creen que haya notado que esa era la prueba? —pregunto.

—Ahora sí. —Declan se me acerca con una mirada sombría.

Mi madre aprieta los labios para contener la sonrisa.

—Siendo justos, es una tradición familiar real. —Levanto ambas manos en un gesto de rendición.

—¿Hay alguna otra tradición que pueda interesarme?

—No —respondemos las tres al unísono.

Declan entrecierra los ojos.

—Cada vez me cuesta más creerles.

—Ninguna peligrosa, al menos —apunta mi abuela.

La mirada de Declan provoca que a mi abuela y a mi madre les dé un ataque de risa.

—Nos vamos —dice, y toma mi abrigo de las manos de mi madre—. Gracias por la cena, fue... interesante. Diría que fue un placer, pero apenas me siento la lengua.

Mi abuela se ríe mientras mi madre se balancea sobre los talones con una sonrisa. Prácticamente se desmaya cuando Declan me ayuda a ponerme el abrigo antes de sacarme el pelo de debajo del cuello.

Y yo casi pierdo el conocimiento cuando observo incrédula cómo dedica un tiempo a abrocharme cada botón. El olor de su perfume me penetra en los pulmones y se me graba en la memoria. Me invade una extraña tentación de inclinarme y olerlo otra vez.

Se está esforzando tanto por convencer a los demás de que me quiere que incluso yo me lo creo durante un segundo. Se aparta de mí y la calidez de su cuerpo da paso a una fría verdad.

Me gusta sentir que cuida de mí.

Las especias del pollo deben de haberme destruido parte del lóbulo frontal, pero es imposible que me haya gustado algo así.

«¿Verdad?»

—Bueno, ¿fue tan terrible como esperabas?

Tardo cinco minutos desde que entramos en su coche para reunir el valor necesario y romper el silencio.

—La comida era espantosa.

Miro por la ventana para que no se dé cuenta de que estoy sonriendo.

—¿Y?

—Y la compañía no estuvo mal. Aunque estuvo de más el acorralamiento a la salida del baño.

Me muerdo el interior de las mejillas.

—¿Qué te dijo mi abuela en privado?

Prácticamente salió disparada de la mesa en cuanto Declan se levantó para ir al baño.

—Me amenazó.

—No. —Me tapo la boca y ahogo una carcajada.

—Con detalles explícitos.

—¿Y tú qué le dijiste?

—¿Cuál es la respuesta adecuada a que te digan que con mis intestinos se podría hacer una bonita bufanda de invierno?

—Últimamente ve muchas series de mafiosos.

—Eso explica por qué sabe tanto sobre el ácido sulfúrico y las distintas formas de deshacerse de un cadáver.

—Intenté advertirte sobre mi familia. Son un poco...

—¿Sobreprotectoras?

Asiento.

—Se preocupan por mí.

—Sus razones tienen.

—¿Por qué?

—Te comprometiste de improviso con un tipo que no es precisamente el hombre más amable de Chicago.

—Calla. Tampoco eres el peor.

—Seguro que eso las ayuda a conciliar el sueño por las noches.

El desprecio con que habla de sí mismo me entristece.

—¿Acaso le preocupa al gran Declan Kane lo que opine mi familia sobre él?

Pone los ojos en blanco.

—Claro que no. No seas ridícula.

—¿Un poquito al menos? —Le acerco dos dedos a la cara, dejando entre ellos un pequeño espacio.

Él me los aparta de un manotazo.

—Hace mucho tiempo que dejé de preocuparme por las opiniones de los demás.

Quiero preguntarle por qué. Carajo, quiero hacerle mil preguntas después de lo de esta noche, empezando por la razón por la que dejó de preocuparse por lo que la gente pensara de él. Pero si le hago ese tipo de preguntas personales puede parecer que le estoy dando un permiso tácito para que haga lo propio conmigo.

Contengo la lengua y permanezco en silencio durante el resto del trayecto. Sentir curiosidad por Declan no haría más que complicar la situación, así que será mejor que guarde las distancias. Vivir juntos es una cosa, pero compartir detalles íntimos con el otro es harina de otro costal. Además, tampoco es que él quiera conocerme en profundidad. Ya dejó muy clara su posición al respecto, y sería absurdo pensar que este matrimonio es algo más que una conveniencia para él.

10

Declan

Si el único objetivo de mi abuelo con lo de obligarme a que me casara era llevarme al borde de la locura, consiguió lo que se proponía. Llegué oficialmente al límite, y bastó con que Iris organizara un ensayo de la fiesta. Bueno, y con ella sentada a mi lado con un vestido blanco ajustado y una multitud esperando dentro del mejor asador de Chicago.

—Aún estamos a tiempo de decirle a Harrison que dé media vuelta. —Hago un último esfuerzo por convencer a Iris de cancelar la cena de esta noche. Si fuera por mí, nos habríamos casado en el juzgado y nos habríamos ahorrado todos estos «requisitos».

Iris se toquetea la impoluta manicura.

—No creas que a mí me hace mucha ilusión.

—¿Estás intentando animarme?

Un esfuerzo considerado pero inútil.

—Dicen que las penas compartidas son menos penas. —Su voz me atrae hacia ella como un canto de sirena.

Bajo los ojos hasta sus labios y me sumerjo en su sonrisa. Su buen humor desaparece cuando entreabre los labios, y yo levanto la vista para comprobar qué cambió. Nuestras miradas se cruzan, y yo siento como si un rayo me hubiera atravesado el pecho. Debe de haberme freído también todo el sentido común, porque esa es la única explicación de que alargue el brazo y le tome la mano.

Ella toma aire.

—¿Estás listo?

La descarga de energía que haya podido sentir con el contacto visual se disuelve al verla tan confundida. Le suelto la mano y ella entrecruza las suyas sobre el regazo.

—Todo lo listo que se puede estar para algo así.

—Recuerda que de aquí a dos días no tendrás que volver a pensar en organizar una fiesta nunca más.

—En cuarenta y ocho horas pueden pasar muchas cosas.

—¿Tienes dudas? —pregunta, con un brillo en los ojos.

—Tengo dudas desde el primer día, pero me arrastraré hasta el altar si hace falta.

Iris vuelve a reírse, y a mí me recorre una calidez repentina por el cuerpo que me asusta lo suficiente como para abrir la puerta del coche y enfrentarme al mal menor. Todo se me antoja más que analizar la extraña atracción que siento por la única mujer con quien nunca podré estar.

Futura esposa o no, Iris es la última persona a la que me atrevería a cortejar. Es una parte fundamental de mi plan para ser director general, y me niego a perder a mi activo más preciado por algo tan fugaz como la atracción. No hay nada positivo en una aventura pasajera, así que estoy mejor solo.

Iris y yo nos abrimos paso a través de rondas y rondas de conversaciones de ascensor. A diferencia de nuestra fiesta de compromiso, aquí estamos separados por nuestras familias. Por algo siempre arrastro conmigo a Iris a todos los eventos a los que me veo obligado a asistir. Se le da de maravilla responder a las preguntas de la gente y fingir interés, y yo apenas soy capaz. Esta noche entera es una pura tortura. Con las interminables charlas intrascendentes y la imposibilidad de emborracharme en mi propio ensayo de la boda, no veo el momento de largarme de aquí.

Por si fuera poco, mi padre se presentó para ejercer el papel de progenitor cariñoso. Esboza su mejor sonrisa falsa mientras se dirige a las multitudes con el carisma del líder de una secta. Es asqueroso cómo comen todos de su mano, cómo casi salivan ante la posibilidad de recibir cinco minutos de atención.

Encuentro el rincón más oscuro del restaurante y me oculto en las sombras, observando a mi padre de lejos. No tengo claro cuánto tiempo paso allí. Las punzadas de dolor que noto en la parte trasera de la cabeza parecen mejorar con aquel descanso, y lo agradezco.

Salgo hacia la luz antes de que Iris me detenga poniéndome una mano en la mejilla.

—Te busqué por todas partes. Sabía que primero tendría que buscar en los sitios más lúgubres e inesperados.

No aparta la mano, y me calienta la barbilla rasposa mientras la miro.

—Y eso que me conoces mejor que nadie.

Iris se ríe y el sonido parece borrar hasta el último ápice de incomodidad que me provocó esta noche.

—¿Cómo estás? —pregunta, y aparta la mano, pero yo se la agarro y la presiono contra mi pecho. Ella frunce el ceño.

—Nos están viendo —le susurro.

Iris echa un vistazo alrededor y distingue múltiples ojos clavados en nosotros. Sus labios se tuercen hasta esbozar una sutil sonrisa.

—No me extraña que no te guste salir. Esto es agotador.

—Por fin te das cuenta —le espeto con sequedad.

Ella me sonríe otra vez.

—No entendía por qué odiabas tanto hablar con la gente, pero ahora sí, totalmente. ¿Quién va a querer hablar con una familia como la tuya?

—Si el infierno fuera un parque de atracciones, mi familia tendría pases de por vida.

Mi comentario se recibe con un resoplido divertido.

—¿Cómo sobreviviste de pequeño con tanto trepador?

—Fácil. Si dejas de ser sociable, ya para empezar no tienen escala social por la que subir.

La mirada se le ilumina.

—Bueno, voy a volver a ser la extrovertida. Contigo escondido, alguno de los dos tendrá que estar presente.

La tomo de la mano antes de que tenga oportunidad de alejarse.

—No te vayas.

«¿Se puede saber qué haces?»

—¿Por qué no? —responde, arqueando una ceja.

Una pregunta razonable, sin duda. Tenerla al lado es lo único que me resulta natural de esta noche, por muy falso que sea el matrimonio. Tiene la capacidad de hacer que las cosas sean tolerables.

—Porque haces que la noche sea un poco más llevadera.

«¿Qué pasó con lo de que no necesitas a nadie más que a ti?»

Ya recuperaré esa actitud mañana. Esta noche admito que estoy más débil que de costumbre, después de que las horas de charlas anodinas me hayan llevado al límite.

Iris agacha la mirada hasta nuestras manos entrelazadas con el gesto serio.

—Gran cumplido.

Le rozo el interior de la muñeca con el pulgar.

—¿Quieres que te diga otro?

—No.

Una sutil sonrisa se me dibuja en el rostro antes de que pueda liquidarla.

—¿Por qué no?

—Te prefiero antipático y predecible.

—No te creo.

«¿Estás tirándole la onda?»

Carajo. ¿Cuánto alcohol tomé esta noche? Le echo un vistazo a la única copa que pedí, y veo que sigue medio llena.

«Será una leve interrupción del raciocinio dado el estrés de la situación.»

Sí. Un desliz que no tiene nada que ver con Iris y sí con la poca paciencia que tengo para la gente que lleva toda la noche intentando chuparme las medias.

—Ya sabes por qué.

—Puede, pero eso no significa que no quiera oír cómo me lo dices.

Iris sonríe, y una oleada de calor que no tiene nada que ver con el whisky me recorre el pecho.

«Te da asco que la gente sonría.»

Pero es una victoria personal conseguir que Iris sonría.

«Se supone que no deberías desear las sonrisas de tu esposa a sueldo.»

Me sobrepongo a los sentimientos que se apoderaron de mí.

—Vas a quedarte conmigo lo que queda de la noche. —No dejo margen para que me lo cuestione.

Iris parece potenciar aún más el voltaje de su sonrisa.

—Eres bastante lindo cuando te pones nervioso.

—No estoy nervioso.

Ella me rodea la cintura con ambas manos y tira de mí. Nuestros cuerpos encajan como las piezas de un rompecabezas. Devolver el abrazo es un acto reflejo, a diferencia de lo que empiezo a sentir en las entrañas. Solo se me ocurre una palabra para describir la satisfacción que me envuelve el corazón como una asfixiante enredadera.

—*Hygge*.*

—¿Qué dijiste?

Iris me mira con una expresión de desconcierto.

«Mierda. ¿Lo dije en voz alta?»

Tengo dos opciones: admitir la verdad o negarlo por completo.

«Niégalo.»

* *Hygge*: sustantivo, danés: sensación acogedora de comodidad y satisfacción.

—Nada.

Lo que siento difícilmente puede definirse como «nada». El corazón me martillea en el pecho, y solo espero que ella pase por alto ese órgano delator. Noto malestar al pensar en el desliz. Paré de usar ese tipo de palabras hace mucho tiempo, después de que muriera mi madre. Ya no tenía sentido cuando la única persona que me comprendía hasta ese punto se marchó, dejándome el corazón roto y la cabeza llena de palabras inútiles.

«Y mírate ahora, utilizándolas para describirla precisamente a ella.»

Mierda.

Me paso la mano por el pelo para ocuparla en algo más allá de tocar a Iris. No creo que eso me traiga nada bueno.

Iris me aprieta aún con más fuerza, indicándome que baje la vista hacia ella.

—¿Estás bien?

—Claro.

Resisto el impulso de soltarla. Se está empezando a acostumbrar demasiado.

—Fantástico, porque tu padre viene para acá y la sonrisa que tiene es de pura malicia. —Iris se separa de mí y se coloca a mi lado.

Yo le planto una mano en la cadera, como si ese fuera el lugar que le corresponde.

Mi padre se acerca a nosotros.

—Justo la pareja que estaba buscando.

Iris masculla algo para sus adentros antes de adoptar la más falsa de las sonrisas.

—Señor Kane. Me alegro de que haya podido venir esta noche.

Resoplo ante esa exhibición de buena educación. Teníamos la esperanza de que mi padre decidiera no venir, pero es muy propio de él presentarse siempre en el último momento.

Entorna el ojo derecho, a pesar de la sonrisa ligera que dibujan sus labios.

—Por favor, tutéame. Ahora ya somos prácticamente familia.

—Como si supieras lo que significa esa palabra —intervengo.

—Comprar una familia no te convierte ni mucho menos en un experto en la materia.

—Ni tampoco ser un alcohólico ausente al que le repugnan los niños.

Iris toma aire. Mi padre se pone rojo como un jitomate, y el rubor se le extiende desde las mejillas hasta el cuello.

—¿Cómo te atreves a hablarme así?

—Pues así, básicamente.

Tiene una sonrisa forzada que en ningún caso le llega a unos ojos inexpresivos.

—Estoy haciendo un esfuerzo por ser educado y apoyarte.

—Cuando estás en público.

—Las apariencias lo son todo.

Aprieto con fuerza los dientes. Después de que mi madre muriera, tuve que aprender esa lección demasiadas veces con el paso de los años. Porque a pesar de que nuestra casa fuera un absoluto infierno en privado, para el resto del mundo éramos la familia estadounidense definitiva. Mis profesores de la escuela privada jamás cuestionaban los ojos morados ni los moretones que me aparecían sin razón alguna. Eran fáciles de comprar, como el resto del mundo, y alimentaban el cruel ciclo de mi infancia, de la que intenté proteger por todos los medios a Cal y Rowan, aunque eso implicara enfrentarme solo a mi padre.

—Gracias por venir. Ojalá pudiéramos platicar un rato, pero quiero presentarle a Declan a mi prima antes de que se vaya. —Iris me tira de la manga del saco y yo la sigo sin molestarme en mirar a mi padre. Estoy demasiado absorto en mis pensamientos como para percatarme de nada más.

Hasta que Iris no me empuja a una habitación atestada y enciendo la luz, no caigo en la cuenta de que el ruido se redujo a unos niveles soportables.

Echo un vistazo a lo que me rodea.

—¿Un clóset de mantenimiento?

Ella se ríe.

—Lo siento. Es la primera puerta abierta que encontré.

—¿Por qué nos escondemos?

—Porque te vi a dos segundos de saltarle a tu padre a la yugular. Me pareció que quizá te iría bien alejarte de los invitados unos minutos.

Iris tiene el superpoder de saber siempre lo que necesito justo cuando lo necesito. Su desempeño es ciertamente incalculable.

—Gracias —digo, apoyándome en una estantería de productos de limpieza.

Tras horas hablando con la gente, siento que por fin vuelvo a respirar. Las sienes aún me palpitan por los excesivos estímulos, pero el dolor se redujo significativamente.

Iris se sube a una lavadora y utiliza la tapa como asiento.

—Esta noche estuvo...

—Agotadora —termino por ella.

Ella asiente.

—Si esto es la cena, no me imagino cómo será la boda.

—Tú eras la que quería un bodorrio.

—Pero porque mi madre me mataría si la excluyera.

—Es que podemos casarnos en privado e invitarla. Sería nuestra única testigo. —La propuesta surge de mí a demasiada velocidad como para que pueda reprimirla.

Iris deja de reírse cuando me ve la cara.

—Lo dices en serio.

Asiento; cada vez me gusta más la idea.

—Podríamos darle un par de vueltas a la idea. Estaríamos en Las Vegas en cuatro horas o menos.

—No sufrimos tanto para llegar aquí como para rendirnos justo antes de la línea de meta.

—No es rendirse. Es cambiar de ruta.

Iris se tapa la boca para amortiguar la carcajada. Es evidente que está en contra de mi idea, pero eso no hace sino darme más motivos para no aceptar un no por respuesta.

La acecho, acorralándola contra la lavadora. Los ojos casi se le salen de las órbitas cuando me sitúo entre sus piernas. El tejido de su vestido largo es lo bastante flexible como para adaptarse a mi tamaño.

Le agarro la barbilla para obligarla a mirarme.

—Piénsalo. Tú, yo, un coche y una capilla. Sin prensa. Sin tonterías. Sin expectativas.

—La cumbre del romanticismo —responde con sequedad.

Le presiono la barbilla con el pulgar con un poco más de fuerza.

—Le añado cien millones más para que se haga realidad.

Se libera de mi mano al echar la cabeza hacia atrás. La risotada que deja escapar le provoca algo anormal a mi ritmo cardiaco, y el pulso regular se me vuelve errático.

—No hay dinero en el mundo que pueda hacerme cambiar de idea, teniendo en cuenta que mi madre me mataría antes de que tuviera la oportunidad de gastármelo.

Sonríe al oír mi suspiro de decepción, y me da unos golpecitos reconfortantes en el pecho.

—Si te sirve de consuelo, la idea me gusta tan poco como a ti. —Su mano me abre un agujero que me atraviesa el pecho, justo por encima del corazón.

Bate las pestañas al parpadear antes de mirarme, y yo tengo la atención dividida entre mirarla a los ojos o bajar la vista hacia sus labios. Estar tan cerca de ella es catastrófico para mi autocontrol. No tengo claro si es la falta de contacto humano o el hecho de desear lo prohibido, pero no puedo evitar sentirme atraído por ella.

—¿Volviste a dejar encendida la luz del clóset? ¿Qué te dije sobre lo de malgastar electricidad? —oímos al otro lado de la puerta. El pomo se mueve e Iris me mira con los ojos como platos.

—Dime que cerraste...

Me hunde las manos en el pelo y me inclina la cabeza a un lado, antes de posarme los labios en el cuello y prenderle fuego a la sangre que me recorre las venas. Me rodea la cintura y me atrae hacia sí. La sangre me fluye de la cabeza a la entrepierna cuando Iris me deja un rastro de besos por el cuello.

Unas llaves repiquetean las unas con las otras y el pomo gira. La luz baña la estancia mientras unos meseros nos contemplan boquiabiertos.

Uno de ellos rompe el hielo.

—Disculpen...

—Fuera —le espeto.

Iris deja escapar una risita sobre mi piel, y yo siento cómo ese sonido me recorre el cuerpo hasta el miembro. Su risa es un poderoso afrodisiaco del que me niego a disfrutar.

La puerta se cierra de golpe. Iris me aparta antes de bajar de la lavadora.

—Oye, estuvo divertido.

Los pantalones se me tensan mientras pienso en lo «divertido» que estuvo.

Una mano de piel oscura me toca el brazo. Volteo y me encuentro a la madre de Iris agarrándose a mí con una sonrisa tímida.

—Hola.

—¿No encuentras a Iris? —pregunto, buscándola por la sala.

—De hecho, venía a hablar contigo.

¿Tendré la opción de negarme con educación?

La sonrisa se le borra de los labios.

—No te robaré más que unos minutos. Sé que eres un hombre muy ocupado.

Veo que mi reputación me precede.

—Vayamos fuera —propongo. Hago un gesto hacia el balcón vacío y dejo que ella pase primero.

Tomo aire cuando las puertas se cierran a nuestra espalda y nos quedamos en silencio.

—Iris me dijo que odias este tipo de eventos —dice frotándose las manos.

—Me repugnan, más bien.

Se ríe, y no puedo evitar recordar la risa sibilante de Iris. Como si el oxígeno no les llegara a los pulmones lo bastante rápido.

—¿Cómo estás?

—Como esperarías que estuviera una persona introvertida que detesta los eventos sociales, las conversaciones intrascendentes y a la gente en general.

—¿Y por qué no te negaste?

—Porque es lo que se espera de mí.

Las trenzas se le mueven cuando ladea la cabeza.

—Debe de ser agotador tener que aparentar tanto en público.

—No te imaginas.

—A lo mejor no sé lo que es crecer bajo el foco público como tú, pero sí sé lo que es ponerle buena cara a la gente que te rodea.

—¿Ah, sí? —Me cuesta creerlo.

Ella desvía la mirada hacia la silueta de la ciudad.

—Seguro que Iris te habló de mi exmarido y de que tenía unas expectativas muy concretas.

Abro la boca, pero opto por no decir nada. En realidad, apenas sé nada del padre de Iris más allá de que es un inútil.

Ella continúa, y me ahorra el esfuerzo de tener que buscar una respuesta.

—Cuando me contó que iba a casarse contigo, me hizo mucha ilusión que por fin hubiera conocido a alguien que la tratara bien. Alguien que le demostrara que el amor puede sanar el alma tanto como destruirla. He visto cómo habla de ti.

Ahora sí me llama la atención esta conversación.

—¿En qué sentido?

Ella se ríe.

—Es obvio que te admira, y no solo desde un punto de vista romántico. Tu ética profesional. El amor que sientes por tus hermanos. El hecho de que le dieras la oportunidad de demostrar lo mucho que vale. Esto último no puedo agradecértelo lo suficiente. Te lo digo de corazón.

Me deja sin palabras, y la observo con los labios entreabiertos. Ni siquiera sé cómo procesar el comentario final, teniendo en cuenta que a la mayoría de la gente le horroriza que mi asistente trabaje más horas que la mitad de los ejecutivos.

—Pero, sobre todo, como cualquier otra madre, me preocupo por ella y por su futuro. No quiero que sufra tanto como yo. Quiero que tenga una vida mejor, y creo que tú puedes dársela, siempre que prometas respetarla a ella y a los votos que pronunciarán este fin de semana.

—Le aseguro que mi prioridad principal siempre será el bienestar de Iris.

Aunque eso suponga sabotear el mío.

11
Iris

—Estás preciosa. —Mi madre intenta contener las lágrimas que se le acumulan en las comisuras de sus ojos negros.

Me ajusta el velo con manos temblorosas, con cuidado de no estropearme los rizos perfectos del pelo. Con un vestido *vintage* de encaje que vale más que un año entero de renta y unos zapatos que brillan como el diamante que llevo en el dedo, me siento como una verdadera princesa de Dreamland.

El ramo de flores de colores me tiembla en el pecho.

«Llegó el momento.»

Si hubiera dependido de mí, me habría casado en secreto en algún sitio solo con mis familiares y amigos más cercanos. Pero esta boda no es para mí. Ni siquiera es para Declan, dado que también prefiere una ceremonia sencilla. Concederle a mi madre el deseo de una ceremonia religiosa fue la mejor opción por múltiples razones, pero sobre todo porque debemos demostrarles a los cientos de invitados, incluido el abogado de Brady Kane, que estamos unidos. Que estamos enamorados. Me cuesta mucho no torcer la cara ante la idea.

Mi madre sorbe por la nariz.

—No puedo creer que mi niña se vaya a casar.

—Por favor, no llores.

No sé si podré soportarlo. Estoy bastante segura de que la presión me sobrepasaría y le confesaría el plan entero si mi madre vertiera una sola lágrima.

—Me cuesta. Siempre soñé con el día en que encontraras a alguien que te hiciera feliz.

Noto una punzada en el pecho.

—¿En serio?

Mi madre asiente.

—Me preocupaba haber sido un mal ejemplo cuando eras niña. Que la amargura que sentía hacia tu padre me impidiera enseñarte cómo pasar página a pesar del dolor.

—Mamá...

Quiero decirle que no, pero no encuentro las fuerzas de contarle más mentiras. Lo cierto es que la experiencia de mi madre y mi padre fue una carga insoportable durante mi infancia. Cambió algo en mí que un matrimonio falso no podrá arreglar. En todo caso, no hace más que demostrar lo que ya sé. Que el amor solo existe en los cuentos de hadas y las películas de Dreamland. La realidad es mucho más desoladora.

Como si fuera capaz de leerme el pensamiento, mi madre prosigue:

—No todos los hombres son como tu papá. Me costó lo mío darme cuenta de eso, pero me alegro de que tú hayas aprendido más rápido que yo.

—Ya... —digo con la voz rota. Estoy a dos segundos de venirme abajo.

Mi madre me toca la mejilla.

—Estoy orgullosísima de que por fin te hayas abierto a alguien. De que te arriesgaras a que te hagan daño conociendo todas las posibilidades, las buenas y las malas. Llegaste muy lejos.

Noto un nudo incómodo en la garganta, y giro la cabeza para evitar su mirada, temerosa de que pueda leer la verdad en mis ojos. Ni por error me abriría a amar a alguien como Declan. Lo considero amigo mío, pero él no quiere nada conmigo en ese sentido.

La abuela sale del baño.

—¿Ya están con los dramas? Esto es una boda, no un funeral.

Mamá y yo estallamos en carcajadas, y ese momento se desvanece como si nunca hubiera ocurrido. Pero el nudo constriñe mi pecho mucho después de que cambiemos de tema. Las conversaciones sobre mi padre siempre despiertan viejos fantasmas, pero la celebración de hoy bien puede ser una fiesta en la que también sean bienvenidos.

La mayoría de las chicas sueñan con el día en que caminan hacia el altar. Yo, por otro lado, siempre supe que sentiría pavor al recordar que había crecido sin padre. Mamá se ofreció a ocupar su lugar, pero yo quería ir sola. Me prometí hace muchos años que me demostraría a mí misma que no lo necesitaba. No lo necesitaba entonces y tampoco lo necesito ahora.

La música suena en el momento oportuno. Todo el mundo se pone de pie y centra su atención en mí. El cuerpo me tiembla ante tantos ojos indeseados que me analizan, y dejo escapar una respiración entrecortada.

«Tú puedes.»

Sonrío bajo el velo, ocultando el hecho de que los ojos me arden por las lágrimas no derramadas. Levanto la vista hacia mi destino. Casi me tropiezo al ver a Declan observándome, pero recupero el equilibrio. Lo que le arde en la mirada hace que se me pongan los pelos de punta. Creo que nunca he visto a Declan mirarme así, pero me trastorna por completo el ritmo cardiaco.

Camino hacia el altar como la soldado dedicada que se presenta al servicio. Declan no aparta los ojos de mí, probablemente para asegurarse de que no echo a correr hacia la salida de emergencia más cercana. Hay algo hoy en su mirada que me revuelve el estómago y hace que lo sienta más ligero.

O tal vez sea la copa de champán de última hora que me ofreció mi abuela. Porque es imposible que mi jefe me genere mariposas en el estómago. La mera idea hace que me entren ganas de reírme como una demente.

«Es el champán, sin duda.» Siempre se me ha subido rápido.

Declan, como yo, está solo. No sé por qué no eligió a uno de sus hermanos como padrino, pero en cierto modo me alivia, teniendo en cuenta las pocas opciones que tenía yo para escoger dama de honor. Apenas tengo amigas. Y no porque no quiera, sino porque me paso el día trabajando. Cal se ofreció a presentarse con un traje rosa, pero le dije que no y que el rosa no le quedaba bien. Los dos sabemos que es mentira. Pero me parecía más sensato que afrontar la realidad: es mi único amigo.

Me detengo frente al altar y volteo hacia mi prometido con una sonrisa vacilante. Él tensa la mandíbula mientras me repasa de arriba abajo, y yo me ruborizo bajo su escrutinio.

Declan sigue con la mano el borde del velo. Percibo un ligero temblor, que él trata de ocultar agarrando con fuerza la tela. Siempre detestó las multitudes. Lo ponen nervioso, aunque evidentemente eso es algo que no le confesaría jamás a nadie.

Pero yo lo sé, y el secreto me hace sonreír.

—Relájate. Haz como si estuviéramos solos —susurro lo suficientemente bajo como para que solo me oiga él.

Él se limita a levantarme el velo y pasármelo por encima de la cabeza. No sé qué vio, pero pestañea dos veces.

—¿Todo bien? —mascullo.

Él ladea ligerísimamente la cabeza.

—Estás guapa.

Los nervios que sentía hasta en las puntas de los dedos mueren de golpe.

¿Que estoy... guapa? ¿Está jugando? Podría haber dicho cualquier cosa, lo que fuera, y habría sonado muchísimo mejor que «guapa».

Que se vaya al carajo. No me pasé cinco horas en una peluquería, dejando que me toquetearan, me picaran y me depilaran con cera para que luego él me diga que estoy «guapa».

Como si Declan sintiera lo que me bulle dentro, agarra el ramo de flores y se lo alarga a otra persona. Acto seguido, me toma de las manos y me sujeta con firmeza. No sé qué expresión me vio en la cara, pero me da un apretón de advertencia. En lugar de permitir que la rabia saque lo peor de mí, esbozo una sonrisa falsa y le hago un gesto con la cabeza al cura.

Ya le enseñaré yo al «guapo» este. «Idiota.»

El sacerdote comienza con el sermón, pero apenas lo oigo por encima del ritmo errático de mi corazón. Declan me agarra las manos con fuerza mientras el cura habla del amor, el compromiso y las dificultades que nos pondrán a prueba. Me siento un fraude al asentir a sus palabras, fingiendo adoración. Opto por echarle un vistazo a la parte trasera de mi vestido, por si comenzó a arder por mentir en la casa del Señor.

El resto de la ceremonia es un requisito con un intercambio de votos estándar. Cuanto más nos acercamos al final, más me cuesta respirar, hasta el punto de que casi me da un infarto cuando Declan me toma la mano izquierda.

—Iris, te ofrezco este anillo como recordatorio de mi compromiso contigo, de nuestro matrimonio y de nuestro futuro. Que sirva como símbolo de mi devoción por ti, a partir de hoy. —Hay algo en sus palabras que hace que me detenga. Podría haberme prometido su amor eterno o algo igual de nauseabundo frente a tantas personas, pero no lo hizo.

«Porque Declan Kane no muestra sus cartas. Admitir que está locamente enamorado de ti frente a una iglesia hasta los topes no encaja con su imagen de marca.»

Declan silencia mis pensamientos al deslizarme un delgado anillo de platino cubierto de diamantes en el dedo.

Las dos frases a las que llevo dos semanas dando vueltas se me escapan cuando tomo la argolla de Declan de la mano expectante de mi madre.

—Este...

«Ahí, con fluidez, Iris.»

Si a Declan le molesta que me tropiece con las palabras, no lo deja entrever. Le agarro la mano izquierda mientras sostengo el anillo con la otra.

—Declan, te entrego este anillo como símbolo de mis promesas, como compañera y amiga. Que sirva de recordatorio de que, incluso durante los peores momentos, siempre podrás contar conmigo para que esté a tu lado. —Le deslizo la argolla hasta el nudillo y nuestras miradas se cruzan.

Algo le recorre el rostro. Casi parece enojado, pero no puede ser, ¿verdad? ¿Estará triste? Contengo como puedo una carcajada. «No, eso tampoco es posible. Declan no tiene motivos para estar triste.»

Como si Declan se hubiera percatado de que le revelé una minúscula parte de sí mismo a la audiencia, recupera el control de las emociones de su cara.

«Y volvemos a la programación habitual.»

El sacerdote continúa su sermón sobre la adversidad y la sacralidad de nuestros votos matrimoniales. Nos bendice a nosotros, a nuestros futuros hijos y a todos los asistentes a la boda.

Y, entonces, llega el temido momento que había bloqueado de mi memoria. El sacerdote da un paso hacia el altar y nos ofrece cierto espacio.

—Yo los declaro marido y mujer. Declan, puedes besar a la novia.

Abro mucho los ojos. Los presentes guardan silencio. No necesito verlos para saber que sienten curiosidad por nosotros. Nunca han visto a Declan con una mujer, y menos dándole un beso.

Un escalofrío me recorre el cuerpo cuando Declan

me posa una mano en la nuca. Aprieta los dedos y con el pulgar me acaricia el punto del cuello en que nota mi pulso desbocado. El mundo desaparece cuando mi jefe se inclina hacia mí y su carísimo perfume me inunda.

Me fallan las piernas y Declan me rodea la cintura con el otro brazo para que no me caiga. Me coloca de tal forma que el público no pueda vernos las caras, y convierte el momento en algo privado, solo para nosotros.

«Llegó la hora.» Se inclina hacia delante y nuestros alientos se entremezclan. Cierro los ojos cuando sus suaves labios rozan las comisuras de los míos.

«Espera, ¿qué? ¿Ni siquiera va a darme un beso en condiciones?» No ha sido más que una tentativa para apaciguar a las masas.

Se aparta, dejando poco más de un centímetro entre nosotros. Tiene los ojos cerrados con fuerza, como si le doliera algo.

La vergüenza ha sido tal que me escuecen los ojos.

—Ese fue, sin ninguna duda, el peor beso de mi vida, y ya es mucho decir, porque mi último ex... —empiezo a susurrar.

Declan presiona sus labios contra los míos para callarme. Noto una sensación que comienza en mis labios y se extiende por mi cuerpo como un incendio forestal, y me pierdo en este momento, en sus labios apretados contra los míos.

Me agarro a su cuello como si fuera un salvavidas. Me siento perdida en el mar, ahogándome en todas las sensaciones que me consumen. Su pecho contra el mío. El peso de su mano que me arde en la parte baja de la espalda. El roce de sus dedos en mi cuello, tan delicado que casi parece respetuoso.

El estallido de aplausos me arranca del momento.

Declan vuelve a ofrecerme sus labios, como si quisiera marcarme con su contacto. Nuestras frentes se rozan, y la dulzura del gesto amenaza con provocar que el corazón se me salga del pecho.

«¿Qué está haciendo? Y, en concreto, ¿por qué me siento así?» Es oficial: perdí el control. Por alguna razón, esta atracción química que siento por Declan no encaja con mis nociones preconcebidas.

Es posible que el resto del mundo lo considere una persona fría, pero a mí me hace arder.

—Se lo creyeron. —Su áspero susurro me cae como un balde de agua fría. Hay algo en su comentario que me provoca una fuerte opresión en el pecho, que crece hasta consumirme el corazón.

Sus palabras no deberían dolerme. A fin de cuentas, todo esto no es más que una estratagema, pero el dolor se niega a remitir.

Puede que yo también me lo creyera.

12

Declan

Me cuesta apartar la mirada de Iris cuando caminamos hacia la salida de la iglesia. Es la personificación de la elegancia y la gracia, con una sonrisa que brilla tanto como el diamante que lleva en el dedo. La argolla sirve de recordatorio de la promesa que me hizo.

No tenía claro si llegaríamos a este punto. Después de mi compromiso fallido, pensaba que nos atoraríamos. Que tal vez Iris se despertaría un día y decidiría que aquello no era más que un craso error. Pero, al final, y por primera vez en dos semanas, siento alivio.

La presión del pecho regresa con cada paso que me aleja del altar. Con una parte de la herencia completada, solo hay un obstáculo que me separa de convertirme en director general.

«Primero sobrevive al resto del día antes de preocuparte por eso.»

Le doy vueltas a la argolla con el pulgar, comprobando la sensación del metal que me presiona la piel. Pensaba que me agobiaría más. Iris eligió una argolla sencilla que apenas llama la atención. Nuestros anillos solo transmiten un mensaje.

«Matrimonio.»

Dos escoltas nos abren las puertas. Juntos, Iris y yo salimos hacia el radiante sol de la mañana. Uno de los fotógrafos se detiene frente a nosotros y grita nuestros nombres. Le rodeo la cintura a Iris con el brazo y tiro de ella hacia mí, ignorando lo mucho que se tensa cuando la toco.

Su reacción no me sorprende, pero sí me frustra. Después del intenso beso que compartimos, pensaba que se habría acostumbrado a mi tacto, pero me equivocaba. En vez de eso, levantó otra barrera más entre nosotros. La expresión distante de su cara me anima a llevarla al límite. Quiero recrear el gesto que puso justo después del beso, antes de que tuviéramos que enfrentarnos de nuevo a la realidad.

Le recorro la espalda con la mano, repasando la hilera de botones de marfil. Ella se limita a lanzarme una sonrisa fría que no comparten sus ojos.

Me desprecia.

—¿Qué te pasa? —le susurro al oído antes de colocarle un mechón de pelo detrás de la oreja.

Su carcajada falsa me pone de nervios.

—¿Tiene que pasarme algo?

Hago una mueca.

—No te veo feliz.

—A diferencia de ti, no todo el mundo puede estar fingiendo todo el día.

Apenas la oigo por culpa de una ráfaga de viento.

—¿De qué estás hab...?

—¡Una foto con beso antes de que salgan los invitados! —grita el fotógrafo.

Yo sonrío ante la risa nerviosa que deja escapar Iris. La cámara hace clic, capturando este momento.

—Creo que ya están saliendo —anuncia ella.

—¡Pues rápido, vamos! —responde el fotógrafo.

No debería ceder a sus exigencias, pero me interesa comprobar si el beso que hemos compartido en la iglesia fue una excepción o una prueba de nuestra química, porque fue eléctrico; de esos que no deberían saber tan bien, dadas las circunstancias.

De esos que estoy a punto de recrear con la esperanza de que el hormigueo que sentí justo después no fuera solo el resultado de saber que superé la primera tarea de mi herencia.

Rodeo a Iris con los brazos y la atraigo hacia mí. Ella separa los labios y cierra los ojos cuando me inclino hacia delante. Siento una descarga eléctrica por la piel cuando nuestras bocas se tocan, y un calor líquido me recorre las venas. Besarla es adictivo. Emocionante. Y no puedo dejar de cuestionarme por qué no está bien.

«Es tu asistente.»

Le doy un mordisquito en el labio inferior para distraerme. Ella suelta un grito ahogado, y yo absorbo el sonido antes de que pueda llegar a oídos del fotógrafo.

«Le estás pagando para que sea la madre de tu hijo.»

Mi beso se vuelve más hiriente, y ella parece responder bien a mi desesperación. Gruñe mientras me rodea el cuello con los brazos. El ramo me araña la piel, y me envuelven el aroma de las flores y el de Iris.

El fotógrafo tose.

—Estamos listos. La foto es buena.

La realidad me embiste como un cubo de agua helada, y me separo de Iris un instante antes de volver a tirar de ella y repetir el beso por razones más egoístas que una foto. El beso no fue casualidad, y tampoco fruto del subidón por haber completado la petición de mi abuelo. Es mucho peor que eso.

Iris pestañea con las pupilas dilatadas.

«A ella también le afectó.»

Debería generarme cierto alivio saber que ella está teniendo los mismos problemas que yo, pero me preocupan demasiado las consecuencias de un descubrimiento de esta magnitud.

Antes de tener la oportunidad de procesar lo que está ocurriendo entre nosotros, las puertas que tengo a mis espaldas se abren de par en par y cientos de invitados salen de la iglesia. Forman un círculo, asfixiándonos. Detesto tanto cómo nos bombardean con cumplidos como el hecho de que la multitud crezca por momentos.

Iris me agarra de la mano.

—Relájate. Concéntrate en mí.

Ese es el problema. Es que no puedo concentrarme en nada que no sea ella.

No soy capaz de mirarla más que unos pocos segundos. Me cuesta ignorar el impulso de alejarla de la multitud, y no necesitaría demasiado para entregarme a él.

«Recuerda lo verdaderamente importante.»

Iris permanece en silencio mientras nos arrastran hasta el Maybach. Paso todo el trayecto en coche hacia el lugar de la recepción recordándome que no tengo control alguno sobre lo que me atrae y lo que no. Independientemente de los dos besos que compartimos, nada importa más que el hecho de que nuestra relación siga siendo profesional. Hay demasiado en juego como para dejarnos embelesar por la atracción pasajera que sentimos por el otro.

Mi futuro es más importante que satisfacer un impulso momentáneo de besar a Iris. Eso es lo que tengo que seguir diciéndome a mí mismo.

Odio las bodas. Son una excusa cliché para que la gente beba a mi costa mientras finge que le interesa lo más mínimo mi matrimonio. Y es mentira. La única razón por la que vino tanta gente es porque hay que ser muy tonto para rechazar una invitación a lo que Iris describió como «la boda de la década».

Para mi desgracia, todavía tengo que sobrevivir tres horas más, y eso incluye el pastel que debo cortar ahora mismo.

Un fotógrafo distinto al de antes nos grita para que miremos a cámara.

—¿Les puedo hacer una foto con el pastel?

—¿Por qué accedimos a hacernos tantas malditas fotos? —Frunzo el ceño mientras tomo el cortador de plata de la bandeja de un mesero.

Iris me sonríe.

—Porque íbamos a compartir algunas con el mundo para demostrar lo mucho que nos queremos.

—¿Y qué más les da?

Ella se ríe, y el flash de la cámara da un fogonazo.

—Eres un multimillonario famoso que vende cuentos de hadas.

Dejo escapar un gruñido.

—La fama es efímera.

—Pues como la incomodidad, así que puedes ir acostumbrándote.

Iris me planta una mano encima para que parezca que los dos agarramos el cuchillo. Tenerla cerca dista mucho de ser una incomodidad. De hecho, el contacto con ella hace que me recorra el cuerpo un intenso deseo. Me pego más a ella para que nos acerquemos juntos al pastel.

«Eres patético. ¿Qué pasó con lo de no querer tener cerca a la gente?»

Sacudo la cabeza. Mi intención no es estrechar vínculos con Iris, pero es difícil evitarla cuando la gente no hace más que empujarnos para que estemos juntos.

—Declan, ¿una sonrisa para la cámara?

Fulmino con la mirada al fotógrafo, que se queda boquiabierto.

—No importa. —El flash se dispara y me captura todavía con una mirada asesina.

Iris se ríe.

—Necesito que me envíen esta foto ahora mismo.

La atravieso también a ella con la mirada, pero solo consigo que se ría aún con más ganas. Noto una opresión en el pecho al oír ese sonido. Comparado con la frialdad con que se comportó antes delante de los invitados, me alegro de volver a verla animada.

«Y por esto debes alejarte de ella. Por lo que sientes ahora mismo en el pecho.»

«Mierda.»

El fotógrafo nos toma otra foto antes de que le indique que se vaya. Mi humor empeora, y apenas le presto atención a Iris mientras cortamos el pastel. Cumplimos con todo lo que se espera de nosotros. Ella me da un trozo de pastel en la boca y yo se lo doy a ella. Un puñado de personas suelta un grito ahogado cuando Iris me unta un poco de pastel en la cara, y yo le devuelvo el favor llenándole la boca cuando aún se está riendo.

Nada de esto es real. Me desconecto del momento, pero no lo suficiente como para no percibir el dolor en los ojos de Iris cuando la abandono para ir al bar. Soy un imbécil por dejarla sola con la multitud que se formó a nuestro alrededor. No hay fibra de mi cuerpo que no lo sepa, igual que también sé que quedarme con ella no hace más que debilitar mi determinación.

No me casé con ella por amor, dinero o afecto. Me casé con ella porque soy un avaro de mierda que está dispuesto a todo por conseguir lo que se propone, aunque eso implique condenarla al mismo «vivieron felices para siempre» retorcido que yo. Un par de besos y alguna que otra caricia no van a cambiar nuestros destinos; ¿qué sentido tiene fingir que esto es algo más que un acuerdo?

«Es lo mejor.» O eso me digo cuando vacío la primera copa de la noche.

«El alcohol nunca le resolvió a nadie los problemas.»

Se me revuelve el estómago, pero no es culpa de la bebida que me tomé de un trago, sino por la idea de recurrir al alcohol para superar mis problemas. El mesero se apresura a rellenarme la copa, pero la aparto fuera de su alcance.

«Tú no eres como él.»

Me voy del bar antes de hacer algo de lo que pueda arrepentirme más tarde.

13

Iris

—¡Más *shots*! —grita Zahra, la novia de Rowan, con una botella de tequila en la mano.

Se tambalea sobre los tacones, pero Rowan interviene para estabilizarla. El estómago se me revuelve ante ese gesto de amor. Verlos interactuar es vomitivo; Zahra le sonríe a Rowan como si le hubiera bajado la luna. Es extraño, pero me fascinan sus interacciones, teniendo en cuenta el poco tiempo que llevo expuesta a parejas felices con los años. Tal vez haya esperanza al fin y al cabo si alguien tan malhumorado y huraño como Rowan es capaz de mirar así a una mujer.

No debería estar amargada en mi propia boda, pero viendo que mi marido me evitó todo lo humanamente posible después de cortar el pastel, no estoy de ánimos. Le pasó algo al salir de la iglesia, y no puedo evitar preguntarme si habrá sido por el beso.

—¿Qué habíamos dicho del tequila? —Rowan le arrebata la botella de las manos a Zahra.

—Que nunca confíes en un hombre que se llame José y se apellida Cuervo. —Ella se cruza de brazos con gesto melancólico y se deja caer en la silla a mi lado, haciendo que la tela de su vestido se infle a su alrededor.

A Rowan le tiembla el pecho por la risa contenida cuando arrastra una silla para sentarse junto a Zahra. Cal toma la botella y vierte tequila en cuatro vasos de *shot*.

—No te puedes ir de una boda sobrio. Es un sacrilegio.

—Como si tú supieras lo que significa esa palabra —responde Rowan.

—¡Es mi boda y se hará lo que yo diga! —exclamo, ofreciéndole a Zahra un vasito.

—La novia manda. —Zahra sonríe mientras se acaba el *shot*, antes de apoyarse en Rowan y susurrarle algo al oído.

Lo que haya dicho provoca que Rowan se beba de un trago el primer *shot* antes de servirse el segundo. Poco después, le pasa un mechón de pelo por detrás de la oreja y le susurra también algo al oído que hace que ella se ruborice.

«Qué asco.» Tomo mi vaso y me lo acerco a los labios, pero alguien me lo quita de la mano antes de que el borde me roce la boca.

—Creo que ya bebiste demasiado —me dice Declan con voz áspera, y el pulso se me acelera.

Cal agita la botella de tequila en dirección a él.

—Venga, siéntate con nosotros y celebra el día con un *shot*.

Declan le lanza una mirada mordaz.

—Creo que ya lo han celebrado bastante.

—No es una niña. Si quiere beber en la noche de su boda, es cosa suya.

—Estoy aquí, ¿eh? —replico, y me pongo en pie. La habitación me da vueltas, y me apoyo en el respaldo de la silla para no caerme—. Estoy bien. Dejen de preocuparse por mí.

—Hueles a un viaje de graduación a México.

Hay algo en ese comentario que me hace reprimir una carcajada con una mano temblorosa. Declan frunce los labios. Yo doy varios pasos inestables hacia él antes de agarrarme a su esmoquin para no caerme, y utilizo la otra mano para subirle las comisuras de la boca y que parezca que sonríe.

—Así. Mucho mejor.

—Nos vamos a casa. —Declan me rodea con el brazo. El movimiento me recuerda al beso de la iglesia, y no puedo evitar ruborizarme debajo de las toneladas de maquillaje.

Hago pucheros.

—Pero ¿por qué?

—Porque estás ebria.

—¡Estamos en una boda! ¡En nuestra boda! —Intento concentrarme en las tres cabezas de Declan—. Oye, ¿y tú por qué no estás borracho?

Las tres cabezas se funden en una sola, furiosa.

—Porque al menos uno de los dos tiene un poco de autocontrol —me espeta.

—¡Es culpa de Cal! —balbuceo.

—¡Oye! —exclama este, levantando las manos.

—Se robó una botella del bar, yo lo vi —interviene Rowan.

Declan señala a su hermano pequeño.

—No me provoques.

La forma que tienen de interactuar hace que arquee una ceja en dirección a Zahra.

—¿Lo ves? Te dije que nunca se llevan bien.

Zahra sonríe.

—Todavía.

—Ya me cae bien —digo en voz alta en vez de para mis adentros.

—Vámonos —insiste Declan.

—¡No olvides escribirme! Quiero que me cuentes todos los detalles —grita Zahra.

Le levanto el pulgar por encima del hombro. Por lo visto, es la única persona, sin contar a Cal y Rowan, que sabe lo del montaje. Pero no pienso decírselo a Declan. Estoy bastante segura de que mataría a Rowan por haberse arriesgado a compartir con ella un secreto así.

Declan me guía hacia la salida del salón de baile.

—¡Esperen! —grita la *wedding planner*—. ¡No se vayan todavía, que no lanzaste el ramo!

Declan deja escapar el suspiro más largo de la historia. El pecho me tiembla por la risa contenida, y él se voltea hacia mí.

—¿Se puede saber qué te parece tan chistoso?

—La estás pasando muy mal.

—Ah, ¿ ahora disfrutamos de los disgustos del otro?

—Estás tú para juzgar. Son tus premios favoritos. —Sonrío al ver cómo se le encienden las mejillas.

«Un punto para el Equipo Iris.»

Tati le dice al DJ que les pida a todas las chicas que acudan a la pista de baile para el lanzamiento del ramo. Declan me agarra como si temiera que en cualquier momento pudiera irme de boca. Me imagino que solo lo hace porque quiere asegurarse de que el público se cree lo de nuestro matrimonio.

Como para olvidarme de lo que me dijo en la iglesia.

Mamá me entrega el ramo con una sonrisa cómplice.

—Te lo estaba guardando.

—Eres la mejorcísima madre del mundo mundial.

Ella niega con la cabeza.

—Cuídamela, Declan. Intenta que se duerma antes de entrar en la fase llorona de la borrachera.

—Dime que está jugando —me ordena cuando mi madre se aleja.

Suelto una risita.

—No mames.

—Tranqui, solo lo haré en tus sueños, maridito mío —le digo, dándole unos golpecitos en la mejilla.

—¿Se te murieron todas las neuronas esta noche?

—¡Venga! —grita una mujer—. ¡Hazlo ya!

Me pongo de espaldas a la multitud.

—Uno. Dos. ¡Tres! —cuento, antes de lanzar el ramo por encima de mi cabeza.

Giro sobre los talones tan rápido que casi me caigo, pero Declan consigue agarrarme y me aprieta contra su pecho firme.

«¿Cómo que "pecho firme"? Puaj. A lo mejor sí estás borracha después de todo.»

El ramo aterriza en los brazos abiertos de alguien con un golpe seco. No reconozco a la mujer que lo atrapó, pero las mujeres que la rodean chillan mientras tratan de arrebatarle el ramo con manos codiciosas.

—Por fin. —Declan hace ademán de dirigirse hacia la salida justo cuando el DJ anuncia que llegó el turno de mi marido de arrancarme el liguero.

«Mierda.»

—Será broma, ¿no?

Se me ponen los pelos de punta cuando me aprieta el muslo. Cal le mete un billete de cien dólares al DJ en la mano mientras Rowan arrastra una silla hasta el centro de la pista de baile. Cal se tambalea hacia mí para ayudarme a sentarme, consciente de las capas de encaje y tul que se arremolinan a mi alrededor como un paracaídas.

—Ojo, Iris, que tu marido muerde.

Un rubor imperceptible se me extiende de la cabeza a los pies.

—Los odio —masculla Declan, mirando a Cal y a Rowan.

Justo a tiempo, el DJ pone la música más sensual conocida por el mundo. Noto en el estómago miles de burbujitas de champán estallando con el ritmo mientras se me acelera el pulso.

Declan hinca la rodilla y se acomoda delante de mí. La mano izquierda le tiembla antes de que la cierre en un puño, igual que cuando la gente nos observaba mientras bailábamos.

«Se ve que, al fin y al cabo, es humano.»

Lo arranco de sus pensamientos inquietos.

—Le sienta bien estar de rodillas, señor Kane.

—No te acostumbres. —Las comisuras de los labios se le tuercen en la típica sonrisa Declan. El flash de una cámara se dispara, capturando el momento.

Me toca el muslo tapado con la mano, sin apenas dejar marca en las capas de tejidos.

—Esto no está bien —masculla.

—Tienes razón. Estoy absolutamente escandalizada —le digo fingiendo afectación.

Él sacude la cabeza cuando se le escapa un ruido que interpreto como una risotada.

—Ya estás muy borracho.

—No. Apenas y estoy relajado.

—¿Cuál es la raíz cuadrada de sesenta y cuatro?

—Ocho, vete al carajo.

Declan se encoge de hombros.

—Estás lo suficientemente sobria.

—¿Para qué?

En lugar de responder, me levanta la tela del vestido con cuidado de que nadie vea lo que tengo ahí abajo. Mis pulmones se esfuerzan por tomar oxígeno mientras Declan desaparece debajo de mi falda.

—¡Sin manos, no te olvides! —grita Cal, y el público aúlla y vitorea.

Declan saca un brazo a ciegas de debajo de la falda y levanta su dedo medio en la dirección aproximada de Cal. Un puñado de personas se ríen mientras que otras dejan escapar un grito ahogado, probablemente debido a que están tan sorprendidas como yo de aquella muestra inusual de sentimiento por parte de Declan.

Me aíslo de todo el mundo para concentrarme en esta intensa experiencia. El roce de la barba de Declan contra mi pantorrilla. De su pelo en el interior de mis muslos cuando me los separa con la cabeza. La sensación de sus dientes rozándome la piel que rodea el liguero, acompañada por la presión de sus delicados labios cuando muerde la tela rizada de encaje.

Siento un escalofrío, y por la vibración de su garganta sé que Declan se dio cuenta y se rio.

Lo odio. Odio a mi marido con todas mis fuerzas, y suerte tendrá si no lo estrangulo con el maldito liguero cuando salga a la superficie a tomar aire.

Declan me arrastra el liguero pierna abajo, y emerge de debajo de la falda con la tira de encaje blanco entre los dientes. Con un tirón rabioso, se arranca el tejido de la boca y lo lanza al aire sin dedicarle ni un segundo más de atención.

—Disfruten de la noche. —Declan ni siquiera se molesta en ayudarme a levantar de la silla. Me recoge en volandas y me acuna, al estilo de las mejores bodas, lo cual provoca un rugido de entusiasmo en el público.

Le doy un golpecito en el hombro.

—Oye, Declan.

—¿Qué? —me pregunta, y la mirada se le enternece.

—Se supone que lo de llevarme en brazos es para entrar en casa, no para sacarme de aquí.

Suspira como si fuera la mayor molestia del mundo.

—No serías capaz de caminar en línea recta hasta la salida con unos zapatos planos, mucho menos con estos tacones.

—Mmm.

Frunce el ceño.

—¿Qué?

—Que es posible que, al fin y al cabo, sí te preocupes por mí.

—Eso es el alcohol.

Suspiro.

—José tiene sin duda el don de la palabra.

Declan tensa los brazos.

—¿Quién demonios es José?

Sonrío hacia la solapa de su saco.

—Un donnadie.

—Bueno, pues me alegro de que nadie lo vaya a echar de menos cuando se muera.

Una podría pensar que Declan me trataría un poco mejor ahora que soy oficialmente su esposa.

«Error.»

En cuanto Harrison detiene el Maybach, Declan me arroja al asiento trasero. Caigo en la piel acolchada en un movimiento rápido, y el tejido de mi vestido me envuelve como una nube.

—¿Tanto te cuesta ser un poco más delicado? —le recrimino.

Declan me ignora y me cierra la puerta en las narices. Estoy bastante segura de que una parte del vestido se quedó fuera, atrapada por esta.

—Voy a tomar eso como un sí —gruño.

El anciano chófer casi se tropieza con sus propios pies con tal de llegar antes que Declan a la puerta. El pobre Harrison debe de temer que pueda perder su trabajo a juzgar por el aspecto aterrador de Declan. Y no lo culpo.

«Pero ¿por qué está de tan mal humor?» Declan no me dirige ni una sola mirada más que cuando toma asiento, algo que no hace más que empeorar el peso que me oprime el pecho.

—Te estás comportando como un niño.

Grillos.

—¿Piensas ignorarme todo el trayecto?

La única respuesta que recibo es el rugir del motor cuando el chófer arranca el vehículo.

—Está bien.

Hago ademán de toquetear los botones para poner algo de música, pero Declan me fulmina con una mirada que me hace retirar la mano. Tras cinco minutos enteros de silencio, mi cerebro enturbiado por el tequila interviene:

—Había olvidado de lo divertidas que eran las bodas. Hacía años que no iba a una.

Declan permanece en silencio mientras desliza el dedo por el celular.

—Me alegro de haber conocido a la novia de Rowan. Es muy buena onda.

Veo que tensa la mano con que sostiene el teléfono. «Mmm. Interesante.»

—No sé por qué le tienes tanta aversión. No es culpa suya que Rowan escogiera Dreamland en vez de ser el director financiero. Al menos deberías darle una oportunidad.

El tic de la mandíbula hace acto de presencia, pero sigue sin molestarse en mirarme. «Vamos. Dame algo de lo que pueda hablar.»

—Nos invitaron a cenar mañana por la noche, y como no nos iremos de luna de...

Declan levanta la cabeza como movido por un resorte.

—No vamos a cenar con ellos.

—Pero si apenas le dirigiste la palabra a Rowan desde que decidió quedarse en Dreamland. Creo que estaría bien pasar tiempo con ellos ahora que están en la ciudad...

—No te pago para que te metas en los asuntos familiares.

Me agarro con fuerza una parte del vestido.

—Por suerte para ti, esto lo hago gratis.

Declan vuelve a clavar la mirada en la pantalla del celular.

—No te molestes. No pienso cenar con Rowan y su novia.

—Zahra. Se llama Zahra.

—Su nombre es tan irrelevante como su relación con mi hermano.

No soy capaz de cambiar el gesto de horror de mi cara.

—Carajo, tu capacidad para tenerle rencor a alguien es aterradora.

—Así sabrás que no te conviene estar de malas conmigo.

—Últimamente parece que es la única opción.

—¿Quién me iba a decir que tener mujer me iría tan bien para el ego? —dice con un tono sarcástico.

—Es deber de toda buena esposa señalarte tus idioteces, porque el resto del mundo no te lo dirá. Te tienen demasiado miedo como para hablar libremente cuando estás cerca.

—¿Qué parte de «no somos una pareja de verdad» no entiendes?

Siento una opresión en el pecho. Pensaba que Declan y yo habíamos empezado a forjar una amistad cómoda, pero su actitud esta noche me hace cuestionarme si no estaría ablandándome las cosas para que no me echara atrás con lo del acuerdo.

Las palabras de la noche del compromiso vuelven para atormentarme. «Haría lo que fuera por conseguir la herencia. Recuérdalo cuando te olvides de que esto, para mí, es solo un juego.»

¿Es eso lo que ha sido para él? ¿Un juego? Ahora que se ha salido con la suya, ya no tiene motivos para seguir jugando. La idea me produce un dolor extraño en el pecho, justo encima del corazón.

Trago saliva para deshacer el nudo que tengo en la garganta. Soy la única culpable. Declan siempre dejó muy claras sus intenciones, y yo soy la estúpida que interpretó mal nuestra relación desde el principio.

«Para empezar, ¿por qué te afecta tanto? Esto ni siquiera es real.»

Tal vez porque en algún punto del camino olvidé que todo esto no era más que una mentira.

No le dirijo la palabra en lo que dura el viaje. Si ignorarnos fuera un deporte, ambos seríamos capitanes de nuestros respectivos equipos. Cuando Harrison aparca el coche, forcejeo con kilos de tul y encaje y salgo con la misma gracia que un potro recién nacido.

—Iris —exclama Declan a mis espaldas.

No volteo. Tengo demasiado miedo de tener las emociones grabadas en la cara.

—Me voy a la cama.

—Olvidaste tu bolsa.

Siento el impulso de patalear, pero me contengo.

—Está bien.

La maldita bolsa. Sabía que tendría que haber optado por el vestido de novia con bolsillos. Me doy la vuelta y le esquivo la mirada mientras abro la puerta y busco en el asiento trasero vacío.

—Toma. —Su pecho me presiona la columna cuando me atrapa entre el coche y su cuerpo.

Yo me volteo, tratando de evitar el contacto físico, pero no lo consigo. La parte frontal de su esmoquin me roza el corsé y me provoca una oleada de calor que me recorre el cuerpo.

Declan me ofrece la bolsa. La diamantina del «Señora Kane» brilla bajo la luz de las farolas, igual de espantosa que el día que la *wedding planner* me regaló el accesorio. A juzgar por la expresión de Declan, a él debe de asquearle igual que se haga alarde de su apellido como si de un poni de competición se tratara. Es posible que yo no haya tenido los mismos problemas que él de pequeña, pero empiezo a entenderlo un poco más. Por cómo me trató la gente en la boda, pasar a ser una Kane parece una puerta abierta a trepas y gente que busca ganar influencia.

Contemplo la bolsa, que sirve como recordatorio de mi deber. De la promesa que le hice a Declan de permanecer a su lado independientemente de las circunstancias.

«Por mucho que planee todo para salirse con la suya.»

—¿Te importa? —le pregunto, haciéndole un gesto para que se aparte.

Declan se echa a un lado y yo trato de escabullirme, pero entonces me agarra con firmeza del codo. No duele, pero sirve como petición muda.

«Quédate.»

Pero ¿por qué?

—¿Sí? —pregunto.

—¿Tan terrible es?

Levanto la vista hacia él.

—¿Qué?

—La idea de ser mi mujer.

Sus cambios de humor me tienen esta noche al borde de la locura.

—¿Y ahora de repente te preocupa mi opinión? Diría que no pagas bastante como para que te ofrezca ese tipo de servicio.

Declan aprieta la mandíbula.

—Responde a la pregunta.

—No.

—¿Por qué lo pones todo tan difícil?

—No lo sé. ¿Y tú por qué tienes que comportarte siempre como un imbécil?

—Porque lo soy.

Retrocedo, moviendo el codo para liberarme de su mano.

—Créeme. Puede que me haya costado mucho más que a otras personas, pero al fin entiendo por qué la gente opina eso de ti.

Su largo pestañeo habla por sí solo.

—¿Cómo?

—Es inaceptable cómo me trataste esta noche, precisamente en nuestra noche de bodas. Pero supongo que no podría importarte menos cómo ni cuándo hieres los sentimientos de los demás, siempre que te salgas con la tuya.

—Lo que dije en el coche...

Levanto una mano.

—No le des más vueltas. Es culpa mía por haberme creado expectativas poco realistas sobre nosotros.

Declan entrecierra ligeramente los ojos. Yo continúo, con la intención de aclarar las cosas de una vez por todas.

—Nunca hice nada de esto por amor. Evidentemente. —Una risa forzada consigue salirme del interior—. Quise ayudarte porque creía que éramos amigos. Y sí, antes de que digas que jamás querrías ser amigo mío, soy consciente de que probablemente fuera ridículo pensar eso. Y aprendí la lección.

Él abre la boca, pero lo interrumpo:

—Me di cuenta de que yo tampoco quiero ser amiga tuya. Porque conocerte mejor significa cuestionar tus motivos para todo lo que haces, y, si te soy sincera, creo que es un esfuerzo demasiado grande por alguien a quien, para empezar, no le caigo bien.

14
Iris

Camino con la cabeza bien alta hasta mi habitación. En lugar de estar inquieta por la conversación que tuve con Declan, me recorre el cuerpo una sensación de tranquilidad. Es como si por fin hubiéramos vuelto a la posición en la que estábamos antes del huracán del compromiso. Sí, la cata de pasteles y la cena familiar puede que fueran un cambio de ritmo divertido, pero nada más.

Un espectáculo para las masas, como una gira de la familia real.

Tardo veinte minutos de reloj en deshacerme las horas de peluquería y maquillaje. Quizás me arranqué la mitad de las pestañas con el pegamento, pero es un pequeño precio que pagar por volver a sentirme al fin yo misma.

Cuando me dispongo a quitarme el vestido, a punto estoy de deslomarme intentando desabrochar los botones *vintage* que me recorren la columna.

—Estoy hasta la madre —gruño mientras me retuerzo frente a un espejo de cuerpo entero. No hay manera, y me quedo contemplando mi reflejo con los brazos en la cintura.

«No vas a poder salir de este vestido sin ayuda.»

Dejo escapar un suspiro resignado, me trago mi orgullo y salgo de la habitación. El primer golpe que doy en la puerta de Declan resuena contra los altos techos. Permanezco inmóvil, esperando a que me abra. La presión que siento en el pecho empeora por momentos. Diez segundos se convierten en treinta, y, antes de darme cuenta, vuelvo a llamar.

—¡Declan, necesito ayuda!

«Sí, duele admitirlo, la verdad.» Si estaba durmiendo, seguro que lo desperté. El movimiento del pomo me da la esperanza de que esta noche no tendré que dormirme con el vestido de novia puesto.

«Vaya pensamiento deprimente.»

Cuando abre la puerta, siento el impulso de echar a correr en la dirección contraria. El pulso se me acelera al contemplar el pecho desnudo y musculoso de Declan en todo su esplendor, y me atraganto cuando intento tomar aire.

Unas gotas de agua se deslizan por sus pálidos músculos antes de desaparecer en la toalla blanca que le envuelve la estrecha cintura. Tiene unos abdominales en forma de V que señalan como una flecha la zona en la que ahora mismo no debería estar pensando. Una zona que no hace más que demostrar que Declan está bien dotado incluso cuando no está excitado.

Noto una sensación cálida en las entrañas. Lo vuelvo a repasar con la mirada, y mis manos ansían acercarse al bloque de músculos también conocido como su vientre.

«Esto no me puede estar pasando.» Levanto la vista hasta su rostro, con la esperanza de que no se haya fijado en mi pérdida de cordura temporal.

Él arquea una ceja en una espera muda.

«Ay, Dios. Sabe que te gusta lo que ves.»

Trato de dar con una respuesta, pero de repente noto la garganta muy seca.

—¿Necesitabas ayuda? —me pregunta, deteniéndose frente a mí.

«¡Sí, eso!»

—No alcanzo los botones —digo con una voz mucho más entrecortada de lo que me gustaría. Dada nuestra discusión en el coche, al menos podría fingir enojo cuando lo tengo delante.

Declan me rodea como un depredador. Sus músculos se tensan con cada paso que da, y me sorprende que no se me caiga la lengua como a un perro mientras jadeo por él. Cuando me aparta el pelo enmarañado de los hombros, se me pone la piel de gallina.

Y eso no debería pasarme.

«A cualquier persona con ojos le atraerían unos buenos abdominales. Es cosa de la evolución, que nos hace elegir una pareja que pueda proveernos.»

«¿Proveerte de qué? ¿De un aguante y unos orgasmos infinitos?», respondo.

—Debe de haber como cien —dice Declan, arrancándome de mis pensamientos, algo de lo que le estoy muy agradecida.

Se me escapa una risotada antes de que tenga la oportunidad de reprimirla.

—Ciento veinte, según mi abuela.

—Entra, que hay más luz y podré verlos mejor —gruñe.

La invitación es inocente, pero mi cuerpo no parece

haber recibido el aviso cuando me guía hacia su habitación y prende la luz de su mesita de noche.

—Déjame ponerme algo encima —dice.

«No hace falta, gracias.»

No sé qué cara puse, pero se le levantan las comisuras de la boca.

—Dame un segundo.

Camina hacia el vestidor, pero echa un vistazo por encima del hombro en el último segundo. Las mejillas se me encienden por que me haya descubierto observándolo.

Declan arquea una ceja.

—Es de mala educación mirar así a la gente.

—Pues no te pasees desnudo, eso para empezar. Problema resuelto.

«Bien jugado.»

Sacude la cabeza y entra en el vestidor sin dirigirme ninguna mirada más. Dedico unos instantes a estudiar los objetos personales que tiene en la mesita de noche. Un ejemplar desgastado de *El gran Gatsby* de cuyas páginas amarillentas sobresalen cinco post-its, alineado a la perfección con el control de la tele. Pongo los ojos como platos al ver el cactus diminuto que le compré dos años atrás como regalo de Navidad.

—Virgen santa. ¿Sigue vivo? —Alargo el brazo y levanto la macetita con el mensaje «No seas tan quisquilloso».

—Soy capaz de cuidar de un cactus.

Doy un respingo al oír su voz.

—¡Pero ya pasaron dos años! —Y lo tiene en la mesita de noche. No me atrevo a preguntarle por qué, aunque la necesidad sea casi insoportable.

Me hace callar deslizándome un dedo por la espalda, justo al lado de los cien botones de marfil. La maceta que tengo en la mano tiembla cuando su aliento cálido me alcanza la nuca. La piel se me eriza como respuesta, y devuelvo la maceta a su lugar para que no se note cómo me tiemblan las manos por tenerlo tan cerca.

Empieza con el primer botón, pero lo toquetea sin éxito. Me río al oír un gruñido de frustración.

—¿Te parece gracioso?

Me río otra vez cuando se le vuelve a escapar de las manos.

—Tengo las manos demasiado grandes.

Pongo los ojos en blanco.

—Ya, claro.

—Lo digo en serio.

Lo atravieso con la mirada por encima del hombro.

—Bueno, pues algo habrá que hacer, porque no puedo dormir con esto puesto.

—¿Y si te lo corto?

—¡No!

El vestido costó cincuenta mil dólares. No me cabe en la cabeza que lo echemos a perder solo porque Declan y sus manotas son incapaces de desabrochar unos botoncitos.

Suspira al probar una última vez y fracasar en el intento.

—¿Tijeras o cuchillo?

—Estás jugando.

—¿Prefieres que te lo arranque?

—¡Claro que no! —Retrocedo, obligándolo a darme algo de espacio—. Ahora vuelvo.

Me voy a mi cuarto, abro una caja etiquetada como «herramientas de jardinería» y saco un par de tijeras de podar. Aún tienen un poco de tierra, pero no importa. Ni que fuera a volver a ponerme este vestido, aunque la opción de donarlo no la descarté por completo.

—Ya estarán felices Declan y las garras que tiene por manos —mascullo para mis adentros cuando regreso a su habitación—. Toma —digo presionándole las tijeras contra el pecho.

Él agacha la vista.

—Esperaba que esta noche fuera distinta.

—¿Te decepciona?

—Me divierte.

Nuestros ojos se cruzan y algo pasa entre nosotros. Una sola mirada que me eriza la piel y hace que el corazón se me desboque. Es como si el exabrupto de la cochera no hubiera ocurrido. Quiero enojarme, pero no soy capaz. Puede que sea un imbécil, pero yo sabía a lo que me estaba comprometiendo cuando me casé con él.

—Apúrate, que es para hoy. —Me doy la vuelta y me sujeto el cabello antes de que se me adelante. Cuanto menos contacto tengamos, mejor. Ya me siento bastante débil esta noche.

Declan me agarra el cuello de encaje del vestido.

—No te muevas ni un milímetro.

Contengo el aliento cuando noto el frío metal en la base del cuello. No se me ocurriría. No cuando mis piernas amenazan con ceder de un momento a otro.

El sonido de las tijeras cortando el encaje hace que se me vuelvan a poner de punta los pelos de los brazos. Un aire frío me acaricia la piel de la parte superior de la espalda, y presiono el vestido contra mi pecho para evitar que me caiga a los pies. Declan corta la tela con más lentitud de la necesaria, y el lado chato de las tijeras me roza la espalda con cada corte.

—Ya casi termino —dice, con una voz más ronca de lo habitual.

Con unos pocos cortes más, mi espalda queda totalmente al descubierto. Lanza las tijeras de podar a la cama en cuanto acaba. No nos movemos, y yo cada vez estoy más ansiosa. Echo un vistazo por encima del hombro y lo veo contemplándome la espalda desnuda como si fuera un rompecabezas que no supiera resolver.

—Gracias. —Trato de apartarme de él, pero me detengo cuando Declan alarga una mano y la desliza por mi espalda.

El corazón me martillea en el pecho, amenazando con salírseme por la boca cuando la mano se para justo encima de mi tanga de encaje. El deseo me golpea como un puñetazo en la cara. No puedo evitar atragantarme con un grito ahogado mientras él repasa el borde de mi ropa interior. Me acaricia con los dedos la piel erizada, y respiro hondo.

Da un tirón con la mano y arranca un largo hilo blanco.

—Esto me estaba tocando las narices.

Observo con espanto el hilo mientras cae junto a sus pies descalzos. Por supuesto, mientras yo me derretía con su tacto, él solo pensaba en un maldito hilo. Me horroriza pensar que quise atraerlo.

Esta noche fue el último toque de atención que necesitaba. Reaccione como reaccione mi cuerpo a su tacto, no es más que eso: una reacción química a las feromonas. Nada más que la selección natural haciendo lo que le corresponde, impeliéndome a aparearme con la peor pareja del planeta solo porque está como un tren y disponible.

Me niego a volver a rendirme ante su tacto. Porque la próxima vez es posible que no haya un hilo que me impida tomar una decisión nefasta.

15
Declan

Anoche me comporté como un imbécil por varias razones. Mi comportamiento en la boda fue el primer paso en falso en una serie de remordimientos, y todo porque no fui capaz de controlar mis sentimientos. Después de todos estos años, lo lógico sería que dominara a la perfección el arte de que todo me importara un carajo. Me decepciona profundamente ver que solo hizo falta que Iris apareciera vestida de novia para echar por tierra todos los esfuerzos.

«No volverás a cometer el mismo error.»

No si puedo evitarlo. Anoche me quedé despierto hasta mucho más tarde de lo que sería sensato repasando mi nuevo enfoque de nuestro matrimonio falso. Lo que ocurriera en la noche de bodas forma parte del pasado. A partir de ahora, nos cuidaremos más de ponernos en situaciones que puedan tener unas consecuencias desastrosas.

«¿Como abrirle la puerta con una toalla, a sabiendas de que ella estaba al otro lado?»

Exacto. No fue la decisión más inteligente, pero no tropezaré dos veces con la misma piedra.

Llamo a la puerta de su habitación con la mano libre. Ella grita algo indescifrable con voz ronca, de modo que vuelvo a golpear la madera con los nudillos. Un golpe seco, que suena extrañamente a una almohada golpeando la puerta, me hace sonreír para mis adentros. Iris puede tener muchas virtudes, pero no tiene un buen despertar.

Me aclaro la garganta.

—Salí a correr y te traje café.

—¿De Joe's?

Es inquietante que lo sepa.

—Sí.

—¿Con vainilla francesa y leche entera?

Aprieto los dientes.

—Obviamente.

Noto una descarga de energía que me recorre la columna cuando oigo un gruñido amortiguado al otro lado de la puerta.

—¿Y extra de crema batida?

Suspiro.

—Abre la puerta y lo verás.

Su risa se cuela por las hendiduras de la puerta de la misma forma que se me filtra en el pecho. Espero dos minutos mientras ella hace quién sabe qué en la habitación. Al fin abre la puerta, con unos ojos enrojecidos que acentúan el rímel corrido. No debería producirme ningún interés, pero la sangre se me calienta hasta tal punto al verle la camiseta desgastada que le llega por los muslos que me cuestiono mi propia cordura. Necesito hacer un esfuerzo titánico por apartar la vista de sus muslos. Me tomo mi tiempo hasta llegar a su cara, y me distraigo fácilmente con el bulto de sus pechos apretados contra la tela de la camiseta.

«Contrólate.»

—Toma. —Le alargo el café como si estuviera contaminado con una enfermedad contagiosa.

Nuestros dedos se rozan, y un ligero hormigueo me recorre la piel. Ella clava la mirada en mi rostro antes de centrarse en el vaso de café.

—Gracias por el café de disculpa.

—No es de disculpa.

—Por supuesto. Lo que sea que te ayude a mantener intacta tu masculinidad frágil.

El suspiro que deja escapar justo después de darle un sorbo me baja directamente hasta la entrepierna.

—Bueno, pues me lo llevo... —Trato de arrebatarle el vaso, pero ella lo agarra con firmeza.

—¡Ya quisieras! Creo que pocas veces me desperté con algo tan bueno.

—Ahora entiendo por qué fracasaron todas tus relaciones anteriores.

Las palabras me brotan de la boca antes de que pueda sopesarlas.

«Carajo, Declan. ¿A qué mierda vino eso?»

No quería que se me escapara.

«Dile lo que viniste a decirle y lárgate.»

—¿Te acabas de meter con mi vida sexual? —responde ella con una nota mortífera en la voz.

Antes muerto que contestar a ese comentario. Aprieto los labios para no decir nada más.

«Lo mejor habría sido que no hubieras dicho nada desde un principio.»

Su mirada se endurece.

—Creo que ya va siendo hora de poner algunas reglas básicas.

—¿Reglas? —repito con sequedad.

—Sí. Reglas. Te acuerdas de las nuestras, ¿verdad?

—Algo me suena, sí.

Con su sonrisa podría obligar a cualquier hombre a ponerse de rodillas.

—Vamos a repasarlas. Cada mirada. —Arrastra los ojos por mi cuerpo como una mano fantasmal, quemándome la piel a su paso—. Cada caricia. —No necesita más que rozarme la mejilla con un dedo para atraerme hacia ella como un hombre que anhela un poco de atención—. Todos y cada uno de los besos. —Esta vez, me agarra con dureza la barbilla y me agacha la cabeza, antes de rozarme la comisura de los labios con los suyos. Es una réplica exacta del beso que le di en la fiesta de compromiso, pero que ahora provoca en mí una reacción totalmente distinta—. No son más que una mentira.

La tengo como una piedra debajo de los pants. Carraspeo y pestañeo para borrar el deseo de mis ojos antes de que Iris lo perciba.

«Adiós a lo de estar en el mismo punto vital.»

—Ya está. Tú ganas. No se habla de ex. —Yo no tengo ninguna memorable de la que hablar, y los de ella están justo donde les corresponde: en el pasado.

—Fantástico. Me alegro de que coincidamos —responde, y le da un sorbo al café.

—Por muy entretenida que haya sido esta conversación, tengo cosas que hacer.

Iris frunce el ceño.

—¿Y qué haces aquí? ¿Con un café?

—Quería hablar de lo de ayer.

—¿De algo en particular?

—No, de todo en general.

—Bueno, pues tú dirás. —Le da un sorbo a la bebida mientras escudriña mi rostro en busca de alguna emoción, pero no encontrará nada. Me cuidé de ello.

Empiezo por la cuestión más difícil.

—El beso...

—Besos. En plural. Instigados por ti, para que conste en acta.

La piel me arde bajo la camiseta.

—Los besos. Se acabaron, básicamente.

Ella sonríe.

—Perfecto. No oirás objeción alguna por mi parte.

¿Cómo que «perfecto»? Esperaba que al menos se resistiera un poco. A juzgar por cómo me miraba anoche, creía que haría algo más que observarme con una sonrisa de suficiencia.

«Tal vez la malinterpretaras.»

—Besarte fue un mal necesario de cara al público, pero ya no tenemos por qué fingir que nos sentimos atraídos por el otro.

Percibo un brillo en sus ojos antes de que se reponga.

—Bien. Dios no quiera que tengas que fingir que te atraigo.

Lo que le dije fue de muy mal gusto, pero también fue efectivo. Mis palabras le hacen daño, como era de esperarse. Es lo mejor. Basta con recordar la necesidad que sentí anoche de tocarla sin nadie que nos mirara.

—Bueno, pues si ya dejamos las cosas claras, me voy a disfrutar del café —dice, y procede a cerrarme la puerta en las narices.

Si esto es una muestra de lo que puede ser un matrimonio, ahora entiendo por qué las cifras de divorcios son tan elevadas. Ya veremos si no acabo engrosando alguna estadística nacional antes de tiempo.

Sabía que lo de que mi padre quisiera comer conmigo era una trampa, pero accedí de buen modo a aceptar la invitación de todas formas. Después de la conversación con Iris, me interesa saber hasta qué punto va a darnos problemas. Mi intuición me dice que no va a haber nada fácil en mi batalla por ascender a director general.

Mi padre pasa sus ojos marrones de la carta a mi rostro.

—¿Ya tienen planes para la luna de miel?

—No hace falta que finjas interés.

Él suspira.

—Era por hablar de algo.

Que se vaya a la mierda. Siempre hay una razón oculta detrás de todas las preguntas y afirmaciones que hace. Gracias a él llegué a ser todo un experto en leer entre líneas.

—Saldremos el viernes. —O eso acabo de decidir. Me da igual dónde, siempre que vayamos a algún lugar.

—¿Y qué pasa con la reunión presupuestaria trimestral?

—Seguro que eres capaz de revisar mis informes sin mí. Al fin y al cabo, solo te vas de luna de miel una vez en la vida. —Las comisuras de mis labios amenazan con levantarse.

—Tienes una solución para todo.

No me pasa por alto el doble sentido de sus palabras.

—Llevo años practicando lo de limpiar el desmadre de los demás.

—Ya ni siquiera te molestas en aparentar que te caigo bien, ¿eh?

—Era un esfuerzo inútil. Tú me odias, yo te odio, ¿para qué fingir?

Mi padre tiene el valor de mostrarse enojado.

—Yo no te odio.

—Me cuesta creerlo, dado nuestro pasado.

Un pasado que no olvidaré mientras viva.

—Precisamente por eso te respeto más que a tus hermanos. A diferencia de Cal y Rowan, no tienes miedo de hablar alto y claro.

—Tenemos una concepción muy diferente de lo que es el respeto.

—Sea como sea, tus esfuerzos me parecen admirables. Por eso te considero una amenaza.

—Mira, yo no puedo decir lo mismo de ti.

Mi padre se ríe.

—Pensaba que te había enseñado a no subestimar a tus enemigos.

—Por favor. En todo caso, te sobrevaloro demasiado.

—Puede que confíes mucho en ti mismo, pero te entregas a tus ansias de venganza y no piensas con claridad. ¿Por qué si no te habrías casado precisamente con tu asistente? Ni yo te creía tan desesperado por conseguir la herencia.

Algo dentro de mí cede.

—Vuelve a hablar así de ella y te juro que voy a convertir tus últimos doce meses como director general en un infierno.

Puedo trabajar con él o contra él. Con la empresa en mente, estaba dispuesto a esforzarme por la primera opción, pero si sigue insultando a Iris, no hay trato. Su lealtad está más que probada, así que lo mínimo que puedo hacer es defenderla frente a idiotas como él.

No sé qué expresión ve en mi cara, pero suelta una risita grave.

—No me digas que ahora te importa.

Hago un esfuerzo por mantener un gesto inexpresivo y retraído. Él niega con la cabeza despacio.

—Y pensar que te consideraba mi hijo más listo. Qué decepción.

—¿Pretendes llegar a algún sitio con esta conversación o es que disfrutas oyéndote hablar?

—Estoy seguro de que estás al tanto de por qué te pedí que vinieras aquí.

Su sonrisa maliciosa me pone alerta.

—Es posible que debas explicarte, teniendo en cuenta lo decepcionante que es mi inteligencia.

—Considéralo una advertencia de padre a hijo.

—¿Sobre qué?

—Tu abuelo te ofreció la oportunidad de destronarme, pero eso no significa que lo vayas a lograr. No tengo previsto rendirme sin luchar.

—Más dulce será la victoria.

Levanta su vaso de agua.

—Que gane el mejor Kane.

Yo se le choco con el mío.

—Ya ganó.

—Necesito que reserves un viaje —digo tras detenerme junto a la mesa de Iris.

Después de pasarme todo el trayecto de vuelta pensando en la conversación con mi padre, llegué a una conclusión. Necesito comprometerme con mi función de marido atento, luna de miel incluida.

Iris levanta la vista de la mesa con una expresión macilenta.

—¿A Tokio?

—No. Elige un lugar. Cualquier sitio con agua corriente y wifi.

Mira por el despacho y debajo de la mesa.

—¿Estás buscando una cámara escondida?

Una sonrisa sutilísima se le dibuja en los labios.

—O un micrófono. Que quede claro que no me he drogado nunca, ni tengo intención de drogarme. La sustancia verde que hayas encontrado en mi habitación es de Cal, te lo juro.

—Ja, ja —respondo con sequedad.

—¿No te ríes nunca o qué? —pregunta.

—Solo cuando hago llorar a alguien.

Iris tuerce el gesto al tiempo que se lleva una mano al pecho.

—Cal tiene razón. Eres un monstruo.

—Un monstruo que espera que eligieras una luna de miel antes de que acabes tu jornada laboral.

—¿Una luna de miel? ¡Guau!

La noto demasiado emocionada ante la idea para mi gusto.

—No te hagas ilusiones. Esto es únicamente para guardar las apariencias.

—¿Las apariencias? —Su sonrisa desaparece.

—Estoy convencido de que mi padre hará todo lo

que esté en su mano por deslegitimizar nuestro matrimonio. Depende de nosotros echar por tierra sus esfuerzos.

Iris aprieta los labios.

—¿Yéndonos de luna de miel? ¿Y qué soluciona eso?

—Demuestra que me preocupo lo suficiente por ti como para tomarme vacaciones por primera vez en una década.

—Qué vida más triste debes de tener si crees que sacrificar el trabajo por irte de luna de miel es una declaración de amor —dice con una carcajada.

—¿Es que no lo es?

¿Acaso no oyó lo que le acabo de decir? Yo no me tomo vacaciones. El simple gesto debería disipar cualquier duda sobre nuestra relación.

«¿O no?»

—No, en absoluto.

Hago una mueca.

—Eso ya lo juzgaré yo.

Iris pone los ojos en blanco.

—Lo que tú digas. Mejor hacer las cosas a tu manera, que por algo tienes taaanta experiencia con las relaciones.

Farfulla algo para sus adentros sobre que «los hombres siempre creen que lo saben todo». Doy un golpe en la mesa con el puño.

—Reserva el vuelo para el viernes.

—¿Este viernes?

—¿Algún problema?

—¡No! —chilla—. Y, aunque lo fuera, me niego a perder esta oportunidad de oro. Hace años que no me voy de vacaciones.

—Al menos podrás sacar algo bueno de todo esto.

Ella también le da un golpe a la mesa con el semblante serio.

—¿Es que acaso hay algo mejor que casarse contigo? Me niego a creerlo.

Doy media vuelta y me dirijo hacia la puerta, escondiendo la sonrisa que tengo pintada en la cara. Iris es la única persona con la capacidad de hacerme sonreír, aunque no lo sepa. He hecho todo lo que he podido por ocultarle lo mucho que influye en mis estados de ánimo.

16
Iris

Si alguien me hubiera dicho un mes atrás que Declan me entregaría su tarjeta negra y me pediría que organizara una luna de miel, lo habría mandado al hospital más cercano para que le analizaran el cerebro. Pero, oh, sorpresa: eso es justo lo que acaba de hacer.

—El dinero no es problema —dice antes de desaparecer por las puertas dobles de su despacho.

Suelto un gritito mientras giro en la silla.

—Baja la voz —me grita desde el otro lado de las puertas de madera.

Aprieto los labios, tomo el teléfono y escribo a Cal.

Yo: A ver si adivinas quién se va de luna de miel después de todo.

Cal: ¿Cómo conseguiste que cediera?

Cal: ¿Torturas?

Cal: ¿Privación del sueño?

Cal: ¿¿¿Sexo???

Cal: Espera. Si es la última
no me digas, no quiero saberlo.

Me río mientras escribo la respuesta.

Yo: Tu papá.

Cal: *Finge estar sorprendido*

Yo: ¿Quieres ayudarme
a organizarla?

Cal: Dame 15 minutos.

—No —digo, metiéndome una empanada en la boca.

—Pero, chica, es Bora Bora —responde Cal exasperado.

Niego con la cabeza.

—Suena aburrido.

Menos mal que Cal no ve cómo me arden las mejillas con esa mentira.

—¿Se puede saber qué te pasa?

Más bien, qué me pasaría si eligiera para la luna de miel un destino en el que Declan tuviera que pasearse todo el santo día sin camiseta y mojado. Incluso yo conozco mis límites, y ese es uno de ellos. Después del espectáculo que hice la última vez que lo vi semidesnudo, es mejor no tentar a la suerte.

Cal abre el artículo de un periódico en el que recomiendan LOS DIEZ MEJORES DESTINOS DEL MUNDO PARA TU LUNA DE MIEL.

—¿Y Maui?

Arrugo la nariz.

—No.

—¿Las Fiyi?

—Paso.

—Te juro que parece que no quieres ir de luna de miel, simplemente.

—¡Que sí quiero! —Pero no a un sitio donde tengamos que quitarnos la ropa.

Cal me fulmina con la mirada.

—¿Qué te parece Sudáfrica?

«Eh, pues no es mala idea...»

—Síguele.

Mi interés parece horrorizarlo del todo.

—Estás jugando, ¿no? ¿Prefieres hacer un safari que ir a Bora Bora?

—¿Por qué no?

—Porque no es romántico.

—Será una luna de miel, pero no tiene que ser romántica —digo frunciendo el ceño.

—Es evidente, porque si no, habrías elegido otro sitio.

Cuanto más me presiona Cal, más me gusta la idea

del safari. No hay nada que te quite más las ganas que el repelente de insectos, las náuseas y ver cómo los animales se devoran entre ellos. Con un viaje atareado como ese, el riesgo de que Declan y yo metamos la pata es prácticamente nula.

Tiro la servilleta a la mesa y me doy golpecitos en la panza hinchada.

—Decidido. Nos vamos a Sudáfrica.

Cal gruñe y yo sonrío.

«Caso resuelto.»

Planificar un viaje a África en el último momento es muy estresante. Tengo que hacer malabares con el ajetreado horario de Declan y las citas médicas para que nos vacunen, y llamar a las empresas de safari para ver dónde hay disponibilidad con tan poca anticipación. Y todo eso trabajando de nueve a nueve todos los días.

Declan es un completo inútil cuando tiene que planificar algo, de modo que no me queda otra que encargarme yo de todo. Los vuelos. Los itinerarios. Los alojamientos. Todo recae sobre mí, porque a Declan le da igual adónde vayamos, siempre y cuando suba alguna foto y haga ver que la estamos pasando genial. Sus palabras, no las mías.

Dada su actitud, no me siento culpable al reservar el safari más caro de la lista. Incluso pido cita para que me hagan trenzas en el pelo, todo con su tarjeta personal. Eso es lo que consigue con tanta frialdad e indiferencia al respecto. Al menos podría haberme preguntado si necesitaba ayuda. O haberme dado las gracias por organizarlo todo en el último momento, y solo para demostrarle al mundo que somos una pareja feliz.

Son las cosas pequeñas las que hacen que la gente se sienta valorada. Pero a Declan no podría importarle menos.

Suspiro y miro por la ventana del coche.

—¿Qué te pasa? —me pregunta Declan, sin molestarse en levantar la vista del celular.

—Nada. Estaba pensando en que tengo que acabar de hacer las maletas esta noche. —La mentira me sale de la boca sin más dificultad. Como si a él le preocuparan lo más mínimo mis sentimientos.

Guarda silencio.

—¿Quieres que te lleve algo en concreto? —le pregunto.

—No —responde, y frunce el ceño sin dejar de escribir en la pantalla.

¿Así será mi vida durante los próximos tres años? ¿Hablando con un hombre que vive pegado a su celular? El vacío que siento en el pecho se intensifica por momentos. Declan sigue distraído, y yo no paro de hundirme en mi miseria.

«¿Qué esperabas? ¿Que después de casarte con él cambiara de la noche a la mañana? El mundo no funciona así.»

Esperaba, al menos, que Declan me dedicara una ínfima parte de su tiempo, teniendo en cuenta que ahora soy su mujer.

«Deja de desear lo imposible.»

Vuelvo a suspirar. Esta vez, Declan ni siquiera se molesta en preguntarme. ¿Cómo va a hacerme caso si está tan ocupado respondiendo llamadas y gritándole a la persona que hay al otro lado?

«La historia de mi vida.»

El teléfono me vibra en la mano. Lo desbloqueo y leo el último mensaje de Cal.

Cal: ¿Se te ocurrió darle las gracias a mi papá por la luna de miel improvisada?

Yo: Ya le enviaré una cesta de agradecimiento cuando volvamos.

Cal: ¿Quieres que le diga que esté atento por si oye un sutil tictac?

Yo: ¡No me arruines la sorpresa! Esa es la mejor parte.

Cal responde con una hilera de emojis desencajándose de la risa.

Declan se deja caer en la butaca de primera clase que hay frente a mí. La azafata se apresura a preguntarle si necesita algo, pero él se limita a ignorarla mientras le da golpecitos a la pantalla de la tablet.

—Señor, estoy aquí para servirle en todo lo que necesite. Por favor, no dude en pedirme cualquier cosa durante el largo vuelo —dice pestañeando.

«¿Para servirle? Puaj.»

Declan ignora sus evidentes insinuaciones. No se molesta en levantar la vista a pesar de tenerla al lado del asiento, babeando todo el piso.

Me aclaro la garganta.

—¿Disculpe?

Ni siquiera se gira hacia mí.

—El capitán dijo que el viaje debería desarrollarse sin incidentes. Tengo curiosidad por saber por qué eligieron Sudáfrica.

—Siempre quise ir de safari. —Desde hace tres días, al menos.

La azafata tiene la audacia de lanzarme una mirada mordaz por encima del hombro. ¿De verdad se atreverá a ignorarme mientras le tira la onda? Lleva una argolla que clama a gritos que está casado.

—Mi marido y yo queremos dos copas de champán, por favor. —Levanto la mano para captar su atención, y el diamante proyecta un arcoíris de colores en el techo.

Ella se gira hacia mí con las cejas arqueadas.

—¿Perdone?

Perdonada. Aprieto con fuerza los dientes.

—Mira, tráenos la botella entera, de hecho. Estamos de celebración.

—¿Están casados? —Sus ojos se turnan entre nosotros dos antes de posarse en el anillo de Declan. Pierde la sonrisa a la misma velocidad que a mí me sale la mía.

—Tráele a mi mujer todo lo que pida —le ordena Declan, sin alzar la vista de la tablet.

El estómago se me revuelve de una forma que no tiene nada que ver con los nervios por volar.

—Por supuesto. ¡Ahora mismo, señor! —contesta ella, y se escabulle hacia la parte trasera del *jet* privado.

—¡Ahora mismo, señor! —repito con el mismo entusiasmo que ella, poniendo los ojos en blanco.

A Declan se le levantan las comisuras de la boca mientras finge interés por lo que tiene en la pantalla. Yo lo fulmino con la mirada.

—¿La estás pasando bien?

—Me divierte que seas tan posesiva.

—Yo no soy posesiva.

—Ajá —responde él sin dejar de darle golpecitos a la pantalla.

Me remuevo en mi asiento y las puntas de las trenzas me rozan la parte baja de la espalda.

—Mira, lo que tú digas. Y si lo fuera, estaría justificado. No debería haberte tirado la onda, que para algo llevas un anillo.

—Ya veo. —Arrastra el índice por la pantalla de la tablet antes de darle un toque.

—¿Piensas decirme lo que te estás callando?

—Me llama la atención que sientas la necesidad de alardear de tu estado marital cuando estás insegura.

Me quedo boquiabierta.

—¡Que no estoy insegura!

—Soy consciente de tus problemas para confiar en los demás.

¿Me estará hablando en serio? Qué valor que eso me lo diga alguien que tiene un código de diecisiete dígitos para desbloquear el teléfono.

—¿Llegamos a la parte de la relación en la que compartimos nuestros complejos traumas paternos? —le suelto con tono burlón, aunque el corazón me martillee en el pecho—. Porque estoy bastante segura de que podríamos pasarnos el vuelo entero discutiendo sobre quién de los dos tuvo una infancia peor.

Él se encoge de hombros.

—A la defensiva, como siempre.

«Hijo de la...»

«Relájate. Se le da bien aprovecharse de las inseguridades de los demás en beneficio propio.» En lugar de ceder a sus provocaciones, saco el celular y me entretengo con la bandeja de entrada del correo. Organizar mensajes es una actividad relajante que me adormece la mente.

Sin embargo, y a pesar de mis esfuerzos, no consigo dejar la mente en blanco.

«¿Cómo que "problemas para confiar en los demás"? ¿Quién se cree para acusarme de algo así?» Todo en él clama a gritos que tiene problemas de confianza, desde el acuerdo prenupcial de treinta páginas que tuve que firmar hasta lo reticente que se muestra a abrirse por muchos años que haga que nos conocemos.

Reajusta su posición en la butaca.

—Puedes confiar en que te seré fiel.

—Como si eso me preocupara —le espeto.

Arquea una ceja en un gesto de interrogación.

—Todo el mundo está al tanto de tus hábitos nocturnos.

—¿Ah, sí? ¿Y cuáles son? —pregunta con disimulo, y le percibo un brillo jovial en los ojos.

—Que no te acuestas con la primera de cambio y que no tienes citas. La mitad de la empresa cree que eres gay, y la otra mitad está convencida de que de cuando en cuando vas a burdeles para desfogarte un poco.

—Me decepciona tanta falta de creatividad.

Le noto una rigidez en la voz que no existía hace unos instantes.

—Intenté ayudarlos haciendo correr el rumor de que había una mujer que visitaba en secreto tu despacho los viernes, pero no duró más que un año.

—¿Y por qué carajos te inventaste algo así? —Su expresión neutra da paso a algo aterrador. Si no fuera por el gesto desquiciado de su rostro, me habría enorgullecido de haberlo sacado de quicio. No es fácil poner de nervios al magnífico Declan Kane.

Me quedo absorta mordisqueándome las cutículas.

—Porque entonces la gente me enviaba antes de lo habitual sus tareas, porque nadie quería interrumpir tu hora caliente para pedirte una firma. Salíamos todos ganando. Yo era capaz de tenerte preparados los informes de los lunes antes del fin de semana y ellos ascendían por su rapidez.

Me mira entre parpadeos.

—¿Estuviste un año entero engañándolos?

—¿Estás orgulloso de mí?

—No.

—Pues deberías. Estaba tan entregada a aquella historia que llegué a contratar a varias mujeres para que salieran de tu despacho a las cinco de la tarde —digo meneando las cejas.

—Dime que no lo cargaste a mi tarjeta personal, por favor.

Sonrío.

—No. Lo consideré un gasto profesional.

Declan se frota los ojos.

—A veces creo que te conozco a la perfección, y luego abres la boca y me sueltas cosas así.

Las mejillas se me encienden y oculto la vergüenza con una sonrisa.

—¿Estás pendiente de mí?

—Es lo esperable.

—¿Porque soy tu mujer?

Su respuesta se ve interrumpida por la azafata, que

reaparece con la botella de champán. La descorcha y hace ademán de servirnos una copa, inclinándose adrede hacia delante. Con solo verle el escote, paso a la acción.

—De esto me encargo yo —la interrumpo.

Se pone roja como un tomate al dejar la botella sobre la mesa y se marcha.

—Te quedan bien los celos.

—Mira, cállate.

Lleno dos copas y me quedo con una. Declan recompensa mi osadía con una risita tan grave que apenas la oigo con el zumbar de los motores del avión. Yo le respondo con una sonrisa al tiempo que levanto la copa en su dirección.

—Por las vacaciones que tanto necesitaba.

Él alza la otra a regañadientes.

—Y por la luna de miel que nunca quise.

Choco mi copa contra la suya.

—¡Salud!

Tardo dos días enteros en recuperarme de un caso grave de *jet lag*. A la tercera mañana, me siento mejor que nunca. La almohada de seda me acaricia la cara cuando me pongo de lado y miro a través de las ventanas panorámicas que van del suelo al techo, con vistas a la sabana. La luna se refleja en la superficie de nuestra piscina privada, y me siento tentada de darme un chapuzón para despejarme.

Estiro las piernas antes de hacer un contoneo de celebración en la cama. No he tenido vacaciones desde antes de empezar a trabajar para Declan, así que la idea de pasarme diez días desconectada de todo hace que me entren ganas de pasarme toda la rutina matutina bailando.

El sonido de mi alarma rompe el silencio. Si no estuviera acostumbrada a levantarme tan pronto para trabajar, lo de despertarnos aquí a las cinco habría sido una absoluta mierda. Apenas tardo en vestirme, teniendo en cuenta las pocas opciones de ropa adecuada para safaris de que dispongo.

Cuando llego al salón, espero encontrarme con Declan enojado por haber llegado diez minutos tarde, pero no hay nadie. Doy una vuelta antes de cruzar nuestra villa privada. Su habitación está en el lado opuesto del lugar, con unas vistas igual de hermosas de la alberca exterior.

De la hendidura inferior de la puerta emergen unos ruidos amortiguados. Giro el pomo y abro la puerta, y me encuentro a Declan inclinado sobre el escritorio, como un pincel con sus tres piezas. Hago todo lo posible por ignorar cómo se le marca el trasero, pero poso la mirada en sus pantalones ajustados, porque tampoco estoy ciega. De todas formas, el corazón me da un ligerísimo vuelco que me preocupa lo suficiente como para desviar la vista de vuelta hacia su cara.

Frunzo el ceño ante su atuendo.

—No puedes salir así. Los leones te comerán vivo.

Me ignora mientras anota algo en una libreta. Consulto la hora en mi teléfono.

—Se supone que quedamos con el guía dentro de cinco minu...

—Disculpe, señor Kane, ¿hay alguien más ahí? —me interrumpe una voz femenina.

Él me fulmina con la mirada mientras se lleva un dedo a la boca.

—Mi asistente, que vino a preguntarme algo. Continúe, señora Tanaka.

Tanaka. Por supuesto que Declan respondería a una llamada de la asistente del señor Yakura. Ella y su jefe vip son de las pocas personas que tienen acceso directo al número personal de Declan.

La señora Tanaka suelta una retahíla de palabras en japonés y Declan responde sin perder un instante. Verlo alternar entre idiomas siempre me impresiona. Ya sea español, portugués, mandarín o japonés, es digno de admirar con qué facilidad le brotan las palabras de la boca. A veces intento captar alguna que otra palabra mientras escucho sus conversaciones, pero nunca se me dieron demasiado bien las palabras, y menos las extranjeras.

Mientras Declan habla con la señora Tanaka, entro en su vestidor y comienzo a vaciarle el equipaje. Apenas me cuesta trabajo, porque fui yo la que hizo las maletas. El traje fue una sorpresa, y me fastidia hasta cierto punto que a Declan se le ocurriera meterlo. Se suponía que nos habíamos puesto de acuerdo con el viaje, y eso incluía nada de trabajo.

Porque ¿qué sentido tiene toda esta pantomima de luna de miel si se la va a pasar trabajando? Yo ahí no veo un ejemplo de dos personas locamente enamoradas.

La señora Tanaka cuelga y yo salgo del vestidor con una ropa adecuada para un safari.

—Toma, ponte esto.

—No nos vamos.

Parpadeo varias veces.

—¿Perdón?

Sus ojos se posan en mi mano temblorosa, que sostiene la ropa con fuerza.

—El señor Yakura me pidió una reunión en unas horas para discutir la última propuesta.

—Es una broma.

—No. Este hombre es imposible. Estoy a punto de renunciar al terreno y enviar a los *scouter* a que me busquen una ubicación nueva.

—Pero...

No me deja terminar.

—Me niego a tirar la toalla cuando estoy tan cerca de cerrar el acuerdo, sobre todo después de haberle prometido a la junta que haría realidad el Dreamland Tokio. —Recorre la habitación de punta a punta. Tiene un cuerpo tan grande que siento como si las paredes se me echaran encima.

Niego con la cabeza.

—No sé si te entiendo.

—Por fin me envió unos comentarios más concretos sobre la propuesta, y me dijo que le gustaría que nos reuniéramos para discutirlo con calma...

—¡No hablo de la propuesta! —grito, tirando la ropa a la cama y reprimiendo el impulso de lanzársela a la cara.

Declan frunce el ceño.

—Estás enojada.

—No, Declan. Estoy decepcionada.

—Tú precisamente deberías entender lo importante que es esto para mí.

Levanto las manos.

—Exacto, ese es el problema. Que entiendo tus necesidades incluso a expensas de las mías.

Siento al instante la necesidad de retirar mis palabras, aunque solo sea para borrar la expresión de terror del rostro de Declan.

—¿A qué te refieres?

—Llevo tres años de mi vida asegurándome de que no te falte nada, aunque eso signifique sacrificar mi felicidad —escupo.

«¿No decías que querías controlarte?»

Aprieta los labios, y el rosa da paso al blanco por la presión de la mueca.

«Aborta misión.»

—Mira, da igual...

—¿De verdad te sientes así? —me interrumpe.

Recurro a toda mi fuerza de voluntad para no apartar la vista.

—Sí.

—¿Por qué?

La pregunta me toma por sorpresa. ¿De verdad se preocupa por lo que siento? Jamás hizo el menor intento de interesarse por mis necesidades, y oportunidades no le han faltado. Como aquellas Navidades que me tocó trabajar porque él organizó un viaje de negocios, o los cientos de planes que tuve que cancelar en el último momento por alguna emergencia de la Kane Company.

Durante los últimos tres años, mi vida ha desaparecido poco a poco hasta convertirme en nada más que «la asistente del señor Kane».

«Esta es tu oportunidad para confesarle lo infeliz que te hace tu trabajo.» Abro la boca para comunicárselo, pero hay algo en su mirada que me lo impide. La piel en torno a sus ojos oscuros se tensa.

El timbre de su teléfono rompe el silencio. La mano que lo sostiene vacila.

«Ahora mismo no está para aguantar tu mal humor; tiene cosas más importantes entre manos.»

Esbozo mi mejor sonrisa, pero no me llega a los ojos.

—Así déjalo. Estoy más irritable por el *jet lag* y por haberme levantado antes que de costumbre para el safari. Nada que no arregle una taza de café.

El teléfono deja de sonar.

—Oye...

—No pasa nada.

—No esperaba...

El timbre chirriante interrumpe lo que estaba a punto de decir.

—Toma la llamada, que parece importante —digo, señalando el celular con la cabeza y ofreciéndole una sonrisa tensa.

Declan abre la boca, pero no me espero. Lo último que oigo antes de cerrar la puerta de su habitación es su trueno de voz bramándole una orden a la persona inocente que lo llamó.

Declan, como el absoluto imbécil que suele ser como jefe en la mayoría de las circunstancias, me envía una nota de voz para pedirme que prepare un PowerPoint «por si acaso» el señor Yakura quiere un soporte visual durante la reunión.

El único soporte visual que quiero yo son mis manos alrededor del cuello de Declan, impidiendo el paso del aire.

«Bueno, bájale diez rayitas.»

En cuanto consigo controlar el mal genio, vuelvo al trabajo. Tardo dos horas en crear un PowerPoint a partir de nuestro desastre de notas combinadas. Lo que a una persona normal le llevaría una hora, a mí me cuesta el doble porque tengo que revisar tres veces cada diapositiva en busca de errores. Lo último que quiero es que Declan me haga un problema por una errata tonta o un signo de puntuación fuera de lugar.

Cuando termino la presentación, le envío a Declan un mensaje sarcástico en el que le pregunto si puedo ayudarlo con algo más. Debería haber previsto que el tiro me saldría por la culata. Declan me va lanzando tarea tras tarea, cada una más desquiciante que la anterior.

«Ponte en contacto con los promotores de Tokio para ver si aún siguen interesados.»

«Ponte en contacto con el director de marketing y pídele que me envíe un informe de gastos aproximados.»

«Organízame una reunión de última hora con Rowan antes de que Yakura se una a la videollamada.»

Con cada exigencia que me hace, más me enojo. Se suponía que iba a tener diez días de vacaciones. Después de tres años de negativas a que me pagaran las vacaciones, quiero un descanso.

Lo necesito.

«Puede que quieras algo más que eso.»

Dejo caer la cabeza sobre mis manos y suelto un gruñido de frustración. Aunque valoro mi trabajo y las numerosas oportunidades que Declan me ofrece, no sé cuánto más podré aguantar esto.

O mejor aún: no quiero hacer esto.

Este año cumplo veinticuatro años, ¿y de qué puedo enorgullecerme? La mayor parte de mi vida gira en torno a Declan y a asegurarme de que dispone de todo lo necesario para ser un triunfador. Incluso me casé con él para que consiga todo lo que siempre ha soñado, y solo porque me preocupo por él mucho más de lo que él sería jamás capaz de preocuparse por mí. Me dio una oportunidad cuando nadie creía en mí, y se lo debo.

Mis acciones hablan más de mí que de él. Dejé siempre mis necesidades de lado porque creía que sería feliz ayudando a los demás. Y sí, me siento de maravilla cuando veo a los demás cumpliendo sus sueños, pero yo me quedo con un profundo agujero en el pecho.

«Las cosas seguirán igual si no haces algo.»

Puede que Cal tuviera razón. Si sigo buscando excusas, nunca encontraré el momento adecuado para dar el próximo gran paso de mi vida.

«Y, aun así, ya lo intentaste y fracasaste.»

Suspiro. De entre todos los fracasos de mi vida, el que más me duele es que me denegaran el puesto básico de Recursos Humanos.

«¿Y qué si fracasaste? Nunca vas a lograr nada que valga la pena si no sales de tu zona de confort.»

«Pero entonces, ¿qué pasa con Declan?», interviene la voz que tiene mucho de que responder sobre mis decisiones pasadas. Y, como siempre, le pongo atención: dejo a un lado el resto de los pensamientos y me dispongo a comenzar con la próxima tarea que me pidió Declan.

17
Declan

Noto a Iris rara desde que le dije que teníamos que cancelar el safari de hoy. Creía que para el mediodía se le habría pasado el enojo, pero me equivocaba. Solo se comunica conmigo por correo electrónico, a pesar de que apenas hay cuatro pasos hasta mi habitación, y evita todas las zonas comunes del bungaló. No sería capaz de admitir lo mucho que me frustra el hecho de que me ignore.

Valoro la posibilidad de preguntarle cómo está varias veces, pero siempre me echo para atrás. Cuando está de mal humor en el trabajo, he descubierto que es mucho mejor dejarla sola que enfrentarme a sus sentimientos. Quién sabe lo que hay en juego, y ella más que nadie es consciente de lo que significa este acuerdo para mí. Sería ridículo que pensara que yo podría decirle que no a Yakura después de lo que me costó que responda mis llamadas.

Se acerca el momento de la reunión, e Iris todavía no

viene a preparar la computadora. Levanto el teléfono para llamarla, pero por lo visto no es necesario. Iris entra en el salón con la laptop bajo el brazo.

La opresión que siento en el pecho cuando la tengo cerca se intensifica al observarla de pies a cabeza. Lejos quedan sus habituales tacones de aguja y vestidos, que ahora dan paso a un modelito negro que acentúa cada inclinación y curva de su cuerpo.

Me yergo en su presencia, aunque solo sea para que se fije en mí, que es justo lo que no hace: se entretiene configurando la computadora para la videoconferencia sin dirigirme ni un solo vistazo. Sin saber cómo, resisto la tentación de agarrarle la barbilla y obligarla a mirarme, y opto por plantarme delante de ella.

—¿Todo listo?

La mano que sostiene el cable del cargador se cierra en torno a él como si quisiera estrangularlo.

—Sí.

Con todo, sigue sin mirarme a los ojos. No debería preocuparme que me ignore cuando tengo asuntos más urgentes que gestionar y, sin embargo, soy más que consciente de la tensión que se está formando entre los dos.

Y no me gusta. Ni un pelo.

—Iris.

—¿Sí? —Escudriña la pantalla de inicio de sesión como si estuviera escrita en morse.

—Dime qué te pasa para que podamos seguir adelante con el día.

No le parece muy graciosa mi orden, a juzgar por los golpeteos que les da a las teclas de la laptop.

—¿Qué me tiene que pasar?

—No te pongas pasivo-agresiva y sé sincera conmigo. —Le cubro la mano con la mía para que deje de escribir.

—Eres la última persona con la que querría hablar ahora mismo. —Sus ojos finalmente se arrastran hasta los míos mientras aparta la mano en un movimiento brusco.

Lo que veo reflejado en ellos no es lo que esperaba. Bien podría tener una bandera roja en la cabeza que me advirtiera que no me acercara. Y, aun así, me resulta imposible ignorar el brillo que tiene en la mirada.

Llego a comprender que, aunque su sonrisa sea mi debilidad, sus pestañas húmedas pegadas entre sí serán sin duda mi perdición.

—¿Estuviste llorando? —La respiración se me entrecorta, mientras el oxígeno se esfuerza por entrarme en los pulmones.

—No.

—Te sale fatal mentir.

Se le ensanchan las aletas de la nariz y se endereza, aunque apenas me llega a la barbilla.

—¿Quieres que te diga la verdad? —dice con una voz peligrosamente grave.

—Sí.

—¿Aunque no te guste nada lo que tenga que decir?

—Te aseguro que no será lo peor que haya oído.

Por un breve instante, su frialdad se derrite y la mirada se le enternece.

—No me hagas esto.

—¿El qué, si se puede saber?

—No me recuerdes que dentro de ti hay un ser humano encerrado en alguna parte.

—¿De qué diablos me estás hablando?

Desvía la mirada hacia el rincón más alejado de la habitación.

—Pues... —La interrumpe el tintineo de una notificación en la pantalla del ordenador. Su sonrisa amarga llena el ambiente—. Bueno, te dejo con eso.

«Que se vaya a la mierda la reunión.»

Sus palabras me sientan como si alguien me hubiera dado un puñetazo en la garganta. Mis resuellos tampoco ayudan a que me calme, y los pensamientos se me descontrolan.

«Estás perdiendo de vista lo realmente importante.»

Sacudo la cabeza y me sereno mientras me desabrocho la chamarra y me acomodo en el sillón frente a la laptop.

—Continuaremos con esta conversación más tarde —anuncio, sin dejar lugar a negativas.

—Por supuesto, señor.

Ignoro el comentario sarcástico. Iris acepta la llamada y se sale del encuadre.

—¡Hola, hola! —saluda el señor Yakura con una sonrisa para la cámara.

Trato de devolverle el gesto, pero la sonrisa que fuerzo solo consigue hacerlo reír.

No entiendo cómo puede estar siempre tan contento, carajo. Me recuerda a un golden retriever, todo sonrisas y buenos momentos. Es inconcebible que alguien como él, que ostenta todo el poder en su lado del hemisferio, pueda comportarse así.

«No todas las personas son unas retorcidas miserables como tú.»

—Por mí no hace falta que sonrías, ¿eh? —se ríe Yakura.

—Me alegro, porque no es una sonrisa natural. —Y

exige el uso de demasiados músculos faciales para mi gusto.

Su risita consigue relajar parte de la tensión que siento en los hombros.

—¿Dónde está Iris? —pregunta Yakura mientras busca por la habitación.

—¡Aquí! —Iris se asoma por detrás de mí, aprovechando el respaldo del sofá como barrera entre nosotros.

Su aroma, como a día de sol en la playa, me arrolla. Respiro a través de la boca para ahorrarle a mis pulmones otra honda inhalación.

—¿Cómo estás? —pregunta Yakura, y parte de la tensión de mi cuerpo desaparece.

Iris se desenvuelve con facilidad en estas circunstancias, en contraste con la aversión que siento yo hacia ellas. Resulta que las charlas intrascendentes son la forma de comunicación que más detesto, junto con las señales de humo y los chats grupales.

Su sonrisa parece mucho menos forzada que la mía.

—De maravilla. Como siempre, pues. Trabajando sin parar un día más.

Nuestras miradas se cruzan a través de la cámara, y yo entrecierro los ojos en un gesto de advertencia.

—Me parece que necesitas unas vacaciones. O una luna de miel, por lo que escuché —responde Yakura, y arquea una ceja.

La sonrisa de Iris decae un milímetro antes de recuperarse.

—Veo que se enteró de la noticia.

—Y me ofende haberme enterado de la buena nueva por mi mujer. Pensaba que éramos amigos —dice frunciendo el ceño.

Parece que la dichosa palabra me persigue sea cual sea la persona. No entiendo por qué la gente está tan obsesionada con ser mi amiga. Se darían cuenta de que no estoy a la altura, de que nunca recordaría sus cumpleaños y además dejaría sin leer sus mensajes.

—Le envié una invitación de boda electrónica a su asistente, porque esto ha sido un caos, pero no debe de haberle llegado —lloriquea Iris, como si el hecho de que Yakura se haya perdido nuestra boda la rompiera por dentro.

—Se le debió de pasar. Recibo tantísimos correos al día que prácticamente ocupan la capacidad de almacenamiento de la nube enterita.

Ella hace un gesto con la mano.

—No se preocupe. Fue algo improvisado, además. —Iris me posa la mano del diamante en el hombro, y Yakura sigue el movimiento con la mirada.

Yo me quedo inmóvil en mi lugar, mientras una sensación ardiente me surge de las entrañas.

—Y que lo digas. No sabía que estaban juntos, aunque mi mujer tenía sus sospechas. En cierto modo, me molesta que tuviera razón desde el principio.

—Su mujer es muy lista —repone Iris.

—¿Por qué lo mantuvieron en secreto tanto tiempo?

—Ya conoce a Declan. No le gusta mezclar su vida profesional con la personal.

—Ay, qué me vas a contar. No me diría ni su color favorito si se lo preguntara.

—Verde, como un flamante billete de cien dólares —responde ella con una sonrisa.

Siento la necesidad de poner los ojos en blanco, pero me contengo.

—¿Ah, sí? —me pregunta Yakura, con brillo en los ojos.

—Sí.

«No.»

Iris me da unos golpecitos de aprobación en el hombro. Hace años, cuando me preguntó por mi color favorito, le dije que no tenía ninguno. Como es natural, dados sus frecuentes accesos de locura, me asignó uno. Se convirtió en una broma interna por su parte, donde siempre que tenía que regalarme algo incluía un toque de verde, como si sobresaturándome con aquel color pudiera conseguir que me gustara.

Y no, no me gusta. Eso sí, siempre me recuerda a ella.

—Bueno, no les robaré demasiado tiempo. Pero mientras los tengo a los dos aquí, quería comentarles sobre una oportunidad única en relación con la propuesta del Dreamland de Tokio.

«Esto era lo que estabas esperando.» Contengo el aliento mientras espero a que continúe.

—Me gustaría seguir adelante con el proyecto, pero con unas cuantas condiciones.

No pestañeo. No sonrío. No hago más que mirar fijamente a la cámara, preguntándome por qué esta propuesta sí lo convence, a diferencia de las anteriores.

«¿Qué cambió?»

«¿Y qué importa? Lo que importa es que quiere que trabajen juntos.»

—Fantástico. En la Kane Company estamos muy ilusionados de poder trabajar con usted para convertir Dreamland Tokio en realidad.

Yakura asiente.

—A mí también me hace ilusión. Pero me gustaría

que pulieran unos detallitos finales antes de presentarle la oferta a la junta.

—Por supuesto. Lo que necesite —respondo, a pesar del sutil tic que percibo en la mandíbula de Iris a través de la cámara.

Yakura da una palmada y empieza a repasar los cambios que le gustaría que solucionara, incluidos los patrocinadores japoneses que le gustaría incluir en el proyecto.

—Genial. ¿Sería mucho problema si les pido una propuesta actualizada con un calendario del proyecto para compartirla con la junta este mismo viernes?

La mano que tengo en el hombro me aprieta los tendones, pero Iris permanece inmóvil.

—Ningún problema.

—Fantástico. Sabía que estarían a la altura de las circunstancias.

Sería un idiota si no lo estuviera. Este proyecto supondrá mi primer gran movimiento como futuro director general, y no me pasé los últimos dos años de mi vida trabajando noches y fines de semana para tirarlo todo por la borda.

Iris me hunde las uñas en la tela del traje. Levanto la vista de la pantalla de la computadora y veo un rastro vacío de toda emoción, lo cual es en sí mismo una advertencia. Su ira es comprensible, pero hay prioridades. Las oportunidades no son una cuestión de azar, sino de trabajo duro y sacrificios. Un puñado de días más de trabajo no la matarán. Ya tendrá tiempo de ver a los animales cagando, fornicando y durmiendo, siempre que atendamos primero las peticiones de Yakura.

Este asiente.

—Espero tener noticias suyas pronto.

En cuanto cuelga, Iris me retira la mano del hombro.

—¿Tanto asco te doy? —La atravieso con la mirada y ella entrecierra los ojos.

—Créeme si te digo que ahora mismo no quieres tener mis manos cerca del cuello.

—No sabía que te gustaban esas cosas.

—¿El asesinato?

—Los fetiches.

Pone los ojos como platos.

—Te estás saltando una regla.

—¿Cuál?

—Nada de coqueteos.

—Interesante. ¿Ahora añadimos reglas sobre la marcha?

—Sí, visto que no hay manuales sobre cómo fingir un matrimonio.

—¿Eso te hace sentir mejor? —le pregunto con voz aburrida.

Ella frunce el ceño.

—¿El qué?

—Lo de levantar un muro entre nosotros cuando las cosas te parecen demasiado reales.

Iris se ríe con un sonido grave y ahogado que raya en lo desagradable.

—Me resulta fascinante que te atrevas a decir algo así sin despeinarte teniendo en cuenta cómo tratas a la gente.

Le dirijo una mirada inexpresiva.

—A ti no te trato como a los demás.

Me conoce más que mis hermanos. Que subestime algo así... hace que me hierva la sangre.

—Tienes razón.

La tensa exhalación que estaba conteniendo escapa al fin de mis pulmones. «Por fin lo entiende.»

—Hay momentos en que me tratas de maravilla —continúa—. No puedo negarlo, sería mentira. Pero muchas otras veces siento que no te importo; que mis necesidades no son más que un daño colateral en el camino por alcanzar lo que sea que crees que te hará feliz.

Quiero agarrarla de los hombros y sacudirla hasta que entre en razón. En vez de eso, dejo quietas las manos y asiento.

—Ya veo.

—No, no lo ves. —Me ofrece una sonrisa tensa en la que no hay nada que esté bien—. Planeé este viaje pensando que podríamos pasárnosla bien. Creía... —Se ríe, pero hay algo que no encaja—. No sé lo que creía, sinceramente, pero estoy enojada conmigo misma por haberme sorprendido de que ocurriera esto. Y estoy incluso más decepcionada por pensar que tu trabajo nos demandaría solo un día.

La victoria que sentí con la llamada de Yakura desaparece al ver su expresión. Hay algo en ella que me activa todas las alarmas.

—Iris...

Ella levanta una mano.

—Estoy bien. Voy a dar un paseo.

—De eso nada.

Estamos en el fin del mundo, rodeados de animales salvajes y oscuridad. Me da igual lo enojada que esté. Antes muerto que permitir que salga del bungaló.

—No te pedí permiso —responde alzando la barbilla en actitud desafiante.

Noto ardor en la nuca.

—Entonces, como tu jefe, te ordeno que empieces

ahora mismo con los cambios que pide Yakura. El tiempo es oro.

El cuerpo entero se le tensa.

—Claro. Empiezo a hacerlo en cuanto te envíe mi carta de renuncia, pendejo.

Carajo. Se aprovecha de mi conmoción y sale de la suite antes de que pueda detenerla. La puerta principal tiembla con el portazo.

«Vas a necesitar mucha suerte para solucionar este desmadre.»

18
Iris

Ojalá pudiera decir que tengo un buen par de ovarios y que tenía ganas de darme una vuelta por el terreno del safari. A decir verdad, esa era justamente mi intención, sobre todo después de discutir con Declan.

Pero por lo visto no tengo un buen par de ovarios. En absoluto. Nada más tuve que oír el crujido de unas hojas para echar a correr hacia el patio trasero y subirme en una butaca. Para no alertar de mi presencia al pendejo de dentro, dejé las luces apagadas. Podría engañarme a mí misma y decir que lo hice para poder ver mejor las estrellas, pero en realidad solo quería estar sola. Estuvo tan inflexible con lo de que no me fuera, hasta el punto de comportarse como un completo cretino, que me pareció justo.

«Bueno, le dijiste a tu jefe que renuncias. Ahí sí le echaste ovarios; Cal estaría orgulloso de ti.»

Gruño. Fue una insensatez por mi parte. En lugar de morderme la lengua, me dejé llevar por la ira. El teléfono me vibra por cuarta vez desde que salí. El nombre de Declan brilla en la pantalla, y suspiro mientras respondo la llamada.

«Compórtate como una adulta.»

—Dime dónde estás. —Su voz entrecortada resuena por el altavoz.

—Fuera.

«¿A eso lo llamas tú comportarse como una adulta?» Pero, en serio, ¿quién se cree que es para darme órdenes? ¿No aprendió nada de lo que pasó antes?

—Te juro por Dios que en cuanto te encuentre... —Su amenaza a medias hace que se me erice el vello de la nuca.

«¿Qué mierda?»

—Estoy bien.

—Estás en mitad de la selva.

Le susurro por el teléfono.

—Técnicamente se llama «sabana». Es normal que no lo sepas, porque me obligaste a organizar un viaje entero que ni siquiera puedo disfrutar.

—Cállate y dime dónde estás.

Se me escapa una risita antes de que pueda contenerla.

—Ese es precisamente nuestro problema. —Hablo en voz baja, por si está demasiado cerca de las puertas de cristal que rodean la villa—. Tú sigues dándome órdenes como si yo fuera una esposa desobediente y yo sigo resistiéndome.

—Si no me dices dónde estás...

—Estoy tumbada al lado de la alberca.

La llamada se corta. El pulso se me acelera con cada segundo que pasa. Mi sentido del oído se ahoga en el zumbido de la sangre que se me acumula en las orejas.

Los pelos de los brazos se me ponen de punta al oír

las puertas correderas abriéndose. Me niego a mirar a Declan por encima del hombro, de modo que mantengo la vista fija en el cielo estrellado, a pesar de la sensación de quemazón que me recorre la piel bajo su escrutinio.

Declan se queda inmóvil durante un minuto entero. Lo considero un experto torturador, por cómo me tiene en ascuas cuando guarda silencio. Aunque siempre admiré su capacidad para que la gente se venga abajo con la presión suficiente, hoy me resulta insoportable. Casi cedo a la tentación de mirarlo por encima del hombro, pero me mantengo firme.

El viento oculta mi suspiro de alivio cuando las puertas correderas vuelven a cerrarse. Los zapatos de Declan repiquetean en la tarima, un martilleo que coincide con el *staccato* de mi corazón. Se detiene cerca, como si quisiera guardar su distancia.

Espero a que me grite. Una parte de mí cree que me lo merezco después de haberme ido en mitad de una discusión. Sé que no fue el gesto más maduro del mundo, pero soy humana. No es fácil hacerme explotar, pero cuando llego a mi límite, no hay furia en el infierno que supere la de una asistente despreciada.

La parte más rebelde respeta mi decisión, consciente de que él también tiene que ceder. No soy un robot. Tengo sentimientos y sueños, y la esperanza de que no me voy a pasar el resto de mi vida ayudándolo a alcanzar sus objetivos mientras renuncio a los míos. Y si no es capaz de darse cuenta, tal vez llegó el momento de que deje mi puesto.

Puede que ya haya intentado pedir un traslado y haya fracasado, pero en eso consiste la vida.

—Tenemos que hablar.

Desvío la mirada de las estrellas a su cara. Abro la boca para hablar, pero las palabras se me quedan atoradas en la garganta. No sé qué decir. Declan no es el tipo de hombre que quiera «hablar». Solo eso ya me pone en alerta y me genera inseguridades.

Se sienta en una butaca paralela a la mía. A diferencia de mí, no se recuesta, sino que opta por seguir erguido. Las sombras reptan por su cuerpo como una capa, y le ocultan la mayor parte del rostro. No necesito luz para saber que tiene los ojos clavados en mí. De eso se ocupa mi cuerpo, y el escalofrío que me recorre la espalda y que no tiene nada que ver con la temperatura exterior.

—Lo siento.

Una ráfaga de viento casi ahoga su voz. Giro la cabeza para que no vea mi expresión de sorpresa. Él debe de interpretar mi silencio como una aprobación muda.

—Metí la pata.

Puede que tenga que ponerme a aprender lenguaje de señas, pero oficialmente perdí la facultad de hablar. Declan jamás se disculpa, ni mucho menos admite que metió la pata. Eso ya debería servirme como primera advertencia de que hay algo entre nosotros que no funciona.

—No quiero que renuncies.

La confesión flota entre nosotros.

—¿Por qué? ¿Porque te da flojera buscar una sustituta?

—Nadie podría sustituirte.

¿Quién se habría imaginado que una sola afirmación podría apuñalarme el corazón de esta manera? Me late con más fuerza, como si quisiera responder por mí.

—No puedo más.

Declan suspira.

—Ya lo sé.

—Me merezco algo mejor.

—Eso estuvo siempre fuera de discusión.

Ladeo la cabeza.

—No soy feliz.

Su respuesta no es instantánea, como las demás. El silencio me carcome la fachada calmada, y comienzo a tamborilear con los dedos en mis muslos a un ritmo inquieto.

—No debería haberte obligado a trabajar en tu día libre.

Respondo con humor, esperando así poder deshacer el nudo que se me está formando en el estómago:

—Pues no, la verdad. Fue una pendejada.

La luz de la luna le ilumina una media sonrisa, y hace que le resalte el blanco de los dientes.

—Habrá que lavarte esa boca con cloro.

—¿Soy yo o últimamente tienes una obsesión insana con mi boca?

—¿Quién dice que sea insana?

Dios mío. O Declan está tirándome los tejos o me mató un animal salvaje y ascendí oficialmente a los cielos.

«O al infierno, según cómo lo mires.»

Retuerzo los dedos de los pies dentro de las botas antes de reprimir el calor que se me acumula en el vientre.

«¿Qué te está pasando? ¿Qué es esto de retorcer los dedos? No te darás cuenta y estarás cambiando la tarjeta de abstinencia por una buena dosis de Declan.»

«¡Que dejes de pensar en él!»

Carraspeo.

—No pasa nada. Perdonado.

Diré lo primero que se me pase por la cabeza para que se vaya. Tengo demasiados sentimientos agolpados en mi interior como para seguir gestionando esta conversación. Cosas aterradoras que me niego a explorar mientras él me analiza en busca de debilidades.

Declan se frota la nuca.

«¿Está... nervioso?»

Para nada. Es imposible.

«¿Verdad?»

Me tiene tan intrigada la idea de que Declan pueda estar avergonzado que no escucho lo que me dice.

—¿Perdón?

—Que llamé a Yakura y le dije que no podré enviarle la propuesta hasta que volvamos del viaje.

Estoy a punto de torcerme la espalda por la velocidad a la que me incorporo.

—¿Y eso por qué?

—Porque hay cosas más importantes.

«No le preguntes.»

Separo los labios.

«Que no.»

«Pero...», rebato.

«¿Qué más dan sus razones? Preguntárselo es una idea terrible.»

Casi me parece algo prohibido, aunque sé que es ridículo. Ignoro las advertencias de la voz firme de mi cabeza.

—¿Qué cosas?

Él cambia de tema.

—¿De verdad sientes lo que me dijiste antes?

—Vas a tener que especificar un poco, porque dije muchas cosas.

—Que llevas tres años renunciando a tu felicidad por trabajar para mí.

Dejo escapar un largo suspiro.

—Estaba enojada.

—No me respondiste.

Lo fulmino con la mirada.

—¿Y qué quieres que te diga? Llevo tres años trabajando para ti, ¿y de qué me sirve? No tengo vida, no tengo amigos más allá de Cal y no tengo futuro, más allá de ayudarte a alcanzar el tuyo. Me casé contigo a pesar de todas las alertas, y se supone que tengo que dar a luz a una criatura de la que sé a ciencia cierta que quieres desentenderte. Claro que no soy feliz. De hecho, estoy aterrada. —Me duele admitir lo último.

Declan parpadea una, dos, tres veces.

Creía que me sentiría mejor después de abrirle mi corazón, pero lo que tengo son náuseas. Declan dista mucho de ser perfecto, en varios sentidos, pero eso no lo convierte en una mala persona. No me grita, ni me insulta ni me hace sentir incómoda. Me paga el doble de lo normal, y pude ahorrar hasta tener un buen colchón.

¿Es el jefe más fácil del mundo? En absoluto. Me exige lo mismo que se exige él. Sus criterios son tan estrictos como su actitud, pero eso no significa que sea una persona injusta. En todo caso, me presiona para que sea mejor.

«Y acabas de admitir lo resentida que estás.»

Se me revuelve el estómago.

—De lo que dije...

—¿Qué te haría feliz?

Tengo la sensación de que si me atravesara un rayo me quedaría menos helada que con esa pregunta. Declan jamás me preguntó algo así, y no tengo del todo claro cómo responder. Hay muchas cosas que me harían feliz, pero hay muy pocas que dependan de él.

—Pues...

—No lo pienses. Habla.

Tomo aire.

—Primero, quiero que se me trate como a un ser humano, con sus anhelos, necesidades y sentimientos.

—Por desgracia, la evolución todavía no encontró la manera de resolver esa cuestión.

Le lanzo una mirada asesina.

—Lo digo en serio. Me refiero a que respetes mi tiempo, energía y voluntad de esforzarme al máximo por que este matrimonio falso funcione. No te olvides de que esto no es por mi culpa. Tú eres el que arruinó un contrato nupcial más que conveniente con Bethany, y yo soy la segunda opción. Puedo ser una ayuda o tu enemiga. Tú decides.

—¿Algo más? —me pregunta con una nota de humor en la voz.

—¿Te estás riendo de mí?

—Sí, pero por dentro.

Entrecierro los ojos.

—Pues sí, mira. Una cosa más. Deja de referirte al Dreamland de Tokio como si el proyecto fuera tuyo. Los dos nos pasamos dos años trabajando juntos en la propuesta, y yo perdí unas diez amistades y un novio en el proceso, así que, te guste o no, somos un equipo. Me gustaría que me trataras como tal a partir de ahora.

Declan se frota la áspera barbilla.

—Comprensible.

No tengo claro si Declan me está aplacando porque no quiere seguir sacándome de quicio o porque de verdad se preocupa por mis sentimientos. Me gustaría que fuera lo segundo, pero, conociéndolo, es evidente que no quiere arruinar la única oportunidad de llegar a director general. Y si no me hace feliz, se arriesga a mucho más que a perder una asistente.

—Fantástico. Pues ahora que está todo aclarado, me voy a la cama. —Me pongo de pie y doy un paso hacia la puerta.

—No llegues tarde.

Lo miro por encima del hombro.

—¿A qué?

—Al safari, mañana.

—¿Quieres ir? —pregunto con voz aguda.

—A ver, «querer» quizá es demasiado. Pero estoy dispuesto a ir.

Sonrío.

—Cinco en punto. —Cruzo la tarima y abro las puertas corredizas.

—Oye, Iris.

Esta vez, me doy la vuelta y apoyo la espalda en el cristal.

—Dime.

—Si intentas dejarme otra vez, te juro que te arrepentirás. —El ligero tono ronco de su voz me provoca un cataclismo en la mitad inferior del cuerpo.

—¿Es una amenaza?

—Es una promesa —responde con el gesto inexpresivo, pero sus ojos rivalizan con las estrellas que tenemos sobre las cabezas.

Parpadeo. De algún modo, consigo recuperarme y asiento antes de entrar. Las palabras de Declan me persiguen hasta mi habitación, pero tengo que bañarme y meterme en la cama para tomar conciencia de qué fue lo que más me sacó de onda de lo que dijo.

«Si intentas dejarme otra vez, te juro que te arrepentirás.»

No dejar el trabajo, no: dejarlo a él. Una elección de palabras un tanto extraña después de haberlo amenazado con renunciar, pero creo que para Declan es, más o menos, lo mismo. Creo que, si renunciara, él se lo tomaría como algo personal. Tal vez le pareciera incluso una traición, después de todos estos años.

«No necesita a nadie», oigo a Cal repetirme en la cabeza.

A nadie salvo a mí, quizá.

19

Iris

A diferencia de ayer, Declan se me adelanta y lo encuentro esperándome en el salón a las cinco de la mañana. En punto.

—Llegas tarde —refunfuña.

—Dos minutos —gruño yo.

—Venga, vámonos. —Me planta un vaso de café de poliestireno en la mano, que yo observo con desconcierto.

—Gracias, supongo. —Le doy un sorbo y suspiro cuando la primera dosis de cafeína me alcanza la garganta.

Él deja escapar un ruidito gutural.

—No me des las gracias. Lo de ofrecerte cafeína es puramente por un interés personal. Suele ponerte mucho más dócil.

Me quedo boquiabierta.

—¿Perdón?

Ni siquiera se molesta en responder al salir del bungaló.

—¡Veo que alguien tiene ganas de marcharse hoy! —le grito después de tomar mi mochila con todos los suministros.

Aún no ha salido el sol, así que procuro no alejarme de Declan, aprovechando los faroles del camino de tierra para orientarnos hasta el punto de reunión.

—Cuanto antes empecemos, antes acabaremos.

—Por favor, controla el entusiasmo. Me preocupa que la experiencia no supere tus expectativas.

Me lanza una mirada asesina.

«Alguien se levantó con el pie izquierdo.» Por la cara que me puso, cualquiera podría pensar que lo estoy llevando a la silla eléctrica. Nos dirigimos al pabellón principal, y yo voy sorbiendo el café de camino. Declan parece decidido a llegar a nuestro destino lo antes posible, y me obliga a seguirle el ritmo.

No tengo piernas de jirafa, así que reduzco a una marcha normal antes de que las piernas empiecen a dolerme por el cansancio.

—¿Tanta prisa tienes?

—Nos dijeron que estuviéramos allí a las cinco y cuarto.

—Estamos de vacaciones, no es una cita médica. No les pasará nada por esperarnos un par de minutos más.

Declan masculla algo para sus adentros. Yo hago el numerito de sacar el celular y sacarles unas cuantas fotos oscuras a unas plantas. Lo estoy poniendo de los nervios. Arrastra las botas por la tierra, levantando polvo tras de sí mientras toquetea su teléfono.

—¿No ibas a tomarte el día libre? —le pregunto.

Nuestras miradas se cruzan, y ninguno de los dos la aparta.

—Estoy aquí, ¿no?

—Sí, con un mal genio del tamaño de Texas.

—Pues no me estoy esforzando lo suficiente si aún estoy por debajo de Alaska.

El comentario me hace doblarme de risa hasta que me falta la respiración. A la mayor parte del mundo le parece una persona seca, sarcástica y directamente insoportable cuando llevan un rato con él, pero a mí me divierte. Es posible que el sarcasmo se considere una de las formas más pobres de ingenio, pero a mí me resulta la más entretenida. Aunque tampoco tengo claro en qué lugar me deja eso, la verdad.

Me incorporo y me recupero.

—¿Qué te parece si nos damos una tregua?

—¿Cómo? —pregunta, arqueando una ceja.

—Vamos a pasar un día entero como si el resto del mundo no existiera. Sin trabajo. Sin Yakura. Sin remordimientos. Dame veinticuatro horas de tu tiempo sin preocuparnos por nada más.

—¿Y qué gano yo con esto?

«Bueno, no te dijo que no.»

—Pues una esposa feliz que no te asfixiará en la cama mientras duermes.

—¿Es algo que te planteas a menudo?

Esbozo una sonrisa tan ancha que incluso me duelen las mejillas.

—En función del episodio de *true crime* que me haya inspirado esa noche.

Aprieta con fuerza los labios para reprimir una sonrisa. Me imagino que debe de tener una sonrisa preciosa, pero no puedo saberlo. No se la he visto nunca. No en los años que llevo trabajando para él, a pesar de mis esfuerzos.

—Hecho. Pero solo porque creo que no sobrevivirías ni un día en la cárcel —responde.

—Tienes razón. El naranja no se me ve tan bien.

Y juro que Declan se ríe por dentro.

Para cuando llegamos al estacionamiento, me acabo el café y ya soy más persona. Nos saludan el conductor y el guía del safari. Ninguno de los dos se queja de que hayamos llegado diez minutos tarde, y yo le dirijo un «te lo dije» moviendo los labios mientras ellos preparan la camioneta.

—¿Somos los primeros? —pregunto, mirando alrededor del estacionamiento vacío.

El guía nos mira con las cejas arqueadas.

—Pensaba que lo sabían.

—¿El qué?

—Nuestras visitas están pensadas como experiencias íntimas, para que las parejas puedan aprovechar al máximo su luna de miel.

Bueno, supongo que debí de malinterpretar la página web. Miro a Declan y me percato de que le apareció la vena encima del ojo derecho. «De lujo.»

Él agacha la vista hacia mí.

—Al menos hoy ya no tengo que fingir que me cae bien la gente.

Dejo escapar una risotada. El conductor y el guía parecen aterrados, de modo que procuro calmar sus preocupaciones.

—Es tan bromista...

—No era broma —responde con sequedad.

El conductor fuerza una risita mientras el guía me mira incómodo.

—Deberíamos ponernos en marcha. Los animales no esperan a nadie.

El conductor salta al asiento delantero mientras el guía se sitúa en el que cuelga a un lado del vehículo. Declan se sube en la camioneta especial antes que yo, y extiende una mano para ayudarme a subir a la alta plataforma sin dificultad. Me agarra la mano con fuerza, y me envía una descarga de energía brazo arriba.

Me suelta como si se hubiera quemado.

—Bueno, ¿y qué animales tienen más ganas de ver hoy? —pregunta el guía.

—¡Leopardos! —exclamo, dando una palmada.

El guía silba antes de mirar de reojo al conductor.

—¿Hay algún problema? —pregunto con un deje de inquietud en la voz.

Él niega con la cabeza.

—En absoluto. Haremos todo lo posible por encontrar leopardos, pero son criaturas astutas.

—Vaya. —La sonrisa me flaquea ligeramente.

—Nos esforzaremos al máximo por encontrarlos.

Asiento.

—Claro, sin presiones.

El guía se voltea hacia Declan.

—¿Y a usted, señor? ¿Qué animal le gustaría ver?

Declan me señala a mí.

—El que ella quiera.

—¿No tienes ningún animal favorito? —le pregunto.

—Como no tengo cinco años, no.

Intento arrancarle una respuesta.

—Por favor. Sé que hace muchísimo tiempo, pero

trata de pensar en tu infancia. Debía de haber al menos un animal que te gustara más que el resto.

Él me lanza una mirada de reojo.

—Los elefantes.

—¿En serio?

Frunce los labios.

—¿Qué esperabas? ¿El león?

—¿Sinceramente? Sí.

—Están sobrevalorados.

—Ah, ¿y los elefantes no?

Aparta la vista hacia el paisaje.

—A mi mamá le gustaban.

Se me forma un nudo en el pecho ante esa confesión. La mirada perdida de Declan amenaza el control que todavía tengo de mis lagrimales. Hay algo en cómo habla de su madre que siempre me enternece, como por arte de magia.

No pienso en nada cuando le tomo el puño y entrelazamos los dedos.

—Tenía buen gusto.

Se le queda atrapado un ruidito en la garganta antes de colocar la otra mano encima de la mía, apretándomela contra su muslo. El cuerpo me zumba como si hubiera tocado un enchufe.

Volteo hacia el guía.

—Bueno, pues ya lo oyeron. Vamos a buscar elefantes.

Declan y yo hemos comido muchas veces juntos durante estos años. Aunque la mayor parte de las comidas han sido estrictamente profesionales, ha habido algunas en las que no teníamos ningún tema que tratar. Y ni siquiera esas se parecían lo más mínimo a estar sentado ahora delante de él sin ningún tipo de distracción. Sin celulares. Sin tener que tomar notas. Sin nada para entretenernos más que la compañía del otro.

Pero, a diferencia de las cenas pasadas, la de hoy grita romanticismo.

«Están de luna de miel. ¿Qué esperabas?»

¿A lo mejor algo más discreto? Cuando leí en el folleto que habría una cena bajo las estrellas, pensaba que se referían a un bocadillito y vino en una cantimplora, pero lo que en realidad ofrecían era una experiencia completa con mantel blanco y champán de primera categoría.

Y flores. Y una hoguera. Y la tensión suficiente entre nosotros como para asfixiar a cualquier persona en un radio de tres metros.

—Qué bonito todo... —digo con una sonrisa forzada.

Declan me ofrece una silla antes de colocarse delante de mí. La luz de las velas le danza en el rostro, y le acentúa el contorno y las facciones marcadas.

Me mira de una forma que hace que el corazón me lata con fuerza en el pecho. Nuestro guía rompe el silencio al descorchar una botella de champán frío. Por un segundo, me planteo preguntarle si él y el conductor quieren cenar con nosotros, pero se retira antes de darme la oportunidad de atreverme.

—Entonces... —Me sirvo una copa de champán y me bebo la mitad.

—¿Por qué estás tan nerviosa?

Debería haber previsto que mientras yo estudiaba la expresión y el comportamiento de Declan, él hacía lo propio conmigo.

—No estoy nerviosa.

—Te estás bebiendo el champán como si hubieras ganado un Grand Prix.

Sonrío.

—He oído que es el primer paso para ser una WAG de la F1.

—¿Qué es una WAG? —me pregunta, con una expresión de desconcierto adorable.

«¡No, no tiene nada de adorable!» Declan y la palabra *adorable* combinan tanto como el agua y la electricidad. Ambas combinaciones son igual de letales.

Le doy otro largo sorbo a la copa.

—Una *wife and girlfriend*, mujer y novia.

Le da vueltas a la argolla.

—Lo de *crush* por Alatorre se te está yendo de las manos.

—Pero es que tiene una organización benéfica propia. Les regala prótesis a los niños, por el amor de Dios. Está prácticamente suplicando que el mundo entero se enamore de él.

—Estoy consciente.

—¿Ah, sí?

Él se encoge de hombros.

—Apadriné a varios niños.

Lo miro con recelo.

—Hacer donaciones a organizaciones benéficas para deducir impuestos no cuenta como apadrinamiento.

El tic de la mandíbula hace acto de presencia.

—Menos mal que no lo incluyo en las declaraciones, entonces. No querría yo que mis donaciones no tuvieran validez —responde, y la amargura de su voz hace que me estremezca.

Un momento. ¿Está apadrinando niños por voluntad

propia? ¿Cómo es posible? Declan se ha quejado de todos los actos benéficos a los que hemos asistido con los años, y siempre he tenido que dar todo de mí para convencerlo.

Su mirada dura se desvía de mí hacia las estrellas. Le aparece una vena encima del ojo, y siento una punzada de culpa tan aguda que me cuesta respirar.

«Carajo. Tú aquí con tus prejuicios cuando él lo único que intenta es mantener una conversación.» Desearía darme una bofetada y volver atrás en el tiempo, si así pudiera borrarle esa expresión de la cara.

—La cagué al suponer que solo lo hacías por un beneficio personal.

Declan suspira, sin romper el contacto visual con el firmamento.

—No te doy motivos para que pienses lo contrario. Tampoco es que sea candidato a ganar el Nobel de la Paz.

Pues no, la verdad. Es evidente que se ganó a pulso su reputación de empresario desalmado. La gente cree que el director general es quien tiene más poder, pero el que tiene el sartén por el mango es el que hay detrás de las hojas de cálculo. Porque si no le genera dinero a los Kane, no es de utilidad, lo cual implica que lo apartarían del programa.

Le damos la bienvenida a la Kane Company, donde los sueldos de los empleados son tan deplorables como la ética empresarial.

Sin embargo, siento una opresión en el pecho porque sí, evidentemente tengo debilidad por los multimillonarios incomprendidos.

—Ha sido una estupidez. Lo siento.

—Ya sabes lo que pienso de las disculpas.

—A menos que sean sacrificios de sangre en tu honor, ni te molestes.

Las comisuras de la boca se le levantan. «Lo tengo.» Mi sonrisa se ensancha, lo cual hace desaparecer la suya antes de que pueda convertirse en algo catastrófico.

—¿Por qué decidiste apadrinar? —Es una pregunta inocente. Una ofrenda de paz, si quieres. Puede que sea una pregunta egoísta, pero no quiero zanjar la conversación. No sé nada de este lado de Declan, y no me perdonaría jamás si se cerrara otra vez solo por mis prejuicios antiguos.

Vuelve a dirigir poco a poco la mirada hacia mí.

—La historia de superación de Santiago me pareció admirable.

Sonrío, agradecida por que me haya ofrecido más información.

—¿Lo ves? ¡Ni tú te resistes a él! Admítelo. Ese hombre tiene a todo el mundo comiendo de su mano, tú incluido.

Las comisuras de la boca se le levantan de nuevo.

—Es posible que él fuera la razón de que empezara a donar, pero continué por los niños.

—¿Sí?

Saca el teléfono y toca la pantalla varias veces.

—Mira.

Acepto el celular como si se tratara de un tesoro nacional. La primera foto me deja con la boca abierta. Es un niño pelirrojo sacándole el dedo a la persona que está tomando la foto con un dedo metálico.

—Qué lindo.

—Se llama Freddy.

«Se sabe los nombres.» Mi corazón amenaza con reventarme dentro del pecho.

—¿Puedo? —pregunto. Quiero seguir pasando fotos y conocer más al hombre que se oculta del mundo.

Quiero saberlo todo.

Declan asiente. Paso varias fotos en las que aparecen otros tres niños. Todos llevan prótesis, y uno de ellos tiene cuatro. Reconozco la ubicación de una de las fotos al instante.

—¿Fueron a Dreamland?

—Ellos sí.

Vaya.

—¿Y tú dónde estabas?

—Trabajando.

—¿No quisiste ir?

—¿Acaso importa?

«¡Sí!», quiero gritar, pero se me seca la garganta y pierdo toda capacidad de habla. La presión del pecho me empeora, y todo tiene que ver con el hecho de que enviara a los niños a Dreamland sin él a pesar de que le habría gustado estar con ellos.

No sé por qué me pone tan triste. Puede que porque Declan está empeñado en algo que cree que lo resolverá todo, y mientras tanto se está perdiendo lo que la vida puede ofrecerle. Y, sinceramente, esa no es forma de vivir.

Para alguien obsesionado con triunfar en todo, está fracasando estrepitosamente en la vida. Quiero ayudarlo a que se dé cuenta de que hay mucho más, que no todo es limitarse a existir. Que si se pasa más años ignorando lo que de verdad es importante, puede que se arrepienta más tarde. No, puede no: se arrepentirá. Se lo puedo garantizar, porque siempre tendrá un nuevo objetivo que creerá que puede llenarle el agujero del pecho. Y nunca será suficiente. Es un círculo vicioso alimentado por una única razón, por triste que sea: está buscando la felicidad en los lugares equivocados.

Detecto todas las señales a las que llegué a acostumbrarme.

«¿Y qué, piensas hacer algo al respecto?»

20

Iris

Una lluvia intensa repiquetea en el porche y oscurece nuestra visión de la sabana. Los nubarrones bloquean toda luz solar. Mi fe de poder disfrutar del safari de hoy desaparece con cada gota de agua que se precipita contra el suelo.

—¿Crees que querrán seguir adelante con el plan de hoy? —pregunto, incapaz de impedir que una nota de esperanza impregne la pregunta.

Un rayo corta las nubes antes de que el retumbar del trueno haga temblar los vitrales.

Declan niega con la cabeza.

—No vamos a salir con una tormenta así; se pueden ir olvidando.

—Pero...

—Que no.

Resoplo.

—Es una tormenta de verano. No te darás cuenta y ya se habrá acabado.

Cae otro rayo que ilumina el cielo con una luz brillante. Declan me lanza una mirada que no necesita traducción alguna.

—Está bien. Tienes razón. —Hago pucheros sacando el labio inferior.

—¿Ya te estás rindiendo? Al menos resístete un poco. —Sus ojos rivalizan con la luz cegadora del exterior. Me mira de una forma, con una expresión de desafío mudo, que me hace querer retroceder.

—En parte creo que te gusta pelearte conmigo porque es una estrategia para tenerme cerca.

Se le escapa un ruidito gutural.

—¿Y qué gano yo con eso?

—Pues que creo que te gusta hablar conmigo.

—¿No te ha dicho nadie que eres un narcisista?

—Me sorprende que te dieras cuenta, con lo obsesionado que estás contigo mismo.

Me regala una media sonrisa que me produce la misma descarga de orgullo que escalar la montaña más alta. Le devuelvo la sonrisa y él baja la vista hasta mis labios. El calor que siento en el pecho se redirige hacia una zona distinta de mi cuerpo.

—Admítelo. Te gusta tenerme cerca.

«¿Ahora estás coqueteando con él?»

Su sonrisa se ensancha.

—Bueno, no me disgusta.

—Viniendo de ti, eso es prácticamente una declaración de amor.

Declan parpadea, y yo siento la tentación de darme una bofetada.

«Argh. ¿Por qué lo dices así?»

«Porque estás demasiado ocupada tirándole la onda como para usar el sentido común.»

—Bueno, pues esta es mi señal para tirarme delante del primer vehículo en movimiento que vea.

Me alejo de las puertas, desesperada por poner algo de distancia.

«Corre mientras puedas.»

—¿Qué piensas hacer hoy?

La pregunta me deja helada. Me detengo y miro por encima del hombro.

—¿Por qué lo preguntas?

—Por curiosidad.

—Dudo que te interese lo que tengo planeado.

«No planeaste nada.»

Pues se me puede ocurrir algo rápido, porque lo último que quiero es pasar más tiempo con Declan. Ya siento suficiente debilidad por él.

—Ponme a prueba.

«Carajo.»

—Probablemente me pase el día viendo la tele hasta que el cerebro se me haga papilla.

—Me parece súper apasionante.

Las puertas de cristal tiemblan con otro trueno. Lo tomo como indicación para marcharme de allí antes de que Declan me haga alguna pregunta más.

—Al menos podrás aprovechar la tormenta para ponerte al día con el trabajo. Seguro que te mata la ansiedad de estar más de veinticuatro horas sin tocar la computadora. —Le lanzo una última sonrisa por encima del hombro antes de salir de la habitación.

El repiqueteo de las suelas de piel de sus zapatos contra las baldosas me sigue hasta el salón. Trato de ignorarlo, pero cada vez es más difícil, sobre todo después de que se acomode en el sofá a mi lado, separados solo por un cojín.

—¿Se puede saber qué haces? —pregunto, con el ceño fruncido.

—Un experimento.

—¿Perdón? —digo, estrangulando el control de la tele.

—Quiero ver cuántas horas aguantas antes de que el cerebro se te haga papilla. Por un interés puramente científico.

«Dios mío. ¿De verdad quiere pasar tiempo contigo fuera de eventos organizados y propaganda para las redes sociales?»

—¿Quieres ver la tele conmigo?

—No tengo nada mejor que hacer.

Este debe de ser el cumplido más ambiguo que me hicieron en la vida, y aun así no puedo evitar sonreír. Declan tiene una montaña de cosas que hacer. Podría pasarse el día adelantando el trabajo que se le va acumulando durante las vacaciones, pero prefiere ver la tele conmigo.

Noto un hormigueo en el estómago que me pone de nervios. No debería obsesionarme con algo tan insignificante como que Declan sacrifique su trabajo para pasar tiempo juntos, pero no puedo evitarlo. Hablamos del hombre que cierra acuerdos empresariales desde la cama a 39,5 de fiebre. Que decida tomarse el día libre solo para ver la tele no es cualquier cosa.

«No te acostumbres.»

Qué fácil es decirlo. Porque si Declan sigue teniendo este tipo de detalles, puede que yo empiece a anhelarlos. Y eso solo tiene un resultado posible: la decepción.

Enciendo la *smart TV*, inicio sesión en mi cuenta del servicio de *streaming* y elijo el programa de remodelaciones que tanto me reconforta, con la esperanza de que sofoque parte de la ansiedad que me bulle dentro. Me siento encima de las piernas y me pongo cómoda. La presión que noto en el pecho no tarda en abandonarme, y doy las gracias por ello.

Cuando salen los créditos, espero que Declan se levante y se desentienda del resto de mis planes, pero permanece sentado mientras el episodio siguiente se reproduce automáticamente.

—No hace falta que te quedes si no tienes ganas —le digo, ofreciéndole una excusa para irse.

Él se limita a tomar el control de la mesita de café y subir el volumen.

Bueno, he ahí la respuesta.

«Quiere pasar tiempo contigo.»

La piel se me eriza, y no puedo evitar esconder la sonrisa con un cojín.

—¿Otro? —gruñe él antes de llenarse la boca de palomitas.

Declan ingiere más comida que un equipo de futbol entero. Si no me encargara yo de buscarle tiempo para hacer un poco de ejercicio, me preocuparía su capacidad para acabarse todo mi suministro de aperitivos en menos de cuatro horas.

Pulso un botón y silencio el televisor.

—¿Algún problema?

—Sí, que ya llevas ocho episodios seguidos en los que siempre se repite lo mismo.

—Y podría ver otros ocho sin aburrirme. —Recupero mi *bowl* de palomitas de su regazo.

Me tranquiliza ver a mi pareja favorita de remodelaciones domésticas renovando casas que están para el arrastre. Los episodios son cortos y predecibles, lo cual los convierte en una opción fácil cuando no estoy muy intelectual.

—¿Por qué? —me pregunta.

—Porque me inspiran.

Declan frunce el ceño.

—No me digas que tienes pensado hacer eso alguna vez.

—Obvio. ¡Me parece divertidísimo! —La mayor parte, vaya. Podría ahorrarme las goteras de los techos y los problemas de canalización que siempre aparecen de la nada.

—En la última casa encontraron una familia de ratones —contesta, y no puedo evitar reírme al ver la expresión de horror de su cara.

—Nada que no se pueda arreglar adoptando un gato salvaje.

—Soy alérgico a los gatos —dice, y frunce el ceño.

—Pues menos mal que no tienes nada de que preocuparte.

—¿Por qué no? —pregunta con voz queda.

Me río y vuelvo a centrar la atención en la pantalla.

—Porque será mi casa. Si quiero tener un gato de mascota, no se dirá más.

—¿Mi casa no te parece lo suficientemente buena? —Habla con un tono inexpresivo que no se corresponde en absoluto con sus ojos.

¿A qué viene esa pregunta y por qué parece que se lo tomó como un ataque personal?

—Claro que sí. De momento, al menos.

—De momento —repite, otra vez con la misma sequedad.

—Sabes que la idea no era que viviera allí para siempre.

—Ya lo sé.

—Tienes una casa muy bonita —concedo.

—Pero no lo suficientemente bonita —masculla entre dientes.

¿De verdad lo ofendieron mis comentarios? La mera idea hace que se me oprima el pecho. Declan no suele ofenderse por nada, pero supongo que si yo invirtiera veinte millones de dólares en una casa, tampoco me haría ni pizca de gracia oír comentarios negativos al respecto.

Navego entre la honestidad y la buena educación.

—Lo que pasa es que... no es mi estilo.

—¿Y cuál es tu estilo exactamente? ¿Un bosque?

El pecho se me sacude cuando suelto una carcajada.

—Para nada.

—Entonces, ¿cuál es el problema?

—Tu casa está vacía, es fría y le falta personalidad. Puede que sea una casa, pero dista mucho de ser un hogar.

Declan se acaricia la barba incipiente de la mejilla.

—Eso no tiene ningún sentido.

—A ver, te lo explico.

—Por favor y gracias.

Tomo aire, sopesando cómo puedo explicarle una parte tan oscura de mi vida sin profundizar en exceso en mis emociones. Declan conoce muy pocos detalles de mi pasado. Contarle demasiado podría predisponerme a estrechar el vínculo con él, y eso es lo último que necesitamos.

—El divorcio de mis papás no fue como los demás.

—Trago saliva para deshacer el nudo que tengo en la garganta.

Declan apenas respira, mientras yo reúno el valor necesario para continuar.

—Mi padre, por llamarlo de alguna manera, no era un buen hombre. Era... malo. —Pocas veces alguien se queda tan corto describiendo a otra persona, pero no encuentro las palabras.

Declan cruza las manos sobre el regazo.

—¿Era malo contigo?

Suspiro.

—Sí. Pero nada comparado con cómo trataba a mi madre.

Frunce el labio superior con un gesto de repulsión.

—No te hagas eso.

—¿El qué? —pregunto, juntando las cejas.

—Restarle importancia a tu experiencia solo porque la de otra persona fue más dura.

Ese comentario me conmueve. Llevo toda la vida repitiéndome que podría haber sido peor. He visto las cifras de la violencia doméstica. He visto que el círculo vicioso continúa hasta que alguien acaba sufriendo heridas graves o, lo que es peor, muriendo. Soportar la ira y las palabras cargadas de odio de mi padre siempre me pareció un pequeño precio que pagar por el futuro que tengo ahora. Y por el de mi mamá.

Las lágrimas se me acumulan en los ojos, y parpadeo para contenerlas.

«No te derrumbes.»

Respiro hondo y prosigo, recordándome el objetivo de la conversación:

—Total, que mi mamá y yo nos fuimos de la casa donde crecí con dos maletas y el fajo de billetes que había estado ahorrando durante un año entero. No sabía cómo convencerme de que lo de mudarnos a una lata de sardinas con mi abuela era una buena idea. Me pasé una semana entera llorando, diciéndole que quería volver a casa.

—¿Y qué pasó luego? —Parece interesado de verdad en oír lo que tengo que contarle, y eso me da el coraje necesario para continuar.

—Me enseñó que cualquier persona puede comprarse una casa, pero que no todo el mundo puede comprar un hogar. Una casa la puedes comprar, vender, remodelar. —Señalo la televisión—. Pero un hogar es más abstracto. No es un lugar, sino un sentimiento que no sé describir, así que tendrás que confiar en lo que te digo.

—Un sentimiento —repite con voz monótona.

—Sí... ¿Recuerdas esas emociones inútiles de las que te deshiciste hace tanto tiempo? Esas meras.

Declan frunce el ceño.

—Me parece la tontería más grande que he oído en mi vida.

Me río.

—Sabía que no lo entenderías.

Al menos le reconozco el mérito de haber escuchado toda la historia.

—Pero porque eres horrible describiendo cosas.

Sonrío.

—Como te dije, lo sabrás cuando lo sientas.

O eso espero, al menos. La idea de que Declan no encuentre jamás un sitio al que llamar hogar me entristece mucho más que cualquier otra cuestión sobre su pasado.

«¿Y qué piensas hacer al respecto?»

Tengo una idea, pero los riesgos son, como poco, catastróficos. Con todo, no me veo capaz de controlar el entusiasmo que me borbotea en las entrañas.

«Tú podrías ser la que lo ayude a convertir su casa en un hogar.»

La peor idea de la historia.

21

Iris

—Ey. —Alguien me da golpecitos en el hombro.

—Argh. Déjame dormir. —Agarro un cojín y me cubro la cabeza para ahogar la voz de Declan.

—Tienes que ver una cosa que hay fuera.

—Sss. —Jalo de la manta hasta taparme la cabeza.

«Un momento. ¿Una manta?» No recuerdo haberme quedado dormida, ni mucho menos haber tenido la energía de tomar una manta.

—Puede que sea tu única oportunidad de ver de cerca un leopardo, así que yo que tú me levantaría. Ahora mismo.

—¿Qué? —Me incorporo de golpe en el sofá.

La televisión en mute de fondo. De algún modo, acabé acostada en el sofá, ocupando mi lado y el sitio en el que Declan se había sentado antes.

«Mmm... Qué raro.»

—Sígueme.

Me obliga a salir corriendo detrás de él cuando se va de la sala.

La única fuente de luz es la luna que brilla a través de las ventanas. Declan zigzaguea por la casa antes de llevarme a su habitación.

—Más te vale que esto no sea una treta para meterme en tu cuarto.

A pesar de la oscuridad, percibo la mirada asesina que me lanza por encima del hombro.

—Es broma —aclaro.

—Eso espero, porque no tengo ningún interés en meterte en ningún lado.

Tampoco hacía falta que se opusiera tantísimo a la idea.

—Y, entonces, ¿qué hacemos aquí?

—Estaba bañándome y vi algo fuera. —Entra directamente en el cuarto a oscuras.

Estoy tan concentrada en la historia que me resbalo con un enorme charco de agua y me precipito sobre la espalda de Declan, que suelta un quejido. Le cuesta mantener el equilibrio, pero sus rápidos reflejos nos salvan de terminar los dos en el suelo, aunque yo me llevo un buen golpe en el pecho después de chocar contra un muro de puro músculo.

—¿Por qué hay tanta agua en el suelo? —pregunto, y distingo un rastro que va desde la regadera de Declan hasta la puerta.

—Tenía prisa.

¿Salió disparado de la regadera por mí? Ni siquiera sé cómo tomarme algo así, más allá de concentrarme en la respiración para no acabar desmayándome de pura emoción.

No me da tiempo de profundizar en los detalles de

cómo salió de bañarse para ir a buscarme. Me hace un gesto con la mano para que me acerque, y yo se la tomo. Me ayuda a meterme en la tina de porcelana vacía que pusieron frente al ventanal que da al riachuelo a un lado del bungaló.

—Mira allí —dice, señalando la oscuridad.

—¿Qué se supone que tengo que ver?

—¿No ves nada? —pregunta frunciendo el ceño, y se inclina hacia delante.

Me río.

—Está oscurísimo.

Declan entrecierra los ojos y señala con el dedo.

—Justo ahí, entre los dos árboles que hay delante del río.

Trato de ver lo que está mirando, pero no soy capaz.

—Nada.

Se acerca a mí para utilizar mi mano como flecha.

—Justo allí.

—Ay, Dios. —Parpadeo para cerciorarme de que no son imaginaciones mías—. ¡Es un leopardo!

—Shhh.

¿Quién se habría imaginado que encontraríamos uno justamente delante de nuestro bungaló? No sé ni cuántos safaris llevamos, y nunca hemos tenido suerte.

—¿Cómo lo viste? Apenas se distingue.

—Activé el foco con sensor de movimiento. Pensaba que se iría antes de que me diera tiempo de avisarte, pero parece que siente curiosidad. Probablemente tenga la sed suficiente para quedarse cerca.

—Sí, o hambre. —Me estremezco solo de pensarlo.

Declan y yo encontramos varios animales acechando por el río, bebiendo agua. Estoy segura de que hay algunos que incluso duermen en la orilla.

No sé cuánto tiempo pasa, pero Declan y yo nos sentamos juntos en la tina a contemplar el leopardo mientras merodea por la zona. Parece que transcurrieron horas cuando la luna comienza a descender poco a poco.

—¿Cumplió con tus expectativas? —me pregunta cuando el leopardo desaparece entre la maleza.

—¡Sí! —Me doy la vuelta y lo rodeo con los brazos—. Gracias por acordarte.

Sus brazos tiesos me devuelven al fin el gesto, y lo abrazo aún con más fuerza. No intercambiamos palabra. Tenerlo cerca me genera un calor en el pecho que me hace querer estar así un ratito más.

Declan carraspea.

—Deberíamos dormir un poco. Mañana va a ser un día muy largo.

Tengo la sensación de que en cualquier momento la cara me arderá en llamas.

—Sí, sí. Claro. —Me aparto de él y salgo de la tina.

Declan se incorpora y me sigue fuera del lavabo. Procuro no resbalarme con más charcos, aunque parece que les dio tiempo de evaporarse.

—Gracias de nuevo. Por todo esto.

Declan no responde, pero el gesto de satisfacción de su cara habla por sí solo. Me escabullo de su cuarto y me arrastro hasta la cama con una sonrisa de oreja a oreja.

Y todo gracias a Declan.

Suelto el equipaje vacío a los pies de la cama para responder al teléfono.

—Por favor, dime que no estás embarazada.

—¿Perdón? ¿Acabas de preguntarme si estoy embarazada? —Me doy dos puñetazos en el pecho para respirar mejor.

—Sí.

—¡¿Por qué?! —Miro mi app de control del periodo, aunque llevo más de seis meses sin acostarme con nadie.

—Ah, no lo sabes... —A mi mamá se le rompe la voz y a mí me empiezan a temblar las rodillas, de modo que me siento en el borde del colchón.

—¿Qué ha pasado?

—Están contando cosas... de ti.

—¿De mí?

—Y de Declan.

Se me hace un nudo en el estómago.

—Envíamelas.

Mi madre deja escapar un ruidito.

—Creo que lo mejor es que no las veas.

Carajo. Noto un regusto amargo en la garganta cuando ignoro a mi madre y escribo mi nombre en el buscador con dedos temblorosos. Los resultados son espeluznantes. Cada titular es peor que el anterior. Palabras que captan la atención como *matrimonio de conveniencia, cláusula bebé* y *casados por interés*. Soy capaz de soportar los artículos, pero lo que más arde son las secciones de comentarios. Después del primer comentario en el que afirman que no merezco tener hijos por lo poco que respeto la institución del matrimonio, cierro el navegador. Si ese es el primero, no me quiero ni imaginar lo horribles que serán el resto.

Mis perfiles en redes sociales tampoco se salvan; los tengo atestados de mensajes directos. E incluso alguna amenaza explícita.

Se me revuelve el estómago.

—Es todo mentira.

«¿Ah, sí?»

Silencio el celular y procedo a hundir la cabeza en el colchón para gritar. Mi madre continúa ajena a mi crisis nerviosa.

—Claro que lo es. Los he visto juntos. Estos desalmados le arruinarían la vida a cualquiera por vender unos cuantos ejemplares.

No tengo ni idea de lo que mi mamá cree haber visto, pero me niego a discutírselo. Tengo problemas bastante más importantes.

—¿Y qué hago ahora? —digo con voz temblorosa.

—Ay, mi niña. —A mi madre se le rompe la voz—. No soporto que hablen así de ti. Eso de decir que solo lo haces por dinero... —Se interrumpe con un hilo de voz, como si le doliera terminar la frase.

«No te preocupes, mamá.» A mí me duele igual. La cantidad de mujeres que me escribieron comentarios desagradables en las publicaciones de redes sociales no es nada en comparación con las que me escribieron por privado para darme su opinión. Pongo mis cuentas en privado, pero el efecto de sus palabras no desaparece así nada más.

Estoy a punto de venirme abajo con cada respiración entrecortada.

—No dejes que te afecte lo que opine esta gentuza.

Mi madre mantiene la voz firme, y me ayuda a reducir una mínima parte de la tensión que se me acumula en los hombros.

—Ya es un poco tarde —gruño.

—Son rumores, nada más.

—Pero es que está hablando todo el mundo de mi matrimonio, incluido el *Finance Today*, carajo. —Sé que toqué fondo cuando incluso los enfermos del Excel están hablando de mí.

—Que digan lo que quieran, eso no hace que sea verdad.

«Ay, mamá, si tú supieras.»

—Pero...

—Ni peros ni nada. Estos periodistuchos se inventarían lo que fuera por vender cuatro periódicos. Es repugnante que ataquen así tu matrimonio, pero no me sorprende.

Ni a mí tampoco, pensándolo mejor. El momento es inmejorable, teniendo en cuenta que ni Declan ni yo podemos hacer nada desde aquí.

Con cada artículo que leo, más me enojo. Sé exactamente quién hizo correr estas historias por el mundo, esperando que provocaran este tipo de reacciones. Menos mal que me separan miles de kilómetros de Seth Kane, porque si no íbamos a tener que discutirlo.

«O resolverlo a golpes.»

Creo que no hay persona en el mundo que pudiera leer comentarios así sobre ella y no sentir al menos algo. Pero, a pesar de mis sentimientos, sé quién soy y lo que represento. No van a conseguir que cambie de idea, aunque eso no significa que sus palabras no me afecten.

A diferencia de Declan, yo no crecí en este mundo. No estoy acostumbrada a verme en todas las páginas de chismes de celebridades, donde se critica todo lo que me hace ser quien soy. Quiero ocultarme de todos y de todo, pero también luchar.

—Voy a solucionarlo —digo con la cabeza bien alta.

—¿Cómo?

No pienso dejar que la logística me mate la motivación.

—Todavía no lo sé, pero ya se me ocurrirá algo.

—Ay, cariño. No puedes cambiar la opinión de la gente. Se van a hacer la idea que les convenga a partir de los hechos que se les presenten, y no hay forma de cambiar eso.

Las palabras de mi madre consiguen que se me prenda el foco, como si Dios me hubiera bendecido. ¿Y si creo una historia tan apasionante que no les quede otra que cambiar de opinión? Puedo controlar cómo nos percibe la gente. Tal vez me cueste un poco, pero seguro que es mejor que la alternativa. Porque si estas historias continúan acumulándose, es posible que el abogado de Brady Kane comience a cuestionarse la autenticidad de todo esto.

No. No pienso permitir que eso ocurra. No soporté lo que soporté casándome con Declan para que su padre lo eche todo a perder. Puede que Seth Kane haya ganado esta batalla, pero estará loco si cree que un puñado de titulares me van a hacer tirar la toalla. Puede que sus hijos estén obligados a tratarlo con cierta diplomacia de cara a inversores y accionistas, pero yo no tengo ningún problema en jugar sucio.

Se pintó un blanco en la espalda, y no veo la hora de apretar el gatillo.

22

Declan

Desconectarme durante el resto de la luna de miel fue un error. Jamás me paso más de una hora sin consultar el teléfono, y mucho menos días.

«Esto es lo que ocurre cuando tomas vacaciones.»

Durante el tiempo que estuve ilocalizable, alguien filtró a las revistas del corazón que mi matrimonio es una farsa. No dudo que quien está detrás de esta campaña es mi padre, aunque no será fácil demostrarlo.

Debo reconocérselo: fue inteligente y se aseguró de incluir una serie de documentos falsos en los que se detallan mierdas que Iris y yo ni siquiera discutimos para el contrato. Me identifican exactamente como el monstruo que el mundo cree que soy. Titulares sobre una herencia especulada. Entrevistas de futuros exempleados que afirman que mi relación con Iris surgió de la nada, y todo por la cláusula de mi abuelo en que se indicaba que debíamos concebir un heredero. Aparecieron incluso fotos de la ecografía de un bebé que ni de broma es mío.

Ni me molestaría en prestarles atención a los titulares, pero hablan sobre Iris de una forma que... es totalmente inaceptable.

«Hasta ahora, nunca te preocuparon sus opiniones...»

Eso era antes de tener a alguien a quien proteger de la escoria del mundo. Iris no es una ingenua. Sabe cómo me pintan los medios y lo que podía pasar si se casaba conmigo. Pero esto... Me horrorizan algunos comentarios.

Me guardo el teléfono en el bolsillo para evitar romperlo en mil pedazos.

—Llama a mi abogado cuando aterricemos.

Iris levanta la vista de la tablet.

—¿Para qué?

—Tengo ganas de cagarles la vida a unas cuantas personas.

—¿Se puede hablar de tener ganas si en el fondo es un estado de ánimo constante?

La fulmino con la mirada y ella levanta las manos, derrotada.

—¿Qué pasa?

—Estoy a punto de demandar por difamación a medio Chicago.

Sus labios forman una pequeña O al tiempo que asiente con la cabeza.

—Aaah. Entiendo que ya viste los artículos.

—¿Estás al tanto? —pregunto, parpadeando.

Ella mueve la cabeza arriba y abajo mientras aparta la mirada de mí.

—¿Y no se te ocurrió contármelo?

Su pesado suspiro amenaza con oírse por encima del rugido de los motores.

—Mi madre me llamó esta mañana cuando estaba preparando la maleta y me lo contó. Esperaba que aguantaras hasta después del vuelo sin enterarte, pero no sirvió de mucho.

—¿Y por qué no me lo dijiste en cuanto los viste?

«Y, por favor, dime que no leíste los comentarios.»

—Porque no tenía ganas de arruinar nuestro último día juntos con algo así.

—¿A quién diablos le importa eso?

Iris me ofrece una sonrisa tensa.

—Si te preocupa lo que pueda pensar el abogado, ya tengo un plan. Me niego a permitir que tu padre nos pase por encima.

«Nos pase. A los dos, no solo a ti.» La idea de que trabajemos en equipo contra mi padre me satisface, pero no lo bastante como para sofocar la ira que me produce el hecho de que Iris esté anteponiendo mi herencia.

—A la mierda el plan y a la mierda mi padre. Hay otras cosas más importantes.

Iris pestañea con incredulidad.

—Vaya, vaya, Declan. ¿Te ofendiste por mí?

—Se refieren a ti como «fulana avariciosa» —respondo entre dientes, apretando las muelas.

—Al menos en ese escogieron una buena foto. Los reporteros del *Chicago Chronicle* no fueron tan amables con lo del anuncio de mi embarazo secreto.

—¿Qué? —Apenas veo más allá de los puntos negros que me nublan la visión cuando vuelvo a sacar el teléfono.

Iris me posa una mano encima.

—No le des más vueltas.

Debería ser yo quien la reconfortara. Nadie merece que le digan esas cosas. Hay comentarios esperables, como que solo se casa conmigo por el dinero o el apellido, pero el resto es repugnante. Cuestionan su forma de vestir, su inteligencia. Su corazón. Con cada comentario me entran ganas de buscar a los troles de internet que dijeron algo negativo sobre ella y estrangularlos con los cables de su computadora. Si creía odiar antes los medios de comunicación no era nada comparable al deseo que me arde en las entrañas por eliminar la primera enmienda de la historia de Estados Unidos.

Me aprieta la mano y me arranca de mis pensamientos homicidas.

—Son palabras, nada más.

Por dentro, me hierve la sangre. Por fuera, soy tan frío y calculador como me describen los artículos.

—Esperaba una reacción diferente por tu parte.

«¿Qué creías que haría en realidad? ¿Que se pondría a gritar? ¿Que se echaría a llorar?»

Cualquier reacción habría sido mejor que la alternativa, que es tenerla a ella reconfortándome a mí. No me lo merezco.

—Sabía que terminaría pasando. —Se encoge de hombros como si nada de esto la afectara, pero no es más que una mentira.

Le tiembla la barbilla, y acabo cerrando las manos sobre mi regazo para no alargarlas hacia ella y consolarla.

¿Yo, consolándola? No sabría ni por dónde empezar con algo tan ridículo.

—Yo me encargo.

Ella arquea una ceja.

—¿Qué piensas hacer? ¿Defender mi honor?

—Cuando menos.

Su risa me libera parte de la tensión de los músculos.

—Por favor, no hagas ninguna tontería solo porque estás enojado.

—Claro que no.

—Ni nada que pueda considerarse un delito.

—¿Si no me descubren sigue siendo un crimen?

Los ojos se le iluminan y resquebrajan ligeramente el bloque de hielo que es mi corazón.

—Salir de la cárcel por pagar un dineral tampoco es algo de lo que se pueda presumir.

—¿Qué sentido tiene disponer de tanto dinero si no puedo brincarme la ley?

—Hay tantas cosas mal en esa pregunta que no sé ni por dónde empezar.

—Pues no digas nada.

Iris arruga la nariz.

—Tenemos que actuar, pero con una buena estrategia. Estoy segura de que el abogado de tu abuelo ya empieza a sospechar de la legitimidad de lo nuestro.

El buen humor que generó hace apenas unos instantes desaparece de un golpe con ese comentario. ¿Cómo puede pensar en el abogado en un momento así? Carajo, hay gente amenazándola de muerte.

—Me vale madres el abogado. —Ahora mismo, al menos.

Ella me mira como si me hubiera crecido una segunda cabeza.

—Bueno, independientemente de lo que opines en estos momentos sobre esta cuestión, tengo el plan perfecto.

Teniendo en cuenta que su último plan acabó con nosotros casados, ya me puedo imaginar por dónde irá la cosa.

Pienso en hacerle una visita a mi padre. La tentación de partirle la boca es difícil de combatir, pero me contengo. Darle un puñetazo solo me haría sentir bien unos instantes, mientras que destruir todo lo que le importa es una alternativa mucho más satisfactoria.

Crecer con una persona como él implicaba desarrollar las mismas características, porque para sobrevivir a alguien así tuve que evolucionar. Aprendí a base de dolorosas pruebas y errores a sujetar mis cartas bien cerca del pecho, porque querer algo significa arriesgarse a perderlo. Ya quise y ya perdí, y detesto ambos sentimientos por igual.

Oigo una voz potente delante de la puerta de mi despacho, seguida por la risa chillona de Iris, y salgo corriendo hacia allí para girar el pomo. Al abrirla, encuentro a Iris y a mi papá en mitad de un duelo de miradas.

Él me sonríe.

—No podrías llegar en mejor momento. Dile a tu fulana que se controle.

No soy capaz de dar más que un paso antes de que el puño de Iris vuele en dirección a la mandíbula de mi padre, y ella profiere un grito cuando le alcanza la cara. Un escalofrío me recorre la columna, y trago saliva para controlar el regusto ácido que me sube hasta la garganta al oír ese grito.

Mi padre se masajea con la palma de la mano la zona que recibió el golpe.

—Hija de...

Solo veo rojo cuando me abalanzo sobre él, pero desvío la atención al oír a Iris soltando un quejido.

—Ay... —Una única lágrima le cae por la mejilla mientras se examina el puño.

No pienso nada antes de pasar a la acción. Ella me bufa cuando intento revisarle la mano, sin dejar de secarse las lágrimas de la cara con la mano ilesa. Salta a la vista que no tiene bien el meñique, y tuerce el gesto cuando le paso un dedo cuidadoso por encima.

—Creo que no estoy bien... —Iris refunfuña mientras se toca los nudillos con el pulgar.

—Eso te pasa por creer que podías ponerme la mano encima.

De verdad que este hombre tiene instintos suicidas.

—Me gustaría ponerte encima algo más que la mano, cabrón. —Iris trata de rodearme, pero se lo impido.

—Yo me encargo ahora —digo, y le doy un apretón reconfortante en el hombro.

Ella frunce el ceño y cierra la boca.

—Venía a ver cómo estaba Iris después de que salieran aquellos artículos. No debe de ser nada fácil que se refieran a ti como una fulana de cascos...

Se oye el crujido de un hueso cuando le doy un puñetazo a mi padre justo en el puente de la nariz. Una profunda satisfacción me arrolla cuando la cabeza se le cae hacia atrás con el impulso de mi golpe. La sangre le gotea por la cara y mancha la alfombra.

Sonrío ante el desastre.

Mi padre trata de contener la hemorragia, pero no le funciona nada.

—Al final te vas a parecer más a mí de lo que creía.

Me sobreviene una sensación siniestra.

—¡Fuera! —bramo al abalanzarme sobre él.

Mis dedos no agarran más que aire cuando mi padre da un paso atrás, tropezando con sus propios zapatos mientras se sostiene la cabeza. La presión que me oprime el pecho no mejora cuando desaparece por las puertas dobles. Con suerte, habrá regresado al rincón del infierno desde el que se haya arrastrado antes de que tenga la oportunidad de volver a ponerle las manos encima.

Iris resopla.

—Bueno, las cosas no fueron exactamente como esperaba.

Doy media vuelta y veo que tiene la mano apretada contra el pecho. Su gesto descompuesto hace que la sangre me martillee en los oídos.

—Por favor, dime que esto no era ese gran plan en el que estuviste trabajando.

—Claro que no —dice, riéndose por la nariz—. Se me fue un poco de las manos, pero no te preocupes, que la otra idea es infalible.

—Eso lo decidiré yo, dado tu historial.

Se ríe antes de esbozar una mueca en dirección a la mano que aprieta contra el pecho.

—Ay.

—Déjame que te vea mejor.

El pulso se me acelera cuando le examino la lesión. Procuro no tocarle la piel que le rodea los nudillos, consciente de la inflamación. Dentro de lo malo, no parece una fractura abierta.

—Estás más loco que una cabra. No se me ocurre otra explicación para que se te haya ocurrido darle un puñetazo en la cara a otra persona sin saber cómo.

—Pensaba que sería como en las películas. —Se estremece al estudiarse los daños.

—Tenemos que llevarte al hospital para que te revisen. —Tropiezo con las palabras, incapaz de procesar por qué decidí proponérselo. Los hospitales me ponen de nervios.

—¡Que no! Estoy bien. ¡Mira! —Mueve los dedos y se estremece.

Me esfuerzo por no echar a correr detrás de mi padre.

—¿Por qué le pegaste?

Tensa la mandíbula y baja la vista hasta sus tacones lilas. Yo le levanto la barbilla con un dedo.

—Dímelo.

Iris suspira, y yo tengo que esforzarme al máximo por no zarandearla para sacarle las respuestas.

—Prométeme que no harás nada ilegal si te lo digo.

—No lo haré.

Deja caer la cabeza.

—No te va a hacer feliz.

—No estoy nunca feliz. —Salvo en contadas ocasiones, en las que resulta que Iris siempre está presente.

Levanta otra vez la cabeza. Percibo un brillo en sus ojos que no tiene nada que ver con la lesión de la mano.

—Me ofreció dinero para...

—¿Para qué?

Se me tensan todos los músculos del cuerpo.

—Para que no tenga un hijo. Nunca. —Desvía la mirada, como si así pudiera ocultar que su rostro es un remolino de emociones.

Ya voy camino de la puerta con el cuerpo caliente al tacto y la cabeza en blanco salvo por la idea fija de encontrar a mi padre y reventarlo contra el suelo. Debí haberme imaginado que intentaría algo así. Una parte de mí tenía la ridícula esperanza de que le quedara algo de decencia, pero parece que no le queda ni un mísero ápice de buena voluntad en el cuerpo. Subestimé hasta dónde estaría dispuesto a llegar para conservar su puesto de director general. Porque, sin su trabajo, no tiene razón de vivir. Sus hijos lo odian y su mujer está muerta. Perder su puesto de directivo sería la última tragedia de su miserable vida.

—¡Espera! —Iris me agarra el brazo y me jala.

—Ahora mismo no puedo hablar contigo. —No podría hablar con nadie, y mucho menos con ella.

«Tú eres el que la metió en esta bronca. ¿Qué esperabas?»

Me hierve la sangre bajo la piel. Intento quitármela de encima, pero lo único que consigo es que me sujete aún con más desesperación.

—Necesito que me lleves al hospital.

Me detengo, y logro ver a través de la bruma que me nubla el juicio y me impide tomar decisiones.

—¿Qué?

Sus ojos vidriosos se clavan en los míos.

—Me duele mucho.

«Carajo.» Suelto un bufido y cierro los ojos.

—Que te lleve Harrison.

—Por favor, no me dejes sola.

Esa súplica es mi ruina. El plan de dejar a mi padre en coma deja de ser una prioridad cuando cierro los ojos y asiento con la cabeza.

—Bueno. Vamos a que te vean la mano.

23
Declan

Dado que Iris es incapaz de tomar el celular, me encargó escribir todo lo que me dicta. Sabía que Iris sacaba mucha chamba adelante, pero no llegué a comprender del todo la magnitud de su trabajo hasta que me obligó a repasar cada tarea con ella.

No me sorprende que no sea feliz. La cantidad de *e-mails* que le toca revisar cada hora sacarían de quicio a cualquiera. O puede que me esté volviendo loco por tenerla tan cerca. El olor de su jabón de coco se me graba constantemente en la memoria cuando se apoya sobre mí, señalando correos con la mano ilesa.

Se nota a kilómetros que los nervios la traicionan a medida que nos acercamos al hospital. Mueve arriba y abajo las rodillas con inquietud mientras me dicta los mensajes que debo enviar y que ponen patas arriba mi planificación para hoy.

El trabajo no termina ahí. Después de pasar por el mostrador, una enfermera nos entrega un portapapeles con hojas llenas de información que hay que rellenar. Iris lo contempla como si pudieran empezar a arder en cualquier momento.

—Toma —digo, dándoselo.

Ella desvía la mirada hacia la salida.

—¿Me das una mano? Así no puedo escribir —responde con voz queda, apenas audible.

—Bueno. Ve diciéndome las respuestas y yo las apunto.

La nuez le sube y le baja mientras examina la primera línea. Tarda mucho más de lo necesario en leer la primera pregunta, así que tomo el celular.

—¿Te importa leerme las preguntas en voz alta? Estoy tan alterada que no soy capaz de concentrarme —me pide, esbozando una sonrisa excesiva que me irrita.

—¿Seguro? Puede que algunas preguntas sean personales.

«No seas antipático. Haz lo que te pide.»

—Me da igual.

La rigidez de su espalda dice justo lo contrario. Parece estar a punto de venirse abajo, así que accedo. Suspiro al tomar la pluma y empiezo con la primera pregunta. La documentación nos lleva menos tiempo del que pensaba, e Iris y yo esperamos en silencio. Ella mira con anhelo la salida. Observa con nerviosismo la sala mientras se muerde el labio inferior, y me siento lo bastante misericordioso como para salvarla de la ansiedad que la carcome por dentro.

—Si te sirve de consuelo, yo también odio los hospitales.

Su cabeza se gira hacia la dirección de mi voz.

—¿En serio?

Asiento.

—Hacía años que no pisaba uno, desde pequeño.

—¿Por qué?

El pecho me sube y me baja mientras sopeso las posibles consecuencias de confesarle los motivos. Clavo la mirada en el televisor silenciado del rincón.

—Cuando mi mamá estaba enferma, nos pasábamos el día en el hospital. Empecé a tomarle aversión a todo, incluso después de que muriera.

Me toma de la mano y me la aprieta. Agradezco que me entienda lo suficiente como para no profundizar con más preguntas. La idea de ofrecerle otra parte desnuda de mí mismo me parece una traición a los años que llevo construyendo minuciosamente una fachada determinada.

—Yo también los odio —dice, y se le rompe la voz.

—¿Por qué?

Agacha la vista a la mano hinchada.

—Mi padre... —Hace una pausa, y yo le aprieto la mano, igual que ella hizo conmigo—. Digamos que mamá acabó un par de veces en urgencias por «torpe».

Respiro hondo para controlar la ira que me revuelve las entrañas.

—¿Y tú tuviste algún problema por «torpe»?

Si contesta que sí, juro por Dios que esta noche terminarán flotando dos hombres en el río Chicago.

Iris niega con la cabeza con cierta agresividad.

—No, no.

El corazón se me acelera y me noto el pulso en los oídos.

—Sabes que puedes contármelo.

No puedo prometerle que no haré nada al respecto, pero sí que le haré daño. Mucho daño. Me arrolla una sensación abrumadora de protección, y no la esquivo.

No hay nada que me repugne más que los hombres que utilizan los puños contra mujeres y criaturas inocentes.

—Nunca llegó a tanto. Gracias a mi abuela.

—¿Qué hizo?

—Reparó en las señales e intervino antes de que la cosa se desbordara. Aprovechó los ahorros del seguro de vida de mi abuelo para ayudar a mi madre a divorciarse y empezar de cero. —Una lágrima le cae por la mejilla, y no soporto verla.

Se la limpio con el pulgar, pero el camino húmedo que dejó permanece. Una fuerza interna me impele a borrarle la expresión triste del rostro.

—¿El plan de tu abuela no incluiría por casualidad una botella de ácido sulfúrico?

Iris se fuerza a reír.

—Creo que por aquel entonces estaban más de moda los zapatos de cemento.

Finjo un escalofrío.

—Recuérdame que no la saque nunca de sus casillas.

—Olvídate de mi abuela. Tendrías que enfrentarte a mí. —Levanta la mano herida como si de un trofeo de guerra se tratara.

—Mira cómo tiemblo.

—¿Señora Kane? —la llama una enfermera.

Iris no se mueve al oír su nombre.

—Te toca —digo, posándole una mano en el muslo y dándole un apretón.

Toma aire mientras contempla mi mano. Está a punto de tumbar la silla al levantarse de pronto, con la mano ilesa en alto.

—¡Sí, aquí!

La enfermera nos guía por los cubículos de urgencias. La pared está llena de camas individuales, divididas por una cortina de papel. La cama vacía que le asignaron a Iris es inaceptable. Entre la persona que vomita detrás de una de ellas y el tipo que está echando los pulmones por la boca, me niego a que la vean aquí.

—Me gustaría que atendieran a mi esposa en una habitación privada —exijo.

La enfermera tuerce el gesto mientras me mira de arriba abajo.

—Esto es un hospital, no el Ritz. Siéntese y espere a que venga el doctor, como todo el mundo.

Iris se sube a la cama sin queja alguna, y a mí me tienta el tomarla de la mano y llevármela a otra parte. A la enfermera no parecen molestarle los ruidos de nuestro alrededor mientras comprueba los signos vitales de Iris y le formula unas preguntas rutinarias. Iris responde a todas sin parar de morderse el labio inferior hasta sacarse sangre. Este ambiente no tranquilizaría a nadie, y mucho menos a ella.

La enfermera deja el portapapeles a los pies de la cama, y decido intentarlo de nuevo.

—Pagaré lo que haga falta para que se la lleven a un sitio más tranquilo. El dinero no es problema.

La enfermera responde cerrándome la cortina de papel en las narices. Iris se ríe mientras yo contemplo con desconcierto la cortina, estupefacto por el trato recibido.

—¿Te parece gracioso?

Ella asiente, y es la primera vez hoy que los ojos se le iluminan.

—¿Le viste la cara cuando dijiste que el dinero no es problema? Creo que si no hubiera soltado ya el portapapeles te lo habría estampado en la cara.

—Qué culpa tengo yo de que no esté acostumbrada a cómo son las cosas en el mundo real.

—Cariño, despierta. Esto es el mundo real —dice señalando la «habitación».

—Es aterrador.

—Ven, yo lo arreglo —responde dándole golpecitos a la cama.

Lo dudo, pero últimamente no soy capaz de negarle nada. El papel cruje cuando me siento a su lado. Ocupo la mayor parte de la cama y ella intenta alejarse de mí, pero no hay suficiente espacio. Nuestros muslos se rozan.

—¿No te parece cómodo? —bromea.

Ojea la bolsa del suero con horror antes de clavar la mirada en la salida.

—¿Pasa algo?

Se inclina hacia mí y me susurra:

—¿Tú crees que es mal momento para admitir que siempre pierdo el conocimiento cuando intentan picarme?

Las comisuras de los labios se me elevan. No sé por qué la mera idea me resulta divertidísima, teniendo en cuenta la capacidad que tiene de pasarse ocho horas seguidas viendo películas de terror sin inmutarse.

—¿Te dan miedo las agujas?

—No, no me dan miedo —balbucea—. Lo que pasa es que me provocan una reacción corporal que soy incapaz de controlar.

—Pues qué bien, porque la enfermera va a tener que ponerte esa bolsa cuando vuelva.

—¡No! ¡No me digas eso! Pensaba que era de las buenas.

Asiento, apretando los labios para no reírme.

—¡Me mintió! —Sale disparada de la cama, y se habría tropezado con sus propios tacones si no hubiera alargado el brazo para sujetarla.

—Cuidado.

La coloco de nuevo en la cama y decido levantarme por si se le vuelve a pasar por la cabeza huir del lugar. Desvía la mirada hacia el espacio entre las dos cortinas, como si pensara en cómo darme esquinazo.

—Es broma.

Me escudriña el rostro en busca de la verdad antes de darme un golpe en el hombro con la mano buena.

—¡Imbécil! ¡Me la creí!

Me sale de dentro una carcajada como una bomba, que la deja atónita.

—¿Te acabas de reír?

—No.

—¡Sí! —grita alguien desde el otro lado de la cortina—. Ahora, ¿les importaría callarse? Que aquí hay gente intentando dormir después de que les lavaron el estómago.

Que se vaya a la mierda este lugar y la gente.

—Nos vamos.

—No corra. No pueden irse sin que les dé el alta. —El doctor entra y señala la cama con el portapapeles.

Iris aprieta mucho los labios mientras él echa un vistazo al historial. Le hace algunas preguntas sobre cómo se lesionó, sin dejar de mirarme a mí de arriba abajo como si fuera yo la persona a la que Iris había intentado hacerle daño. Se la llevan para hacerle unas radiografías, y yo no respiro tranquilo hasta que la enfermera la trae de vuelta.

Esa debería ser la primera señal de que las cosas se me están yendo de las manos. Estoy aproximándome a un campo de minas sentimental sin mapa alguno, a un paso en falso de saltar por los aires.

El doctor revisa las radiografías.

—Parece que tienes la fractura del boxeador.

A Iris se le ilumina el rostro.

—¡Ahora sí me lucí!

La fulmino con la mirada.

—Relájate, Muhammad Ali. Yo no contaría lo de hoy como una victoria, en absoluto.

Al médico le brillan los ojos.

—La próxima vez evite cualquier contacto inicial entre el cuarto y el quinto nudillo.

—Por favor, no la anime.

El hombre sacude la cabeza con una risita antes de darle a Iris unas instrucciones detalladas sobre el tratamiento. Valoro con escepticismo esta visita y, teniendo en cuenta el entorno, también dudo de los cuidados. Me niego a permitir que Iris sufra lesiones crónicas por culpa de mi padre. Se me forma un nudo en el pecho ante la idea.

—¡Fantástico! ¡Gracias, doctor! —Iris salta de la cama, pero yo alargo un brazo y la detengo.

—Me gustaría tener una segunda opinión. —La orden me sale sin ton ni son. En el fondo, sé que una fractura del boxeador no es ni mucho menos lo peor que le podría haber pasado. Pero, en lo que respecta a Iris, hay algo en la cabeza que no me funciona. Ya no, al menos.

El médico arquea las cejas.

—¿Por una pequeña fractura?

—No le haga caso. A veces se pasa de sobreprotector —responde Iris, y me lanza una mirada como si el loco fuera yo.

—Ok... —dice el doctor.

¿Estaré perdiendo la cabeza y por eso me preocupo?

«No soportas verla llorar.»

«No te importaría matar a quien le hiciera daño.»

«La llevaste al hospital aunque odies esos lugares con todo tu ser.»

Todas las señales apuntan en una dirección: la situación está al borde del colapso, y la culpa es solo mía.

Iris me interrumpe los pensamientos.

—Me aseguraré de llevar la férula unas semanas y de evitar cualquier tipo de actividad que pueda empeorar la lesión.

—Perfecto. Y no se olvide de concertar una cita de control con su médico de cabecera. —El doctor me dirige una última mirada antes de entregarle a Iris los papeles del alta—. Encantado de conocerla, señora Kane.

—¿Me ayudas con esto? —me pregunta ella, sosteniendo el portapapeles con la mano izquierda mientras el doctor sale del cubículo.

Resoplo al tomarlo y lo relleno. Ella consulta la hora en el celular.

—Bueno, pensaba que tardaríamos más. Seguro que estás ansioso por volver al trabajo.

Eso es lo que más me aterra. Que no pensé en el trabajo ni una sola vez durante el tiempo que estuvimos aquí, porque asegurarme de que la cuidaran bien era mi única preocupación. El trabajo fue el centro de mi vida durante catorce años, y solo me hacía falta una mujer para olvidarme por completo de mis responsabilidades durante unas horas.

Como si eso no me asustara lo suficiente, apenas me basta un vistazo a la férula improvisada para que me hierva la sangre. Sé exactamente por qué la lesión es lo que más me molesta. Es la misma razón por la cual siento la necesidad de alejar a Cal de ella cuando se le acerca demasiado o de verla cuando hace unas horas que no sé dónde está.

«Te importa.»

Carajo.

Después de dejar a Iris en la oficina, voy directo a la casa de mi padre. Su asistente me informa que se tomó el resto del día libre por una «dolencia inesperada», así que apenas me cuesta localizarlo.

Casi espero que me ignore mientras espero en la puerta principal, pero debería haber supuesto que es demasiado orgulloso como para mostrarse débil frente a mí. Abre la puerta y yo pestañeo al verle los daños de la cara. La nariz es una carnicería de cartílago y moretones, y siento como si me estuviera mirando en un espejo. No necesito levantar la mano y tocarme el ligero bulto de la nariz para recordar que está ahí. Un bulto que él mismo me causó después de un buen puñetazo y demasiado alcohol. El estómago se me revuelve al caer en la cuenta de que no soy mejor que él, y de que me cuesta muy poco pelearme a golpes cuando me provocan.

«No volverás a cometer el mismo error. Puedes aprender a ser mejor que él.»

A pesar de esas palabras alentadoras, no es fácil resistirme a esta escalofriante comparación.

—Dudo que hayas venido a contemplar tu obra, así que ve al grano o sal de mi maldita cochera.

—Vine a dejarte una cosa —contesto, y le aplasto un grueso folder contra el pecho.

Tengo un archivo de todas y cada una de las personas de mi vida. Los secretos valen tanto como cualquier divisa, y resulta que yo soy asquerosamente rico, todo gracias al detective privado que tengo en nómina.

Mi padre abre el folder y lo cierra cuando ni siquiera pasó un minuto.

—Ya veo.

—Tómate tu tiempo y échale un buen vistazo. Estoy especialmente orgulloso de los informes de antiguos profesores en los que se detallan tus abusos, aunque las visitas hospitalarias a escondidas por huesos rotos son muy interesantes. Ahí va también una USB pegada en la parte trasera con algunos vídeos de tus mejores altercados públicos, por si necesitas un poco de contexto visual sobre lo que te pasará si vuelves a acercarte a Iris.

—¿Por qué me lo enseñas? ¿Por qué no me expones ya y lo compartes con todo el mundo para quedarte con mi puesto?

Dejo escapar una carcajada amarga.

—Porque no necesito rebajarme a tu nivel para quitarte el puesto, aunque estoy dispuesto a todo si vuelves a montar un numerito como el de hoy.

—¿Serías capaz de arruinar la reputación de tu familia por ella?

—No somos familia, eres un monstruo. Lo dejaste muy claro en el momento en que le dijiste a mi mujer que se ligara las trompas. —Cierro las manos a los lados del cuerpo, pero me contengo de soltarle otro puñetazo. Prefiero utilizar las palabras como arma, no los puños.

—Estoy intentando salvarte del error de tener un hijo con alguien solo por la herencia. Deberías darme las gracias.

«Respira hondo, Declan. Respira hondo.»

—Si vuelvo a verte hablando con Iris, sea o no por cuestiones profesionales, haré todo esto público. Sin preguntas. Sin segundas oportunidades. Mientras dejes fuera a mi mujer, me vale madres si utilizas señales de humo para contactar conmigo.

—¿Publicarías esto aunque te hiciera parecer débil?

—He ahí la cuestión, padre. Me pasé años pensando que era patético porque no podía luchar contra ti, pero al final me di cuenta de que el único hombre débil aquí es el que me está mirando. En cierto modo, supongo que me alegro de que mamá esté muerta, porque así al menos se ahorrará tener que enfrentarse al homúnculo repulsivo en que te convertiste.

Me doy la vuelta y siento su mirada ardiente clavada en la nuca de camino al coche.

24

Iris

Declan estuvo demasiado callado desde la visita al hospital de ayer. Intenté levantarle los ánimos con algunos comentarios, pero parece que solo consigo que frunza el ceño, como si yo fuera un fastidio.

En todo caso, cuando retomo el trabajo la situación no hace más que empeorar. No puedo escribir con la mano derecha, de modo que me limito a presionar las teclas de una en una con el índice de la mano izquierda. Me veo tentada de lanzar el teclado contra la pared cuando solo llevo media hora con un Excel. En lugar de recurrir a la violencia, porque todos sabemos cómo salió la última vez, le envío un mensaje a mi caballero del brillante traje Armani.

Cal pasa por la oficina media hora más tarde.

—Siempre pensé que sería Declan quien le demostraría a mi padre lo que significaba estar al otro lado de su estilo de paternidad, pero por lo visto tú le hiciste el favor.

Siento una punzada en el pecho por los niños que tuvieron que crecer con un padre tan cruel. Ojalá pudiera volver atrás en el tiempo y darle un puñetazo en condiciones.

Cal entrecierra los ojos.

—No me mires así. Yo no tengo tantos traumas paternos como los otros dos.

—Pero porque tienes muchos otros problemas.

—Por eso soy más interesante.

—No. Por eso deberías ir al psicólogo.

Él se ríe mientras arrastra la silla de metal que hay frente a mí.

—Ya pasé por ahí. Se ve que si no te interesa cambiar, no pueden ayudarte.

Niego con la cabeza.

—Qué cosas, ¿eh?

Cal sonríe.

—Bueno, me dijeron que necesitas de mis servicios.

—Depende. ¿Qué disponibilidad tienes durante las próximas dos semanas?

—¿Por ti? Lo cancelo todo ahora mismo.

Dejo escapar un suspiro.

—De verdad te debo una. Apenas puedo hacer nada con la férula si tardo veinte minutos en escribir un solo párrafo.

—Te vas a arrepentir de haberme pedido ayuda.

—Es posible, porque tienes una concentración de mierda, pero no me queda otra opción. No quiero pasarme horas con un empleado temporal al lado. Al menos así te tengo para que me entretengas un poco.

—Tú sí sabes halagar a un hombre.

—A tu hermano parece que no le importa.

—Porque, por lo general, difícilmente puedes clasificarlo como ser humano, y mucho menos como hombre.

Vaya si es un hombre. A las pruebas me remito.

Cal se estremece al verme la cara.

—Ay, Dios. No sé a qué viene esa cara, pero quítatelo de la cabeza. Ya.

El estado de ánimo de Declan va empeorando a lo largo del día. Casi dudo de si presentarle o no mi plan, pero después de todo el esfuerzo que le dediqué, ahora no puedo echarme para atrás.

—¿Por qué paramos? —pregunta Declan, alargando la mano hacia el botón para llamar al chofer, pero se lo impido.

—Bienvenido a la primera fase de la Operación Cita Falsa.

Gira la cabeza y me mira fijamente.

—¿Se puede saber de qué hablas?

—Este es el plan. Juntos, vamos a despejar las dudas que planean sobre nuestro matrimonio, y empezamos esta noche.

Sus labios se curvan hacia abajo.

—¿Con citas falsas? ¿Y qué sentido tiene eso cuando ya estamos casados?

—Es simple, en realidad.

—Por favor, me tienes en ascuas —responde con sequedad.

Ignoro su mal genio.

—Planeé unos cuantos paseos en público para asegurarnos de que no haya ni una sola persona en Chicago que no nos vea.

—Me perdiste en «paseos en público». —Vuelve a alargar la mano hacia el botón, pero se la agarro para detenerlo.

Se la suelto al instante, temerosa de que un torrente de mariposas me invada el estómago si lo toco más de un segundo.

—Sé que prefieres encerrarte en tu mansión de la periferia, pero nuestros problemas no se solucionan evitando a la prensa.

—Hasta ahora sí.

—Seguro, pero ¿estás dispuesto a poner en juego tu herencia de veinticinco mil millones de dólares?

Me sorprende que sea capaz de articular palabra alguna por cómo rechina los dientes.

—No.

—Voy a necesitar que confíes en mí.

Declan guarda silencio, e interpreto que está dispuesto a escucharme.

—Hice una reserva para dos en La Luna con vistas al río. Tuve que hacer un par de maromas para conseguir mesa con tan poca anticipación, pero tengo contactos.

—¿Ese contacto no será Benjamin Franklin?

Sonrío.

—Los sobornos hacen maravillas. Eso me enseñaste tú.

Se agradece haber vuelto a nuestra programación habitual. Con lo de que lleve días ignorándome, extrañaba nuestras idas y venidas. Aunque solo sea por una noche.

—¿Y se puede saber por qué tuviste que sobornarlos? Podrías haberles dicho que era para mí.

—No tienes madre, ¿eh?

Se encoge de hombros, y yo pongo los ojos en blanco.

—Para que lo sepas, aquí el poder de tu nombre no habría servido, porque les pedí algo muy especial que exigía algún tipo de motivación monetaria.

—No tengo ni un poco de ganas de preguntártelo, pero me siento legalmente obligado como esposo tuyo que soy.

Río y doy una palmada, acercándome más al genio del mal que al angelito.

—Da la casualidad de que nuestra mesa está justo al lado de la de la columnista principal del corazón del *Chicago Chronicle*.

Endereza la espalda.

—Sigo intrigado, pero por una razón muy distinta.

Lo atravieso con la mirada.

—No me tomé tantas molestias para que la cagues esta noche haciendo alguna estupidez.

Declan deja escapar un largo suspiro.

—¿Cómo estás tan segura de que estará allí esta noche?

—Podría confiártelo, pero eso te convertiría en cómplice.

Sacude la cabeza y mira por la ventana, aunque alcanzo a ver una sutil sonrisa en el reflejo.

—¿Esperas que me siente al lado de una persona que te llamó «una descerebrada cualquiera» y no haga nada al respecto?

—Ay, si casi parece que te ofendió.

Declan masculla algo entre dientes.

—Escucha. El plan es simple. Vamos a cenar, nos tomamos una copa y fingimos que estamos enamorados.

—Que por eso es una cita falsa —responde con voz robótica.

«Por fin.»

—¡Exacto! Te costó trabajo.

—Tener una cita contigo sería...

Lo interrumpo, porque cada mirada crítica que me lanza me pone más y más nerviosa.

—Súper aburrido. No me lo digas dos veces.

Aprieta mucho los labios y guarda silencio, escudriñándome la cara como si me estuviera haciendo un escáner del alma.

—Sí. Así es precisamente como describiría esta situación. —Habla sin emoción alguna, y un escalofrío me recorre la columna.

Trago saliva para controlar la incertidumbre y me recompongo.

—Fantástico. Pues ahora que nos pusimos de acuerdo, ¿estás listo? Liberarán nuestra mesa si no nos presentamos en cinco minutos.

—Si accedo a seguir adelante con este engaño es porque te saltaste varias leyes para hacerla realidad.

—Menos mal que te tengo a ti para sacarme de la cárcel si llegan a descubrirme.

—¿Quién te dice que no estaría dentro contigo?

Esbozo una sonrisa que hace que me duelan las mejillas, pero su media sonrisa me provoca una punzada de dolor en el pecho.

«Esto no debería estar pasando.»

«Ignorar tus sentimientos no los hace menos reales.»

«Mira, cállate.»

«Organiza una cita falsa. Es pan comido.»

Dijo nadie nunca.

La *hostess*, ahora quinientos dólares más rica gracias a mí, nos acompaña hasta la mesa ubicada justo al lado de la reportera. No pienso en otra cosa cuando la máscara de indiferencia de Declan ocupa su lugar y noto su mano en la parte baja de la espalda. El calor que emana me penetra la piel, y me siento tentada de pegarme más a él.

—¿Puedo ayudarlos con algo más, señor y señora Kane?

La reportera pelirroja levanta la vista de la carta. Un gesto de sorpresa le recorre el rostro mientras examina a Declan de arriba abajo.

Niego con la cabeza mientras Declan responde por los dos:

—No, gracias.

La mano de Declan rompe el contacto con mi espalda para ofrecerme la silla. Tomo asiento y él me acerca a la mesa. A diferencia de otras veces, no se aparta, sino que se inclina hacia delante y sus labios me rozan el lóbulo de la oreja.

—Más vale que tu plan funcione.

Me estremezco.

—Confía un poquito en mí.

—No estoy muy seguro, teniendo en cuenta tu historial —responde, y deja escapar una risita que prende fuego a las mariposas de mi estómago.

—Me ofendes.

—Perdóname.

Me roza la oreja con los dientes, y otra descarga de energía me recorre el cuerpo. ¿Esto forma parte del espectáculo? Mi profundo desconcierto termina cuando me doy cuenta de que Declan y la periodista se están mirando. Dejo escapar un largo suspiro mientras Declan se aleja y se sienta delante de mí. El peso de su mirada me oprime el pecho como un yunque, y cada vez me cuesta más respirar.

Miro por encima de su hombro y mis ojos se cruzan con los de la reportera. Escribe algo en el teléfono, ignorando por completo a su cita.

Algo me dice que está tomando notas.

«Llegó el momento de interpretar el papel de tu vida.»

—Ojalá estuviéramos aún de luna de miel.

«Sígueme la onda», le digo con los ojos.

—Pues sí, la verdad —responde sin un ápice de sarcasmo.

«Vaya.» ¿Lo dirá en serio o miente para contentar al público? La primera idea me hace presionarlo un poco más.

—¿Por qué?

—Porque al final resulta que estar de vacaciones no es lo peor del mundo.

—¡Te lo dije!

Sus labios se curvan en las comisuras, pero permanece en silencio.

—¿Qué te hizo cambiar de idea?

Se inclina hacia delante.

—No tener que pensar en nada más que en cómo desnudarte la próxima vez.

La exhalación pesada que suelto no es fingida. Ni tampoco el pulso de mi corazón, que me repiquetea como un tambor de guerra contra el pecho. Poso los ojos en la mirada ardiente de Declan y en la cara encendida de la reportera.

—¿Se puede saber qué haces? —le susurro con una sonrisa forzada. A pesar de tener la mirada clavada en

Declan, sé que la reportera no me quita los ojos de encima. Declan alarga la mano y me pasa una trenza por detrás de la oreja.

—Vender una historia —musita.

—Pues ve con calma, Romeo. Esto tiene que ser como una película romántica, no un video porno.

La luz de las velas no tiene nada que ver con cómo le brillan los ojos.

—Lo que tú digas.

Gana confianza con las caricias mientras me dibuja el labio inferior con el pulgar. Siento una oleada de calor que me recorre el cuerpo.

—Oye, estaba pensando... —digo en voz alta, captando la atención de mi objetivo.

—Eso nunca antecede a nada bueno.

Me río y le doy un golpe en el hombro.

—Qué tonto. Los dos sabemos que te gustan mis ideas.

—Prefiero tu corazón.

Para alguien que no sabe dar más que órdenes y gruñidos para comunicarse, es increíble la facilidad con la que me derrito por dentro con una sola frase.

«Pero esto no es más que una farsa.»

—Ay... qué lindo.

Declan aprieta los labios hasta formar una fina línea. Me pregunto si es una estrategia para no reírse como un poseso.

—Total..., que pensaba que a lo mejor podríamos hacer algo divertido este finde.

—Define *divertido*.

—Quiero organizar una pequeña reunión familiar.

Sus ojos me transmiten cientos de promesas mudas.

Es imposible que acceda a algo así, pero es divertido fingirlo delante de la periodista.

—¿Qué clase de reunión? —me pregunta apretando los dientes.

—¡Una fiesta para ver la Fórmula 1! —Esta vez, mi sonrisa es genuina. La idea me parece una forma ideal de ayudar a Rowan y a Declan a limar asperezas. Además, me encantaría pasar más tiempo con Zahra, aunque sea un par de horas.

—No.

Frunzo el ceño.

—¿Por qué no? Rowan estará en la ciudad por una reunión presupuestaria; es el momento perfecto para reunirnos.

Esquiva mi mirada mientras mira el menú.

—Porque es algo nuestro. —Lo dice de una forma que me hace vibrar todo el cuerpo.

—Si fuera por ti, todo sería «nuestro» para no tener que compartirme con nadie, neandertal celoso.

—Qué gusto que por fin lo entiendas. Te costó trabajo.

Con el rabillo del ojo, veo que la periodista nos sonríe.

—Pues relájate un poco, que ahora estamos casados. A nadie se le ocurriría presentarse y alejarme de ti. Aunque...

—No sigas.

La periodista acerca la silla unos milímetros.

—Solo te dejaría por un hombre, nada más que uno.

Declan arquea una ceja. La periodista casi tumba la silla al inclinarse para oírnos mejor.

Levanto las manos, como si tirara la toalla.

—Bueno, a lo mejor dos. ¡Tres como máximo!

Él suspira.

—Tengo la impresión de que la lista de pilotos de Fórmula 1 crece cada semana.

—Es culpa tuya.

—Soy consciente de que ahí no fui precisamente listo. Créeme si te digo que no hay día que no me arrepienta.

Esbozo una sonrisa coqueta.

—Qué guapo estás cuando te pones posesivo.

No es verdad, pero las aletas de la nariz se le ensanchan de todas formas.

—No sé si opinarás lo mismo cuando lleguemos a casa.

El rubor se me extiende desde las mejillas hasta el cuello, aunque Declan lo pasa por alto. Confiaba en que se esforzara con esta cita falsa porque lo necesita para su reputación, pero no pensaba que me produciría todas estas reacciones. Mi cuerpo no parece comprender que sus promesas no son más que falsedades. Carajo, es que incluso me está costando procesar cómo da la impresión de que se le oscurecen los ojos y el negro de las pupilas devora el castaño oscuro de sus iris.

Trago saliva para deshacer el nudo que tengo en la garganta y rezo por ser capaz de soportar unas cuantas más así. Debería haber previsto que lo de organizar una cita falsa era una mala idea, pero tampoco tenía demasiadas opciones. Lo único que puedo controlar es el tiempo que interactúo con él. Porque si esta noche se parece a lo que puede depararnos el futuro, no sé si podré resistirme a él. Al menos no cuando me habla y hace cosas que me aceleran el pulso y consiguen que se me encienda la piel.

¿Qué pasa entonces si el juego de las citas falsas sube de proporciones? Me da demasiado miedo la respuesta, aunque creo que me hago una buena idea.

Sexo. Amor. Y sufrimiento.

25

Declan

Creía que la idea de la cita falsa era absurda hasta que me senté y me di cuenta de que me estuvo prestando atención durante casi dos horas. Me recuerda a nuestra luna de miel y aquella cena juntos. Aunque esta vez ella está centrada en seguir con el numerito mientras que a mí lo que me interesa es conocerla un poco mejor. No a la persona que es en la oficina ni los atisbos que percibo cuando baja la guardia, sino a la verdadera Iris.

—Si no tuvieras que trabajar, ¿qué harías los fines de semana?

Iris se recuesta.

—¿Si tuviera el día libre, dices?

—Los domingos los tienes libres.

—Pero estoy muerta a esas alturas; prefiero quedarme vegetando en la habitación. Solo salgo a buscar comida y agua.

—¿Por qué?

—Porque estoy exhausta. Trabajar para ti me consume toda la energía, y cuando llega el fin, ya estoy en mis reservas.

La conversación se está desviando sin frenos hacia el trabajo, y por una vez no tengo ningún interés en hablar con Iris de cuestiones profesionales.

—¿Y qué harías si no estuvieras cansada o trabajando?

Se ríe.

—Sinceramente, no tengo ni idea. Las cosas que hacía antes ya no me sirven.

—¿Como qué?

—Juntarme con mis amigos para un *brunch*. Pasarme el día colándome en pelis del cine. Observar a la gente del zoológico. En verdad, las opciones son infinitas. Yo me entretengo con poco, siempre que no haya que pensar demasiado.

—¿Cuándo fue la última vez que hiciste esas cosas?

—Uf —responde, con la vista clavada en el techo—. Cal y yo fuimos al cine hará un par de meses.

—¿Juntos?

—No. Fuimos a dos cines distintos y nos llamamos por teléfono al salir para contarnos la película. —Se ríe—. Claro que fuimos juntos. ¿Con quién quieres que vaya?

—¿Con un novio?

—Después de decir que no a casarme con el anterior, imposible.

«Qué lástima.»

—¿Y alguna amistad?

—Cal es amigo mío.

—¿Y alguna otra persona? Si puede ser, del mismo género.

Suelta una carcajada triste.

—Ya no me quedan amigas.

—¿Por qué no?

Baja la vista hacia el plato.

—Se ve que cuando dices que no a todo, la gente deja de invitarte a sus planes.

—¿Y por qué decías que no?

—Teníamos estilos de vida muy diferentes. La mayoría de mis amistades tenían trabajos con jornadas de ocho horas, cinco días a la semana. Al principio, intenté seguirles el ritmo, pero acabé quemándome. Tuve que escoger entre mi trabajo o mi vida, y ya sabemos cómo terminó eso —dice, señalándome.

La expresión de su cara me disuade de preguntarle nada más. Noto una extraña sensación en las entrañas que solo puedo describir con una palabra.

«Culpa.» Es culpa mía que no tenga amistades. Nadie salvo Cal y yo, claro.

«Tú mismo le dijiste que no querías ser su amigo.»

El estómago se me revuelve al recordar cómo rechacé su amistad. Le quedan tan pocas que estoy seguro de que se las toma muy en serio.

«Por eso decidió echarte la mano. Porque te considera un amigo.»

Pero yo no quiero ser amigo suyo. No cuando me genera todas estas sensaciones que distan mucho de ser platónicas.

«¿Y por qué no pueden ser ambas cosas?»

No debería haber pedido otra copa después de que nos retiraran los platos vacíos. El líquido ámbar sirve de recordatorio de mi momento de debilidad. Iris estaba preparada para irse en cuanto la reportera pagó la cuenta y se marchó, pero yo quise quedarme.

La mera idea me duele más de lo que me atrevería a admitir.

Le doy un sorbo a la copa, dejando que apenas me atraviese los labios una cantidad mínima de líquido. A Iris parece inquietarle que haga durar el trago sobrante de whisky más que todas sus relaciones pasadas juntas. Estoy siendo muy egoísta al tenerla despierta hasta tan tarde un día laboral, pero no puedo evitarlo. Verla hablar de temas que nada tienen que ver con el trabajo me resulta fascinante.

Habla hasta quedarse sin aliento, llenando el silencio al que me acostumbro a su plática sin fin. No hay ni un solo tema del que no hable con pasión e intriga. Una casa en ruinas que vio de camino a casa y que parecía ideal para remodelarla. Lo mucho que se divierte cuando visita la clase de su madre. La idea de asistir al campeonato de *cornhole* de su abuela la semana que viene, en la iglesia. Ni siquiera sabía que existieran campeonatos de *cornhole*, ni mucho menos que su abuela fuera la campeona vigente.

Estoy disfrutando tanto de este rato con Iris que no quiero que se termine.

—¿Te falta mucho? —me pregunta, atravesando mis pensamientos con una dura dosis de realidad.

—¿De qué?

Clava la mirada en la bebida.

—De tu carísima copa de whisky.

—Me la puedo permitir.

—Tienes la misma botella en casa por la mitad de precio.

¿Pero tendría también la misma compañía? Lo dudo. La idea de beber solo esta noche me parece insoportable. Me pasé la vida solo, y aunque hasta ahora no me había supuesto ningún problema, cada vez me resulta más intolerable.

—Me gustan las vistas.

Iris echa un vistazo por la ventana.

—Lo dice el que no ha mirado fuera ni una sola vez.

—No me refiero a esas vistas.

Vuelve a mirarme fijamente a los ojos. Doy un respingo cuando deja caer hacia atrás la cabeza y suelta una carcajada explosiva. Es ronca y áspera, y atrae la atención de varios comensales. Noto una sensación cálida en el cuerpo al oírla, aun a sabiendas de que se está riendo de mí.

Cuando vuelve a mirarme, tiene los ojos vidriosos, y parece que le cuesta respirar. Agarro con fuerza la copa y doy otro sorbo.

—¿A qué vino eso?

Se seca las comisuras de los ojos.

—La periodista se fue, ya no hace falta que finjas más.

—No estoy fingiendo.

—Pues... me preocupa.

—Yo no veo por qué debería.

—No.

—¿«No»? —¿Qué demonios está diciendo?

—No —repite, esta vez con más firmeza—. Este no era el plan.

—¿Y cuál se supone que era el plan? —No pienso admitirlo, pero estoy confundido. Todo en ella me confunde. Desde la opresión del pecho cuando se ríe a la atracción que siento por ella a todas horas.

—Trabajamos juntos.

—¿Y?

Su largo suspiro resuena por mis adentros.

—Tenemos un acuerdo.

—¿Estás soltando obviedades solo por fastidiarme?

—Claro que no. Lo que estoy es recordándote lo que está en juego con nuestra relación como para que ahora lo echemos todo a perder solo porque estamos calientes y confundidos.

No me pasa por alto ese «estamos», aunque creo que a ella sí.

—Yo no estoy confundido. Nada más lejos de la realidad, de hecho. Sé exactamente lo que quiero.

—¿Y qué es lo que quieres?

—A ti.

La carcajada que suelta hace que me den ganas de ahogársela con los labios. Opto por tomarle la mano, lo cual la serena lo bastante como para dejar de reírse de mí. Intenta soltarse, pero la agarro con firmeza.

—Esto tiene que ser una broma de mal gusto.

Me duelen los músculos de la mandíbula de tanto apretar los dientes.

—¿Por qué?

—Porque no puedes quererme. No así.

—¿Por qué no?

—Porque se suponía que esto no era más que una obligación contractual.

—Esto será lo que nosotros decidamos que sea. —Repaso el diamante que tiene en el dedo, y la hago tomar aire.

—Ay, Dios. ¿En serio me estás proponiendo que tengamos algo?

Siempre fui una persona directa, en exceso, quizá.

—Sí.

—¿Por qué?

—Porque es lo que quiero.

Suelta una risa amarga y una sensación de inquietud me recorre el cuerpo.

—Pues estoy convencida de que te costará horrores aceptar que mi respuesta es no.

—¿Por qué perder el tiempo negando lo que ya sabemos?

—Porque lo último que nos hace falta es complicar todavía más las cosas.

—Siento tener que decirte esto, pero nuestra relación ya es más que complicada.

—No, Declan. Nuestra relación no es más que una fachada.

Sus palabras dan en el blanco y me quedo en silencio mientras proceso lo que acaba de decir. Ella se levanta y toma el bolso. No hay nada que esté bien en la media sonrisa que me dedica. No quiero que se vaya. Sé que eso, al menos, es verdad, y aun así ella no parece identificar la súplica silenciosa de mis ojos.

—Creo que lo mejor es que hagamos como si esta noche jamás hubiera ocurrido. Por el bien de ambos. —Se agacha para darme un beso en la mejilla, y siento como si me hubiera marcado a fuego la forma de sus labios en la piel—. Te veo en el coche. No hay prisa.

La opresión que siento en el pecho crece con cada paso que la aleja de mí. No soporto lo que me está creciendo dentro como una mala hierba, enredándose en torno a mi corazón como una hiedra, como tampoco soporto ver a Iris yéndose.

Puede que la noche no haya ido como esperaba, pero no tengo por costumbre admitir la derrota.

Yo planifico, actúo y conquisto.

Tal vez Iris rechazó mi primer ofrecimiento, pero estaré a la altura del desafío y le demostraré lo bien que pueden ir las cosas si me da una oportunidad. Puede que nuestro matrimonio sea una farsa, pero lo que siento no tiene nada de falso. Es cuestión de tiempo que sea mía, aunque ella todavía no lo sepa.

El coche ni siquiera se detiene por completo cuando Iris huye de la cochera. Harrison abre mi puerta con los labios apretados.

—¿Cuántos años llevas casado? —Salgo del coche y me abrocho el saco.

Harrison gira la cabeza como si fuera la primera vez que le dirijo la palabra. Puede que no seamos confidentes, pero es mi chófer desde antes de que incluso yo tuviera licencia. Por supuesto que interactúo con él. De hecho, tiene mi número personal, aunque solo por cuestiones de coordinación.

—Cuarenta años, y los que me faltan. —Sonríe para sí mismo, como si la idea lo satisficiera.

—¿De buena gana?

«¿Cuál sería la opción contraria? ¿Un acuerdo contractual como el tuyo?»

Harrison se ríe.

—A lo mejor ella diría que no si se lo preguntara.

Ladeo la cabeza.

—¿Por qué?

Me mira como si se estuviera cuestionando mi coeficiente intelectual.

—Porque el matrimonio es difícil, y se ve que no soy la persona más fácil del mundo. Y, además, ronco.

Me río con un sonido gutural.

—Tiene sentido. —Hago ademán de dirigirme hacia la puerta, pero la voz de Harrison me detiene:

—¿Le importa que le dé un consejo?

Suspiro y volteo hacia él.

—Solo si crees que es absolutamente imprescindible.

Los ojos se le arrugan en las comisuras al tiempo que sus labios trazan una media sonrisa.

—Puede que haya errado por completo el orden de los pasos, pero eso no significa que no pueda volver a comenzar e intentarlo de nuevo.

Se me eriza la piel de la nuca como si me estuvieran clavando agujas diminutas en la piel.

—Lo sabes.

—Claro que lo sé. Llevo siendo su chofer desde antes de que usted pudiera caminar. Si me debe algo, que sea no insultar así a mi inteligencia.

—Firmaste un acuerdo de confidencialidad.

Sacude la cabeza.

—No me interesa vender su historia. En ese caso, habría aceptado el dinero que su padre me ofreció y me habría retirado con Gerty a una playa de arena blanca de México.

Mi máscara de indiferencia flaquea.

—¿Quiso pagarte?

—Esa no es la cuestión.

—¿Cuánto? —Me guardo las manos en los bolsillos y aprieto los puños.

Él cierra la puerta de atrás.

—Esa tampoco es la cuestión.

—¿Por qué no aceptaste el trato?

—Porque no quería darle otra razón más para odiar al mundo.

—Debiste aceptar el dinero, porque no hay nada que puedas hacer para cambiar mi opinión sobre la humanidad. Te lo garantizo.

—Puede que yo no, pero hay alguien que sí.

El cuerpo se me tensa debajo del traje.

—No es posible.

Harrison deja escapar una grave carcajada.

—¿Me estoy perdiendo algo divertido sobre esta conversación?

Se seca los ojos con un pañuelo.

—Me reconforta saber que el hombre más inteligente que conocí en la vida es tan inútil como los demás en lo que a mujeres se refiere.

Frunzo el ceño.

—No te preocupa perder el trabajo, ¿verdad?

—Podría despedirme, pero los dos sabemos que Iris me contrataría otra vez mañana a primera hora.

Lo atravieso con la mirada, pero solo consigo hacerlo sonreír.

—Solo trataba de ofrecerle un consejo, porque algo me dijo que tal vez lo necesitaba. Pero veo que no es el caso, así que buenas noches, señor. —Me saluda con la gorra y se gira hacia el coche.

—Harrison —digo antes de poder contenerme. Si ya hice el ridículo, no pierdo nada por aprovecharme de su consejo.

Se detiene.

—¿Sí, señor Kane?

Debo de estar sufriendo algún tipo de crisis nerviosa, porque nada explica lo que hago a continuación.

—¿Qué harías si te atrae una mujer que no quiere saber nada de ti?

Deja escapar una carcajada que me hace sentir que me estoy perdiendo la segunda mitad de un chiste.

—La señora Kane puede decir misa, pero está interesada en usted. Lo veo con estos ojos.

—¿Con o sin lentes?

Se da unos golpecitos en los lentes de pasta gruesa.

—Las bifocales no mienten.

—No sé qué viste, pero ella afirma justo lo contrario.

—Uy, no me cabe la menor duda. Pero ahí es donde entra usted.

—¿Y qué hago, exactamente?

Sus frágiles labios esbozan una sonrisa sincera.

—Ir tras ella.

No me quito las palabras de Harrison de la cabeza durante el trayecto a mi cuarto. Me he pasado la vida yendo detrás de todo lo que me ha dado la gana, así que el concepto en sí no me resulta ni mucho menos nuevo, aunque el deseo de probarlo con Iris sí lo sea.

«Tonterías. Siempre te interesó.»

Sí, pero mis pensamientos no fueron nunca más allá de eso. Interés. Ir detrás de Iris nunca había sido una opción, pero no puedo seguir por el mismo camino. Acabaré volviéndome loco si me resisto a los impulsos que amenazan con consumirme cuando entra en una habitación. Últimamente, parece que lo que me mueve es la sensación de quemazón del vientre.

Me arranco la corbata y la dejo en el vestidor antes de

desabrocharme con prisa la camisa. La lanzo a un rincón del lavabo, junto con los pantalones.

Tenía la esperanza de que al bañarme me calmara un poco, pero me equivocaba. No dejo de divagar, imaginándome lo que podría haber ocurrido después de la cita si Iris hubiera aceptado mi ofrecimiento. Me imagino arrinconándola y besándola hasta que perdiera la capacidad de hacer nada más que arrastrarme a mi habitación.

Intento no tocarme. Mi mano no es más que una solución temporal a un problema eterno. Un problema que lleva años atormentándome, y que nunca llega a paliar el dolor que siento.

Mi erección crece mientras me imagino a Iris explorándome con las manos. La codicia con que anhelaría mi cuerpo, con que me arañaría la piel. Me la agarro con la mano derecha. Me prometí que esta es la última vez que utilizaré la mano, pero sé que es mentira. Se me escapa un siseo cuando me bajo la piel antes de acariciarme el punto erógeno del glande. Mi mente recrea los sonidos que Iris emitiría cuando la agarrara por las caderas: un gemido cuando nuestras lenguas se tocaran, el resoplido intenso cuando le rozara el cuello con los dientes, un gruñido ahogado cuando le hundiera los dedos en las nalgas como si pudiera marcarle la piel con mis huellas dactilares.

Me la agarro con más fuerza, y con cada sacudida siento una oleada de calor por la columna. Es fácil fantasear con lo que podría ocurrir entre nosotros si aceptara su nueva realidad. Cómo me suplicaría que la tomara allí mismo.

Me la imagino tocándome con desesperación a medida que memorizo su cuerpo con los labios. Devolviéndome el favor, aprendiéndose cada hoyuelo y cada curva de mi cuerpo con la lengua. La lubricación crece cuando me imagino sus uñas clavándose en mi piel con cada embestida. Llevaría las diminutas marcas semicirculares que me hiciera como una orgullosa cicatriz de guerra, consciente de lo que hice para ganármelas.

El calor que me recorre las venas no tiene nada que ver con el agua caliente que me resbala por el cuerpo. Planto la mano libre en los azulejos, tratando de sostener mi cuerpo cuando las piernas empiezan a temblarme. La sensación de quemazón se vuelve insoportable a medida que las subidas y bajadas se tornan más torpes.

La fantasía de la habitación da paso a una en la que ella me descubre en la regadera, tocándome igual que ahora. Su mano sustituiría la mía mientras levanta la vista y me observa con sus ojazos marrones. Cómo vacilaría al agarrármela, aprendiendo a complacerme como a mí me gusta.

«Solo un poco», me susurraría antes de ponerse de rodillas y metérsela en la boca. Tardaría poco en llevarme al límite. Unas cuantas lamidas, despacio. Veo cómo se le hunden las mejillas mientras me la chupa hasta el fondo. El gemido cuando la agarrara del pelo y cómo me arañaría los muslos.

La ilusión se hace añicos cuando llego al orgasmo y la visión se me nubla. El semen caliente sale disparado y salpica las baldosas antes de deslizarse hacia el sumidero. Me toco un poco más, volcando toda mi ira en el miembro flácido.

Respiro con dificultad al terminar. Apoyo la cabeza en la pared y maldigo para mis adentros, porque sé muy bien que no conoceré satisfacción alguna hasta que Iris sea mía.

Ni nada que se le parezca.

26

Iris

La reportera tarda tres días en publicarnos la columna. Confiaba en que los resultados fueran prometedores, pero superó con creces lo que habría podido llegarme a imaginar.

—¡Te lo dije! —exclamo, soltando con violencia mi celular sobre la mesa de Declan.

Él lo toma y lee el artículo en el que se detalla cómo una persona con información privilegiada ha descubierto el lado oculto de Declan Kane. Por lo visto, el hombre más frío de Chicago solo siente debilidad por una persona en todo el mundo.

Yo.

La periodista describe nuestra relación como algo digno de una película. Secretos susurrados a la luz de las velas. Miradas robadas cuando uno de los dos está distraído. Un beso bajo las estrellas, completamente ajenos al mundo que nos rodea.

Declan frunce el ceño.

—Eso no pasó.

—Es una columna del corazón, no el *Wall Street Journal*. Su función no es presentar hechos.

—Me fascina que sigan funcionando con esa mentalidad.

—Funcionan porque un artículo como el nuestro ya tiene un millón de visitas y subiendo. Solo el dinero de la publicidad ya debe de mantenerlos a flote.

—¿Un millón? —pregunta, sorprendido—. Pero si no hace ni una hora que lo publicaron.

Sonrío y me dejo caer en la silla que hay frente a él.

—Te dije que funcionaría.

—Nunca dudé de ti. —Habla con tanta sinceridad que el pecho me responde con un piquete.

Esquivo el tema con humor.

—Mentiroso. No confiabas ni un poco.

—Forma parte de la naturaleza humana.

—No, forma parte de tu naturaleza.

—Tan mal no me fue.

—No, pero algo tiene que ver que tu apellido aparezca en la fachada del edificio —bromeo.

—*Nuestro* apellido.

Pongo los ojos en blanco.

—Por ahora.

—¿Tantas ganas tienes de deshacerte de mí, esposa mía?

De algún modo, le basta una sola palabra para que una oleada de calor me recorra el cuerpo de la cabeza a los pies.

«Peligro. Alerta roja. Activación del primer nivel de seguridad.»

Por eso recurro a lo que hago siempre que Declan me remueve algo en el pecho que no debería estar allí.

Huyo.

Por lo visto, el hecho de vivir en la misma casa limita bastante el tiempo que puedo evitar a Declan. No tarda demasiado en encontrarme esforzándome por escurrir el contenido de una olla de agua hirviendo con una sola mano.

—¿Intentas acabar otra vez en urgencias?

No tengo oportunidad de explicarme antes de que se me acerque y me quite la olla de las manos.

—Si querías llamar mi atención, estas no son formas —dice atravesándome con la mirada.

Me quedo boquiabierta.

—No estoy intentando llamar tu atención.

Todo lo contrario: mi plan era evitarlo a toda costa, aunque eso supusiera sufrir quemaduras de tercer grado.

—Entonces, ¿se puede saber qué estás haciendo?

Declan cuela la pasta sin que se lo pida.

—Estoy cocinando.

Aprieto los dientes para no decir nada más. ¿Por qué cuando yo no tengo ganas de hablar parece que él no puede contenerse? Soy consciente de lo injusto que es.

Deja la olla vacía de vuelta en los fogones.

—Ya te he dicho que cocer pasta no es cocinar.

—¿Puedes irte, por favor? Me gustaría comer en paz.

Aguantarlo en el trabajo es una cosa, pero que invada mi espacio comportándose como un angelito no es precisamente lo que más me apetece esta noche.

«Estás enojada porque te gusta tenerlo cerca.»

Me acecha como una sombra mientras me sirvo una buena ración de espaguetis en el plato.

—Deberías haberme pedido ayuda.

Me altero.

—No necesito que me ayudes.

—Podrías engañarme si no te hubiera visto agarrando el asa como si se te fuera la vida en ello.

—¿No tienes nada mejor que hacer? A lo mejor hay algún documental apasionante sobre Excel o informes de gastos con el que te puedas quedar dormido.

Se ríe, y es como si las nubes se despejaran y el cielo nos deleitara con un milagro.

«Ay, Iris. Así es como comienza todo.»

Reconozco la calidez que me inunda el pecho cuando me sonríe. La odio. La anhelo. La ansío y parece que no soy capaz de reprimir ese deseo.

Declan sonríe.

—De hecho, venía a cenar.

—Fantástico. Te dejo con tus cosas, entonces. —Baño los espaguetis con salsa de tomate antes de alejarme de la encimera. Ya limpiaré el desastre cuando Declan se vaya.

—Puedes quedarte.

—¿Cómo? —pregunto desconcertada.

—No dije que tuvieras que irte.

Mierda. Si me voy, parecerá que no estoy preparada para tratar con él durante largos periodos de tiempo sin la supervisión de un adulto.

«Porque probablemente sea verdad.» Una cosa es tenerlo cerca en una oficina, y otra muy distinta es relacionarme con él en los confines de nuestra casa.

Niego con la cabeza.

—No, gracias. Ya tenía pensado comer arriba de todas formas.

Declan baja la vista hacia la servilleta y los cubiertos relucientes que preparé. Cuando vuelve a alzar la cabeza, los ojos parecen brillarle.

—¿Te pongo nerviosa?

—No —respondo con demasiada rapidez.

No me sorprende que sonría tan poco. El mundo no tendría ninguna oportunidad contra él si aprovechara más sus sonrisas.

Abre un armario y toma un plato limpio antes de echarse una buena cantidad de espaguetis.

—Podemos hablar solo del trabajo, si te parece mejor.

No soy capaz de ocultar mi expresión de horror.

—¿Y por qué tendría que parecerme mejor?

—Porque es lo normal.

—¡Pero eso no significa que esté bien! —Me río, y la piel que le rodea los ojos se le tensa.

—Me rindo. No se habla del trabajo.

—Perfecto. Pero solo porque te veo muy solo y necesitado de compañía.

Me dejo caer en el taburete con una actitud de derrota. Durante el poco tiempo que Declan y yo hemos interactuado en la casa, nunca hemos comido juntos. Él siempre está metido en su despacho mientras yo me preparo una comida tristísima solo para mí. Y a diferencia de nuestra cita falsa, aquí tenemos intimidad, o al menos más intimidad que cenando en un restaurante lleno de gente con el único objetivo de guardar las apariencias.

Se coloca a mi lado, junto al mantel que preparé para mí.

—Y bien... —digo, y levanto el tenedor.

Veo el humor reflejado en sus ojos mientras deja que el silencio me inquiete.

—No me gusta este jueguito.

—¿Qué juego? —pregunta, antes de agarrar el tenedor, clavarlo en la pasta y girarlo. Nuestros codos se rozan y yo tomo aire ante la sensación que me sube por el brazo.

—No te hagas el tonto, ya sabes a qué me refiero.

—No sé de qué me hablas. —Separa las piernas y nuestros muslos se tocan.

Le lanzo una mirada asesina mientras levanto el tenedor.

—Si vuelves a tocarme la pierna me veré obligada a tomar medidas físicas.

Echa la cabeza hacia atrás. La risa de Declan es un arma de seducción masiva, y yo soy su objetivo principal. Es áspera e inexperta, y me produce un escalofrío que me recorre la columna.

Me derrito en el taburete y dejo que el sonido me arrolle como un cálido día de verano. Noto cierto orgullo por ser capaz de hacer reír a una persona como él, teniendo en cuenta lo mucho que se resiste. Es una especie de superpoder y un secreto que pienso proteger a toda costa.

Declan se recompone y vuelve a la realidad al probar la cena.

—¿Qué tal?

—Parecen precocinados.

Me río.

—La cocina nunca fue lo mío. Cuando llego a casa, con suerte tengo la motivación suficiente como para poner agua a hervir.

—Mañana puedo cocinar yo, si quieres.

Me quedo boquiabierta. ¿De verdad esta conversación es real?

—No tenía conocimiento de que supieras cocinar.

—¿Te imaginas? Me pasaría el resto de la vida comiendo espaguetis, como alguien que yo conozco.

—Tres años.

Declan frunce el ceño.

—¿Qué?

—Durante los próximos tres años. No durante el resto de tu vida.

—Sí, claro —dice sin emoción alguna.

Le doy un codazo.

—Pero, mira, te tomo la palabra con lo de la cena de mañana. Además, creo que mi estómago no aguantaría otra noche de pasta.

—De todas mis habilidades de las que podrías aprovecharte, ¿eliges la cocina?

—No veo dónde está el problema. Tampoco es que tengas mucho más que ofrecer.

Con ese comentario, me gano una mirada asesina.

—Tú sí que sabes hacer que un hombre se sienta especial. —Sus labios se curvan, y me devuelven a la noche en la que cambiaron nuestras vidas.

—*Especial* es la última palabra que utilizaría para describirte —digo repitiendo las palabras que me dedicó en la fiesta de compromiso.

Su mirada secuestra la mía.

—¿Qué palabra utilizarías, entonces?

—Es indecorosa.

—Mucho mejor.

Niego con la cabeza.

—Paso.

—Pues entonces pregúntame qué palabra utilizaría para describirte a ti.

Sé que no debería ceder, pero la curiosidad me puede.

—Está bien. ¿Con qué palabra me describirías?

Hay algo en su mirada cuando me responde que hace que las mariposas que noto en la barriga alcen el vuelo.

—*Yuánfèn*.

Parpadeo.

—¿Perdón? ¿Eso está en este idioma siquiera? —Ya tengo una seria desventaja con el idioma que hablo a diario, no digamos ya con los extranjeros.

Declan parece participar en algún tipo de broma interna consigo mismo.

—No.

Saco el celular y trato de buscar la palabra según lo que entendí, pero seguro que lo que escribí es puro terrorismo.

—¿Me la repites, por favor? Despacio.

La repite, esta vez con un desglose fonético de consonantes y vocales, lo cual debería facilitarle mucho la búsqueda a cualquier persona menos a mí. Paso los dedos por encima de las letras, y me devano los sesos para deletrear la palabra que me dijo, pero lo único que consigo escribir es «you ahn phan».

—¿Necesitas ayuda? —me pregunta en voz baja, haciéndome sentir una inútil.

Quiero lanzar el teléfono contra la pared más cercana. Los ojos se me llenan de lágrimas, pero las reprimo. Mostrarme débil frente a Declan es como enseñarle un trapo rojo a un toro. Me niego a hacerlo.

—Paso. Además, seguro que es una palabrota. —Agarro el teléfono con una fuerza desmedida mientras me bajo del taburete de un saltito.

—Puede que para ti sí.

La broma cae en saco roto. La situación se me fue tanto de las manos que lo único que puedo hacer es largarme antes de confesar algo que no estoy preparada para compartir con él.

—Oye, ¿adónde vas?

—A la cama. —No me molesto ni en mirarlo.

—¿Te pasa algo?

El chirriar de su taburete me hace entrar en acción y empiezo a dar largas zancadas. Estoy a medio camino de las escaleras cuando una mano me agarra del brazo.

—¿Qué fue eso?

No soy capaz de mirarlo a los ojos cuando respondo:

—Nada, es que estoy cansada. —Doy un tirón para desasirme y, esta vez, deja que me escabulla sin impedimentos.

Subo los escalones de dos en dos, con los ojos de Declan marcados a fuego en la espalda. Aguanto hasta encontrarme en la seguridad de la habitación. Agarro un cojín, me cubro la cara y doy rienda suelta a las lágrimas.

Lloro por la niña de la que se burlaron durante toda su infancia. La que se convirtió en una broma recurrente de su clase y a la que llamaban todo lo que se les pasara por la cabeza. Lloro por la versión de mí a la que su padre ridiculizó hasta que su madre tuvo que intervenir, solo para ver cómo la destruían unas palabras igual de hirientes. La misma chica que logró ser una mujer trabajadora a pesar de todas las personas que insistían en que no llegaría a nada en la vida porque ni siquiera sabía leer.

Me pasé la vida intentando demostrarle al mundo que se equivocaba. He necesitado años de clases particulares para llegar donde estoy hoy, y no pienso permitir que un obstáculo me hunda. ¿Qué más da si no sé deletrear una palabra en otro idioma? Puede que mi trastorno forme parte de mí, pero no me define. Ya no, pues.

Mi teléfono vibra sobre el edredón. Lo desbloqueo y veo que Declan me ha enviado un mensaje. El hecho de que me enviara una sola palabra no me sorprende, vista su preferencia por usar cinco palabras como máximo en todas nuestras conversaciones. Lo que sí me extraña es el contenido, y no porque me cueste tres intentos identificarlo.

Declan: *Yuánfèn.*

Valoro la posibilidad de ignorarlo, pero la curiosidad me puede; toco la barra de búsqueda y escribo la palabra con dedos temblorosos. Los resultados me dejan muda.

«*Yuánfèn*: un infinito predestinado.»

Por lo visto, a Declan le gusta cambiar de idioma así nada más cuando quiere evitar expresar lo que siente en realidad. Porque es imposible que se atreva a decirme a la cara que cree que yo soy su «destino».

Sopeso cuidadosamente mi siguiente mensaje. Tardo un tiempo en encontrar la respuesta perfecta a cómo me siento, y mi historial de búsquedas se llena de variaciones de «palabras sin traducción en inglés». Copio y pego la palabra que encontré y que describe a las mil maravillas cómo me siento antes de pulsar el botón de enviar.

Yo: *Kilig.**

Tiro el teléfono a la cama y no lo toco hasta la mañana siguiente. Después de vestirme y maquillarme, reúno el valor necesario para abrir el nuevo mensaje de Declan.

* *Kilig*: sustantivo, tagalo: sensación de entusiasmo o euforia provocada por una experiencia emocionante o romántica.

Declan: *Merak.**

Copio y pego directamente la palabra en la barra de búsqueda, para luego lanzar el celular contra el mueble del lavabo y romper la pantalla.

Una metáfora perfecta de cómo Declan me está desmontando los planes, uno a uno.

A lo largo del día siguiente apenas nos dirigimos la palabra. Respetamos nuestros espacios, sin hablar de lo que pasó anoche. Doy las gracias de que no intente sacar el tema. Estamos los dos caminando por una cuerda floja, y nadie quiere ser el primero en caer.

Estamos sumidos en *mamihlapinatapai*,** con miradas esquivas de un lado a otro de la mesa de reuniones sin intención alguna de que la cosa pase a mayores. No por mi parte, al menos. Aunque Declan no lo suelta: su última estrategia para atarme a él con palabras extranjeras que no tienen traducción directa en inglés parece funcionar. Ahora me paso las pausas buscando palabras nuevas y añadiéndolas a una lista que armé, por si Declan intenta ganarme con una propia.

Jamás pensé que me la podría pasar tan bien con las palabras, pero Declan me mantiene alerta. Hoy ya me envió dos, sin romanticismos como lo de ayer, pero las dos me hicieron reír por nuestro contexto.

* *Merak*: verbo, griego: hacer algo con placer.

** *Mamihlapinatapai*: sustantivo, yagán: mirada compartida entre dos personas que desean que el otro se atreva a hacer algo que ambos anhelan pero que ninguno quiere llevar a cabo.

El primer mensaje por poco delata que estoy escribiendo en mitad de la presentación quincenal de la junta directiva que preside su padre. No tengo claro qué le pasó por la cabeza para enviarme un mensaje con la palabra *Backpfeifengesicht*.* Me atraganté con el agua cuando busqué el significado y descubrí que designa una cara que pide a gritos un puñetazo. Estoy convencida de que no existe nada más adecuado para el padre de Declan, aunque no pueda pronunciar más allá de la primera sílaba.

Parece que Declan tiene su lado divertido. Lo que pasa es que es tan *nerd* que tengo que recurrir a Google para entender sus bromas. Siendo sincera, tiene su gracia. Las palabras son tan difíciles de pronunciar que ni siquiera lo intento. Lo que importa es el significado.

Si sigo así, preveo que acabaré adentrándome más y más en territorios inexplorados... Por tanto, y aunque pueda divertirme, no puedo bajar la guardia, porque un montón de mensajes divertidos no se traducen en nada más que lo que es: dos personas que jamás podrán ser otra cosa más que amigas, pase lo que pase.

—¿Por qué no paras de sonreírle al celular? —Cal deja de escribir y levanta la cabeza.

«Mierda.»

—Por nada. —Guardo el teléfono en un cajón.

* *Backpfeifengesicht*: sustantivo, alemán: una cara que pide a gritos un puñetazo.

«¿Estás sonriendo? Contrólate y deja de releer mensajes como una adolescente enamorada.»

—Sí, claro. ¿Tú crees que me chupo el dedo?

—¿Seguro que quieres que te responda a eso?

Su mirada asesina me recuerda a la de un golden retriever furioso.

—Me resulta peculiar que mi hermano estuviera igual de interesado en el teléfono hoy. Y nada más y nada menos que durante una reunión de la junta.

«Niégalo. Niégalo. Niégalo.»

—No sé de qué me estás hablando.

—¿Seguro? Porque siempre que él dejaba el celular, tú lo tomabas.

—Una prueba circunstancial, cuando mucho.

—Sí, lo que pasa es que te tenía al lado. Vi su nombre aparecer en la pantalla de tu celular dos veces en menos de cinco minutos.

Lo señalo con el dedo.

—Es de muy mala educación fisgonear en los mensajes de los demás.

—No me interesan los mensajes que se manden, enfermos. Lo que me importa son tus sentimientos.

El comentario me arranca una risita.

—No te preocupes tanto.

—¿Qué clase de amigo sería si no te advirtiera que te alejaras de mi hermano?

—Tienes mucha razón. Pero te olvidas de que mi trabajo consiste precisamente en conocer a tu hermano al detalle. De poco puedes advertirme que no sepa ya.

—Y eso es justo lo que me preocupa. Que lo sabes todo y, aun así, te ofreciste a casarte con él.

—Porque me importa.

—¿Y te preguntaste alguna vez por qué te importa?

—Porque... —Podría acabar la frase con muchísimas respuestas, todas igual de cuestionables desde el punto de vista de Cal.

Declan me dio una oportunidad de aprender de mis errores cuando otros jefes me habían despedido a la semana por faltas de ortografía que «revelaban falta de involucración» y mi incapacidad de trabajar lo bastante rápido. Me animó a esforzarme más y a pensar en grande, lo cual me ayudó a ganar confianza en mí misma. Sin ser consciente de ello, me ayudó a convertirme en una mujer que cree en sí misma, y por eso le debo muchísimo.

Cal suspira.

—Mira, no pasa nada si te cae bien. No te estoy diciendo que lo odies, pero quiero que te prepares para el peor de los casos.

—¿Y cuál es, exactamente? ¿Que me rompa el corazón?

—Mucho peor. Que consiga que te enamores de él.

27
Iris

La situación con Declan está escalando. Ya hace una semana que me quitaron la férula, y Declan sigue en sus trece. Cada día insiste más y más en que hagamos cosas juntos, ya sea cenar o que él trabaje con la tablet mientras yo veo la tele delante de la chimenea antes de irme a dormir, y no consigo quitármelo de encima.

Jamás me habría imaginado que querría pasar tanto tiempo conmigo de buena gana. Aunque a la mayoría de la gente probablemente no le importaría estrechar vínculos con sus esposos falsos, yo tengo la sensación de estar perdiendo la perspectiva. Como si estuviera olvidándome de las razones por las cuales consideraba en su momento que nunca haríamos buena pareja.

Siendo totalmente sincera conmigo misma, los pensamientos van alejándose poco a poco de la amistad y se dirigen de cabeza a la descomunal señal de peligro conocida como «enamoramiento». Y no hablo de atracción física, ojo, sino de algo mucho más profundo que amenaza con romper la barrera que me impide abrirme por completo a él, ignorando las consecuencias.

Me resulta aterrador pensar que tal vez le haya permitido acercarse a mí voluntariamente.

«Tampoco tienes demasiada opción con el plan de esta noche.» Incluso aunque quisiera evitarlo, me resultaría imposible con la cita falsa que organizamos hoy.

Llamo a la puerta con los nudillos.

—Adelante.

Ningún hombre debería tener el poder de acelerarme tanto el ritmo cardiaco con una palabra. Respiro hondo antes de adentrarme en sus dominios. Tras unos días de contacto limitado, estoy necesitada de su atención.

«¿Necesitada de su atención? A lo mejor sí tienes síndrome de Estocolmo laboral después de todo.»

Nuestras miradas se cruzan y ninguno de los dos rompe el contacto visual. Sus ojos se arrastran por mi cuerpo antes de posarse sobre mis tacones de aguja verde lima. Las tiras me envuelven las piernas y me hacen sentir como una gladiadora romana, a pesar del refinado lacito en uno de los extremos. Su mirada me revuelve algo en las entrañas, y noto una calidez en el vientre.

—¿Qué necesitas?

Su voz ronca me arranca de mi ensimismamiento. Levanto la barbilla, lista para la pelea.

—Esta noche tenemos otra cita falsa.

—Otra cita falsa —repite, y los labios se le curvan de tal manera que no puedo evitar inquietarme.

—Sí, otra cita falsa. Por lo de parecer una pareja feliz y eso.

—Claro. Dios nos libre de sentirnos de verdad como tal, ¿eh?

«Dios mío. Vete de aquí ahora mismo.»

Suelto una risotada nerviosa.

—En fin... Tienes el esmoquin limpio y listo para esta noche. Te quiero listo a las siete en punto. —Me volteo hacia la puerta, pero freno en seco cuando lo oigo llamarme.

—Espera un momento.

Se me forma un nudo en la garganta cuando giro sobre los talones y lo miro.

—Dime.

—¿Adónde vamos?

Recupero la compostura.

—A una gala benéfica en el hotel Walton.

—¿Una gala benéfica? —Frunce la nariz con desagrado por un brevísimo instante, y sonrío.

—Valdrá la pena.

—¿Ah, sí? —Se recuesta en la silla y su máscara gélida ocupa su lugar de siempre. Sin embargo, sus ojos no pueden ocultar lo que arde bajo la superficie.

El pobre cree que estoy intentando seducirlo. La mera idea hace que me ría por dentro, aunque solo consigo que la mirada de Declan se ensombrezca al posarse en mis labios.

—Asistirá el abogado de tu abuelo.

—Esta no es la respuesta que buscaba.

Pongo los ojos en blanco.

—Claro que no.

—Si quieres que valga la pena que invierta mi tiempo, vas a tener que ofrecerme algo más... tentador. —Se acaricia la barbilla y el corazón se me acelera.

—No entiendo nada. ¿Es que hay algo más tentador

que ganarte tu herencia? —Opto por hacerme la tonta, porque la alternativa me parece demasiado arriesgada a juzgar por la expresión de Declan.

—Los dos sabemos que lo quiero.

—Me niego a meterme contigo —replico.

«Mierda. ¡¿A qué vino eso?!»

—¿Quién habló de tener algo? —Se pone de pie y se abrocha el saco.

En mi fuero interno, sé que si se me acerca, no podré contenerme. Su mirada penetrante me paraliza, y me veo incapaz de dar un solo paso hacia la puerta mientras él rodea su escritorio. Me quedo inmóvil como una corderita que espera a que se la lleven al matadero mientras él acorta la distancia que nos separa.

—Quiero que hagamos otro pacto. —Alarga el brazo y me posa la mano en la nuca.

Se me eriza la piel.

—No estoy abierta a negociaciones.

Él se encoge de hombros y responde:

—*Strikhedonia*.*

Declan me arrebata la posibilidad de contestarle apretando sus labios contra los míos. Dejo los ojos abiertos, conmocionada, incapaz de procesar todo lo que está ocurriendo a la vez. Él debe de sentir mi incapacidad de reacción, porque me acaricia el labio superior con los dientes en una orden muda para que le ponga atención. Con una mano me sujeta el cuello y me acerca a su cuerpo mientras me besa. Me estremezco con el simple roce de sus dientes.

Cierro los ojos y me deleito en la sensación de sus

* *Strikhedonia*: sustantivo, griego: el placer de ser capaz de decir «a la mierda todo».

labios sobre los míos. Los dedos con los que me agarra el cuello se le tensan ligerísimamente cuando separo los labios y suspiro. No da por sentado el acceso a mi boca. Me explora como un hombre en mitad de una misión, utilizando la lengua para marcarme hasta el alma.

No hay nada en el beso que no sea egoísta. Sus dedos fundiéndose en mi piel. El tacto de su lengua contra la mía, acariciándomela, probándola, poseyéndola. La forma que tiene de destruir cualquier apariencia de normalidad con una única embestida de su erección contra mi vientre.

Me siento morir.

Me siento volar.

Me arrollan oleadas tras oleadas de emociones que rompen contra mí sin darme ningún respiro. No entiendo lo que está pasando.

«Puede que no quieras entenderlo.»

Me frustra la mezcla de emociones. La piel se me eriza y me arde al mismo tiempo, movida por alguna especie de necesidad atávica de recuperar el control. Levanto las manos y lo agarro del pelo. Él lo recibe como un hombre famélico, y ahogo su gemido con mis labios.

«Le gusta que lo toques.» Sus manos se deslizan por mis curvas antes de pararse en las caderas. Pone fin al beso, y casi gruño como protesta, pero sus labios descienden hasta mi cuello. Me repasa con la lengua el pulso irregular antes de chuparme la piel. Me retuerzo bajo él, solo para fundirme aún más con su firme cuerpo.

«Dios mío.» Me doy cuenta de que debo de haber pronunciado estas palabras en voz alta, porque se ríe contra mi cuello. El sonido que me metió en esta bronca hace que algo dentro de mí haga clic, y lo aparto de un empujón. Los dos estamos resollando, mirándonos fijamente a los ojos.

Me observa de una forma que... que me hace sentir viva. Poderosa. Deseada.

No soporto el peso de su mirada, de modo que decido examinarle el resto del cuerpo. Mala idea. La silueta de su erección empujando contra los pantalones me hace salivar. Me sobreviene un deseo tan intenso que dejo escapar un suspiro ahogado.

Una parte de mí quiere echar a correr, mientras que la otra se arrodillaría para dar un buen vistazo. Al final, vence la razón.

«Vete, vete, vete.»

—Me llaman al celular —musito.

—Yo no oigo nada.

La tentación de besarlo para borrarle esa sonrisa estúpida de la cara me da la fuerza necesaria para recomponerme. Comienzo a caminar ligera hacia la puerta sin dignarme a mirarlo.

—Iris...

—A las siete en punto. No te entretengas. —Cierro de un portazo, pero no lo bastante rápido como para que se me escape el «carajo» que masculla entre dientes.

Canto al ritmo de la música que ruge desde mi minialtavoz mientras me entretengo con mi rutina de maquillaje. Declan detesta las galas, pero a mí me encantan porque no me importa entregarme a la pompa y al glamur por una noche. Antes, cuando me invitaba como acompañante para que no se le acercaran otras mujeres, me pasaba el fin de semana entero buscando el modelito perfecto.

Esta noche no es la excepción. Dedico más tiempo del necesario a maquillarme y pintarme las uñas. De algún modo, consigo embutirme en mi vestido largo, procurando que no se me queden trenzas en el cierre abierto. Por mucho que me esfuerce, no soy capaz de alcanzarlo. Me vienen a la mente recuerdos de la noche de bodas. Aunque, a diferencia de aquel momento, ahora no me importa pedirle ayuda a Declan, siempre que no se presente semidesnudo.

Un golpe en la puerta me ahorra el paseo. Agarro el pomo y abro.

—Hola.

Declan se apoya en el marco de la puerta, con el pelo perfecto y el esmoquin ajustado a sus músculos, como si se lo hubieran cosido al cuerpo. Lo único fuera de lugar es la corbata desatada que descansa sobre su camisa.

«Mira que casarte con uno de los hombres más guapos de Chicago...»

¿De Chicago? Para nada. Más bien con uno de los hombres más guapos de todo el mundo.

Siento el impulso de zambullirme en sus ojos color miel y no salir nunca más a tomar aire. Hay algo en su forma de mirarme que me desnuda, que me arrebata todo pensamiento sensato. Algunos hombres parecen un sueño; otros, una pesadilla. Declan es una combinación letal de ambas cosas: es atractivo hasta un punto que debería aterrarme. Y enfatizo ese *debería*, porque, en realidad, quiero más. Sobre todo después del beso.

—Estás... —Hace una pausa.

—Si me dices que estoy «guapa», te juro que haré que tu muerte parezca un accidente.

—Irresistible.

Se me forma un nudo en la garganta con la emoción.

—¿Volvemos a usar palabras que entiendo para describir nuestros sentimientos?

Se le iluminan los ojos.

—Solo esta noche.

Soy la primera en romper el contacto visual, incapaz de sostenerle la mirada.

—¿Estás preparada? —me pregunta.

—Casi. Necesito que me ayudes con una cosita. —Me giro y me paso las trenzas por encima de los hombros, dejando al descubierto mi espalda—. No llego.

Las mejillas se me encienden al recordar la noche de bodas. No sé cómo soy capaz de acabar siempre metida en estas situaciones sin siquiera intentarlo.

Declan no se mueve para ayudarme, así que miro por encima del hombro para comprobar que sigue aquí. Tiene los ojos clavados en mi espalda. Repasan toda mi columna como unos dedos invisibles antes de detenerse en los hoyuelos de Venus.

—¿Declan?

Vuelve a subir la vista hasta mi cara.

—Sí, perdón. —Da un paso al frente y alarga la mano. En lugar de tomar el cierre de la parte inferior, me roza la base del cuello con los nudillos.

Un escalofrío me recorre el cuerpo mientras él me baja la mano por la espalda. El hecho de que alargue tanto una petición tan sencilla hace que me arrepienta de haber solicitado su ayuda.

«¿Por qué no elegiste un vestido que no tuviera cierre?»

Contengo el aliento cuando noto las puntas de sus dedos posarse sobre uno de mis hoyuelos. El cuello se me calienta cuando Declan deja escapar un largo suspiro, y la seda de su esmoquin, que me roza los brazos desnudos, me envía otra descarga de energía.

«¿Qué está pasando?»

El ruido del cierre llena el silencio, y poco después, demasiado pronto para mi gusto, la calidez que me dominaba la espalda desaparece. Me recoloca el pelo, y el corazón se me desboca como respuesta.

—Deberíamos irnos.

—Un momento, olvidaste esto.

Declan frunce el ceño cuando doy un paso al frente y sujeto ambos extremos de la corbata. Tiro de un lado antes de pasar el extremo más largo para formar el lazo del cuello. Él deja escapar una exhalación entrecortada cuando mis dedos le rozan la piel, y al levantar la cabeza veo su mirada clavada en la mía. Me observa de una forma que me resulta...

«Irresistible.»

Me apresuro a acabar con los pasos que faltan antes de cometer una locura, como acercar sus labios a los míos.

—Listo. —Le reajusto los lados para que el nudo esté centrado y doy un paso atrás, pero él me agarra las manos y me las retiene contra su pecho.

—Gracias.

Mi lento parpadeo me da un momento para procesar lo que está ocurriendo.

—Es un nudo de corbata, tampoco es para tanto.

—Lo digo por todo. Las citas falsas...

—Lo de quebrantar la ley.

—Y romper algunas narices.

Me río.

—Eso fue cosa tuya.

Sus labios se curvan en una sonrisa seductora que hace que me tiemblen las piernas. Alarga un brazo y me acaricia la mejilla con el pulgar, y el vientre me da ese vuelco sutil que tanto me aterra.

No sé lo que ocurrirá esta noche, pero hay una cosa que tengo clara: Declan no piensa rendirse. En todo caso, el beso le dio alas. No tengo claro cómo voy a sobrevivir a la gala sin cometer una estupidez.

Que Dios me ayude.

Declan y yo nos dirigimos a la gala sin besarnos, pelearnos ni hablar. No despega los labios hasta que no se baja del coche y me ofrece un brazo para que se lo tome.

—¿Cuánto tiempo tenemos que estar aquí?

Le tomo la mano y salgo del coche.

—Pero si ni siquiera entramos.

Él resopla.

—Ya sabes lo que opino de estos eventos.

—Sí, lo que no sé es por qué.

Sus ojos parecen repasarme de arriba abajo antes de posarse sobre mi cara.

—Tengo mis razones.

—¿Y esas razones tienen algo que ver con lo terrible que es que debas fingir que te cae bien la gente durante dos horas seguidas?

—Ojalá fuera tan sencillo.

—¿Qué harías si no me tuvieras cerca para ahorrarte horas y horas de charlas intrascendentes?

—Pues una muerte por cuchillo mantequillero sería el escenario más probable.

Me apoyo en él y me río. Él me rodea la cintura con el brazo, y yo lo observo con los ojos como platos y una sonrisa que todavía no se me va. Él separa los labios como si estuviera a punto de decir algo, pero el flash de una cámara rompe nuestro momento. Alguien grita el nombre de Declan. Me recompone lo suficiente como para que tome conciencia de lo que nos rodea y de la gente variopinta que acecha la alfombra roja, entrevistando a todo el que pasa por delante.

Le doy unos golpecitos empáticos en el pecho.

—Vamos a quitárnoslo de encima. Cuanto antes entremos, antes saldremos.

—No me lo digas dos veces.

Vuelvo a reírme, y su mano me aprieta aún más la cintura.

«¿Le gusta mi risa?» La idea me resulta cómica, dada la preferencia de Declan por el silencio. Mi teoría acaba confirmándose cuando más tarde, después de otro ataque de risa, Declan me aprieta la cadera como respuesta. Me sobreviene un acceso de felicidad al procesar esa revelación.

«Interesante. Muy interesante.»

28
Iris

No tardamos en localizar al abogado de Brady Kane. No suele pasar desapercibido; tiene una voz estruendosa y un esmoquin adornado hasta decir basta. Declan hace ademán de dirigirse hacia el rincón del salón de baile donde se encuentra, pero le doy un jalón.

—No deberíamos apurarnos y esperar a que sea él quien venga a nosotros.

El hielo del whisky de Declan repiquetea en el vaso cuando da un largo sorbo.

—¿Y qué hacemos mientras esperamos, si se puede saber?

Suelto una risotada incómoda antes de darle un buen sorbo a mi copa de vino.

—¿Hablar?

Él tuerce el gesto.

—¿Cómo te fue en el trabajo hoy?

Declan me atraviesa con la mirada.

—Estabas conmigo.

—Pero no estoy el día siguiéndote. Se me pueden pasar muchas cosas, como cuando te peleas con la impresora o acosas a una persona inocente porque se le olvidó usar Arial en un correo electrónico. Porque, a ver, ¿se puede saber qué te hizo la Times New Roman?

Pone una cara aún más larga.

—No es culpa mía que no sepan respetar ni las instrucciones más básicas.

—Creo que te sorprendería lo motivada que hace la gente su trabajo cuando controlas tu mal genio.

Declan aparta la vista con un resoplido, y yo sonrío.

—Y te digo una cosa: como futuro director general, vas a tener que aprender un par de cosas sobre liderazgo si quieres triunfar.

—Ya sé dirigir.

—¿Tú crees? Porque no es lo mismo dar órdenes que dirigir una empresa.

Vuelve a posar su mirada sobre la mía.

—Si el alcohólico de mi padre es capaz de dirigirla, no creo que yo lo haga mucho peor.

Le doy un sorbo a mi copa mientras sopeso qué responder.

—Pero ¿no te gustaría ser mejor que él?

Declan tensa la mandíbula.

—La duda ofende.

—Entonces, ¿qué quieres hacer cuando subas a director general?

—¿A qué te refieres?

—¿Cuál será tu próximo objetivo cuando lo seas? ¿En qué crees que falló tu padre?

—Me llevaría años reparar todas las relaciones profesionales que mi padre arruinó.

—¿Porque no sabes lamerle las botas a la gente?

Me lanza una mirada asesina que me hace reír. La tensión en torno a sus ojos desaparece, al tiempo que aprieta con fuerza los labios, como si quisiera evitar que coincidieran con la sonrisa de sus ojos.

«¡Tiene ganas de sonreír gracias a ti!»

Puede que el cerebro se me sature de todas las sensaciones que me produce la idea de que Declan sonría por cómo me río.

—¡Dichosos los ojos! —Un hombre arrugado le planta una mano pesada a Declan en el hombro—. Me contaron que venían —dice el abogado de Brady Kane, y sonríe.

Declan ni se molesta en tratar de sonreír, y el brillo de antes deja paso a una fría indiferencia.

—Leonid.

El abogado se estremece, lo cual hace que se le sacuda la cabeza de pelo cano.

—Por favor, llámame Leo. Ya sabes lo que opino de las formalidades. —Leo dirige sus ojos hacia mí—. ¿Y esta es la mujer de la que escuché tantos rumores?

Uno de los brazos de Declan se me enrosca en el cuerpo antes de tirar de mí y pegarme a él.

—Iris, te presento a Leo. Era el mejor amigo de mi abuelo.

¿Cómo? ¿Por qué Declan jamás mencionó ese detallito durante las miles de conversaciones que tuvimos sobre este hombre?

«Pues probablemente porque él no tiene mejores amigos y no le pareció importante.»

Reprimo un suspiro. Leo alarga una mano y se la estrecho, pero entonces me arranca de los brazos de Declan y me aprieta contra su pecho.

—¿Cómo nos vamos a dar la mano? Somos prácticamente familia.

¿Sí? ¿De verdad? ¿Me perdí la parte en la que este señor no se presentó nunca a nuestra boda?

Leo debe de leerme la mente o, al menos, la expresión de mi rostro.

—Siento no haber ido a su boda. Estuve desconectado durante un mes entero mientras subía el Everest, y cuando volví, me enteré de que ya se habían casado.

No parece preocuparle nuestro matrimonio, o al menos no lo demuestra.

—¿Subiste el Everest?

—Parezco todo un viejo, pero no me siento así —responde dándose golpecitos en el corazón con una sonrisa.

—Lo dice el tipo que tuvo que pedir un helicóptero de emergencias para que lo rescataran después de creer que podía competir en el Tour de Francia —replica Declan.

—Fue idea de tu abuelo. El muy mamón siempre buscaba la menor excusa para demostrar lo en forma que estaba. A mí el ciclismo me hace daño.

Percibo un brillo en los ojos de Declan, y noto una punzada de dolor en el pecho. Le tomo la mano y se la aprieto. Es un movimiento instintivo, y, sin embargo, contemplo nuestros dedos entrelazados con sorpresa.

Leo no pierde detalle de la escena con una sonrisa.

—Pero no hablemos más de mí. Háblenme de ustedes, me quiero enterar de todo.

—Tampoco hay mucho que contar —digo, y sonrío.

Le pasa un brazo a Declan por encima del hombro y nos guía hasta una mesa.

—Qué tontería. Pero, primero, vamos a brindar para celebrar su matrimonio. ¿Vodka les parece bien?

Declan suelta un gruñido gutural, y yo no puedo reprimir la risita que se me escapa. Leo no deja de sonreír mientras nos mira alternativamente a Declan y a mí.

—¿Prefieren otra cosa?

—No, el vodka está perfecto —contesta Declan apretando los dientes.

El cuerpo me tiembla por la risa contenida, y Leo me lanza una mirada antes de irse a buscar una botella de vodka.

—Odio el vodka. —Declan arrastra su silla hacia mí y rodea el respaldo de la mía con el brazo como si fuera algo que hiciéramos constantemente. Al rozarme la nuca, se me pone la piel de gallina—. ¿Tienes frío? —pregunta frunciendo el ceño.

Asiento, por miedo a que mi voz delate lo que siento en realidad cuando lo tengo cerca.

Él se pone de pie y se quita la chamarra.

—Toma. —Me hace un gesto para que avance un poco.

Accedo, y observo con la mandíbula desencajada cómo me pasa la prenda por los hombros. Huele a él: a limpio con un toque especiado. Sin que cante demasiado, la olfateo una segunda vez, y dejo que su aroma se filtre por mis pulmones.

Las mejillas se me encienden cuando me doy cuenta de que me está mirando fijamente. Mi vocecita interior insiste en que lo mantenga alejado, en que no puede salir nada bueno de alimentar la atracción incipiente que está tomando forma entre nosotros.

Gana mi vocecita interior, y estoy a punto de despreciar por completo ese gesto de amabilidad.

—Quién diría que se te daría tan bien esto, ¿eh?

—¿El qué? —pregunta, y los labios se le curvan hacia abajo.

—Si no me anduviera con cuidado, tu rutina de marido atento podría incluso engañarme. —Señalo la chaqueta del esmoquin que amenaza con tragarme entera, y a él se le ensombrece el gesto.

—No todo lo que hago es un teatro.

Me estremezo al notar la amargura de su voz.

«¿No era esto lo que querías?»

Sí, claro. Que me trate bien no forma parte del protocolo.

«No hay ningún protocolo. Ese es el problema.»

Ninguno de los dos intenta llenar el silencio incómodo, y solo rezo por que Leo regrese lo antes posible con una cantidad de vodka que enorgullezca a sus antepasados rusos. Cualquier cosa que me ahorre esta sensación dolorosa que me estruja el pecho.

Mis súplicas reciben respuesta cuando Leo deja caer pesadamente la botella de licor transparente sobre el mantel unos minutos más tarde.

—Vamos, a disfrutar —dice, y le hace un gesto al mesero que nos deja tres vasos vacíos junto a la botella—. Brindar por los recién casados es una tradición familiar.

Asiento y acepto el vaso lleno que me alarga Leo, quien le da una palmada a Declan en el hombro cuando le entrega su vaso.

—Si tu abuelo estuviera aquí, probablemente habría preparado el discurso, pero yo voy a tener que improvisar. —Levanta su vaso—. El matrimonio es como un viaje por carretera con la persona con la que quieres pasar el resto de tu vida, pero sin la ayuda de mapas o de un GPS de última generación que te arregle los problemas. Es posible que no coincidan siempre en la música que quieren poner o en qué dirección hay que tomar. Y les aseguro que habrá momentos en que querrán arrancarse los pelos uno al otro. Igual que habrá momentos que los pondrán a prueba, donde pensarán que quizá las cosas serían más fáciles si se fueran de mochileros y se marcharan con otra persona. La cuestión es que la vida va a ponerles muchos obstáculos: llantas ponchadas, callejones sin salida y problemas mecánicos. Pero pueden aprovechar al máximo el viaje con el otro o llorar por no llegar nunca a su destino. Y solo ustedes pueden tomar la decisión correcta.

¿Eso es improvisar? Nunca escuché a nadie describir el matrimonio de una manera tan descarnada. Mi mirada se cruza con la de Declan, y me pregunto si sentirá lo mismo. Porque poco importa cuáles fueran nuestras intenciones cuando firmamos el papeleo que nos declaraba marido y mujer; acordamos hacer un viaje juntos.

Leo choca su vaso contra los nuestros.

—Por los recién casados.

Declan y Leo se llevan los vasos a los labios, pero yo me limito a contemplar el mío. No sé si alguna vez estaré preparada para el tipo de matrimonio que Leo nos ha pintó. Porque sí, puede que me haya casado con Declan para cumplir con un acuerdo legal, pero eso no es lo mismo que lo que Leo ha compartido con nosotros. Su versión del matrimonio exige mucha confianza y mucho menos carga de la que yo sería capaz de meter en una SUV.

No me hace falta preguntarle a Declan cómo se siente. Tiene las intenciones grabadas a fuego en la cara, una instantánea de su corazón que sé que solo se me revela a mí.

No estoy lista para comprometerme a hacer un viaje por carretera. Al menos no como él quiere. Porque, de lo contrario, le habría dicho que sí a mi ex cuando se me declaró.

«Declan no es como él. Ni de lejos.»

El corazón me martillea en el pecho, como un pajarito atrapado que trata de escapar de la jaula. Un pensamiento me ataca, una y otra vez, mientras me tomo el vodka en silencio.

Puede que haya cometido el mayor error de mi vida al casarme con Declan.

«Mierda.»

29
Declan

Iris se pone en pie en cuanto Leo se excusa.

—¿Adónde vas?

Ni siquiera se digna a mirarme a los ojos cuando responde:

—Al baño.

Me levanto y la tomo de la mano, obligándola a mirarme.

—¿Estás bien?

Me gusta tan poco esa pregunta como la expresión turbada de sus ojos. La desesperación se me agarra a la garganta, conminándome a que la retenga a mi lado.

—Sí, tranquilo —contesta con una sonrisa tensa—. ¿Te importa llamar a Harrison para que nos recoja mientras esperas?

Asiento.

—Genial. No tardo nada.

Cruza el salón de baile con el cuerpo rígido y la espalda recta como una columna, y poco después gira una esquina. Reflexiono sobre qué pudo espantarla tanto, y lo único que se me ocurre es que algo tuvo que ver con lo que ha dicho Leo. Se veía bien antes de que él se pusiera a hablar sobre el matrimonio.

¿Le habrá parecido todo muy real? Es plausible, teniendo en cuenta su aversión al amor. Me dejó claro como el agua su opinión al respecto, y yo le seguí el juego por respeto a ella. Pero para mí tampoco fue nada fácil. Después de ver cómo mi padre destruía nuestra familia tras la muerte de mi madre, no quería generar una situación parecida. Además, todas las personas a las que quiero se acaban yendo de una forma u otra. ¿Para qué molestarme en estrechar el vínculo con nadie si no me garantiza que se quedará conmigo siempre?

«Pero ¿piensas pasarte toda la vida solo porque te preocupa intimar con la gente? La soledad es la misma, lo pintes como lo pintes.»

Se me eriza la nuca y, al voltear, veo los ojos de Iris clavados en mí. Un puñado de hombres se paran a mirarla, y yo tengo que esforzarme al máximo por ignorarlos mientras cruzo la sala.

—¿Está Harrison abajo esperán...?

Interrumpo la pregunta dándole un abrazo.

—¿A qué viene esto?

—Leo me preguntó si nos quedamos a la subasta. Le dije que sí.

«Eres un mentiroso de mierda.»

Ya me arrepentiré mañana. Esta noche, me aprovecharé de la situación.

Iris gruñe.

—¿Por qué le dijiste que sí?

—Porque no quería que creyera que vinimos solo por él.

Suspira y me devuelve el abrazo.

—¿Me estás abrazando por algo en concreto?

—Me pareció ver a un conocido.

«¿Dejarás de mentir en todo lo que respecta a Iris?»

Como si a estas alturas pudiera desarrollar una conciencia. Dada la cantidad de mentiras que se amontonan a mi alrededor, dudo que ocurra en esta vida.

—¿Ya se fue o tienes pensado pasarte la noche agarrado a mí?

Si cabe la más mínima posibilidad...

«Sabes que no.»

Suspiro mientras la suelto a regañadientes, pero entonces le tomo la mano.

—Vamos a bailar.

—¿Esto es por el vodka?

Le pongo una cara larga.

—Me tomé solo un *shot*.

Ella se ríe.

—Suficiente. A ti no te gusta bailar.

Le suelto la mano antes de inclinarme y susurrarle al oído:

—Sigue dejándome en ridículo delante de todo el mundo y te prometo que luego te arrepentirás.

Un escalofrío le recorre el cuerpo, y yo le repaso los pelos de punta del brazo con un dedo.

—Esto promete.

Iris abre y cierra la boca repetidas veces mientras la acompaño a la pista de baile. Le rodeo la cintura con el brazo, y ella responde colgándose de mi cuello. Apenas unos pocos milímetros separan nuestras caras al tiempo que nos mecemos en círculos al ritmo de la música lenta que suena por los altavoces.

—Si lo que querías era bailar conmigo, solo tenías

que pedírmelo. No hacían ninguna falta esas amenazas vacías para coaccionarme.

—Tu error está en pensar que son amenazas vacías —digo, y me permito sonreír.

Iris toma aire sin despegar los ojos de mis labios. Rozo la delicada curva de sus nalgas con los dedos y se me escapa un gruñido cuando ella da un paso al frente para esquivar mi caricia, pero se precipita directamente hacia mi entrepierna, cada vez más dura.

Iris me mira con los ojos como platos.

—Por favor, dime que eso que noto es el teléfono que tienes en las bolsas.

Dejo caer la cabeza hacia atrás y me río hasta quedarme ronco. Cuando me recompongo para tomar aire, veo que tiene los ojos fijos en mí. Ella y un puñado de personas a nuestro alrededor se comportan como si fuera la primera vez que oyen a un hombre adulto reírse.

—Qué lástima que no te rías así más a menudo.

—A lo mejor por fin tengo motivos para reírme —digo, levanto la mano y le acaricio la barbilla.

Se le suaviza el gesto y nuestros cuerpos se funden en uno solo.

—No me mires así.

—¿Así cómo?

Rehúye la pregunta y se zafa de mis brazos al mismo tiempo. Dejo que se salga con la suya, pero solo porque entonces aplasta la mejilla contra la parte frontal de mi esmoquin y acerca su cuerpo al mío.

Cuando la canción lenta da paso a un ritmo más animado, Iris profiere un grito. Hago ademán de huir de la pista de baile, pero ella me tira de la mano y me arrastra de vuelta.

—¡Me encanta esta canción!

—¿Por qué no me sorprende? —digo, y finjo que me tapo los oídos como si me dolieran.

Ella se ríe y comienza a dar saltos como una lunática. Por poco pierdo el conocimiento cuando levanta los brazos y menea las caderas al ritmo de la música. Descubro a varios hombres observando cómo mueve el cuerpo, y la mirada que les lanzo los espanta.

—Vamos a sentarnos —le espeto.

—Por favor, una más. —Me toma de la mano y me las arrastra hasta sus caderas—. Mírame.

Mirarla es lo único que soy capaz de hacer. Me embelesa cada contoneo de su cuerpo al ritmo de la música, el hecho de tener su mitad inferior a apenas unos milímetros de mi cuerpo. Su intención no es que el baile sea erótico, pero yo estoy cada vez más excitado.

Iris me sonríe.

—No estás bailando.

De hecho, ni siquiera sé si estoy respirando. Ella se ríe antes de rodearme el cuello con los brazos y atraerme hacia sí.

—Mueve las caderas con la música.

Lo intento y fracaso, lo cual provoca en ella otro acceso de risa. Si esa es la recompensa que consigo por quedar como un idiota, estoy dispuesto a pagar el precio.

Iris se da la vuelta y me coloca las manos sobre sus caderas.

—Haz como yo.

Apenas oigo su voz ronca con el martilleo de mi corazón. Salgo del trance y meneo el cuerpo como ella, imitando sus movimientos. Oleadas de calor me recorren el cuerpo mientras nos movemos al ritmo de la música. Iris pega su trasero a mi pelvis, y yo le gruño al oído.

—Ya lo tienes. —Se ríe y esquiva mis brazos.

Mis manos lloran la pérdida de su cuerpo mientras ella sigue bailando. Cierra los ojos y se pierde en la música. No me molesto en intentar bailar; estoy demasiado absorto en sus movimientos como para preocuparme por nada más. Las personas que nos rodean se mueven al ritmo de la música hasta que suena la última nota, y entonces la multitud se dispersa y pone fin a un momento que duró demasiado poco.

—¡Me lo he pasado bomba! —Da un paso hacia las mesas, pero se lo impido.

—No corras tanto.

Sus labios se separan.

—¿Quieres bailar más?

Le cojo una mano mientras con la otra le busco la parte baja de la espalda.

—Sí.

—Pensaba que no te gustaba nada bailar en este tipo de eventos.

—Eso era antes.

—¿Antes de qué?

—Antes de poder hacer esto.

La jalo hacia mí y le doy un beso delicado en los labios antes de separarme.

«Déjala con ganas de más.»

Le sonrío en el pelo cuando la oigo tomar aire, agitada. Después se agarra a mí, la piel se me eriza y encontramos nuestro ritmo, dos cuerpos meciéndose con la música. La canción cambia y la gente pasa a nuestro lado, pero nadie se atreve a interrumpir este momento.

Solo abandonamos la pista de baile para pedir bebidas y participar en una subasta que no podría interesarme menos, pero es oír a Iris chillar ante la posibilidad de un viaje a México, y pasar a ser un pujador activo y levantar la paleta para superar la apuesta del resto de los presentes en el salón de baile.

Iris se me cuelga del cuello y me da un beso en la mejilla cuando el subastador anuncia el número de nuestra paleta. No tengo tiempo de procesar el roce de sus labios sobre mi piel antes de que se aparte y se reacomode en su silla.

Mierda. Me revitalizan las sonrisas que me lanza. Algunas personas tratan de superarme en todas las pujas que le llaman la atención a Iris, pero siempre acabo pasándoles la mano por la cara. Para cuando el subastador se baja del podio, ya me gasté más de cincuenta millones de dólares solo por el subidón que siento al verla sonreír.

No tiene que insistirme demasiado para que volvamos a la pista de baile una vez terminada la subasta, aunque sí hago una parada en la barra para soportarlo mejor. Seguimos bailando hasta la última canción, y somos la única pareja que queda en la sala. Al final, para mi desgracia, debo soltarla, pero lo único que consigue es tambalearse un par de pasos. No protesta cuando la rodeo con un brazo y cargo con la mayor parte de su peso.

—Creo que van a tener que amputarme los pies. —Esboza una mueca al perder el equilibrio.

No pienso en nada más cuando la cargo al hombro y su trasero me queda a la altura de los ojos.

—Problema resuelto.

—¡Declan! —me grita en la espalda—. ¡¿Se puede saber qué haces?! —exclama, dándome puñetazos con sus diminutas manos en la columna, y yo gruño.

—Me estoy comportando como un caballero.

—¡Como un cavernícola, más bien! ¡Suéltame ahora mismo! Qué vergüenza, por favor.

—No te ve nadie.

La ausencia de bolsos me facilita mucho la búsqueda de su *clutch*. Se lo acerco para que lo sujete mientras caminamos.

Iris levanta la cabeza mientras examina el salón de baile.

—¿Dónde se fue la gente?

—Se fueron a casa.

—¿Y qué hacemos aquí todavía?

—Perdí la noción del tiempo.

Profiere un grito ahogado cuando mira el teléfono.

—¡Son las doce!

—Estaremos de vuelta en casa antes de que te conviertas en calabaza, princesa.

—El cuento no era así.

El tejido de mi esmoquin amortigua su risotada cuando salimos por la puerta.

—Se acerca bastante.

—Eres una deshonra para tu apellido.

Le doy una bofetada por el comentario.

—¡¿Me acabas de dar un azote?!

La mano me pide a gritos que le dé otro, aunque solo sea para volver a oír el delicado suspiro que deja escapar cuando mi mano entra en contacto con su cuerpo. Me devuelve el favor y me da un buen golpe en el trasero. Casi la dejo caer por el desconcierto de la situación, pero me recupero con una carcajada.

—¡Oye, te pasaste!

Me recompongo antes de atravesar el vestíbulo con Iris sobre mi hombro. El *valet* nos mira antes de abrirnos la puerta, y yo le hago un gesto con la barbilla. Una persona que pasa por allí nos saca una foto mientras nos silba, e Iris le saca el dedo.

—No sabes cuánto te odio ahora mismo —resopla.

Harrison abre los ojos como platos al abrirme la puerta del coche.

—Señor, ¿se encuentra bien la señora Kane?

Iris hace un gesto con la mano.

—Estoy perfectamente. Aunque no podré decir lo mismo de mi marido en cuanto lleguemos a casa.

Casi nunca se refiere a mí como su marido, pero siempre que lo dice noto una calidez que me recorre todo el cuerpo.

Harrison se ríe e Iris me da un pellizco en la nalga.

—¿Te importa? Estoy empezando a marearme.

La suelto sin miramientos en el asiento trasero antes de rodear el coche y sentarme en el mío. Harrison arranca y enfila la carretera. Iris mira por la ventana, observando la silueta de Chicago que dejamos atrás en dirección a la periferia.

Dedico todo el trayecto a imaginarme lo que puede ocurrir al llegar a casa. Para cuando Harrison aparca el coche, ya me está matando la impaciencia.

Mis pensamientos se convierten en humo cuando giro la cabeza para mirar a Iris. Tiene el cuerpo apoyado en la puerta y los ojos cerrados, y respira profundamente.

«Se durmió.»

Después de tantas promesas de venganza, ni siquiera fue capaz de aguantar despierta.

—¿Quiere que la despierte, señor? —me pregunta Harrison asomando la cabeza por mi lado del vehículo.

—Yo me encargo.

Salgo del coche y rodeo el maletero. Con cuidado, abro la puerta y procuro sujetarla antes de que se caiga. Ni se inmuta cuando la tomo en brazos, acunándola como en nuestra noche de bodas. No sé cómo consigue seguir dormida durante el trayecto hasta casa y cuando subimos las escaleras. Forcejeo para abrir la puerta de su habitación sin soltarla, pero logro colocarme de una forma que me permite girar el pomo.

La puerta golpea la pared con suavidad. Me dirijo hacia su cama y la dejo sobre el colchón. Ella se pone la mano debajo de la cara y se hace un ovillo, sin preocuparse por el vestido ni el maquillaje. Detesto la idea de despertarla, pero dudo que quiera irse a dormir vestida así. No puede ser cómodo.

—Iris —susurro, dándole un ligero golpe en el hombro.

Veo volar su mano directamente hacia mi cara. Suelto un resoplido al esquivarla, evitando por poco que me dé un bofetón.

—Iris, despierta.

—Cállate, Declan —gruñe—. Deja de hablar y vuelve a hacerme eso con la lengua.

El pulso me resuena en las venas, a imagen de lo acelerado que tengo el ritmo cardiaco. ¿Está soñando... conmigo? Parpadeo, intentando procesar que Iris esté teniendo un sueño húmedo conmigo.

Deja escapar un sutil gemido que me baja directamente hasta la entrepierna. Sopeso las consecuencias de despertarla y representar lo que está soñando en condiciones, pero me contengo.

«Poco a poco y con estrategia.»

Pasar a mayores con ella esta noche sería una insensatez. Poco importa lo mucho que lo desee; tengo que hacer todo lo posible por no asustarla. Sus fracasos sentimentales anteriores son la prueba de lo que ocurre cuando la gente no calcula bien la intensidad o la velocidad de las cosas.

No llevo tanto tiempo detrás de ella para ahora echarlo todo a perder por pensar con la entrepierna. Pronto se me recompensará por mi paciencia. Es cuestión de tiempo que venga arrastrándose hasta mí, y quiero que se esfuerce para conseguirlo.

A partir de mañana.

30

Iris

La mañana después de la gala, me despierto con un vestido de diseño, el maquillaje corrido y un caso serio del síndrome «¿cómo llegué hasta aquí?». Muevo los pies doloridos y noto varias ampollas que no tenía ayer.

Suspiro al tomar el teléfono del buró.

—¡Mierda!

A punto estoy de caerme de la cama cuando veo la hora. Profiero varias groserías al mensaje de texto sin leer. Declan me lo ha enviado hace varias horas. Desbloqueo el teléfono con un dedo tembloroso y dejo escapar un suspiro de alivio al leerlo.

Declan: Hoy no se trabaja.

«¡¿Cómo que hoy no se trabaja?!» Leo el mensaje dos veces para asegurarme de que mi cerebro no me está jugando una mala broma y reordenando las letras.

Me aprieto el celular contra el pecho y doy vueltas en

la cama. La idea de tener un sábado libre para mí solita hace que me entren ganas de ponerme a cantar y bailar como una princesa de Dreamland. La idea me levanta tanto los ánimos que me siento capaz de tocar las estrellas.

Mientras me baño, repaso los recuerdos de la noche anterior. Leo y el brindis. Declan y yo bailando hasta la medianoche. Él cargando conmigo como un saco de papas porque me dolían los pies.

Lo último me hace sonreír como una desquiciada.

«Ay, Iris. ¿En qué te metiste?»

Intento dar con la respuesta mientras bajo las escaleras para desayunar, pero no doy con ninguna. No tengo claro lo que está pasando. El matrimonio al que me comprometí no tiene nada que ver con la realidad. Se suponía que Declan no me trataría bien. Y, carajo, se suponía que no iba a hacer todas esas cosas distintas que me producen un anhelo en el pecho que no había sentido en la vida. Ni en mi relación más seria había sentido nada que se pareciera a la euforia que se apodera de mí cuando Declan hace algo que no va con él en absoluto.

Trato de quitarme esos pensamientos de la cabeza poniéndome la música a todo volumen en los audífonos. Parece funcionar temporalmente, y bailo hasta la cocina mientras canto a todo pulmón.

Lo que veo en la cocina hace que me pare en seco. Uno de los auriculares se me cae de la oreja, y la música a todo volumen apenas se oye con el ruido que hace Declan cortando verduras. La emoción da paso al nerviosismo cuando me mira con unos ojos cargados de lujuria. ¿Qué hice para ganarme esa mirada?

—Estás aquí —respondo después de estar observándonos durante lo que creo que es un minuto entero.

—Pues sí. —Mira hacia la tabla y sigue cortando verduras.

—¿Tú también te tomaste el día libre?

Chac. Chac. Chac.

—No exactamente.

—Bueno. —Suelto un largo suspiro.

—Nos organicé una cita falsa.

Pestañeo.

—¿Perdón? ¿Has dicho que nos organizaste una cita falsa?

Declan frunce los labios.

—Eh... sí.

—Guau. Qué... inesperado.

—En una hora tenemos que estar saliendo por la puerta.

Amartillo mi pistola de aire y finjo que apunto.

—¿Quién es el objetivo?

Declan aprieta mucho los labios.

—Te lo diré después.

—¿Por qué?

—Porque quiero que actúes con naturalidad.

«Ya...»

—¿Y el hecho de que me lo digas puede poner eso en riesgo?

—Sí.

—Vaya. Supongo que es importante si te inspiró a planear algo por tu cuenta.

La mano que sostiene el cuchillo se tensa.

—Soy capaz de planear una cita.

—Claro que eres capaz, pero eso no significa que tengas ganas de hacerlo.

—¿Y quién dice que no tengo ganas?

La pregunta es demasiado capciosa como para enfrentarme a ella sin café, de modo que, en lugar de presionar a Declan para que diga algo más, lo ayudo a preparar el desayuno. Nos rozamos tanto mientras nos movemos por la cocina que casi parecería que vivimos en una caja de zapatos y no en un caserón. Intento ignorar las chispas que me saltan de la piel cuando nuestros cuerpos se tocan. Cada vez que respiro hondo, las comisuras de sus labios parecen curvarse. Estoy convencida de que lo hace adrede.

Apenas puedo concentrarme en la cocina, y eso se traduce en un omelette medio quemado. Puede que no sea el plato más apetitoso del mundo, pero cumple su función. A fin de cuentas, las calorías son calorías, ¿no?

—¿Te importa? —le espeto cuando me roza la espalda con el pecho.

—Tendrías que pulir un poco tu técnica —dice, evaluando mi desayuno con la cara larga.

—Bien, chef. ¿Por qué no me enseñas tú a hacerlo?

—¿Te costó mucho tragarte el orgullo?

—Uy, me he tragado cosas peores.

Las aletas de la nariz se le ensanchan.

«Iris: 1. Declan: 0.»

Sonrío al retroceder y ofrecerle la espátula, esperando que la tome. Me quedo sin respiración cuando me arrincona contra los fuegos y me agarra la mano con que sostengo la espátula.

—Soy más partidario de un enfoque práctico —dice, apretándome el trasero con la cadera.

—Dice el tipo que antes siempre me respondía que «o te las ingenias o ya puedes buscarte un trabajo nuevo» cuando necesitaba ayuda.

Me contesta dándome un mordisquito en el cuello.

—¿Qué haces? —le pregunto con la voz entrecortada.

—Ayudar a mi esposa.

Trago saliva.

—Estás empezando a abusar un poco de esa etiqueta para mi gusto.

—Te lo digo para que no olvides cuál es tu lugar.

—¿Ah, sí? ¿Y cuál es mi lugar?

—Estar conmigo.

Las mejillas se me encienden, así como el bajo vientre. Declan ignora mi timidez repentina mientras vierte la mezcla con la mano libre, atrapándome entre sus brazos.

—Tu primer error fue verter de golpe demasiado huevo en el sartén. —Su aliento cálido me acaricia el cuello y me eriza la piel de todo el cuerpo.

Los huevos chisporrotean en un reflejo fiel de lo que siento en las entrañas cuando Declan me roza la espalda con el pecho. Jamás me habría imaginado que la cocina pudiera ser una experiencia erótica, al menos hasta ahora. Este sujeto hace que el proceso de preparar un omelette parezca un examen profesional.

Trago saliva para deshacer el nudo que se me forma en la garganta.

—¿Y ahora?

Me lleva la mano de la espátula hasta el fuego encendido.

—Dejas que se cocinen los huevos.

Es una tarea sencilla y, sin embargo, me sujeta la mano con firmeza mientras removemos los huevos una y otra vez hasta que la superficie se cuaja. Me abraza de una forma que consigue que cada minuto se haga eterno. Parece atraído por la curva de mi cuello, y me da dos besos antes de dictarme las instrucciones siguientes:

—Ahora echas el relleno en una mitad.

—¿Por qué no en las dos?

Su risita grave me cala hasta los huesos.

—Siempre tan avariciosa.

—Hambrienta, más bien.

—Pues ya somos dos —responde con voz ronca mientras aprieta más la cadera contra mi trasero.

Ahora tengo claro que lo del bolsillo no es el teléfono. Hasta ahí puedo contar.

—No sé si hablamos del mismo tipo de hambre. —De algún modo, las palabras me atraviesan el nudo de la garganta.

Su pelvis se aprieta contra la división de mis nalgas, dejándome claro lo que siente al «cocinar», pero se aparta demasiado rápido, llevándose con él la calidez y poniendo distancia entre nosotros. No comprendo su reacción.

«¿Y qué más da? Lo único que conseguirías sería complicar aún más las cosas.»

Me preocupa mucho más de lo que soy capaz de admitir.

«Porque tú también lo deseas.»

Sí, por muy duro que sea. Lo deseo. Lo deseo con todas mis fuerzas, y aun así no sé cómo afrontar esto. Y, en concreto, no tengo del todo claro qué es lo que quiero afrontar. Una relación de sexo esporádico es casi tan complicada como proponerle que intentemos ir un paso más allá. Cualquiera de las dos opciones haría volar por los aires nuestro plan, y no sé si estoy dispuesta a permitirlo. Mis alternativas son tan vanas como mi capacidad de reprimir la atracción.

No sé si Declan está al tanto de mi pánico interno, pero no lo demuestra.

—Te quiero lista en treinta minutos —me ordena, y

me lanza una última mirada antes de tomar mi primer intento chafa de omelette y salir de la cocina.

Me apoyo en la encimera y respiro hondo varias veces.

«¿Cómo diablos vas a sobrevivir a una cita falsa hoy con todo lo que estás sintiendo?»

Declan toma un par de llaves que cuelgan de la pared.

—¿Manejas tú? —pregunto.

Le da vueltas al juego con el dedo índice.

—Le di el día libre a Harrison.

—No sé qué hizo para merecer ese honor, pero me parece perfecto.

Declan no despega los labios hasta llegar a un convertible *vintage* reluciente que parece sacado de una película de espías. Me quedo boquiabierta.

—¿Vamos a ir en eso?

—Sí. Sube, que llegaremos tarde.

Me quedo helada al rodear la capota y abrirme la puerta del copiloto.

—¡Dios! ¡Está increíble! —Camino hasta mi lado del vehículo, me dejo caer en el asiento y acaricio el cuero atónita.

Declan cierra mi puerta antes de dirigirse al lado del conductor. Mete las llaves en el contacto y el motor ruge cuando mete primera.

—Haría lo que fuera por conducir un coche así —suspiro.

Declan se ríe, con un sonido ronco, grave, que me arrebata la facultad de respirar.

—Me puedes engatusar para hacer muchas cosas, pero olvídate de conducir este coche.

—A ver si lo adivino: es un coche de hombres —digo, y pongo los ojos en blanco.

La sonrisa que había esbozado le desaparece del rostro.

—De mujeres, más bien. En concreto, de mi mamá.

Me siento como si alguien me hubiera hundido un puñal en el pecho y lo hubiera retorcido.

—¿Era de tu mamá?

La nuez le sube y le baja.

—Tenía ganas de ponerlo en marcha; hace más de un mes que no lo toco.

«¿Lo saca todos los meses?» Me duele el pecho por el hombre que conserva el recuerdo de su madre vivo a través del coche. Parece que realmente es importante para él por lo cuidado que está, por el cuero pulido del interior y el exterior perfectamente encerado.

No se me ocurre qué decir, y noto la lengua espesa por la emoción. La imagen que Declan le ofrece al mundo no se parece en nada a la que oculta. Aunque no es perfecto en ninguna de las acepciones de la palabra, sigue siendo humano. Sufre como todos los demás.

Salimos de la entrada antes de detenernos a abrir la reja. Declan balbucea, y yo sonrío porque jamás lo había visto trastabillándose con las palabras.

—Probablemente quería más a este coche que a mi padre, algo que, si los hubieras conocido antes de que ella enfermara, no es poca cosa. No tengo claro qué vio en él, pero supongo que mi padre nos trataba de otra forma antes de que ella muriera.

No me pasa por alto cómo habla de sus progenitores antes de que su madre enfermara. Como si la enfermedad hubiera modificado las dinámicas de sus vidas, incluida la de Seth. Tuerzo los labios hacia abajo, y me odio por la nota de empatía que se abre paso hasta la superficie de mi corazón por uno de los hombres más viles y despiadados que conozco. De alguna manera, el amor parece humanizar incluso a las almas más terribles.

—¿Por qué no me hablas más de ella?

Es una petición complicada, y ni siquiera sé si es justo lanzársela, pero no puedo evitarlo. Quiero conocer en profundidad al hombre que saca a pasear el coche de su madre una vez al mes, como si pudiera regresar en cualquier momento y pedirle que se lo devolviera. Quiero saberlo todo.

Declan suspira, y hay algo en lo más hondo de mi corazón que me dice que está a punto de decirme que no. Por alguna razón, no soporto la idea, y decido cometer una estupidez. Algo tan rematadamente estúpido que sé que mañana me arrepentiré. Pero la historia me tiene demasiado cautivada como para preocuparme por lo que pueda pasar.

—¿Te parece si hacemos un trato?

Las comisuras de los labios se le curvan hacia arriba.

—Estoy abierto a negociaciones.

—¿Qué querrías a cambio? —Suelto la bomba. Voy a dejar que sea él quien decida qué es lo que quiere y veremos si estoy a la altura del desafío.

—Quiero un intercambio equitativo... —Hace una pausa, y el aire se me queda atascado en el pecho.

¿Otro beso? ¿Una cita de verdad? ¿Una mamada? En realidad, las opciones son infinitas. Una oleada de calor me recorre el cuerpo de la cabeza a los pies ante la expectación de lo que podría llegar a elegir.

—¿Qué tienes en mente?

—Yo te hablo de mi mamá si tú me hablas de tus diferencias de aprendizaje.

Si mi vida tuviera banda sonora, este sería el momento en que el DJ arrastra el vinilo y me hace sentir como un absoluto fracaso. El aire se me escapa de los pulmones como un globo desinflado. ¿Qué mierda de trato es este? Y, en concreto, ¿cómo diablos se enteró?

Me cruzo de brazos y levanto un muro.

—¿Quién te dijo?

—Nadie.

—No te creo. ¿Fue Cal?

Casi le pido a Declan que se estacione y me deje a mí al volante, solo para ir a buscar a Cal y abrirle otro agujero en la cola.

Declan sacude la cabeza.

—Me di cuenta yo solo.

—¿Cómo?

—Conozco las señales.

Suelto una risa amarga.

—¿Crees que me voy a creer eso? ¿De verdad te parezco tan ingenua?

Declan suaviza el rostro.

—A mi mamá le pasaba lo mismo.

—¿A tu mamá? ¿La graduada en Historia?

Se agarra al volante con tanta fuerza que los nudillos se le ponen blancos.

—Que tuviera problemas para leer no significa que no le gustara.

Me siento una imbécil por haber supuesto lo contrario. A decir verdad, me está costando seguirle el ritmo a la información. ¿Cómo voy a procesar que Declan sepa lo de mi dislexia y que su madre tuviera el mismo trastorno en la misma conversación?

—Debí imaginarme que te darías cuenta.

—Para empezar, no hacía ninguna falta que lo ocultaras.

Aprieto los puños sobre mi regazo.

—No tienes derecho a juzgar mis decisiones.

—Lo único que quiero es entenderlas. —La dulzura de su voz me parte el alma.

Guardo silencio.

—Por favor.

Dejo escapar un suspiro entrecortado. Es tan inaudito que Declan diga «por favor» que consigue que baje la guardia lo suficiente como para compartir con él mi pasado.

Miro por la ventana.

—Me pasé toda la vida sintiéndome diferente a los demás. Primero, porque se reían de mí y me dejaban en ridículo. Detalles como que los profesores dijeran que era una vaga o que mis compañeros me llamaran tonta a mis espaldas. Repetí un año, y yo me sentía todavía más ridícula porque todas mis amistades pasaron al curso siguiente sin mí. Con el tiempo, los niños se volvieron más osados. Las palabras cada vez eran más hirientes y sus actos, más crueles. Siendo como soy, no me costó demasiado empezar a creerme aquellas palabras. Que mi padre me recordara todos los días que era una decepción y una lerda no ayudaba. —Se me rompe la voz.

Declan alarga el brazo y me obliga a abrir el puño para que podamos entrelazar los dedos.

—Y pasó lo que tenía que pasar. Con el divorcio de mis padres y el estrés que tuve que soportar, dejé de preocuparme por los estudios, por mucho que mi mamá se esforzara por conseguirme clases particulares. No me funcionaba nada, y creo que ella también empezaba a perder la esperanza. La vergüenza y la ansiedad empeoraron tanto que llegó un momento en que lloraba siempre antes de ir a clase. Me volví huraña, así que mi madre probó suerte con un psicólogo para que compartiera con alguien lo que me estaba pasando.

Me da un apretón reconfortante.

—Con la ayuda del psicólogo, comencé a reconstruirme y a encontrar proyectos que se me dieran bien y que no tuvieran nada que ver con la escuela. Ahí es cuando empezó mi obsesión por las plantas. Se ve que tenía un don para devolverle la vida a las plantas muertas de mamá.

—Creía que lo de ir a terapia era para solucionar problemas, no para crearte otros.

Me río y la tensión del pecho me disminuye.

—Me ayudó. Una planta se convirtió en dos, y al poco tiempo ya estaba montando un invernadero en casa. Mi psicólogo se refería a aquello como «mecanismo de afrontamiento».

—Supongo que podría considerarse una solución más apropiada que los fármacos.

Nuestras miradas se cruzan, y la suya está cargada de una ligereza que ojalá durara eones.

—Cuando me quité de encima los problemas emocionales, me abrí mucho más a continuar con las clases particulares. Me llevó tiempo, pero por fin comencé a avanzar en la escuela.

—¿Y luego?

—Luego terminé mis estudios con muchísima ayuda. No estaba preparada para afrontar un título universitario después de todas las dificultades que pasé en la escuela, y por eso acabé en la empresa de trabajo temporal con la que colaboras.

—Y entonces te tocó trabajar para mí.

Arrugo la nariz.

—Cambiabas de asistente como quien cambia de calzones.

—¿Qué culpa tengo yo de que no cumplieran con mis expectativas?

Niego con la cabeza.

—Cuando corrías a una, al resto nos tocaba meter nuestros nombres en un sombrero. Hasta entonces había tenido suerte, pero...

—Te eligieron —termina por mí.

Asiento.

—Me presenté en tu despacho un lunes, consciente de que no llegaría al viernes. Pero entonces...

—¿Qué? —pregunta, y su mirada se ensombrece.

—No sé cómo, pero te veía en los ojos que ya estabas convencido de que te defraudaría.

—¿Y?

—Llevaba toda la vida soportando que la gente me mirara así. Algo me hizo clic cuando me dijiste que no me molestara en desempacar mis cosas porque estaría fuera antes de que acabara la semana. Me prendió algo dentro. Estaba lista para hacer lo que hiciera falta para demostrar de una vez por todas que podía lograr todo lo que me propusiera, empezando por mi trabajo.

—¿Y no tenías miedo?

—Claro que sí. Tenías una reputación tan mala como tu historial con las asistentes, pero sabía que nada de lo que me dijeras podría superar las pendejadas que había tenido que oír de pequeña.

El volante cruje bajo la presión de sus manos.

—De haberlo sabido, me habría callado algunas de las cosas que te dije...

Lo interrumpo con una carcajada.

—Por favor. Los dos sabemos que me habrías despedido si estuvieras al tanto de mis dificultades.

Declan tensa la mandíbula.

—Eso no es cierto.

—¿Por qué?

—Porque si mi madre hubiera seguido viva se habría llevado una decepción tremenda conmigo.

Siento como si esas palabras me abrieran el pecho en dos.

—¿Por eso sigo en la empresa? ¿A pesar de las meteduras de pata, los errores y la lentitud con algunas entregas? —Mi voz, minúscula e insegura, es un reflejo perfecto de cómo me siento cuando Declan me despierta todas estas emociones.

Él respira hondo.

—Sigues en la empresa porque eres fantástica en lo que haces. Siempre estabas a la altura de cualquier desafío que te planteara, formara parte de tus obligaciones o no. No hubo ni una sola vez en que sintiera que tus diferencias fueran un obstáculo. En todo caso, creo que te convertían en una persona diez veces más capaz en tu trabajo, porque pensabas distinto a mí. Mira el acuerdo con Yakura. Jamás habría aceptado la propuesta sin lo que añadiste a mi modelo.

Se me forma un nudo en la garganta de la mezcla de emociones.

—Vaya.

—Puede que sea una persona fría, antipática y distante, pero no estoy ciego. Mi trabajo consiste en evaluar activos, y resulta que tú eres el mayor activo de todos.

Jamás habría pensado que la terminología financiera pudiera ser tan abrumadoramente hermosa.

Declan me da otro apretón en la mano, como para recordarme nuestra conexión.

—Haría lo que fuera por que siguieras a mi lado.

—Tampoco tienes que matarte mucho. Al fin y al cabo, soy tu esposa.

—Y aunque no lo fueras, no estaría dispuesto a perderte. —La sonrisilla que se le dibuja en la cara me pone el corazón patas arriba.

Jamás habría imaginado que alguien como él pudiera ser capaz de pronunciar unas palabras tan dulces.

—¿Quién habría dicho que debajo del hombre desagradable había un tipo tan simpático?

—No vayas por ahí contándolo, que luego la gente se llevará una decepción cuando descubra que solo te trato así a ti.

Pues parece que la periodista tenía razón. Declan siente debilidad por mí, después de todo.

—¿Por qué?

—*Forelsket.** —Su ronco susurro me hace sentir como si estuviera compartiendo conmigo un secreto que no soy capaz de descifrar.

—Deletréamela —respondo, sacando el teléfono.

Él niega con la cabeza, como si el gesto pudiera borrarle la media sonrisa de la cara.

—Hay palabras que no pueden traducirse.

* *Forelsket*: sustantivo, noruego: euforia incontrolable que se siente en la barriga durante las primeras etapas del enamoramiento.

—¡Uy, qué mentira! Todas tus palabras tienen traducción.

—Está bien, corrijo: hay palabras que tú no puedes traducir.

Me cruzo de brazos.

—A todo esto, ¿dónde aprendiste todas esas palabras? Es imposible que hables tantos idiomas.

Declan vuelve a clavar la mirada en la carretera.

—Era un juego al que jugaba con mamá cuando era niño.

La garganta se me seca al pensarlo.

—¿En qué consistía?

—Nunca se me dio bien expresar mis sentimientos, incluso mucho antes de que mi madre enfermara.

—¿A ti? No te creo —respondo con absoluta seriedad.

Me lanza una mirada asesina que me hace reír.

—Ella me enseñó que hay personas que necesitan cien palabras para expresar un único pensamiento, mientras que otras solo necesitan una palabra para expresar cien pensamientos.

—Nunca lo había visto así.

Su mirada se vuelve distante.

—Se convirtió en nuestro código secreto. Si me sentía de una forma u otra, ella me preguntaba por la palabra.

El labio inferior me tiembla.

—¿Y por qué empezaste otra vez a utilizarlas?

Voltea y me observa.

—La cuestión no es por qué, sino por quién. Los dos tenemos problemas con las palabras a nuestra manera. Yo para expresarlas, y tú para leerlas.

Su explicación hace que cada palabra que comparte conmigo esté todavía más cargada de significado. La sensación de quemazón que me oprime el pecho se intensifica, y delata las ganas que tiene mi corazón de mandar la cautela a tomar vientos. Me asusta más de lo que soy capaz de admitir, así que opto por una pregunta menos comprometida.

—¿Y por qué eliges palabras intraducibles?

—Empecé con palabras en inglés, pero cuando mis hermanos comenzaron a meterse conmigo y a imitarme, le di una vuelta. Ni siquiera eran capaces de pronunciar *ky⊠iku mama*, y mucho menos deletrearla.

—Ni de pequeño te gustaba compartir, ¿eh?

—Tú eres hija única. No puedes ni imaginarte lo que significa crecer con dos hermanos que no paran de quitártelo todo y de copiarte.

—¡Me encantaría tenerlos! A mí me parece mucho mejor que pasarte toda la vida sola.

—El silencio no pinta tan mal.

Me río.

—Te cansas pronto. Si consigo salirme con la mía, mi idea es tener suficientes hijos como para llenar una casa entera y que nunca tengan que sentirse como yo de pequeña.

Declan mete la velocidad con más fuerza de la necesaria.

—¿Hijos?

—Con suerte, una camioneta entera.

—No sabía que quisieras formar una gran familia —dice; la vena del cuello le palpita.

—No me lo preguntaste, y tampoco me pareció importante.

—¿Por qué no?

—Porque tú y yo solo acordamos tener un hijo.

—¿Y si ese no fuera el caso?

La pregunta me agarra desprevenida.

—¿Qué me estás insinuando concretamente?

Declan hace una pausa, sin duda pensando en una contestación, antes de negar con la cabeza.

—Nada.

«¿Cómo que "nada"?» Quiero respuestas, pero el miedo que me producen me impide hacerle más preguntas. Y viendo cómo niega a todo, sé que hoy no voy a poder sonsacarlo más.

«Tal vez sea lo mejor.»

31
Iris

Es imposible que el objetivo de Declan fuera casualmente al Jardín Botánico de Chicago un sábado por la mañana. Después de la conversación del coche, sé que ha planificado todo esto por mí, aunque no llegue a confesarlo jamás. Así que, en lugar de echárselo en cara, pienso seguirle el juego. Me hace demasiada ilusión visitar los jardines como para arruinarlo destapando la mentira de Declan.

El jardín botánico es mi sitio favorito del mundo entero; lo siento, Dreamland. Tengo muy buenos recuerdos, que se remontan a mi más tierna infancia. Mi madre, mi abuela y yo veníamos juntas después de mis clases particulares de los sábados. Mi madre y yo visitábamos los jardines mientras mi abuela se quejaba de la rodilla, aunque luego se le pasaba con las flores bonitas y los helados de champán.

Me río mientras Declan toma un mapa de un puesto de información. No me pide ayuda, y yo no se la ofrezco. Me conozco hasta el último rincón de este lugar, pero me parece muy gracioso verlo examinar el mapa como si estuviéramos descubriendo territorios ignotos como para quitarle la ilusión.

Encuentra nuestra ubicación actual en el mapa.

—¿Hay algún tipo de estrategia aquí? —pregunta.

—¿Estrategia? Son unos jardines, no un tablero de ajedrez —respondo entre risas.

—*Touché*. Entonces, ¿hay algo en concreto que quieras ver primero?

—¿No deberíamos ir a donde esté la persona que tiene que vernos? —Aprieto mucho los labios para no delatarme.

—No sé dónde está.

Me miente con tanta soltura que me inquieta lo suficiente como para presionarlo un poco más.

—Yo solo te digo que si supiera cómo es, el proceso en sí sería mucho más sencillo. ¿Cómo se supone que voy a saber cuándo tengo que fingir?

Declan pliega el mapa, se lo guarda en el bolsillo y me toma de la mano.

—Pues sin fingir.

El contacto de su piel hace que me suban chispas por el brazo.

—¿Cómo? ¿Quieres que nos comportemos como una pareja normal en todo momento?

—Exacto.

Finjo un gruñido.

—Pero es que esto es enorme. A lo mejor nos pasamos horas sin encontrar a la persona en cuestión.

—O más, ve tú a saber.

No me suelta la mano cuando echamos a andar hacia el inicio del recorrido. Poco después, le doy otra oportunidad de confesarse.

—Debe de ser muy importante si estás dispuesto a pasearte por un jardín durante horas y horas tomaditos de la mano.

—Ni te lo imaginas.

Giro la cabeza para que no se dé cuenta de que sonrío ante esa mentira.

Declan me rodea la cintura con el brazo como si ya fuese una costumbre. ¿Qué pasó con el hombre que apenas sabía tocarme dos meses atrás? Porque parece que esa versión de Declan se esfumó y que la cita falsa de hoy es la excusa para tocarme todo lo que le plazca.

Estoy tan obsesionada con el gesto que casi me pasa por alto mi parte favorita de los jardines.

—¡Ah, para! —exclamo, tirándole del brazo.

Frena en seco con un movimiento brusco y yo me tambaleo.

—¿Qué pasa? —me pregunta, examinando el perímetro.

—Que vas tan rápido que casi nos saltamos mi parte favorita.

Echa un vistazo alrededor, ignorando el invernadero mientras escudriña los arbustos que tenemos detrás. Yo señalo con la mano libre la estructura de cristal.

—¿Quieres entrar ahí?

—¡Sí! ¡Es lo mejor!

—¿Un invernadero?

Sonrío.

—¿Algún problema?

—Me sorprende que prefieras eso a pasear al aire libre.

—Ahora verás por qué. —Prácticamente lo arrastro por las puertas.

De repente, nos arrolla una ráfaga de aire húmedo. Los ventiladores reparten una bruma cálida por todas las plantas, y nos vemos en mitad del fuego cruzado.

Declan frunce el ceño.

—¿Por qué hay tantísima humedad?

—Porque tienen que recrear un clima tropical.

—¿Para qué?

Me da mucha ilusión conocer más un tema que Declan, y me deleito en el hecho de que, después de todo, no lo sabe todo.

—En circunstancias normales, este tipo de plantas no sobrevivirían a nuestras estaciones. Sin un invernadero, lo más probable es que acabaran muriendo, sobre todo en Chicago.

Me sigue mientras serpenteo entre las filas de palmeras bajas.

—¿Por eso tienes todas las plantas dentro de casa?

—¿Es que acaso necesito algún motivo más que simplemente fastidiarte?

Me atraviesa con la mirada y me río para mis adentros.

—Vivir en un depa tenía muchas ventajas, pero lo de poner un invernadero no era una de ellas. Me faltaba lugar. —Lo guío hacia el pequeño estanque de la parte trasera del invernadero—. ¿Sabes lo de las diferentes palabras que utilizas para expresar tus sentimientos?

Asiente.

—Las plantas también tienen distintos significados. —Señalo la flor de loto que asoma entre el agua turbia—. Estas son las que más me gustan.

—¿Por qué? —Se mete las manos en los bolsillos y me mira fijamente con gesto inexpresivo.

—Porque me fascina cómo las flores más hermosas pueden crecer en las peores condiciones imaginables. —Me miro el reflejo en las aguas turbias—. Sé que parece una tontería sentirme identificada con una flor...

—No lo es.

Levanto la vista y me encuentro sus ojos clavados en los míos. La calidez que me transmiten me anima a abrirme a él sin pensar en las consecuencias.

—Estuve muchísimo tiempo infravalorándome, hasta que me di cuenta de que tenía que dejar atrás lo malo y encontrar la luz.

—¿Por eso te gustaba tanto visitar el invernadero? —me pregunta, deteniéndose a mi lado para observar de cerca las flores.

—Era el motivo principal, sí.

—¿Y qué más?

—Lo tienes delante. —Doy una vuelta sobre mí misma con los brazos extendidos, y dejo que mis manos rocen algunas hojas.

Declan aprieta los labios en un intento pobre por ocultar su sonrisa.

—Eres una loca de las plantas.

—Por favor. Hasta que no tenga un invernadero propio no me ganaré ese título.

—¿Quieres uno?

—¿Un invernadero, dices?

—¿Te están afectando los pesticidas que hay aquí o es que simplemente te cuesta entender lo que te estoy diciendo?

—A lo mejor me está costando porque no me lo estás preguntando en condiciones.

El pecho le sube y le baja al respirar hondo.

—¿Quieres un invernadero?

—¿En tu patio trasero?

—Creo que podríamos empezar a considerarlo nuestro patio trasero, teniendo en cuenta que tú también vives allí.

Abro la boca antes de volver a cerrarla.

—¿Te estás ofreciendo a construirme un invernadero?

—Solo si así me ahorro tener que tropezarme con macetas y más macetas en mitad de la noche cuando voy a buscar un estúpido vaso de agua.

—Ay, claro. Qué tonta soy. Pensé que querías construírmelo para hacerme feliz.

—Todo lo que hago es puramente en beneficio propio —sentencia, aunque su sonrisa dice justo lo contrario.

La sensación cálida de su gesto me acompaña mientras recorremos el invernadero. Tardo un buen rato en explicarle a Declan todas las plantas distintas que hay. Para alguien acostumbrado a llevar siempre las riendas, no parece molestarle lo más mínimo que ahora sea yo quien lo guíe.

Cuando salimos del invernadero y parpadeamos para acostumbrarnos a la luz del sol, Declan me pregunta:

—¿Y ahora qué?

Señalo el sendero que rodea el lago.

—Por ahí.

Juntos, caminamos de la mano como si fuera lo más natural del mundo. Declan me pregunta por las plantas y yo le respondo, emocionándome en exceso con cuestiones como la diferencia entre «tropical» y «semitropical». También me lanza preguntas ridículas, la mitad de las cuales es evidente que solo tienen por objetivo hacerme reír.

En serio, no sé cómo fui capaz de casarme con una persona que no distingue una suculenta de un cactus. Pone cara de desconcierto cuando le digo que todos los cactus son suculentas, pero que no todas las suculentas son cactus, y nos pasamos una hora de reloj en el invernadero árido, explicándole todo lo que sé sobre las distintas plantas. No parece aburrirse en ningún momento, y eso que no paro de hablar.

Declan, el hombre que no habla jamás más de cinco minutos seguidos, lleva horas hablando conmigo. La mera idea me hace mucho más feliz de lo que debería.

El sol comienza a ponerse cuando Declan nos desvía hacia la salida.

—¿Lo viste?

—¿A quién?

Levanto nuestras manos enlazadas para recordarle nuestro cometido.

—Al periodista al que teníamos que engañar.

—No.

—¡Lo sabía! Ya puedes dejar de fingir.

—¿Fingir? ¿De qué me hablas?

—No vinimos aquí a que nos viera ningún periodista, ¿me equivoco?

Los ojos se le iluminan.

—¿Y para qué íbamos a venir si no?

—Porque querías que tuviéramos una cita, pero no querías admitirlo desde el principio por si acaso te decía que no, y te inventaste una historia elaboradísima para que no te lo cuestionara.

—¿Lo del narcisismo es genético o nuestro hijo se librará de esta característica tuya tan horrible?

El tono con que pronuncia «nuestro hijo» me hace sentir algo que me niego a aceptar.

—Depende. Si tenemos que fijarnos en nuestros historiales paternos, estamos bien jodidos.

—Ojalá en vez de eso herede la generosidad de su madre.

En ese momento, levanto oficialmente la bandera blanca al ponerme de puntillas y darle un beso.

32
Iris

Durante el trayecto a casa, no nos dirigimos la palabra. No sé qué decir, y creo que Declan está a un comentario de poseerme allí mismo, en el coche de su madre, así que guardo silencio.

El corazón se me acelera a un ritmo crítico cuando paramos en el garaje, y me quedo sin aliento cuando Declan me saca del coche y me lleva directo a casa. Se mueve a tal velocidad que un instante lo estoy mirando y al siguiente ya me empotró contra la pared. La columna me tiembla del impulso.

—Dime qué quieres. —Su expresión de desenfreno me revuelve las entrañas.

El corazón me martillea en el pecho y el pulso me resuena con cada latido. Pierdo la facultad de hablar. Me estremezco por cómo me mira, por cómo tensa la mandíbula y cómo se le ensanchan las aletas de la nariz con cada resoplido.

—No lo tengo claro.

Deja escapar un gruñido y se aparta. Echo de menos su calidez al instante.

—Declan... —Alargo el brazo para tocarlo, pero él me sujeta las muñecas y me las retiene sobre la cabeza.

—Todavía no te ganas el derecho a tocarme.

—¿Y tú sí?

Me acaricia el cuello con la mano libre, y el cuerpo se me enciende como unos fuegos artificiales.

—No tengo miedo de reclamar lo que es mío.

—Yo tampoco. —Ya no. Me harté del estira y afloja. La incertidumbre me está volviendo loca, y no es justo para él. Planeó una cita para mí y fingió que era falsa solo para que yo aceptara ir. Creo que nadie había hecho nada tan dulce por mí nunca.

—Demuéstralo, entonces —dice, y me suelta las muñecas.

—*Strikhedonia*. —Estoy convencida de que lo pronuncié mal, pero le arranco una sonrisa sincera de todos modos.

Lo agarro de la nuca y atraigo sus labios hacia los míos. A diferencia de nuestro primer beso, Declan me deja llevar la batuta esta vez. En un primer momento es algo más bien vacilante, un puñado de roces delicados de mis labios contra los suyos, que van volviéndose más y más desesperados por mi parte. Él no hace ademán de tocarme, y mi piel anhela su tacto. El reto tácito a demostrar cuánto lo deseo me baila en la cabeza cuando le resigo el labio inferior con la lengua.

Jamás me habría imaginado que ansiaría tanto su cuerpo como en este momento, y a mí cada vez me saca más de quicio el evidente control que ejerce sobre la situación.

«Nada de eso.» En las puntas de los dedos me hormiguea la necesidad de tocárselo todo. Mis manos se vuelven más audaces mientras las paso por su camisa, directamente hacia el bulto que tiene debajo de los pantalones. Él suelta una exhalación entrecortada al tiempo que repaso la silueta de su erección. Aprovecho la oportunidad de juguetear con su lengua, y los resultados son milagrosos.

Declan gruñe mientras me busca la nuca con la mano, y no me suelta mientras se entretiene con mi boca. Yo le acaricio la entrepierna con la palma de la mano. Sus besos se vuelven más y más descontrolados cuando me apresuro a quitarle el cinturón y bajarle el cierre. Nuestras lenguas se entrelazan, y le ahogo un gemido al meterle la mano en los pantalones. Le rozo la punta y él contiene el aliento. Paso el pulgar por su zona erógena antes de describir círculos alrededor del glande.

Él me muerde el labio inferior, y noto un regusto metálico en la boca. Me río para mis adentros al retirar la mano y dar un paso atrás.

—¿Te sirve como prueba?

La mano que tiene en mi cuello se tensa, y con el pulgar me presiona el punto en que el pulso se me desboca. El pecho le sube y le baja con cada resoplido. Se me eriza la piel cuando clava sobre mí unos ojos muy abiertos.

—No estoy del todo convencido.

Separo los labios.

—Puedes llegar a ser tan...

Me interrumpe levantándome en volandas y cargándome al hombro, secuestrándome antes de que tenga opción de huir.

—¿Estás jugando? ¿Ya estamos otra vez con lo mismo? —exclamo dándole puñetazos en la espalda.

Él se vuelve hacia la escalera.

—Quiero hacer un estudio un poco más minucioso.

—¿Perdiste la cabeza?

—En lo referente a ti, eso está fuera de toda cuestión.

Me río mientras me sube por el millón de escalones.

—Sabes que puedo caminar, ¿verdad?

—A la perfección. Pero eso no significa que vaya a permitírtelo.

Suelto una risotada.

—¿Por qué no?

—Existe riesgo de fuga.

—¡Que no!

—Si dependiera de mí, llevarías una tobillera electrónica para poder localizarte siempre, a todas horas.

Abro mucho los ojos.

—Eso es absolutamente terrorífico.

—Qué me vas a contar. Ya estuve buscando chips GPS para nuestra criatura.

«Nuestra criatura.» Parece que hoy son las dos palabras que me estrangulan el corazón.

—¿Piensas con frecuencia en ser padre? —le pregunto con voz temblorosa.

—Más de lo que debería.

Que se esté planteando la paternidad no me asusta tanto como esperaba. Sabía a lo que me comprometía cuando firmé el contrato, pero no reconozco en él al hombre al que tuve que manipular para que accediera a la custodia compartida.

«Ay, Iris. ¿Qué piensas hacer ahora?»

Declan parece responder por mí cuando pasa por delante de mi habitación sin detenerse. Me agarro a su camisa con las manos sudorosas, buscando desesperadamente algo a lo que aferrarme cuando entramos en su dormitorio.

El mundo se pone del revés cuando me lanza a la cama. Choco de espaldas contra el colchón y se me escapa un quejido, y me quedo sin aire por una razón que no tiene nada que ver con que me haya zarandeado. Declan me agarra con fuerza de los muslos y me arrastra hasta el borde de la cama. Se me sube la tela del vestido, y el dobladillo se desliza peligrosamente hacia mi ropa interior.

Declan se detiene y me contempla como si me estuviera diseccionando poco a poco.

—Te propongo un juego.

—Y dale con tus jueguitos. De verdad que a veces parece que de niño te prohibían divertirte.

Frunce los labios mientras desliza las manos por mis muslos. Me tiemblan con su tacto, y los aprieto con fuerza para que no se me note.

—Este te gustará. Te lo prometo.

Me quita las zapatillas y los calcetines sin pensarlo dos veces, y caen sobre la alfombra como piezas de una armadura de batalla arrancadas del cuerpo. Me incorporo sobre los codos.

—¿Cuáles son las reglas?

Sus ojos se tornan negros.

—Solo hay una.

—Bueno, parece fácil.

Hace un chasquido con la lengua mientras me sube un poco más el vestido. Respiro con dificultad, lo cual parece darle alas.

—Suplícame.

Lo fulmino con la mirada.

—Si pretendes que suplique por tu verga, ya puedes esperar sentado.

Una de las comisuras de su boca se alza ligeramente hasta formar una media sonrisa.

—¿Quién habló de mi verga?

—Entonces, ¿por qué se supone que tengo que supli...?

Los dedos de Declan me sujetan los bordes del tanga y me lo bajan. Lo hace sin prisa, convirtiendo el acto de desvestirme en una simulación. No sé hasta cuándo podré soportar las caricias parsimoniosas y las miradas ardientes.

—No me gusta este juego —gruño, impacientándome a cada segundo que pasa.

Él me sube un poco más el vestido y me separa los muslos.

—Estoy seguro de que pronto cambiarás de idea.

La respuesta que hubiera podido darle desaparece cuando me pone las manos en el pecho y me empuja para acostarme de nuevo. Acto seguido, se arrodilla y me acerca a su cara.

«Ay, Dios.» Con esta imagen bastaría para poner a cualquier mujer al borde del orgasmo. La mitad inferior me palpita de tal forma que apenas le costaría llevarme al límite. Sobre todo con cómo me observa. Me aterra y cautiva a partes iguales, y danzo entre las dos emociones en el instante en que sus dedos hacen que me abra para él. Siento un hormigueo en todo el cuerpo cuando Declan saca la lengua y juega conmigo. Arqueo la espalda por toda respuesta, y le aprieto la cabeza entre mis muslos. Su risita hace que me zumbe el clítoris. Me agarro con fuerza al edredón mientras él destruye por completo mi capacidad de pensar en nada más que en la lengua que se adentra en mí.

Creo que nunca he estado tan bien. No hay nada en

él que no sea sensual, desde las uñas que se me clavan en los muslos hasta cómo juega conmigo o gruñe cuando suspiro. Pierdo por completo el control en el momento en que desliza un dedo dentro de mí. Sus labios me envuelven el clítoris y me lo succiona hasta que duele. Frena en seco siempre que estoy a punto de llegar al clímax. Lo insulto y elogio en la misma frase, y parece que solo consigo que prolongue el acto todavía más.

Ningún hombre me había hecho sentir que me estaban devorando. Tengo la misma necesidad de decirle que pare de hacerme sufrir como de que pedirle que nunca deje de tocarme.

Estoy a punto de venirme abajo y suplicarle que termine lo que empezó, pero me contengo. Si espera que tire la toalla es que no me conoce. Pienso obligarlo a esforzarse para demostrarle que tengo razón.

No me rendiré ante él. Ni en una sala de juntas ni en la cama.

Declan acepta el desafío con vigor. Tengo el clítoris sensible y me palpita, y pide una clemencia que él no me concederá. Me revuelvo sobre las sábanas, desmadejada. Declan descifra el código de mi cuerpo como si de una bomba nuclear se tratara, y con dos palabras me gano las llaves del paraíso.

—Por favor. —Tengo las mejillas húmedas por unas lágrimas que no era consciente de haber derramado.

Su risita me produce otra oleada de excitación que me recorre el cuerpo.

—Me gusta que te hayas resistido tanto. Te ganaste una recompensa.

Jadeo cuando me introduce un segundo dedo, y los flexiona para rozarme el punto G. Su forma de chuparme el clítoris sumada a la tortura de sus dedos me empuja al límite. Me estremezco mientras Declan continúa estimulándome con la lengua. Me toca el cuerpo como si fuera su instrumento favorito, alargando el orgasmo todo lo posible. Pienso que se detendrá cuando me vengo abajo, pero sus movimientos se vuelven aún más desesperados.

Grito su nombre con voz ronca, y él parece perder el control. Me agarra el trasero con las manos para arrastrarme más hacia él y me mete la lengua en una posición que desearía que ocupara su miembro. Llevo las manos a su cabeza y lo tomo del pelo. Él gime, presionándome el clítoris hinchado con el pulgar. Traza círculos en mi piel que me elevan y me hacen perseguir el segundo orgasmo como una estrella fugaz.

Declan abandona mi clítoris y me abraza. Ahoga mis gritos presionando su boca contra la mía, arrancándome otro resoplido. Separo los labios y me acaricia la lengua con la suya, haciéndome saborear lo mucho que lo deseo. Me agarra la nuca con los dedos y me comprueba el pulso acelerado con el pulgar.

Sus besos se vuelven menos desenfrenados a medida que desciendo del clímax. El castigo da paso a una actitud más bien de tregua, y mi ruina llega con la delicada caricia de su lengua a lo largo de mi labio inferior.

Me siento desvanecer, como si continuara en medio de un clímax del que todavía no me recupero.

—¿Seguro que eres virgen? —le pregunto.

Me da una palmada en el sexo.

—¿Qué dijiste?

—¡Estoy jugando!

—Hace mucho que no estoy con nadie, pero eso no significa que se me olvide cómo se hace.

—¿Por qué no? Por qué no has estado con nadie,

quiero decir. —Jamás debería haberle formulado esa pregunta. Sabía que era mala idea y, aun así, no pude contenerme, algo habitual últimamente cuando tengo a Declan cerca.

—No me parecía bien.

—¿Porque estabas obsesionado conmigo? —Alimento el fuego de sus ojos con un líquido inflamable verbal.

Él aprieta sus labios contra los míos.

—Mira que puedes ser narcisista.

—Debe de ser algo contagioso —replico, y sonrío.

Declan me besa hasta que pierdo del todo las fuerzas, esperando el paso siguiente.

Aunque... ¿cuál es el paso siguiente?

—¿No deberíamos hablar de lo que viene ahora?

Me toma la mano y la lleva a sus pantalones, justo encima de un miembro duro como una roca. Con los labios me dibuja una línea de besos cuello abajo, y yo le acaricio la erección con la mano antes de retirarla.

—¿Y ahora qué? ¿Cogemos?

Declan me mordisquea la piel sensible de la clavícula.

—Tampoco hay que planificarlo todo.

—Pero...

Me arrastra una mano por el cuerpo y me repasa el borde de un pecho.

—¿Quieres seguir o no?

Me siento como si me hubiera puesto un arma cargada en las manos.

—Esto va a complicar las cosas.

—Uy, eso te lo garantizo. —Sus caricias se vuelven más atrevidas mientras me estimula el pezón sensible por encima de la tela del vestido—. Ahora que lo aclaramos, ¿me das permiso para cogerte?

—Creo que la idea te excita demasiado.

Sonríe de tal forma que se le ilumina toda la cara, y me grabo la imagen para poder obsesionarme con ella más tarde. Me aplasta contra el colchón cuando se inclina hacia delante, y yo le rodeo el cuello con los brazos y lo beso hasta que no puedo soportarlo, hasta que me mareo y anhelo desesperadamente algo más.

Le doy un empujón en el pecho. Él me quita de encima el peso de su cuerpo y se pone de pie.

—¿Qué...?

Lo interrumpo levantándome y agarrándole el dobladillo de la camisa.

—Esto, fuera —le ordeno.

Declan me obedece y deja al descubierto un pecho de músculos pálidos y tonificados. Suspiro ante ese espectáculo. Su cuerpo debería ser monumento nacional. Si no padeciera un caso grave de celos, lo nominaría yo misma.

—¿Te gusta lo que ves?

—Pues depende. —Esbozo una sonrisa—. ¿Es pura fachada o tienes el aguante necesario para que sirva de algo?

Declan me dedica una sonrisa torcida que me atraviesa el corazón.

—Vaya que te gusta provocarme, ¿eh?

—De hecho, me gusta mucho más dejarte indefenso. —Le paso las manos por los abdominales, resiguiendo cada curva con las yemas de los dedos.

Se estremece cuando empiezo a quitarle el cinturón. Me pongo de rodillas y él suelta un resoplido.

—Relájate —le digo con una confianza plena, a pesar del ritmo acelerado de mi corazón.

No tardo en bajarle los pantalones hasta las rodillas, dejando al descubierto el bulto que tensa la tela de sus calzones. Se me hace la boca agua al distinguir la silueta de su miembro. Enloquezco mientras le bajo los calzones por las piernas, y no me detengo hasta que tengo ante mis ojos lo que deseo. Una gota de su excitación asoma por la punta. Pierdo toda conciencia de mí misma al lamerlo desde la base hasta el glande, pasando la lengua por encima de la gotita perlada.

En lugar de agarrarme la cabeza, me sujeta la barbilla y me obliga a mirarlo.

—Esto es mucho mejor de lo que me había imaginado.

Me arden las mejillas.

—¿Piensas mucho en mí?

—Por desgracia.

¿Cómo que «por desgracia»? Me las va a pagar. Jalo uno de los lazos que me sujetan el vestido. No le aparto la mirada cuando paso al lazo siguiente, tirando de la cinta hasta que caen ambos lados del vestido y la tela se amontona alrededor de mi regazo como un halo.

Baja la vista a mi pecho y los ojos casi se le salen de las órbitas.

—Eh, los ojos aquí. —Chasqueo los dedos y me señalo la cara antes de meterme su erección en la boca.

Declan resopla cuando alterno entre chupársela y recorrerla con la punta de la lengua.

—¿Pensabas en esto? —Levanto el brazo y le acaricio un testículo, con lo que me gano un gruñido antes de volver a metérmela en la boca.

Él empuja hasta el fondo. Me siento poderosa en muchas situaciones, pero nada comparable al subidón que supone ver a Declan perder la compostura con el placer que siente cuando lo toco.

—¿O en esto? —Succiono hasta el fondo sin dejar de tomar aire para evitar las arcadas. Luego le lamo la punta y su sabor salado me cubre la lengua.

—De hecho, suelo pensar más en esto. —Se aparta, llevándose el miembro con él. Me quedo boquiabierta cuando se precipita sobre mí y me lanza de nuevo sobre la cama.

No pierde el tiempo; me quita el vestido y me deja pestañeándole al techo, desnuda y a la espera. Me deslizo por el edredón cuando me arrastra hacia el extremo inferior de la cama. Mis piernas inertes cuelgan por el borde, y se balancean cuando me las abre con un gesto brusco.

Me introduce un dedo, que mueve hacia delante y hacia atrás antes de añadir otro.

—Quién me iba a decir que disfrutabas tanto chupándola.

Me incorporo apoyándome en los codos.

—Volverte loco me resulta casi adictivo.

A juzgar por la sonrisa que esboza al darse media vuelta y tomar un preservativo de la mesilla de noche, creo que le gusta mi respuesta. Solo espero que me recompense por mi honestidad.

Lo observo deslizarse el condón por el miembro, y siento otra oleada de admiración por él. Saber que está dispuesto a posponer su objetivo de dejarme embarazada hace que me duela el pecho.

Vuelve a situarse entre mis piernas y se alinea con mi entrada. Contengo el aliento cuando me embiste, golpeando su cadera contra mis muslos. Me lloran los ojos por el escozor que me provoca su tamaño.

Se envuelve la cintura con mis piernas temblorosas, y resoplo por la tensión.

—Te odio —mascullo entre dientes.

—No veo el momento de hacerte disfrutar hasta que dejes de mentir.

Un escalofrío me recorre la columna al verle el hambre en los ojos. Me hunde las uñas en las caderas al retirarse, solo para volver a introducirse justo después. Me arranca el aire de los pulmones al cambiar el ritmo a algo que solo puedo describir como insaciable.

Sus embestidas destruyen el poco control que pudiera tener sobre la situación. Me levanta una pierna temblorosa hasta colocársela encima del hombro antes de añadir la otra, cambiando nuestra postura para que pueda sentir todavía más sus embestidas.

El deseo que arde en mi mitad inferior se intensifica con cada golpe de sus caderas contra las mías. Me agarro con fuerza a las sábanas, a su pecho, a sus muslos. A todo lo que pueda servirme de apoyo mientras memoriza mi cuerpo como si se tratara de un idioma que solo él sabe traducir.

Sus acometidas no cesan, y el orgasmo empieza a crecerme en las entrañas. Me pasa el pulgar por el clítoris antes de trazar pequeños círculos con la yema. Detono como una bomba y el pecho me explota de calor cuando me lleva al punto de no retorno. Cierro con fuerza los ojos, para abrirlos poco después, cuando Declan me presiona el clítoris.

—Mírame.

El ronco susurro de esa orden hace que me recorra el cuerpo otro río de fuego líquido. Alcanzo el clímax con él dentro y sin romper el contacto visual, lo cual parece provocar que él también acabe. Me imprime las manos en la piel mientras no deja de penetrarme. Gruñe al tensar los dedos, echar hacia atrás la cabeza y venirse.

Verlo indefenso arrasa por completo la última esperanza que albergaba de guardar las distancias con él.

Acabo de encontrar una nueva adicción, y resulta que es mi marido falso.

33

Declan

—¿Por qué te pusiste condón? —me pregunta Iris mientras se pasa por la cabeza una camiseta mía limpia, al tiempo que yo rebusco en un cajón.

—Lo último que quería era arruinar el momento preguntándote si querías buscar el bebé.

Ella se ríe.

—Te agradezco la consideración, pero soy consciente de lo que firmé.

—¿Me estás diciendo que esto no fue más que una forma de cumplir con tu parte del contrato? —suelto con un tono más mordaz del que pretendía.

—Yo no dije eso.

—Entonces ¿qué pasa? —le espeto.

—A ver, sé que accedimos a tener un hijo por fecundación *in vitro*, pero si nos atraemos, a lo mejor... —No termina la frase.

¿Será posible que esté jugando conmigo? ¿Cómo que «si nos atraemos»? Le resta tanta importancia a nuestro vínculo que siento el impulso de tirarla otra vez sobre la cama y demostrarle hasta qué punto le «atraigo». Una pendejada, eso es lo que es.

«Estás enojado contigo mismo porque empiezas a sentir cosas por ella que no son recíprocas.»

Pues sí, carajo. Estoy enojado. No soporto la desazón que me crece en el pecho cada vez que respiro con dificultad, como tampoco soporto que ella sea la única persona a la que no puedo controlar.

Cierro el cajón de un golpe, e Iris tuerce el gesto. Su reacción no hace más que empeorar mi ya de por sí mal genio.

«Cálmate antes de hacer algo de lo que puedas arrepentirte más tarde.»

Me apresuro a ponerme unos pants y una camiseta antes de tomar la cartera.

—Déjame que te explique, por favor. —Me agarra del brazo, pero yo me libero de un tirón.

—No quiero oír tus explicaciones.

Lo que quiero es silencio y tiempo para pensar, porque es evidente que algo estoy haciendo mal. La perseguí. La conquisté. Y, aun así, sigue sin reconocer los sentimientos obvios que se están formando entre nosotros.

—¿Adónde vas? —Iris me sigue por el pasillo.

—A dar una vuelta. —Bajo atropelladamente por las escaleras sin girarme a mirarla.

—Es tarde. —Percibo una nota de pánico en su voz mientras me sigue de cerca.

Estoy a punto de girarme, pero no puedo. No cuando me siento así. Ni siquiera sé lo que es, pero quiero rasgarme el pecho hasta tener la capacidad de arrancarme mi inútil corazón.

—No te vayas. Así no. —Me toma de la barbilla y me obliga a mirarla.

—Dime por qué no quieres que me vaya.

—Porque no está bien —responde al instante.

—¿Por qué? —insisto.

Ella se muerde el labio y aparta la vista.

—Porque estás enojado.

—Segundo intento.

«Una oportunidad más y luego te vas de aquí.»

—Porque no quiero que te vayas.

—Mejor, pero no es suficiente. —Me inclino hacia delante y le doy un beso en la coronilla antes de salir de la casa.

Esta vez, Iris no intenta detenerme, pero ojalá lo hubiera hecho.

Conduzco por Chicago sin un destino claro. La sensación de vacío que me oprime el pecho se intensifica con cada kilómetro que pongo entre Iris y yo, y eso me frustra. No quiero alejarme de ella, pero tampoco puedo tenerla cerca. No cuando siento que he perdido el control y que apenas me hace falta una frase fuera de lugar para destruir todo el progreso que he hecho hasta ahora.

Me niego a darle otro motivo para cuestionar nuestra relación, a pesar de que ella ni siquiera es consciente de que esta existe. Pero ¿cómo convenzo a mi mujer de conveniencia de que estamos destinados a estar juntos por voluntad propia?

La pregunta me atormenta durante una hora entera.

No doy con ninguna respuesta que me satisfaga, y siempre vuelvo al mismo problema en un círculo vicioso.

Estoy angustiado y desesperado cuando llamo a la puerta de Cal, que no tarda ni un minuto en abrirme.

—Me estaba preguntando cuándo aparecerías.

—Te llamó.

El hecho de que no sonría es toda la confirmación que necesito.

—No sé lo que hiciste, pero ya puedes volver y solucionarlo —me dice.

—¿Por qué das por hecho que el que metió la pata fui yo?

—¿De verdad hace falta que te responda a eso?

—Que sí.

—Vamos, entra —suspira—. Tienes pinta de que te iría bien charlar con alguien.

Lo esquivo y entro en su depa. Lo tiene todo impoluto, justo lo contrario que te esperarías de alguien con una vida personal tan desastrosa.

—¿Quieres tomar algo?

—Solo agua, gracias.

Cal se comporta como un buen anfitrión y me trae un vaso de agua y una copa de mi whisky favorito.

—Pensé que se te antojarían las dos cosas.

—Pero si tú ni siquiera soportas el whisky.

—No, pero sí soporto a mi hermano. A veces. —Toma la botella y la coloca justo al lado de la copa, por si acaso.

Levanto el vaso de agua y dejo el whisky en la mesilla auxiliar. El alcohol no haría más que empeorar las cosas, y necesito tener la cabeza despejada.

—Me halaga que vinieras aquí para pedirme consejo, pero no sé si voy a poder ayudarte.

—¿Por qué?

—Porque Iris es mi mejor amiga. No pienso ayudarte si eso implica que le hagas daño.

—No quiero hacerle daño, idiota. Lo que estoy intentando es demostrarle que me importa —replico.

Cal pone los ojos como platos.

—Carajo.

Este es uno de esos momentos en los que desearía que la vida tuviera un botón de rebobinar.

—¿Que te importa? ¿En serio? —La cara de perplejidad que pone me recuerda al día en que le confesé que Santa Claus no existía.

Aprieto los labios para no decir nada más. Él alarga el brazo para tomar mi copa de whisky, le da un sorbo y sin siquiera inmutarse lo escupe de nuevo a la misma copa.

«Y pensar que somos familia...»

—Hombre, esto cambia las cosas.

—¿En qué sentido?

—Creía que sería ella la que se enamoraría de ti, no al revés. —Deja caer la cabeza hacia atrás y suelta una risotada ronca.

—¿Quién habló aquí de amor?

Cal continúa riéndose, y yo rechino los dientes.

—¿Has acabado?

—Lo siento. Es que es la hostia. Te casaste con ella porque pensabas que te facilitaría la vida, y vas y te das cuenta de que te gusta. Mogollón.

Cal me hace sentir como si fuera el protagonista de un chiste.

—No sé por qué pensé que venir a verte era una buena idea —digo, y me pongo de pie.

—Espérate. —Levanta la mano—. Lo siento. Fue de muy mal gusto reírme cuando es evidente que estás jodido.

No me pasa por alto cómo le tiemblan los ojos por la risa contenida.

—Me voy.

Cal me bloquea la salida.

—Para, voy a ayudarte.

Enarco una ceja.

—Empiezo a dudar de que sepas siquiera cómo.

—Puede que no te gusten mis consejos, pero si estás dispuesto a probarlos, creo que los resultados te satisfarán.

—Te escucho —digo, y vuelvo a sentarme.

—Iris no es tan diferente al resto de las mujeres. Tiene anhelos, necesidades y miedos.

—Y pensar que creía que me ayudarías.

Cal me atraviesa con la mirada.

—Si quieres que se enamore de ti, tienes que demostrarle que no te pareces en nada a los hombres con los que ha salido hasta ahora.

—Eso tampoco debería costarme tanto. Eran todos igual de repugnantemente mediocres en todos los sentidos.

—Por desgracia para ti, tú entras en la misma categoría.

Frunzo aún más el ceño.

—Lo dudo, sinceramente.

—Puedes discutirme todo lo que te diga o callarte un rato y prestarle atención a otra persona por una vez en tu vida.

Entorno lentamente los ojos.

—Siempre había algo que le impedía entregarse en cuerpo y alma, pero todos los motivos partían del mismo problema.

—¿Cuál?

—Nunca llegaron a ganarse del todo su confianza.

—Yo no hago más que darle razones para que confíe en mí.

—Toda su relación es una mentira.

Lo fulmino con la mirada.

—Para nada.

—No soy yo al que tienes que convencer.

—¿Qué me recomiendas que haga?

—Es sencillo. Empieza por decirle la verdad y continúa a partir de ahí.

—¿Qué verdad?

—Pues que probablemente hay una parte de ti que lleva mucho tiempo enamorada de ella, mucho antes de que firmaran el contrato de matrimonio.

Y dale con lo del amor. Aunque eso explicaría la necesidad malsana que tengo de no alejarme de ella y protegerla de todo daño. La opresión que siento en el pecho cuando se va. Cómo se me acelera el pulso cuando estamos los dos en la misma habitación. La intensa necesidad de sopesar lo que digo para no herirla.

«Mierda.»

Me estoy enamorando de Iris. Las señales son inequívocas, y si las he ignorado es porque no llegaba a comprenderlas del todo. En lugar de provocarme un ataque de pánico, la idea de amar a Iris me tranquiliza. Puedo afrontar el amor. Tal vez no sepa cómo, pero estoy dispuesto a aprender. Por ella y solo por ella.

Cambio el agua por el whisky.

—Creo que voy a necesitar algo más fuerte para el resto de la conversación.

Quienquiera que dijera lo de «la verdad los hará libres» era un imbécil. Las piernas me pesan como si me hubieran atado bloques de cemento cuando entro en casa. Tiro las llaves sobre el mueble del recibidor y camino hacia las escaleras, antes de desviarme hacia la brillante luz que hay al otro lado de la casa.

«Se quedó despierta por ti.»

Me arrepiento al instante de haber apagado el celular después de la primera llamada. Fue una decisión apresurada, tomada en caliente, y sin duda un error. La cojo en brazos con cuidado, procurando no despertarla con movimientos bruscos. Masculla algo antes de acurrucarse contra mi pecho. Noto una opresión cuando bajo la vista para mirarla, preguntándome cómo carajo acabé casándome con una mujer así.

«Sabes muy bien cómo ocurrió.»

Aprieto los dientes mientras suelto una exhalación entrecortada. La cabeza de Iris se mece con el movimiento, pero ella ni se inmuta.

La subo por las escaleras en dirección a mi habitación. No sé cómo logré meterla en la cama sin despertarla, aunque sí farfulla algo en sueños sobre su madre.

Me baño antes de reptar hasta la cama y acomodar a Iris contra mi cuerpo. Entrelazo mis piernas con las de ella y la retengo para que no pueda escaparse por la mañana.

34

Iris

Me despierto sudando e incapaz de mover más que la cabeza. No sé cómo acabé en la cama de Declan, atrapada entre sus brazos y piernas.

El descaro de este hombre no tiene rival. Trato de liberarme, pero parece que solo empeoro las cosas. Sus brazos se tensan en torno a mí y él me susurra algo ininteligible en el pelo.

—Declan —digo empujándole el pecho.

—Shhh. —Me da un beso en la frente antes de soltar un delicado suspiro.

—Despierta. —Lo empujo con más fuerza, y parece que funciona.

Declan parpadea mirando al techo antes de fijarse en mí.

—Buenos días. —Sus brazos siguen inmóviles a mi alrededor, y me sacan tanto de quicio como las piernas que me retienen a su lado.

—Toma tus buenos días y métetelos por el trasero.

Se ríe, y detesto al instante ese sonido que me calienta las entrañas como el alcohol en lo más crudo del invierno.

—¿Se puede saber qué hago en tu cama?

—Quería poder hacer esto.

Mi espalda golpea el colchón antes de que los labios de Declan se aprieten contra los míos. El beso no tiene nada que ver con la desesperación de ayer, y la tranquilidad aparente de Declan no hace más que acrecentar mi frustración. Es dulce y delicado, y demasiado manso después del sexo que tuvimos ayer.

¿Cómo se atreve a besarme así después de haberme dejado plantada? La sangre se me amontona en las orejas y se me calientan las puntas.

Le doy un empujón en el pecho.

—Quítate de encima.

—No va a ser posible.

—¿Perdón?

—Serás mi rehén hasta que oigas lo que tengo que decirte.

Me quedo boquiabierta. Trato de forcejear, pero creó una especie de jaula con las extremidades.

«Caíste en la trampa más vieja del mundo.»

En lugar de besarlo, debería haber intentado escabullirme. Declan me hipnotizó con su sexo, me lleva el carajo.

—Deja de resistirte y dame diez minutos.

—No te mereces ni diez segundos de mi tiempo, ya no te digo diez minutos.

—¿Y diez palabras, entonces?

Me río.

—Inténtalo si puedes.

—Creo que empiezo a enamorarme de ti, Iris Elizabeth Kane.

Lo miro perpleja. O bien sigo durmiendo o no lo escuché bien, porque es imposible que Declan Kane acabe de confesarme que se está enamorando de mí.

Ni de broma, vaya.

«¿Verdad?»

Cierro con fuerza los ojos, como si así pudiera borrarme esas palabras de la memoria.

—Me estás engañando.

—No.

—Esto también forma parte de tu jueguito. —Intento empujarlo de nuevo, pero no cede ni un milímetro.

—Hace mucho tiempo que para mí dejó de ser un juego.

—Mientes.

Frunce el ceño.

—Pregúntame por qué no soporto que la gente use Times New Roman en vez de Arial.

—¿Me lo dices en serio? ¿Qué tendrá eso que ver con lo que estamos hablando?

—Pues que la elegí por ti.

—¿Qué significa todo esto?

—No sé dónde leí por internet que las fuentes *sans serif* son más fáciles de leer para las personas con dislexia, y por eso modifiqué los requisitos. Obligué a todos los trabajadores a mi cargo a que lo cambiaran si no querían enfrentarse a mi ira. Y todo porque quería ayudarte.

El nudo de la garganta me impide responder. No sé me ocurre qué podría decir que estuviera a la altura de eso, pero Declan tampoco me da opción y prosigue:

—¿Quieres saber por qué conservo el cactus?

Asiento.

—Porque fue la primera vez que alguien me regalaba algo que me hacía reír.

Si los corazones pudieran derretirse hasta formar charcos, el mío ahora mismo se estaría licuando.

Declan me esquiva la mirada.

—Pregúntame por qué te rechazaron el traslado.

«No.»

Mierda, no puede ser.

—No serías capaz.

Aprieta los labios hasta formar una fina línea.

—No soportaba perderte.

—Es que no me puedo creer lo que me estás diciendo.

Le empujo los hombros, pero es como tratar de mover una roca.

—Por si te sirve de consuelo, no me siento orgulloso de lo que hice.

—Me saboteaste —digo. Se me rompe la voz y a él se le suaviza el gesto.

—Lo siento.

—¿Que lo sientes? Me pasé meses con la presentación, perfeccionándola hasta un punto obsesivo, ¿y me la rechazaron solo porque tú eras demasiado egoísta como para perderme? ¿A quién se le ocurre?

—A quien no tiene la menor idea sobre lo que es amar a otra persona, pero que está dispuesto a intentarlo si le das una oportunidad.

—¿Quieres que te dé una oportunidad después de todo? ¿Crees que soy tonta?

Declan hace una mueca, y parte de mi ira desaparece al verlo tan vulnerable.

—La inteligencia no tiene nada que ver con esto.

—Qué fácil es decirlo cuando no eres tú quien se siente como una idiota.

—¿En serio? Porque teniendo en cuenta tu reacción, yo me siento bastante imbécil de haberte confesado que me estoy enamorando de ti. —Se desliza por la cama y me deja allí con un frío que me cala hasta los huesos.

—Declan... —Alargo el brazo, pero él se aparta. Los ojos me escuecen por el rechazo. Me duele.

—No te pido que sea recíproco. No lo espero y ni siquiera tengo claro si llegaré a esperarlo en algún momento, porque sé que no podría ser una persona más imposible de querer. Soy egoísta, antipático y no tengo ni idea sobre lo que es estar en una relación. Pero eso no significa que no esté dispuesto a intentarlo si tú me dejaras.

¿Cómo se supone que voy a enojarme con una persona que se considera «difícil de querer»? Una punzada de dolor me desgarra el corazón al pensar en la imagen que tiene de sí mismo.

Salgo de la cama y me lanzo directa a su pecho. Sus brazos permanecen inmóviles a los lados, de modo que se los levanto y lo obligo a rodearme la cintura.

—Que tomes decisiones egoístas no implica que seas una persona egoísta. No del todo, al menos.

Declan protegió a sus hermanos de un padre alcohólico durante años sin ningún tipo de recompensa. Si eso no es un acto altruista...

—A ver, la lógica de esa frase no está muy allá.

—Pues como la tuya, que te describes como «imposible de querer».

Tensa el cuerpo.

—Constato hechos.

—No sé qué mierdas te habrá dicho tu padre a lo largo de los años, pero eso no es verdad. Tus hermanos te quieren.

—Es su obligación.

—Nadie está obligado a querer a nadie. Por muy familia que sea.

Respira hondo.

—Tienes razón.

—No me importaría acostumbrarme a oír esas palabras —digo, y esbozo una sonrisa.

Él levanta los brazos y me toma la cara con las manos.

—Dame una oportunidad y te lo diré todos los días.

Suspiro y aparto la vista.

—No lo tengo claro.

—¿Qué te lo impide?

—Las relaciones no son lo tuyo.

—Menos mal que estamos casados, entonces.

Sacudo la cabeza.

—Nuestro matrimonio ni siquiera es real.

—Un trozo de papel no define lo que somos. Eso es cosa de los sentimientos, y lo que yo siento es cien por cien sincero.

Esquivo su mirada penetrante.

—¿Y si a mí mis sentimientos me conminan a que huya?

—Me parece muy tierno que creas que puedes correr más que yo, pero te daré ventaja solo para que sea un poco más interesante.

—¿Siempre tienes una respuesta para todo? —balbuceo.

—Para las preguntas más importantes, no. —Me mira de una forma que hace que se me revuelva algo en mi interior.

«Anhelo.»

Quiero darle una oportunidad, a pesar de las posibles consecuencias.

«Tal vez te haga daño.»

Quizá, pero también podría perderme algo especial por miedo a lo que pueda pasar. Estoy harta de ser ese tipo de persona. Aunque termine sufriendo, prefiero intentarlo y fracasar que quedarme con las dudas.

Me pongo de puntitas y le doy un beso. Él me aprieta contra su pecho, como si temiera dejarme ir. Poco después, me aparto y le tomo la barbilla, en la que ya tiene una barba incipiente.

—Mira, esto podría acabar siendo catastrófico, pero estoy dispuesta a intentarlo.

Declan me calla apretando sus labios contra los míos, sellando así el nuevo acuerdo. Jamás me había besado como ahora. Ahueca las manos y me toca la cara mientras sus labios se funden con los míos, provocándome hasta que empiezo a marearme. Me acaricia la mejilla con el pulgar, y una oleada de calor me recorre la columna y se me instala en el vientre. Me hace sentir deseada, protegida y amada de una forma que me hace aborrecer la idea de volver en algún momento al mundo real.

Podría pasarme la eternidad dejándome besar así y ni siquiera me parecería suficiente. Puede que Declan no sea el más ducho con las palabras, pero sus besos hablan por sí solos.

Se está enamorando de mí. Eso no hace falta que me lo traduzca.

35

Iris

El fin de semana siguiente, me despierto con el alboroto del piso de abajo. Ruedo sobre mí misma hasta salir de la cama de Declan, corro a mi habitación para ponerme algo que no sea una de sus camisetas y me refresco un poco en el baño.

Tampoco hay que ser un genio para saber de dónde proviene el alboroto. Cruzo la mansión siguiendo la voz de Cal.

—¿Qué horas son estas de llegar? —Cal da una palmada cuando entro en el salón.

—¿Qué pasa aquí? —pregunto, observando la clásica oferta de donas, mimosas, puros y otros materiales de contrabando.

Declan contempla absorto el televisor sin dignarse siquiera a responder. Por cómo analiza la pantalla negra, uno podría llegar a pensarse que en realidad está encendida.

—Tu maridito aquí presente nos invitó a ver una carrera de Fórmula 1.

—¿A ti y a quién más?

—Rowan y Zahra llegan tarde, para variar. —Cal toma una dona y representa lo que cree que están haciendo.

—¿Están en camino?

—¿Sorpresa? —responde Cal, mirando al responsable.

—Se le acabaron las pilas al control —anuncia Declan antes de salir de la estancia. Si esperaba recibir alguna respuesta, ahora ya sé que no será él quien me la ofrezca.

—¿En serio no te dijo nada?

—No, se le habrá pasado.

«O quería sorprenderte.»

Me estallaría el corazón con solo pensar que Declan organizó todo esto por mí. Abandoné la idea después de que se negara, así que pensar que renunció a sus preferencias por planearlo de todos modos...

Me da ganas de besarlo.

O de acostarme con él.

O de besarlo y acostarme con él.

Cal levanta la botella de refresco de manzana y arruga la nariz.

—¿Tienes algo importante que anunciarnos o esto no es más que echar sal en la herida?

Me río.

—No estoy embarazada.

Declan vuelve a entrar en el salón.

—Todavía no, vaya.

De repente, siento como si la temperatura corporal me hubiera aumentado seis grados de golpe. Este hombre me observa de una forma que me hace cuestionarme si no será posible quedarse encinta mediante miradas penetrantes y un anhelo palpable. Las mentes inquietas necesitan saberlo.

—Bueno, me lo tomo como una señal de que ya va tocando que me prepare algo más fuerte. Como tenga que estar de sujetavelas, voy a acabar saltando por la ventana.

Declan le lanza a Cal una mirada asesina mientras este sale del salón.

—Pues nada... —empiezo.

El mando ya funciona, y Declan lo utiliza para encender el televisor y encontrar el canal correcto.

—¿Por qué organizaste todo esto? Dime la verdad.

La tela de la camiseta deja entrever cómo se le mueven los músculos de la espalda.

—*Gezelligheid*.*

Saco el celular y contemplo la barra de búsqueda con cara de apuro.

—G-E-Z-E-L-L-I-G-H-E-I-D —deletrea él despacio sin que tenga que pedírselo.

—¿Dónde la aprendiste?

—Estuve un mes estudiando en los Países Bajos.

Me río cuando la página se carga.

—¿Sentirse cómodo? ¿Por eso montaste esto?

Él niega con la cabeza.

—Es mucho más que eso. Se refiere a crear un espacio donde la gente puede relajarse y ser feliz.

—¿Desde cuándo te preocupa que la gente sea feliz?

—No podría importarme menos la felicidad de los demás, excepto la tuya.

* *Gezelligheid*: sustantivo, neerlandés: sensación de calidez que se produce cuando tenemos cerca a nuestros seres queridos. El estado o el hecho de sentir comodidad, confort.

El pecho me duele con esa confesión.

—Creo que es una de las cosas más dulces, y retorcidas de narices, que me han dicho nunca.

—¿Retorcida por qué? —Mi afirmación parece haberlo desconcertado de verdad.

—Porque deberías hacer buenas obras porque quieres, no porque creas que me harán feliz.

—Quiero hacerte feliz y, por tanto, hago buenas obras.

No veo forma de cuestionarle esa lógica, sobre todo si tenemos en cuenta que me hace sentir la necesidad de besarlo hasta quedarnos los dos sin aire.

Me muerdo el labio inferior.

—¿Y qué ocurriría si lo que a mí me hace feliz no coincidiera con lo que tú quieres?

Se le ensombrece la mirada.

—Pues que te haría cambiar de opinión.

Ladeo la cabeza.

—Así no funcionan las relaciones.

—No somos una relación típica y, por consiguiente, no nos regimos por las mismas normas.

—Puede que un día se dé la casualidad de que no consigas convencerme. ¿Qué harás entonces?

—En lo que a ti respecta, el fin siempre justifica los medios.

—¿Torturas incluidas?

Me posa una mano sobre la mejilla y me atrae hacia él.

—¿Se sigue considerando tortura si permito que llegues al clímax?

—Desaté a un monstruo calenturiento.

Se ríe y nos fundimos en una serie de besos ardientes que me hacen retorcer los dedos de los pies. Con las caricias de su lengua contra la mía, nuestra conversación desaparece de mi memoria a corto plazo.

Llaman al timbre y Declan se resiste a soltarme. Tira de mí para darme un último beso. Vuelven a llamar al timbre, y me río al dejar atrás a un Declan malhumorado para abrir la puerta principal. Allí me encuentro a Rowan y Zahra, que esperan en la cochera tomados de la mano.

Zahra me mira con una sonrisa.

—¡Hola! —No me da tiempo a decir nada antes de que se precipite sobre mí y me rodee con los brazos—. ¡Qué ganas tenía de verte!

—Yo también —articulo con dificultad.

La sombra de Declan parece petrificar a todos los presentes.

—Declan —dice Rowan, levantando la barbilla.

—Gracias por venir —responde, alargando la mano para que Rowan se la estreche, pero este frunce los labios al ignorarlo, le pasa un brazo por encima del hombro y le da unas palmaditas en la espalda.

—Las amenazas me picaron la curiosidad.

—¿Qué amenazas? —pregunto.

Declan no presta atención a mi pregunta, y fulmina a Rowan con la mirada. Este se gira hacia mí y una sonrisa de oreja a oreja le ilumina el rostro.

—No sabes cómo me la voy a pasar.

—¿Eres muy fan de la Fórmula 1?

Se vuelve hacia Declan mientras responde a mi pregunta.

—Uy, el número uno. Me encanta ver cómo la gente se estampa y arde.

—Qué horror, por favor —exclama Zahra, dándole un golpe en el brazo a Rowan.

Los músculos de la mandíbula de Declan se tensan.

—Bueno, si ya terminaron de medirse el miembro, aquí hay gente que vino por las mimosas. —Zahra entrelaza un brazo con el mío y me aparta de Declan y Rowan—. Te sigo.

No les quito ojo mientras nos alejamos. Declan le pone un dedo a Rowan en el pecho cuando este invade su espacio. A Rowan no parece molestarle en absoluto; se ríe y le dice algo que no soy capaz de distinguir a esta distancia.

Zahra me da palmaditas en la mano.

—No les hagas caso. Rowan le tiene ganas a Declan desde la debacle de Dreamland. Era cuestión de tiempo que se dijeran las cosas a la cara.

No tengo claro que sean capaces de resolverlo todo con una charla, sobre todo teniendo en cuenta cómo se enojó Declan cuando Rowan decidió mudarse a Dreamland en vez de echarle una mano con la empresa.

Me vuelvo hacia Zahra.

—¿Lo sabías?

Se ríe.

—Claro. Rowan me lo contó cuando decidió quedarse en Dreamland.

—Uf.

—Mira que lo apoyé, pero no me gustan nada los dramas familiares, así que prefiero que arreglen sus cosas lo antes posible. Al menos por Rowan. Finge que no le afecta que Declan esté enojado con él, pero lo conozco. Adora a su hermano.

—Por si sirve de algo, creo que Declan también lo extraña.

—Yo creo que en todo caso extraña meterse con su hermano pequeño.

Cal asoma la cabeza desde el salón.

—Ahora que Declan tiene a otra persona a la que torturar, creo que nos libramos de su ira. Eso sí, siempre que Iris le dé lo suyo.

Me atraganto al tomar aire.

—¿A qué viene eso ahora?

—Los vi besándose.

Zahra se queda pasmada.

—Lo besaste.

Se me encienden las mejillas mientras le esquivo la mirada.

—Ay, Dios. Tenemos que hablar. Ahora mismo. —Tira de mí hacia las escaleras, pero doy un pequeño rodeo para tomar dos mimosas. Tengo la sensación de que vamos a necesitar algo de alcohol para esta conversación.

Zahra y yo subimos a mi habitación con las copas en la mano. Por primera vez desde que me mudé a esta casa, aprovechamos al fin el espacio para sentarse junto al ventanal.

—Qué bonita. Me la imaginaba muy diferente —me dice mirando a su alrededor.

—Están limpiando el calabozo, y esta era la segunda peor estancia de la casa.

Se ríe.

—Lo siento. A veces pienso en voz alta y pierdo las formas.

Le doy un sorbo a la copa.

—No pasa nada. Seguro que tienes mucha curiosidad con todo esto.

Se le ilumina el rostro.

—¡Ay, sí! Me moría de ganas de preguntarte por el matrimonio falso, pero su boda no me parecía el lugar más indicado.

—Por cuestiones legales, debo pedirte que lo que hablemos no salga de estas paredes.

Zahra se ríe por la nariz.

—¿Ese discursito funciona con tus otras amistades?

Me encojo de hombros.

—Quién sabe. No tengo más amigos que Cal, y él ya lo sabe todo.

—Qué triste —dice, haciendo pucheros.

Dejo escapar un suspiro.

—Pero, bueno, eso no le interesa a nadie.

—¿Ah, no?

—Creía que habíamos subido aquí a hablar de mi matrimonio. —Esquivo el tema con una maestría que incluso Declan se sentiría orgulloso.

Zahra le da un golpecito a mi copa con la suya antes de darle un sorbo.

—Tema delicado. Lo entiendo.

Me arrepiento al instante de haber sido tan brusca.

—Lo siento. No quería que sonara antipático.

—No te preocupes. No soy nadie para juzgarte.

—¿Ni un poquito?

—¿En qué sentido?

Miro alrededor de la habitación.

—¿Mi situación no te parece un poco... rara?

El pecho se le sacude por la risa contenida.

—En absoluto. En todo caso, me parece romántico que nos invite a pasar tiempo contigo.

—Ok, no entiendo nada.

—¿Por qué?

—Porque hace un tiempo se lo pedí y se negó rotundamente.

Sus labios forman una O.

—Ya veo.

—Dime sin miedo lo que te pasa por la cabeza.

—Tampoco tiene mucho misterio. Tú tenías ganas de hacer algo y él lo hizo realidad. Al menos aprende rápido. A Rowan le costó meses darse cuenta de que se preocupaba más por mis sentimientos que por los suyos.

Suelto una carcajada.

—Eh, yo no dije nada de sentimientos.

Zahra pone los ojos en blanco.

—Vamos a ver. Seguro que sabes que siente algo por ti.

—Me lo confesó él mismo.

—Entonces, ¿dónde está el problema?

—El problema soy yo.

Me duele admitirlo, pero es la verdad. No sé si seré capaz alguna vez de confiar plenamente en alguien. Tal vez esté demasiado rota por dentro.

—Ah, ahora lo entiendo.

—¿El qué?

—Es normal tener miedo a las cosas nuevas. Yo era como tú... No veía nada claro y me aterraba quedar con un hombre después de haber salido muy asustado de las relaciones anteriores.

—¿En serio? —Jamás habría asociado una energía tan positiva con alguien que tuviera problemas para confiar en los demás.

—Vaya que sí. Tuve una ruptura muy mala con una persona con la que creía que acabaría casándome algún día. Al final resultó que me estaba poniendo los cuernos con una de las princesas de Dreamland.

—Auch. —Hago una mueca dolor.

A Zahra se le borra la sonrisa.

—En aquel momento, se me cayó el mundo encima. Pero ahora comprendo que fue lo mejor que me podría haber pasado.

—¿Porque encontraste a Rowan?

Ella niega con la cabeza.

—Porque me encontré a mí misma.

—Creo que voy a necesitar más de una mimosa para esta conversación.

Ella se ríe.

—¿Te parece demasiado profunda para un domingo por la mañana?

Asiento.

—Profunda a más no poder.

Las dos estallamos en carcajadas. Pasamos a temas menos delicados que no tienen nada que ver con mi relación con Declan. Agradezco que haya organizado esta reunión familiar hoy, aunque solo sea por pasar más tiempo con Zahra y oír la opinión de otra persona sobre mi matrimonio. Cal tiene buen fondo, pero no es precisamente un gurú de las relaciones. De ahí su reticencia a contactar con Alana por mucho que la necesite para su herencia.

Y hablando del rey de Roma, Cal abre de repente la puerta de la habitación con una actitud dramática.

—Perdón por interrumpir esta bonita sesión de refuerzo de sus vínculos, pero la carrera está a punto de empezar y Declan se está poniendo nervioso.

—Está escamado porque lleva veinte minutos seguidos hablando contigo.

—Verlo esforzándose por hablar de temas que no tengan nada que ver con el trabajo o las herencias es mucho más entretenido de lo que pensaba.

Tomo a Zahra del brazo.

—Vamos a acabar con el sufrimiento de Declan.

Cal resopla.

—Sé que no eres imparcial porque eres su mujer, pero este hombre lleva sufriendo desde el día en que nació.

Zahra tuerce el gesto.

—Yo siento que eso está a punto de cambiar.

36
Declan

Basta un correo electrónico para arruinarme el año entero.

—¡Iris!

Entra corriendo a mi despacho con mi hermano pisándole los talones.

—¿Qué pasa?

Ni siquiera me molesto en preguntarle qué hace Cal aquí. Conociéndolo, lo más probable es que esté esquivando sus responsabilidades.

—¿Viste el último correo de Yakura? —Le doy un golpe con el dedo al ratón y cierro la pestaña del correo antes de que me dé un ataque.

—No. ¿Qué dice?

Me noto como si tuviera el rostro en llamas.

—Mi padre lo llamó.

—¡Mierda! —exclama Cal, pasándose una mano por la cara.

No podría haberlo expresado mejor.

—Yakura nos está amenazando con retirarse del proyecto.

Iris se deja caer en la silla que hay frente a mí.

—¿Por qué?

—No lo especifica, pero con lo de «nuestros objetivos no acaban de estar en sintonía» deja las cosas bastante claras.

No hay que ser un genio para entender lo que pasó. Con la personalidad de mi padre y su desesperación por conservar el puesto de director general, no me cabe duda de que hizo todo lo posible por hacer ver que mi proyecto es inadecuado. Porque, a fin de cuentas, el balance de la Kane Company es lo de menos mientras él siga al mando, aunque eso suponga echar a perder un acuerdo que podría generarnos miles de millones de dólares.

Pretende dejarme como una persona débil e inexperta comparada con él, y esa es su mejor opción para destruir la poca credibilidad que pueda tener entre los miembros de la junta. Los directivos saben lo mucho que me esfuerzo para poner en marcha este proyecto. Si todo queda en el aire, las repercusiones podrían dificultar mucho mi transición.

—No está todo perdido. Ya hablaré yo con Yakura. —Iris se cuadra de hombros y levanta la cabeza. Tiene una capacidad única de tomar el control de la situación y rebajar parte de la tensión que se me acumula en la espalda.

—¿Y qué le dirás? «Ay, perdón, su padre es un idiota. No lo decía en serio» —propone Cal.

Iris arruga el ceño.

—Claro que no. ¿Por quién me tomas? ¿Por una novata?

—Y, entonces, ¿cómo planeas ganártelo?

Iris se vuelve hacia mí.

—Demostrándole que nuestros objetivos sí están en sintonía.

—¿Es que acaso sabemos cuáles son esos objetivos?

Cal mece la cabeza entre Iris y yo. Tengo la mente tan en blanco como mi gesto. Creía que el objetivo de Yakura era construir un parque digno de sus tierras, pero parece que me equivocaba.

—Tengo una idea, pero no sé si valdrá la pena... —Iris no termina la frase.

—Bueno, muy prometedor no suena —contesta Cal con una mueca.

Le lanzo a Cal una mirada para ordenarle que cierre la boca.

—Continúa.

Ella se anima ante mi evidente interés.

—Cuando le presentamos por primera vez el proyecto del Dreamland de Tokio, la primera pregunta de Yakura no tenía nada que ver con los beneficios. Me pareció extraño que alguien con tanto éxito como él no se preocupara por el dinero que podía llegar a ganar.

—¿Qué preguntó? —Cal se inclina hacia Iris.

—Si éramos capaces de levantar Dreamland Tokio antes de que fuera demasiado viejo para disfrutarlo con sus nietos.

—No me suena —respondo, como si hubiera borrado por completo esa parte de la reunión.

Ella pone los ojos en blanco.

—Claro que no. Estabas demasiado concentrado en poner la diapositiva siguiente en que se detallaban las ganancias previstas.

—O sea, que le importa su familia —dice Cal.

Iris asiente.

—Pues estamos arruinados. Es imposible que Declan sea capaz de trabajar con alguien así.

—Discrepo. Porque puede que tu padre sea astuto, pero se ha olvidado de un detallito.

—¿Cuál?

—Yo —contesta. Su sonrisa le hace la competencia al mismísimo sol, y es una comparación adecuada, puesto que carboniza la ira que pudiera albergar aún hacia mi padre. En su lugar, me lleno de una nueva sensación de esperanza.

Puedo convencer a Yakura de que sigamos adelante con el proyecto, siempre que Iris me eche una mano. Es capaz de apelar a la humanidad de cualquiera, incluso a la mía.

Cal suelta un silbido.

—Un poquito creído, ¿eh?

Siento el impulso de darle un golpe, pero me resisto. Sería una lástima malgastar las pocas neuronas que le quedan con un acto tan impulsivo.

—Soy consciente de mis fortalezas, y limpiar los destrozos de Declan resulta que es una de ellas.

—Bueno, ¿y cuál es tu plan? —pregunta mi hermano.

—Es simple: le demostramos al detalle lo que Dreamland puede ofrecerle —responde, y los ojos parecen brillarle.

—¿Y eso cómo se hace? —Me recuesto en la silla y sopeso la idea.

—Lo llevamos a donde empezó todo y le mostramos lo que se perdería si se echara atrás.

—¿Estás insinuando que hagamos un viaje familiar a Dreamland? —pregunta Cal.

Iris asiente, y a Cal se le borra la sonrisa. Yo me siento igual. A diferencia de Rowan, nosotros no queremos tener nada que ver con el parque. Todos los recuerdos de nuestra vida con nuestra madre están vinculados a ese lugar. Solo volví por cuestiones estrictamente profesionales, y así pienso seguir.

—¿Y se puede saber cómo lo va a hacer cambiar de idea esto? —pregunto, con una voz mucho más áspera de lo esperado.

—Yakura es un hombre familiar. Tenemos que demostrarle que ustedes, a diferencia de su padre, también lo son.

La risotada de Cal me ataca los nervios.

—¿A qué vienen las risas? —pregunto, rechinando los dientes.

—Lo de que te hagas pasar por un hombre familiar es demasiado bueno como para perdérmelo. Cuenta conmigo.

—¿Alguien te invitó? —Iris lo contempla como al insecto que acaba de pisotear, y me entran ganas de darle un beso.

Él se señala el cuerpo con la mano.

—Formo parte del paquete promocional.

—Para nada —respondo por ella.

Cal busca ayuda en Iris, y ella se encoge de hombros.

—El jefe es él.

Nada de besos. Me entran ganas de desvestirla allí mismo por no ponerse del lado de Cal en una cuestión así.

—No me hace nada de gracia que conspiren contra mí —dice él, y pone los ojos en blanco.

Iris le da unas palmaditas en la mano.

—Es por tu bien. Además, no te gusta nada hablar de negocios.

Cal suspira.

—Tienes razón. Pero sigue siendo de muy mal gusto teniendo en cuenta que eres mi mejor amiga.

—Y él mi esposo. No me hagas elegir entre los dos.

El mundo entero parece ladearse cuando pronuncia estas palabras. El peso que hay tras ellas está a punto de derribarme, y me agarro a los brazos de la silla sin aire.

—Qué asco dan cuando se ponen en plan tortolitos enamorados. —Cal frunce los labios, e Iris se ríe.

—Aquí nadie ha hablado de amor.

El tono con que desestima el comentario de Cal me sienta como si alguien me atravesara el pecho con un cuchillo de sierra. Me arde y se me revuelven las entrañas.

«Cederá. Dale tiempo.»

Sé cómo me mira. Es imposible que no me quiera, aunque todavía no lo haya asimilado.

—Cabe la posibilidad de que no acepte la invitación —mascullo entre dientes. Casi tengo la esperanza de que así sea para no tener que ir a Dreamland.

—¿Con el tiempo que llevamos juntos y aún sigues dudando de mí? —La idea parece dolerle de verdad, en cierto modo.

—No eres tú lo que me preocupa —corrijo. El problema es lo que me despertará la visita a Dreamland.

—Yo me encargo.

Iris deja caer un montón de papeles sobre mi escritorio.

—Toma.

—¿Qué es esto?

—El itinerario del viaje de la semana que viene. Me adelanté y te despejé la agenda para que tengamos tiempo de adaptarnos a Dreamland antes de que llegue Yakura.

Carajo. No era un farol.

«¿En serio dudabas de ella?»

No. Claro que no. Aunque sí dudaba del daño que había causado mi padre y de cómo le haría Iris para superar un reto así.

Tomo el montón de papeles y los hojeo. El primer dosier incluye información sobre nuestro piloto y la planificación de la visita, desde un paseo por el parque con Rowan y Zahra hasta reuniones con los distintos equipos creativos del lugar. Incluso me reservó un despacho privado para que pueda trabajar.

Echo un vistazo al dosier siguiente, en el que se encuentra todo lo que tiene que ver con Yakura, desde sus preferencias hasta un árbol genealógico completo; Iris pensó en todo.

—Por favor, dime que no hiciste nada ilegal.

—Pues depende de si consideras ilegal sabotear el viaje de Yakura al Gran Cañón y sobornar a alguien para que aterrice el avión en Florida.

Me aprieto el puente de la nariz.

—No eres capaz.

Iris se ríe y el corazón se me acelera sin razón aparente.

—¡Claro que no! Aunque me halaga que me veas capaz de llevar a cabo tales artimañas.

—No me sorprendería que consiguieras todo lo que se te meta en la cabeza.

Su sonrisa flaquea.

—No me digas cosas bonitas en el trabajo.

—¿Por qué no?

—Porque me dan ganas de hacer cosas inapropiadas. —Me recuesta en la silla y lanzo los papeles a la mesa.

—¿Como qué?

Ella menea el dedo.

—Que no. En horario de trabajo está prohibido.

La sangre se me empieza a acumular en la entrepierna.

—Podríamos avisar de que estamos enfermos.

«¿Cómo coño se te ocurre sugerir que los dos os escaqueéis del trabajo?»

Iris se ríe.

—Estamos en mitad de la jornada laboral, y tú tienes una reunión con el director de Desarrollo de Parques en diez minutos.

Compruebo la hora en el ordenador.

—Pues habrá que apurarse. —Pulso el botón de cierre automático que hay bajo mi mesa, y el clic de la puerta hace que Iris enarque una ceja.

—¿Se puede saber qué...?

La tomo de la mano y tiro de ella hasta sentarla en mi regazo.

—Perdiste la cabeza.

—Pues a ver si no la recupero nunca más. —Aprieto mis labios contra los suyos para ahogar toda protesta.

Una sensación eléctrica me recorre la piel cuando Iris me devuelve el beso con la intensidad suficiente para que la cabeza me dé vueltas. Besarla es hacer trampas para entrar en el cielo, y pienso aprovechar cada segundo.

Nos separamos y ella se sienta a horcajadas sobre mí. Dejo caer la cabeza sobre el respaldo de la silla mientras se frota contra mi sexo y mueve las caderas adelante y atrás de una forma que me dispara el deseo. Le agarro las nalgas con fuerza para que no deje de apretarse contra mí. Me besa la curva del cuello antes de chuparme la zona que me hace adelantar las caderas como movidas por un resorte.

En la parte frontal de los pantalones se me forma una mancha húmeda provocada por el balanceo de Iris sobre mi erección. No pienso en nada al moverla arriba y abajo, cambiando de dirección y haciéndola gemir mientras se frota contra mí desde ángulos diferentes.

El tono chillón de su celular amenaza con arruinar el momento. Iris se aparta, pero yo me niego a soltarle el trasero.

—Tengo que contestar. —Su voz ronca hace que otra oleada de excitación me suba por el cuerpo.

—Que te dejen un mensaje. —Le tomo la barbilla y acerco su boca a la mía.

Ella aleja sus labios en el último momento, y me pone la mejilla.

—Puede que sea importante.

—No tanto como esto. —La ayudo a levantarse antes de girarla hacia mi mesa—. Inclínate y pon las manos encima del escritorio —le ordeno, empujándola por la parte baja de la espalda.

Debe de percatarse de que empiezo a perder el control, y obedece lo que le digo sin rechistar. Estampa las manos contra la madera al doblarse hacia delante, y el vestido se le sube a una altura sugerente. Su brusca respiración llena el silencio mientras le recorro la parte trasera de los muslos con la punta de los dedos. Le levanto del todo el vestido y dejo al descubierto sus nalgas.

—¿Te pusiste esto por mí? —Mis pantalones de vestir resisten la tensión de mi miembro, duro como una roca, mientras juego con la tira de encaje de la tanga verde de Iris. Si antes no era mi color favorito, ahora ya tengo clarísimo que lo es.

Ella voltea la cabeza para poder fulminarme con la mirada por encima del hombro.

—Y dale con el narcisismo.

—¿Por qué lo dices?

—El verde es mi color favorito.

—¿Desde cuándo?

—Desde mucho antes de que tú también lo adoptaras como propio. —Su risa es como tumbarse al sol.

Sacudo la cabeza y recupero el control de la situación.

—¿Sabes lo que pienso?

—No tienes ninguna obligación de decírmelo.

Iris toma aire cuando le acaricio la cara interior de los muslos.

—Pienso que tenías la esperanza de que pasara algo así.

Sus ojos son dos relucientes círculos castaños.

—Ya es mucho suponer.

—¿No quieres que siga, entonces? —Jugueteo con el triángulo de tela húmedo antes de retirar la mano, y ella me lanza una mirada asesina.

—Bueno, bueno, tampoco exageremos.

Me río al agarrarle la tira de la tanga y bajárselo por las piernas. Ella levanta los pies para ayudarme, y yo me agacho para recogerlo. Arruga la frente mientras observa cómo me guardo la tanga en el bolsillo.

—No creía que fueras un amante de los suvenires.

—¿Para qué quiero un suvenir si te tengo a la mano

siempre que quiera? —Le separo las piernas despacio, primero una y luego otra.

Ella se muerde el labio inferior para contener un jadeo cuando le recorro los pliegues con el índice, recogiendo parte de su excitación. El corazón me martillea en los oídos, acelerándose con cada segundo que pasa. Le introduzco un dedo solo para extraerlo un instante más tarde.

Iris resopla y levanta las nalgas.

—Por favor.

—¿Por favor qué? —Me aparto, y ella se contonea en el aire.

—Haz que me venga.

Su mirada asesina da paso a una expresión de lujuria cuando hundo dos dedos en su interior. El miembro me pide a gritos intercambiarse por los dedos, y mis movimientos se vuelven desesperados para estar a la altura. Iris se muerde el labio inferior para contener los gemidos. Le presiono el clítoris con el pulgar y trazo suaves círculos. Le rozo el punto G con los dedos, y las rodillas le ceden cuando se agarra a la mesa para estabilizarse. Se desploma sobre la mesa y estira las piernas al llegar al clímax.

Mientras aún se estremece de placer, me desabrocho el cinturón y me bajo los pantalones. No tardo en ponerme el condón, ignorando la opresión que siento en el pecho ante la idea de estar desatendiendo mis deberes por ella.

«Es cuestión de tiempo que ceda. Dale tiempo.»

Empujo la erección hacia su hendidura. Ella se incorpora de golpe, pero vuelvo a aplastarla contra la mesa. Me inclino hacia delante y aprieto el pecho contra su espalda.

—Me vendría solo con verte así, con las nalgas al aire, bocabajo y húmeda por mí.

—Pues eso sería, como poco, decepcionante.

Suelta una exhalación agitada cuando le aparto el pelo para dejarle el cuello al descubierto y le doy un beso en el lugar que siempre parece ser su perdición. Se revuelve debajo de mí y se introduce la punta de mi sexo. Me muerdo el interior de las mejillas para ahogar un jadeo, aunque no puedo evitar poner los ojos en blanco. Jamás había sentido esta conexión con nadie. Con los años, se me olvidó lo que suponía desear a otra persona, sentir la necesidad de poseerla en todos los sentidos posibles.

Tengo una reunión en cinco minutos y estoy demasiado ocupado disfrutando como para preparármela. De hecho, me excita pensar que estén fuera esperando, escuchando cómo hago gemir a Iris.

Iris, por cierto, no parece satisfecha con mi inacción, y aprovecha los bordes de la mesa para empujarse hacia atrás y conseguir que me hunda todavía más en ella. La agarro con fuerza de las caderas.

—No olvides quién manda aquí.

—Ay, corazón. Aquí siempre mando yo. Lo que pasa es que estás tan ensimismado que no te diste cuenta de quién dirigía las acciones. —Su amplia sonrisa me arrebata la capacidad de respirar.

La embisto, y su brusca exhalación me hace sonreír.

—¿Decías?

Se ríe. Y cómo se ríe.

Me revuelve ese lado salvaje que guardo bajo llave. Me retiro para volver a penetrarla con una fuerza descomunal. Sus pupilas dilatadas siguen reflejando cierta diversión, y me saca de mis casillas que no parezca en absoluto desconcertada por esta conexión. Siento una desesperación opresiva por demostrarle quién ostenta el poder de los dos.

Pago mi frustración con su cuerpo. Hundo los dedos en su cintura y la embisto una y otra vez. Su respiración se vuelve más agitada, y pierde el agarre del borde de la mesa a la misma velocidad que el control sobre sí misma.

«Aquí ni mierda que mandas.»

Llaman a la puerta e Iris pone unos ojos como platos.

—¿Señor Kane? Solo quería informarle de que teníamos una reunión a las tres.

Me inclino hacia delante y le presiono el clítoris con la yema del pulgar.

—Contesta.

—Hola, señor David. Denos unos minutos, por favor. —Su voz alegre no coincide con la excitación de sus ojos.

Trata de apartarse de mí, pero la retengo.

—¿Se puede saber qué haces? —susurra.

—No te dije que acabamos.

—Métete la llamada por el trasero.

Saco el miembro y le recorro la unión de las nalgas con la punta.

—¿Significa eso que el tuyo está sobre la mesa?

—Te juro que si lo intentas te mato con un lápiz desafilado.

Me encojo de hombros.

—Qué pena. Otra vez será.

Sonrío cuando vuelvo a embestirla sin previo aviso. Su grito ahogado me llena de orgullo, y pierdo la cabeza con el temblor de sus piernas. Esto se está convirtiendo rápidamente en mi pasatiempo favorito, y cada ronda es una batalla por ver quién se rendirá primero.

Un escalofrío me baja por la columna cuando resisto el impulso de acabar. Me esfuerzo por ganarme todos y cada uno de los jadeos y gritos ahogados que se le escapan de los labios, y me siento vencedor cuando consigo que llegue conmigo dentro. Sus piernas ceden, y yo la sostengo mientras la penetro sin descanso hasta alcanzar mi propio clímax.

El alivio es agotador, y la eyaculación me llena la visión de puntos negros. Ella clava las uñas en el escritorio cuando la embisto por última vez. Mis piernas también amenazan con fallarme, pero me niego a retirarme todavía. No quiero arruinar la conexión, independientemente de quién espere al otro lado de la puerta.

Me inclino hacia delante y le beso el cuello.

—Recuerda esto cuando te olvides de quién manda aquí. —Es una afirmación ridícula por mi parte. Hace semanas que perdí el control, y ahora no soy más que un esclavo de las sensaciones que Iris despierta en mi interior.

—No volveré a ver esta mesa de la misma manera —responde con un suspiro.

—Y eso que tú no tienes que trabajar al lado de unas marcas de uñas a partir de ahora.

Con un gesto rápido, limpia las virutas de madera, como si eso cambiara algo.

—Al menos te traerá buenos recuerdos.

—Eso, o me la pondrá tiesa.

—¿Y por qué no ambas cosas?

Se ríe, y yo le sonrío en la piel, y no podría gustarme más saberme capaz de provocarle esas reacciones.

Estás arruinado. Pero bien arruinado.

37

Iris

Por fin hemos llegado a Dreamland. Se me hace la boca agua con el olor a galletas recién horneadas. Nuestro carrito de golf de tres filas acelera por los caminos adoquinados, avanzando con facilidad por las calles vacías. Dejamos atrás empleados sonrientes, personas disfrazadas de princesas y príncipes y tiendas que se preparan ya para otro día ajetreado en el parque.

Mi entusiasmo no hace sino crecer cuando nos acercamos al gigantesco Castillo de la Princesa que hay en el centro del lugar. Declan me posa una mano en el muslo, que me da saltos con los traqueteos del vehículo.

—¿Estás bien?

Sonrío.

—Me ilusiona.

La frente se le arruga al fruncir el ceño.

—¿Cuándo fue la última vez que viniste al parque? —Zahra gira todo el cuerpo para poder mirarnos, y a mí se me borra la sonrisa.

—Vinimos una vez por negocios.

—¿Estuviste solo una vez en Dreamland y encima fue por negocios? —pregunta, con un gesto de puro horror.

Declan me aprieta el muslo en una orden muda para que lo mire, pero lo ignoro. No quiero ver la compasión en su cara.

Valoro la posibilidad de engañarlos, pero al final cambio de idea.

—Mi madre no tenía dinero para pagar las entradas. Entre eso, los vuelos y el hotel, podías comprar comida para todo un mes con lo que costaba un viaje para venir aquí.

—¿A qué se dedica tu madre?

—Es profesora de arte.

Zahra agarra a Rowan del brazo.

—Tenemos que ofrecer descuentos para profesores. Y descuentos para hijos de profesores. Y descuentos para adultos que nunca hayan venido a Dreamland de pequeños.

Él la mira de reojo.

—A este paso, no ganaremos nada.

—Hay adultos hechos y derechos por el mundo que no han pisado Dreamland en su vida, Rowan. Ahora no es el momento de ponerse tacaños.

Rowan busca el apoyo de Declan, pero este solo tiene ojos para mí.

—No sabía que no habías estado nunca aquí.

Me encojo de hombros.

—No me lo preguntaste.

La mano que tengo en el muslo me aprieta aún más fuerte. Desvío la mirada hacia Declan, y el gesto de su rostro me produce un escalofrío que me recorre la columna.

—¿Quieres que nos demos una vuelta por el parque?

—¿Por trabajo?

—No. Por ocio.

Me río por la ocurrencia.

—No soportas este lugar.

—Estoy dispuesto a fingir que sí. Solo hoy.

—¿No deberíamos ponernos a preparar el recorrido para Yakura?

—El parque no se va a mover de aquí a mañana. Ya hablaremos de negocios entonces.

Siento calor en el pecho. Me cuelgo de su cuello y le doy un apretón.

—Me encantaría.

Declan se dirige al resto del grupo.

—Hubo un cambio de planes.

Zahra chilla de alegría y, de este modo, nuestro día se trastoca por completo porque así lo quiso Declan.

Y todo por mí.

Zahra es la mejor guía turística posible. Por lo visto, forma parte de Dreamland desde que era pequeña, y conoce el lugar como la palma de su mano. Con sus conocimientos y la capacidad de Rowan para ayudarnos a saltarnos las filas, no hay nada que nos impida explorar todo el parque en un día. Excepto yo, claro. Hago todo lo posible por concentrarme, pero me distraigo cada pocos pasos con las distintas flores y arreglos. La explosión de colores me llama la atención, y no puedo evitar pararme siempre a echar un vistazo al magnífico diseño de los arbustos inspirados en personajes de Dreamland.

Declan me acecha como una sombra, estudiando cada uno de mis movimientos. Me vuelvo hacia él con las mejillas arreboladas.

—¿Qué pasa?

—Tuve que haber imaginado que te fijarías más en las plantas que en las atracciones.

—¡Es que míralas! ¡Es arte! —Señalo la escultura de Iggy el Alien, el emblemático primer personaje de Brady Kane. La estructura está formada por hojas verdes recortadas y una bola de alambre.

—¿Arte? —Le noto cierta sorna en la voz, a pesar del gesto inexpresivo de su rostro.

Zahra se acerca a nosotros dando saltitos.

—Oye, si te interesa, podríamos llevarte a que eches un vistazo al Departamento de Horticultura.

Abro mucho los ojos.

—¿En serio?

Zahra sonríe.

—Claro. No sería ningún problema.

—Ay, Dios. ¡Me encantaría!

—Cuando sepan que no paras de tomar fotos y de quedarte boquiabierta con sus plantas, se van a sentir como *rockstars*.

—Es que son *rockstars*.

Zahra saca el celular y le da unos golpecitos a la pantalla.

—¿Tendrías algún ratito libre mañana? El director del departamento estará por allí y le encantaría enseñarte todo aquello. Puede que estén un poco más atareados que de costumbre porque están preparando el Festival de las Flores, pero seguro que les encantaría enseñarte las bambalinas.

Suelto un grito ahogado.

—¿El director quiere enseñarme el departamento personalmente?

A Zahra se le sacude el pecho por la risa contenida.

—Sí. Eso me dijo, vaya. —Gira el teléfono para que vea la cadena de mensajes con mis propios ojos.

Declan carraspea.

«Mierda. No están de vacaciones personales, ¿te acuerdas?» Hoy ya te desviaste suficiente del protocolo. Lo último que necesita Declan ahora mismo es que me distraiga con cosas que no son importantes. Puedo volver de visita a Dreamland cuando quiera, pero solo tenemos una oportunidad de convencer a Yakura de que colabore con nosotros. Las plantas no se van a mover de su lugar.

Niego con la cabeza.

—Mira, la verdad es que mañana no lo tengo tan libre. Dile que lo siento y que a ver si para la próxima encuentro un hueco en mi agenda.

—Vaya. Bueno, no te preocupes —contesta Zahra, y se le borra la sonrisa.

Declan me tira del brazo.

—¿Por qué dices que no?

—Porque tenemos que preparar el recorrido. Yakura se plantará aquí en un par de días y debemos estar listos para cualquier eventualidad.

—No habrá nada diferente a lo que viste hoy.

Frunzo el ceño.

—Pero somos un equipo.

—Seguro que puedo sobrevivir unas horas sin ti mientras disfrutas de las plantitas.

—Por favor. En el trabajo, no aguantas ni media hora sin encontrar alguna razón para pasarte por mi mesa.

—Me gusta darte las órdenes de viva voz.

—¿Por qué?

—¿No te basta con que me gusta ver cómo te brillan los ojos de pura rebeldía?

—Mientes muy mal.

El ojo derecho le tiembla.

—Investigué un poco sobre las personas con diferencias de aprendizaje como tú, y se ve que son más convenientes las instrucciones verbales y escritas.

Me tiemblan las rodillas.

—¿Y aprendiste algo más?

Me rodea la cintura con los brazos, lo cual sea probablemente una buena idea, porque mis piernas están a dos confesiones de fallarme.

—Las notas de voz o las llamadas por teléfono son las mejores opciones.

Me río a pesar del nudo de emociones que se me está formando en la garganta.

—Y yo que pensaba que lo que ocurría era que no te gustaba nada mandar mensajes.

Sus labios se elevan ligerísimamente en las comisuras.

—Es que odio mandar mensajes. No te engañes pensando que tiene algo que ver contigo.

—Cállate.

Me río y le doy un empujón en el pecho. Sus brazos no ceden ni un milímetro, aunque sus labios sí se curvan en una sonrisa.

—Zahra, organiza las actividades para mañana. Al principio le costará un poco, pero Iris puede sobrevivir un día sin mí.

Le saco la lengua.

—Vamos. Creo que llevas tres años sin pasarte un solo día entero de trabajo sin mí.

Declan baja la voz mientras sus ojos oscuros provocan que los míos entren en trance.

—Y no tengo pensado que vuelva a ocurrir a corto plazo.

Me hago un ovillo sobre el pecho de Declan mientras él cubre con el edredón nuestros cuerpos entrelazados. Me alegro de que tome la iniciativa, porque a mí me duele todo el cuerpo después de habernos recorrido el parque dos veces.

Trazo dibujos sin pensar sobre su pecho.

—Gracias por lo de hoy.

—Tampoco hace falta que me des las gracias por todo lo que haga bien.

—No sé dónde leí que el refuerzo de las actitudes positivas aumenta la posibilidad de que se repitan.

—Hay mejores formas de reforzar las actitudes positivas. —Su voz ronca me derrite por dentro.

—Por muy tentador que me parezca el sexo ahora mismo, creo que no puedo mover ni un solo músculo.

—Yo me encargo de ti.

—¿Quién habría dicho que serías tan proactivo?

—Dicen que la práctica hace al maestro, así que procuro planificar todas las lecciones posibles con el tiempo que tengo.

Me río con tanto descontrol que me preocupa hacerme pipí encima si no me contengo.

—No necesitas más práctica. Créeme.

Para alguien que lleva desde Dios sabe cuándo evitando a las mujeres, Declan es muy bueno en la cama.

O en la oficina. O en la regadera. Básicamente, cualquier lugar que tenga una superficie sobre la que podamos acostarnos dejó de ser un sitio seguro.

—Mi ego te lo agradece, pero hablo de practicar para el bebé, no solo por el sexo.

Me quedo pasmada. Hace varias semanas que no hablamos sobre los condones, desde aquella conversación en la que Declan me dejó con la palabra en la boca en mitad de una discusión. Ninguno de los dos se atrevió a sacar el tema, y tampoco dejamos de usarlos.

—¿Estás insinuando...? —No termino la frase. No soy capaz de articular las palabras.

—Cuando lo consideres oportuno, yo ya estoy preparado para empezar a montar tu pequeño equipo de futbol.

—¿Quién habló aquí de un equipo de futbol?

—Tú misma.

—¿Yo? ¿Cuándo?

—Si no me equivoco, creo que dijiste que querías llenar una camioneta con niños.

No tengo claro que esté tomando aire cuando respondo:

—Pero acordamos tener solo un hijo.

—Los planes cambian.

—Si ni siquiera querías uno. ¿Cómo pretendes que crea que ahora estás dispuesto a tener un equipo de futbol entero?

—Porque sé que te haría feliz.

—La gente no debería tener hijos por eso. Son un compromiso de por vida...

Declan me da un beso para callarme.

—Exacto.

—Pero...

Vuelve a besarme y el cuerpo se me funde sobre el colchón.

—Podríamos tener un hijo o cinco, siempre que los tengas solo conmigo. Si de verdad es lo que quieres, puedo ofrecerte la vida de la camioneta.

—¿Y si no estoy lista? ¿Y si todo esto es demasiado repentino y no soy capaz de afrontar una nueva relación y una criatura?

Traga saliva.

—Entonces esperaremos.

—¿Aunque eso signifique que tengas que posponer tu ascenso a director general?

—Sí.

Me arrolla una oleada de emociones tal que me brillan los ojos. Una única lágrima me cae por la cara antes de aterrizar en la almohada. Ni en un millón de años habría esperado que esas palabras pudieran salir de su boca.

Declan me besa hasta que me tiemblan los labios y las piernas que le rodean la cintura. Nuestra ropa acaba en una montaña en el suelo. Cuando quiere sacar un condón del cajón, lo freno y niego con la cabeza.

—¿Estás segura? —pregunta, mirándome con la frente arrugada.

Asiento, porque no me atrevo a hablar. Él gruñe al besarme, esta vez con la pasión suficiente como para que me ardan los labios. Se mueve sin prisa cuando empieza a acariciarme el cuerpo como si fuera la primera vez.

Me siento deseada cuando sus besos dibujan un camino desde mis labios hasta mis pechos. Acerca la boca a uno de mis pezones, rozándome la punta con la lengua. Me estremezco del escalofrío que me baja por la columna. Noto en la piel cómo le vibra la garganta al reírse, pero la gracia desaparece cuando vuelve a torturarme el pecho con la boca. Se desplaza hacia el otro, centrando toda su atención en llevarme al límite de la cordura.

Me froto contra él, tratando de encontrar alivio. Siento que la presión interna me sube solo por cómo me chupa, lame y mordisquea los pechos, pero no soy capaz de liberarla.

Gruño de frustración y le jalo el pelo.

—Alguien está impaciente —me provoca.

—Alguien va a tener que acabar solita si no empiezas a moverte.

Su risa me colma de una calidez distinta a la que me borbotea en el bajo vientre. Declan repta por la cama, dejando las sábanas hechas un desastre mientras me abre las piernas por completo. Nos miramos fijamente cuando hunde la lengua en mi interior. Arqueo la espalda, pero él me empuja con la mano contra la cama al tiempo que me estimula con la boca.

«¿Será siempre tan maravilloso?»

La risita que se le escapa me hace vibrar otra vez todo el cuerpo, y caigo en la cuenta de que debo de haberlo dicho en voz alta.

—Solo contigo. —Sus dedos juegan conmigo, trabajando al unísono con la lengua para provocarme una descarga de placer con cada ataque. Me frota el clítoris con el pulgar, y gimo cuando llego al orgasmo.

Declan no se detiene hasta que yazco indefensa sobre la cama, abierta y esperándolo.

—Eres preciosa.

Se arrastra hacia mí y me acaricia la cara. Con la otra mano me separa todavía más las piernas hasta tener el espacio suficiente para colocarse entre ellas.

—Podría pasarme la eternidad contigo y aun así nos faltaría tiempo para terminar todos los planes que tengo en mente.

—Pues ya son planes...

—Vamos a empezar por este.

Me estremezco cuando alinea su erección con mi entrada. Describe movimientos arriba y abajo con la punta, recogiendo mi excitación con cada pasada. Su respiración entrecortada me llena de orgullo.

Lo rodeo con las piernas, animándolo a continuar.

—¿De verdad estás segura? —pregunta vacilante.

—Solo si tú lo tienes claro.

—No te merezco. Ni ahora ni nunca mientras viva.

—Te mereces que te pasen cosas buenas.

No dejamos de mirarnos mientras su miembro me va invadiendo lentamente. Los dos temblamos cuando él se acomoda en mi interior, y cierra los ojos con fuerza mientras toma aire.

—Carajo —masculla entre dientes.

Eso es justo lo que quiero. Me preocupa que no vuelva a moverse, pero entonces parece recuperar el control y empieza a entrar y salir de mí. Con cada embestida brusca de sus caderas, voy acercándome más y más al clímax. Sus acometidas son desesperadas, desenfrenadas e incluso primitivas, algo que no había experimentado hasta ahora. La cabeza me da vueltas de todas las emociones que me asaltan a la vez. Una sensación de ligereza se apodera de mí, y tengo la impresión de estar viviendo una experiencia extracorpórea.

Declan parece sentir lo mismo que yo. Sus ojos son dos agujeros negros mientras se introduce en mi cuerpo como si fuera suyo, dejándome moretones allí donde sus manos me retienen en la posición adecuada para su placer. Me siento utilizada en el mejor sentido posible de la palabra.

Me inclina lo justo para que su sexo se deslice hasta ese lugar que me deja sin aire. Su pulgar vuelve a encontrarse con mi clítoris, y no necesita más que dibujar unos pocos círculos parsimoniosos para hacerme explotar de éxtasis.

Me sigue penetrando durante el orgasmo hasta que vuelvo a quedar exhausta debajo de él. Cuando por fin alcanza el clímax, suelta un jadeo que me llega hasta el clítoris. No deja de mover las caderas mientras se viene dentro de mí. Se apoya sobre los codos con cuidado de no aplastarme, y me besa una vez antes de apoyar su frente sobre la mía.

Ninguno de los dos hace ademán de moverse y romper el momento, de modo que nos quedamos inmóviles hasta que Declan se ve obligado a retirarse y parte de la descarga se derrama.

—Mierda. —Parece absorto cuando se limpia parte del semen y lo utiliza como lubricante para acariciarme el clítoris.

Suspiro cuando un hormigueo me baja desde la cabeza hasta los dedos de los pies.

—Creo que ese es el sonido más sexy que he oído en mi vida —susurra, y su voz engolada me dispara la libido.

Creía que ya había terminado conmigo, pero no deja de tocarme hasta que vuelvo a desearlo desesperadamente. La segunda vez que entra en mí, sus movimientos son lentos, dulces. «Románticos.» Se disculpa por la brutalidad de antes con besos delicados y caricias reverentes. Jamás me había sentido tan querida en mi vida, y todo es culpa de cómo me mira mientras me devora una vez más.

Me da besos en el cuello, en los hombros, en los pechos y en la frente. No me deja ilesa ni siquiera el alma cuando empieza a susurrarme palabras extranjeras al oído. No tengo ni idea de lo que significan, pero el tono hace que se me erice la piel.

—*Daisuki** —musita, y una profunda embestida me hace soltar un grito ahogado—. *Szeretlek.*** —Me presiona la frente con los labios. El pulso se me acelera con ese gesto, y siento una descarga de placer que me baja hasta los pies—. *Ich liebe dich.****

Nuestros ojos se encuentran. Tiemblo, pero no tiene nada que ver con cómo me toca, sino con cómo me mira. Puede que no sea capaz de recitar palabras extranjeras como él, pero entiendo el tono y el lenguaje corporal, y lo que sea que haya dicho hace que se me hinche tanto el corazón que amenaza con explotarme.

«Te estás enamorando de él.»

Por primera vez en la vida, no me da miedo el amor. Si esto es lo que se siente, estoy dispuesta a intentarlo, sean cuales sean las consecuencias.

* *Daisuki*: japonés: «te quiero».

** *Szeretlek*: húngaro: «te quiero».

*** *Ich liebe dich*: alemán: «te quiero».

38

Declan

Era evidente que el día que Iris se tomara libre sería el día en que todo se iría a la mierda.

—Tenemos un problema —dice Rowan en cuanto respondo al teléfono.

—¿Qué pasa? —pregunto, recolocándome la corbata en el espejo.

—Yakura está en mi despacho.

—Mierda. —Tomo la cartera del vestidor y meto los pies en los zapatos.

—Espera, que no te conté lo mejor. ¿Sabes con quién viene?

—No.

—Papi nos está esperando en la recepción con él. Vente para acá. Ahora mismo.

Ni siquiera tengo opción de ponerme nervioso antes de salir volando por la puerta del hotel.

Busco rápidamente el número de Iris y la llamo, pero me manda al buzón de voz, así que vuelvo a intentarlo. Contesta al cuarto tono de llamada, algo impropio de ella.

—¡Hola! —Se ríe con alguien que habla de fondo—. Dame un segundo.

Oigo a alguien abuchear, y apostaría lo que fuera a que es Zahra. Siento un acceso de culpa. ¿De verdad seré capaz de apartarla de Zahra para que venga a ayudarme a arreglar los desastres de mi padre? Ella no tiene ninguna culpa de que mi progenitor no deje de cagarnos los planes. Y, siendo sincero, no quiero que se le acerque. Y no porque crea que Iris no es capaz de controlarse, sino porque me niego a que mi padre la utilice para manipularme. Ya le hice suficiente daño.

—¿Ya me extrañas?

Abro la boca para contarle lo que está ocurriendo, pero me echo atrás. Recuerdo nuestra luna de miel y cómo reaccionó cuando la obligué a trabajar en su día libre.

«Llevo tres años de mi vida asegurándome de que no te falta de nada, aunque eso signifique sacrificar mi felicidad.»

No, no puedo obligarla a irse ahora. Ya sacrificó bastante por mí, y no es responsabilidad suya que mi padre no abandone su empeño por destruirme.

Respiro hondo y acepto mi elección:

—Llamaba para ver cómo estabas. ¿Te está gustando? —Pulso el botón del elevador y espero.

—Es como el Jardín Botánico de Chicago pero con esteroides. Tienen quince invernaderos. ¡Ya me he perdido dos veces!

No necesito más que oír su tono de emoción para acabar de convencerme. No puedo arrebatarle este día, no cuando la única alternativa es arrojarla a una disputa familiar que no se merece. Es lo último que quiero para ella. Mi padre no conoce límites en lo que respecta a Iris, y me niego a hacerla pasar por ese tipo de maltratos después de todo lo que soportó en la vida.

—Me parece que vamos a tener que invertir en esa tobillera electrónica.

—Ojalá estuvieras aquí. —La melancolía de su voz me hace sentir aún peor por lo de hoy.

—A mí también me gustaría estar ahí. —Si no tuviera una montaña de responsabilidades, podría tomarme el día libre y pasarlo con ella. Como un hombre normal.

«El problema es que no eres un hombre normal.»

Es mejor acostumbrarse ya a este tipo de sensaciones, porque cuando sea director general será mucho peor.

Oigo a Zahra decir el nombre de Iris.

—Zahra me pregunta si sigue en pie la cena con tu hermano.

—Sí, pero solo porque recurriste al sexo para convencerme.

—Anoche no te quejabas tanto.

—Me lo guardo para más tarde.

Iris se ríe.

—Pórtate bien con tu hermano hoy.

—No prometo nada.

—Declan...

—Que sí. Pero porque me lo pides tú.

Suena el timbre del elevador y las puertas se abren frente a mí.

—Mierda. Tengo que irme.

—Yo también. Nos vamos a ver las carrozas del Festival de las Flores. ¡Luego te mando fotos!

Su entusiasmo es contagioso, y sonrío para mí consciente de que tomé la decisión correcta. Ni muerto le arrebataría esa oportunidad. Puede que no sea un esposo normal, pero eso no significa que sea un imbécil. O eso espero, al menos.

—Diviértete —le digo antes de que se corte la llamada.

Me alegra saber que al menos uno de los dos va a disfrutar del día. Aunque no sea yo.

Me veo capaz de afrontar el hecho de que Yakura llegara un par de días antes de lo previsto. Que mi padre decidiera acompañarlo para entrometerse es harina de otro saco. Y me preocupa ya en estos momentos. Aunque no esté al tanto de todas y cada una de las partes de su plan, soy lo bastante espabilado como para encajar las piezas. Tampoco hay que esforzarse demasiado, sobre todo después de oír a mi padre decirle a Yakura que pospongamos los planes.

«El cabrón quiere robarme el acuerdo.»

Rowan me lanza una mirada de «tienes que solucionar esto».

—Señor Yakura.

El anciano voltea hacia mí con una sonrisa. Lleva el pelo blanco perfectamente peinado, y cambió el traje habitual por una alegre camisa hawaiana y unos pantalones chinos.

—Declan. A ti te quería ver yo.

Le ofrezco la mano y él me la estrecha.

—Qué sorpresa.

Él sonríe.

—Justo le estaba diciendo a tu padre que estaba demasiado emocionado como para esperar más días.

—¿Y su esposa?

Yakura hace un gesto con la mano como quitándole importancia.

—No quería molestarla con los detalles, así que ella y yo exploraremos el parque juntos mañana. Precisamente accedí a esta reunión por ella. No me habría perdonado jamás que hubiera rechazado un viaje a Dreamland.

Voy a tener que pedirle a Iris que le envíe algún regalo especial para expresarle mi gratitud.

—Les podemos conseguir pases vip —ofrece mi padre.

Lo fulmino con una mirada asesina, que él ignora con una sonrisa. Yakura arquea una ceja en dirección a mi padre. Es un gesto sutil, pero me llena de una confianza que no sentía hasta ahora.

«Siguen sin estar en buenos términos. Independientemente del calendario que pretenda imponer mi padre, Yakura no está cayendo.»

Me parece a mí que todavía no está todo perdido.

—Bueno, ¿nos vamos? —pregunto con una sonrisa genuina.

Yakura hace un gesto hacia la puerta delantera.

—Después de ti.

Rowan y yo intercambiamos una mirada en la que le pido que entretenga a mi padre sea como sea. Él asiente, y yo estiro los hombros. Al menos contaré con alguien en mi equipo, porque preveo que lo voy a necesitar.

Mi padre apenas tolera un rato que yo sea el líder. Después de presentarle a Yakura la calle de los Cuentos y la entrada al Castillo de la Princesa Cara, mi padre propone algo cuya existencia desconocía hasta ahora:

—Me encantaría enseñarle una parte oculta del castillo, si no le importa subir unas cuantas escaleras.

Rowan me mira y niega con la cabeza.

«Mierda.»

—Ya volveremos cuando acabemos el recorrido del parque.

A mi padre se le ensancha la sonrisa.

—Mejor nos lo quitamos de encima, ya que estamos aquí.

Yakura parece desconfiar de mi padre, pero asiente. Rowan se pellizca el puente de la nariz.

«Carajo.»

Mi padre guía al grupo hasta una entrada secreta del castillo. Le indica a Rowan que utilice su tarjeta para abrir la puerta, y mi hermano obedece no sin antes dirigirme una mirada de disculpa. Mi padre y Yakura empiezan a subir las escaleras, y yo me rezago con Rowan mientras este cierra la puerta. No quiero dejar a mi padre a solas con Yakura más tiempo del indispensable, pero necesito toda la información antes de planificar un ataque.

—¿A qué viene esto? —le susurro cuando mi padre y Yakura desaparecen tras la primera curva de las escaleras.

—Le va a enseñar la torre secreta.

—¿Qué torre secreta?

Rowan desvía la mirada hacia la escalera vacía.

—La que mandó construir el abuelo para la abuela

antes de que muriera. Como ella nunca llegó a verla, no se la enseñó a nadie más.

A Yakura no hay cosa que le guste más que un buen drama, mi padre no tiene más que exprimir la historia de que su madre jamás pudo ver el parque convertido en lo que es hoy día. Yakura caerá redondito, dada su ilusión por desarrollar un parque que pueda disfrutar con su familia mientras viva.

«Estás arruinado.»

—¿Y no se te pasó por la cabeza mencionarme esta historia durante las incontables conversaciones que hemos tenido sobre este lugar?

—No me pareció importante.

—Pues es evidente que te equivocabas, algo bastante habitual últimamente —le espeto.

Me había prometido a mí mismo que no le volvería a echar en cara su decisión de trasladarse a Dreamland, pero no puedo evitarlo. La ira me convierte en una persona estúpida y cruel.

«Un rasgo repugnante que heredaste precisamente de la persona que más detestas en este mundo.»

Rowan frunce el ceño.

—No pagues tu enojo conmigo.

—La palabra *enojo* se queda muy corta para lo que siento ahora mismo. Tenías un cometido muy claro. Y pensar que renunciaste a todo por este puesto y ni siquiera cumples con tus obligaciones... Eres un inútil.

Es muy injusto que me meta con él y con la decisión de quedarse aquí. No me enorgullece dejar que la ira saque lo peor de mí, pero no soy capaz de contenerme. No cuando podría perder precisamente contra mi padre.

—Mira, que se vayan a la mierda tú y el puto recorrido. —Mi hermano me estampa la tarjeta contra el pecho antes de salir por la puerta por la que entramos—. Ya te orientarás tú solo por el parque, pendejo.

Me digo que no pasa nada y que no lo necesito. Que si no soy capaz de cerrar el trato con Yakura por mi cuenta, ni siquiera merezco el puesto de director general. Esos son los pensamientos que me ayudan a subir los escalones de dos en dos.

Llegó el momento de que me demuestre a mí mismo que tengo lo que hay que tener para usurparle el puesto a mi padre. Puede que no juguemos en igualdad de condiciones, pero eso solo hará que la victoria me sepa aún mejor.

Dejo que mi padre disfrute de su momento. Tal y como había previsto, a Yakura le conmueve la historia de mi abuela y su fallecimiento antes de que Dreamland abriera sus puertas. Se me escapa la victoria entre los dedos con cada vez que mi padre le toca la fibra sensible a Yakura. Se le da bien decirle a la gente exactamente lo que quiere oír. Aunque yo también poseo esa capacidad después de haber observado cómo recurría a ese truco con todas y cada una de las personas que se cruzaban en su camino, su maestría sobre las emociones de los demás no tiene rival.

Mi padre se pavonea mientras salimos del castillo. Agradezco que no me lo restriegue hasta que Yakura se disculpa para ir al baño.

—¿De verdad creías que no me enteraría de este viajecito improvisado?

—El acuerdo no es tuyo.

—Soy el director general. Todo lo que tenga que ver con esta empresa es mío.

Mantengo los puños ocultos dentro de los bolsillos.

—Con la diferencia de que esto no se pondrá en marcha hasta que yo sea director general.

—No si puedo evitarlo. —Su sonrisa es sincera, lo cual me enerva aún más. Se alimenta de mis exabruptos.

—A ti ni siquiera te parecía bien.

—No, hasta que se te ocurrió que podías extorsionarme y salirte con la tuya. Voy a disfrutar plenamente de arrancarte este proyecto de las manos, para luego demostrar lo patético que serías como director general.

Fui un necio por pensar que podría pasar por esto sin Iris. Es imposible que me encargue de las estrategias de manipulación de mi padre y de las necesidades de Yakura al mismo tiempo.

Apenas tardo un instante en sacar el teléfono, pero vacilo con el dedo sobre el botón de llamada.

«¿De verdad piensas arruinarle el día otra vez?»

No tengo otra opción. Sin ella, corro el riesgo de perder el acuerdo.

«Pero si vuelves a molestarla, puede que acabes perdiendo todo el progreso que conseguiste.»

A la mierda. Si hay una persona con la que puedo contar para arreglar este inconveniente es ella.

—¿Vas a llamar a tu esposita para pedirle ayuda?

Lo ignoro completamente mientras me acerco el teléfono a la oreja. Él se ríe para sus adentros.

—Mira que llegas a ser patético. Tener que recurrir a tu mujer para que te salve el trasero...

Quiere provocarme, pero me niego a caer. No soy menos hombre por admitir que necesito que Iris me ayude. Ella es la que mejor entiende a Yakura, y sería un error pensar lo contrario. Aunque eso implique fastidiarle el día otra vez.

Iris responde después del segundo tono de llamada.

—Hola. Justo estaba pensando en ti cuando...

—Te necesito.

—¿Qué pasó?

Me invade la culpa en el mismo instante en que percibo la preocupación en su voz.

—Yakura y mi padre llegaron antes de tiempo.

—Vaya.

No sé cómo consigue que una sola palabra transmita más decepción que un discurso entero. Valoro la posibilidad de decirle que lo olvide, pero no me da tiempo a formular la frase.

—Envíame tu ubicación. Voy para allá.

39

Iris

Dejo caer los hombros al colgar el teléfono. No puedo ignorar la culpa que me oprime el pecho, consciente de que Zahra me planificó el día entero y que se lo voy a echar a perder por el trabajo.

Trabajar para Declan tiene estas cosas: me surgió otro plan de la nada. Sé que no es culpa suya que su padre montara este numerito, así que me enoja sentirme así para empezar. No soy capaz de ignorar la opresión que siento en el pecho ante la idea de cancelar otro plan. Me cae bien Zahra. Relegarla otra vez me recuerda a cómo perdí incontables amistades; todas cuando ya trabajaba para Declan.

«No es culpa suya que no hayas establecido unos límites. Cal te advirtió de que podría pasarte algo así, pero hiciste oídos sordos.»

Si trabajara para cualquier otra persona y me llamara en mi día libre, le diría que esperara sentado. Con Declan, no me queda otra opción.

Suelto un largo suspiro, y vuelvo a entrar en el invernadero arrastrando los pies por el pavimento. Zahra me hace un gesto con la mano.

—Mira esto. Llevan seis años esperando a que florezca. ¡Seis!

Contemplo la flor cadáver con el ceño fruncido.

—Vamos a tener que posponer los planes de hoy. Lo siento muchísimo, pero me surgió algo.

A Zahra se le borra la sonrisa.

—Ay, ¿estás bien?

Niego con la cabeza.

—Estoy... Sinceramente, no sé ni cómo estoy.

Decepcionada con lo que ocurrió hoy, como si volviera a caer en los mismos vicios de siempre.

—¿Puedo ayudarte con algo?

—Sí, diciéndome cómo puedo regresar a Dreamland. Seth se presentó en el parque y tengo que ayudar a Declan antes de que la cosa se ponga color de hormiga.

—¿Vino Seth? —pregunta, y la mirada se le ensombrece.

—Y el señor Yakura.

—¿Juntos?

—No tengo ni idea de qué pasó, pero no me cabe duda de que Seth está detrás de todo esto.

—Bueno, pues no podemos permitir que se salga con la suya. —Zahra traza un camino recto para salir del invernadero.

Una vez fuera, grita el nombre de alguien y le pide un juego de llaves. Un trabajador cualquiera se las tira, y ella arranca un carrito de golf que aún tiene un puñado de plantas detrás.

—¿Me llevas?

—Tendrás que volver al parque de alguna manera,

¿no? Espero que no pensaras que iba a permitir que te fueras caminando.

—Gracias. —Tomo asiento en el banco y Zahra pisa el acelerador.

—Para eso están las amigas.

—¿No te importa que lo tengamos que cancelar?

Ella se encoge de hombros.

—Ya volveremos otro día.

—Lo siento mucho, de verdad.

—No te disculpes. Lo entiendo. A Rowan siempre le surge algo en el último momento.

Dejo escapar un suspiro.

—¿Y nunca te molesta?

Ella se ríe.

—Claro que sí. A veces tomaría su teléfono y lo tiraría en el escusado más cercano.

—Pero no lo haces —respondo, y suelto una carcajada.

—Porque me esfuerzo mucho, y porque valoro el orgasmo de despedida que me cobro antes de que vaya a solucionar la crisis de turno.

—Supongo que es una forma como cualquier otra de apaciguar a tu pareja.

—No tienes idea. Si se lo pidieras a Declan, estoy segura de que no le importaría lo más mínimo cumplir con la misma política.

Suspiro.

—Ya, supongo.

Zahra me da un golpe con el hombro.

—Dime qué te pasa, pero de verdad. Tengo la sensación de que no tiene nada que ver con los orgasmos.

—No, es solo que... —No termino la frase.

Ella permanece en silencio mientras se abre paso con

el carrito de golf por aceras serpenteantes y túneles subterráneos. Trato de pensar en cómo verbalizar lo que siento, pero todo parece insignificante comparado con la razón del estrés. Como compañera de Declan, debería renunciar a todo por ayudarlo. Lo entiendo y estoy dispuesta a ello. Pero me preocupa lo que pueda ocurrir si seguimos con las mismas dinámicas.

—Me inquieta no poder enojarme con él por este tipo de cosas. No me malinterpretes, me encanta ser su asistente, pero es agotador. Y me da miedo que la situación empeore cuando ascienda a director general. No puedo evitar preguntarme cómo podría llegar a perjudicarnos como pareja; que le añada un rencor que no existiría si no fuera su empleada y su esposa al mismo tiempo.

—Y si tienen hijos...

—Si quedo embarazada, no podré seguir con este ritmo de locos. Me pasaría más tiempo dormida sobre el escritorio que trabajando.

Zahra se ríe.

—¿Tienes pensado buscarte una sustituta a corto plazo?

—No lo tengo claro... Ni siquiera me lo volví a plantear desde que pensé en lo de pedir el traslado.

—No estaría mal que le dieras un par de vueltas, sobre todo si ahora van más en serio como pareja. A veces, lo que nos parece fatal en un momento dado puede ser ideal más adelante.

—No querrá que me vaya.

—Puede, pero es lo esperable. Me dijeron que haces genial tu trabajo, que eres la mejor.

Mi sonrisa flaquea.

—Gracias, pero últimamente tengo la sensación de que lo único que progresa es la cantidad de trabajo.

—Así es la vida a veces. No todos los planes salen como nos gustaría. —Zahra pisa el freno y el carrito de golf chirría hasta detenerse—. No puedo acercarte más a su ubicación sin que nos vean los visitantes.

—Muchísimas gracias.

—En vez de darme las gracias, apura a Seth. —Me lanza la mochila a las manos—. ¡Vete! Aprovecha las callejuelas para evitar las multitudes.

No hace falta que me lo repita. Las piernas me tiemblan y los pulmones me arden mientras persigo el puntito azul que indica su ubicación. No dejo de correr hasta que localizo a Yakura, a Seth y a Declan hablando. Bueno, digamos que Seth está hablando y Declan parece a un paso de empujarlo a la fuente más cercana, a treinta metros de allí.

El señor Yakura se gira hacia mí.

—¡Iris!

No llego a responder. Me doblo por la mitad apoyando las manos en los muslos mientras intento recuperar el aliento. No consigo controlar mi respiración, y tengo la garganta como si alguien me la hubiera agarrado con las manos y no dejara de estrujármela.

Clavo la mirada en el par de zapatos negros que tengo delante.

—¿Dónde está el inhalador? —me pregunta Declan con la voz ronca, alterada.

Se me ponen los pelos de punta.

—El inhalador, Iris. —Esta vez, su tono es más urgente.

Señalo mi mochila entre jadeos. Él se apresura a encontrar el botecito rojo entre toda la basura de Dreamland que recogí a lo largo de las últimas veinticuatro horas.

—Toma. —Lo destapa antes de alargármelo.

Actúo por inercia, y no tardo en respirar con más facilidad a medida que la medicina se abre paso por mi sistema. Declan me lo quita de las manos y vuelve a guardarlo.

Me incorporo y me dirijo al señor Yakura con una sonrisa tímida. Por cómo nos mira a Declan y a mí y luego de nuevo a Declan, casi parece haberle afectado el comportamiento dominante de mi marido.

A mí me pareció lindo. Se lo acepto hoy y solo hoy. Aunque ahora mismo se esté comportando como un total imbécil y solo tenga ojos para su padre, a quien observa con cara larga.

—Me estaba preguntando por dónde andarías. —Yakura me da un fuerte abrazo.

Me percato de que Seth me lanza miradas asesinas desde la distancia, y yo lo saludo con la mano que tengo libre.

—¿Dónde está su mujer?

—Se quedó en el hotel —responde después de soltarme—. Si hubiera sabido que venías, la habría traído.

—¿Y si vamos a buscarla?

El rostro entero se le ilumina.

—¿Seguro? No quiero importunar a nadie por el cambio de planes.

—Para nada. No podemos pasar el día en Dreamland sin ella. No estaría bien.

Yakura me guiña el ojo.

—Por eso me caes tan bien.

Seth me observa como a un enemigo al que quiere destruir, y yo recibo su mirada desafiante con una propia. Para empezar, es culpa suya que Declan y yo nos veamos en esta situación.

Y no pienso olvidarlo.

40
Declan

Pensaba que al pedirle ayuda a Iris se me solucionarían todos los problemas, pero nada más lejos de la realidad. En todo caso, le añadí una complicación más a un plan que ya de por sí hace aguas.

¿La idea de invitar también a la señora Yakura? En la teoría, inmejorable, pero es otro dolor de cabeza. Se para cada cinco metros a mirar algo, lo cual no hace más que retrasarnos. Y al retrasarnos, mi padre dispone de más oportunidades para capitalizar las conversaciones. Iris intenta arrearla, pero la señora Yakura se queda absorta con cada estúpida flor, niño o cartel del camino.

Guiar a la señora Yakura es como tratar de reunir un montón de gatos callejeros. Tampoco ayuda que su marido la anime, dividiendo su atención entre mi padre, su esposa y yo.

Vuelvo a tomar aire cuando el señor Yakura se echa a un lado con Iris y su esposa para contemplar otro arbusto esculpido. Se comportan como si fuera la primera vez que ven uno.

—¿Todo bien, hijo?

Estoy a un comentario más de agarrarlo por la pechera y utilizar la corbata para asfixiarlo.

«Respira.»

Procuro recurrir a mis mantras habituales para calmarme, pero tengo la sensación de que cada vez que lo intento, pierdo aún más los nervios.

—Estoy bien.

Mi padre se ríe entre dientes.

—Que sepas que puedes retirarte en cualquier momento y yo me encargo de cerrar el acuerdo. Incluso estoy dispuesto a reconocerte parte del mérito y a hablar bien de ti durante la próxima reunión de la junta.

—Cállate.

—Estoy intentando ayudarte. Aunque me encantaría terminar con todo esto y asegurarme de que conseguimos un parque nuevo, no haría falta más que un pequeño desliz por mi parte para acabar con el acuerdo de un plumazo.

Rechino los dientes.

—Ni siquiera deberías estar aquí.

—Eso se lo tendrías que haber dicho a tu esposa antes de que configurara un correo automático para informar a la gente de dónde estarías esta semana.

—Mientes.

Mi padre esboza una sonrisa lobuna.

—Adelante, échale un ojo al teléfono. Yo te espero.

Saco el teléfono, pero me detengo. No pienso caer en sus trampas.

—No te creo.

Y aunque hubiera enviado un correo así, mi padre no habría podido descubrir que visitaríamos Dreamland.

—Entiendo que no aceptas mi oferta de poner fin a esto aquí mismo y de una vez por todas, ¿verdad?

—Por encima de mi cadáver.

—Ningún padre debería enterrar a sus hijos, pero supongo que estoy dispuesto a hacer una excepción.

—No tengo tiempo para estas pendejadas. —Le doy un empujón para que se aparte y me reúno con Iris y los Yakura.

—Les estaba hablando de los invernaderos que tenemos en la finca, a unos pocos kilómetros de aquí —me dice Iris sonriendo.

—Fantástico. Aunque dudo que les interese visitarlos —contesto apretando los dientes.

Su sonrisa desaparece antes de recomponerse.

—Bueno, estaba pensando, ¿qué les gustaría ver a continuación?

—Las montañas rusas —responde la señora Yakura.

—Nada que me dé dolor de espalda —dice su marido al unísono.

Fantástico. Voy a tener que elegir entre provocarle al señor Yakura daños permanentes en la columna o contentar a su mujer.

«Empezamos bien.»

Mi padre y yo nos pasamos la tarde luchando por captar la atención del señor Yakura. No deja de interrumpirnos para recordarnos que aún forma parte del grupo, y Yakura muerde el anzuelo. Quiere saberlo todo sobre nuestra familia, la historia del parque y cómo es crecer con un abuelo que creó el imperio de cuento de hadas más grande del mundo.

Intercedo y respondo a algunas de las preguntas antes de que mi padre tenga oportunidad de entrometerse, aunque sus años de experiencia le otorgan ventaja. Yakura parece satisfecho con mis respuestas. Aunque, claro, también lo veo igual de interesado en lo que mi padre tiene que decir. Tal vez más, incluso.

Para empezar, no debería enfrentarme a este problema si mi padre no estuviera aquí, un problema provocado por mi asistente al haber enviado un maldito mensaje automático en el que insinuaba que yo estaría en Dreamland. Mi padre no es tonto. Sabe exactamente lo que significa viajar a Dreamland, y es evidente que no es para visitar a Rowan.

Como no le creí, compruebo el correo. Tengo varios mensajes de empleados a los que respondí automáticamente para informarles de que estaría fuera de la ciudad, en Dreamland, por negocios. Después de todo, mi padre no mentía. Iris la cagó en grande, y ahora me toca a mí resolver el problemón en el que me metió.

Parece presentir mi mal genio cuando me tira de la manga.

—Tengo que ir al lavabo.

Dudo sobre si dejar a mi padre solo con los Yakura, pero parece que no tengo otra opción, pues Iris me saca de allí a rastras. Caminamos hasta los baños más cercanos, fuera de la vista de los demás.

—Esto no va bien.

—¿En serio? ¿Por qué lo dices? —pregunto con sequedad.

—Hay algo que me huele mal. Creo que tenemos que

dar un paso atrás y reagruparnos antes de que nos explote en la cara.

—No pienso huir de una situación complicada solo porque te dé mala espina —replico con más aspereza de la que pretendía.

Iris frunce el ceño.

—Tu padre trae algo entre manos.

—Aprecio tu interés, pero no te pedí que vengas para malgastar el tiempo analizando a mi padre, visto que además ni siquiera estaría aquí si no fuera por ti.

—¿Cómo? —pregunta reculando.

—Me contó lo de la respuesta automática que me configuraste.

—¿Y qué pasa? Lo hago siempre. Es la política de la empresa...

—¿Y de qué sirve una política de empresa si a lo mejor dentro de un año no tengo empresa que dirigir por culpa de esto? —la interrumpo.

Iris tuerce el gesto.

«Relájate antes de decir algo de lo que puedas llegar a arrepentirte de verdad.»

Tomo aire y trato de recuperar la compostura, pero todo lo que está pasando hoy me tiene al borde de un ataque de nervios. Y todo porque mi padre descubrió lo de mi viaje a través de la persona en la que confié para que se encargara de esto.

«Ahora no es el momento de darle más vueltas.»

Cierro los ojos para no mirarla a la cara.

—Creo que deberías irte. —Fue un error meterla en este problema.

—No hablas en serio.

—Es lo mejor. Ahora mismo no tengo tiempo para distracciones, que es lo que tú eres.

Se queda boquiabierta.

—¿Cómo que una distracción? Solo intento ayudarte.

—En la descripción de tus funciones se indica que debes solucionar problemas, no causarlos.

Da un paso atrás, como si le hubiera dado una cachetada.

—Eso no es justo.

—La vida no es justa. Es lo que hay.

Percibo un brillo en sus ojos que no le había visto unos segundos antes.

—Creo que te equivocas si sigues adelante con el plan ahora. Yo en tu lugar lo dejaría por hoy, mañana lo retomaría y vería si es posible que te reúnas con Yakura en privado. Es más observador de lo que crees.

—Por mucho que valorara tus opiniones hasta ahora, el jefe soy yo. Yo decidido si continúo o no.

—Se supone que somos un equipo.

—Y lo somos, pero todo equipo tiene un líder, y resulta que no eres tú.

Iris suelta un grito ahogado. El ruido actúa como una aguja contra la presión que se me está acumulando en el pecho. Me invade una intensa sensación de culpa.

«Sé mejor que él.»

Hago ademán de tocarle la cara, pero ella me esquiva.

—No. Ni se te ocurra tocarme ahora mismo.

Su rechazo acaba con la poca determinación que me quedaba.

—O sea, ¿que así es como va a ser siempre? ¿Piensas castigarme cuando no te salgas con la tuya? ¿Qué será lo próximo, que me prohíbas el sexo cuando haga alguna tontería como criticar tu rendimiento en el trabajo?

Iris entrecierra los ojos.

—Ese no es el problema que tengo contigo y lo sabes.

—Entonces, ¿cuál es el problema?

—Que no confías en mí, no plenamente, porque si confiaras en mí me escucharías. Llevo dos años ayudándote a levantar este proyecto de la nada. No quiero que lo eches todo a perder por no pensar con claridad. Tu objetivo hoy no debe ser machacar a tu padre ni hablar más alto que él, sino demostrarle a Yakura que tu prioridad es la familia, más allá de rencillas personales, porque eso es lo que le conviene a la empresa.

—Confié en tu plan de mierda y la cagaste, así que ahora no me des lecciones de confianza cuando eres la culpable de que mi padre esté aquí. Si se te diera tan bien tu trabajo como dices, esto no habría pasado.

Pone los ojos como platos y da un paso atrás, pero tropieza. Cuando alargo los brazos para ayudarla, se estremece.

«Mierda.»

«Mierda. Mierda. Mierda.»

Me invade un sentimiento de culpa instantáneo, como una bala directa al corazón. Una cosa es desquitarme con mi hermano porque estoy enojado, pero otra muy distinta es hablarle a Iris de esta manera.

«Di algo.»

Ojalá pudiera volver atrás en el tiempo y tomar mejores decisiones, porque la expresión de su rostro me parte el alma, me destruye por dentro hasta notar incluso dolor físico.

—Iris, no debería...

Ella se ríe. Me produce la misma reacción que cuando alguien araña con las uñas una pizarra. Vuelvo a hacer ademán de acercarme a ella, y creo que debe de estar conmocionada, porque esta vez me deja abrazarla.

—No me imaginé jamás que acabarías pagando tus

exabruptos conmigo, pero debería haber previsto que el hecho de ser tu mujer no me exime de que me trates así. En todo caso, es diez veces peor.

—No era mi intención. Estaba enojado por la situación con mi padre y me desquité contigo.

Ella guarda silencio, de modo que la beso. No levanta los brazos, que siguen pegados a su cuerpo en los costados, y eso no hace más que empeorar mi desesperación. Quiero que haga algo, lo que sea, siempre y cuando me alivie esta sensación que me crece en las entrañas.

—Lo siento —le susurro a los labios.

Noto algo húmedo y salado, y al apartarme de ella después del beso descubro que le empiezan a caer lágrimas por la cara. Se las seco, tratando de borrar las pruebas de mis palabras, pero es inútil. Es como intentar arreglar una fuga con cinta adhesiva. Nada sirve para impedir que las lágrimas caigan libremente, y yo cada vez estoy más frustrado.

—No llores, por favor.

Ella frunce el ceño al levantar la vista y mirarme con los ojos vidriosos.

—No te estás riendo.

—¿Qué?

—Me dijiste que cuando hacías llorar a alguien, te reías. —La voz se le rompe.

Ni siquiera parece estar mirándome a mí, sino a través de mí. Sus ojos brillantes actúan como una ventana a su alma, y lo que encuentro allí es devastador. Un alma rota y hermosa que resulta ser también un reflejo de la mía.

«Le hiciste daño.»

No me siento mejor que mi padre, que utiliza las palabras como cuchillos, víctima de la ira. Puede que no dejen las mismas heridas que los puños, pero las palabras son mucho más virulentas.

«Y pensar que te esforzaste tanto en evitar convertirte en él para luego darte cuenta de que son idénticos...»

Iris me esquiva la mirada mientras sorbe por la nariz.

«O algo aún peor.»

Por cómo me siento, eso es lo que me parece. La atraigo hacia mí, y esta vez le doy un beso en la coronilla. Pero no oigo su suspiro habitual. Ni se funde conmigo como siempre, y eso me preocupa todavía más.

—Suéltame —me espeta, dándome un empujón en el pecho.

La dejo ir como si pudiera comenzar a arder de repente si la sujeto un segundo más. Me mira de una forma... Siento como si me hubiera clavado las uñas directamente en el corazón.

—Vamos a hablarlo, por favor.

Da un paso hacia atrás y se rodea con los brazos, como si se estuviera abrazando. Quiero ser yo quien la consuele, pero ¿cómo puedo hacer que se sienta mejor cuando fui precisamente yo quien le hizo daño?

—A lo largo de mi vida, me han dicho muchas personas que soy un fracaso, incluido mi propio padre, pero nunca me dolió tanto como ahora. Confiaba en ti.

El estómago se me revuelve, incapaz de huir de la sensación enfermiza que me atormenta.

—Lo sien...

—Lo último que quiero oír ahora mismo es lo mucho que lo sientes —me interrumpe—. No puedo creer que haya venido hasta aquí pensando que necesitabas mi ayuda y haya acabado cargando con la culpa de todo. Qué ironía. Aquí los únicos culpables son tu padre y tú. Él por ser un cabrón demente y tú por seguirle los pasos, atacándome a mí en vez de asumir responsabilidades.

Doy un paso al frente, pero ella vuelve a dar otra zancada hacia atrás. Dejo caer las manos a ambos lados del cuerpo.

—No te vayas.

Ella niega con la cabeza y retrocede un paso más.

—Se supone que somos un equipo.

—Yo ya no quiero estar en tu equipo.

Un puñetazo en la cara me habría dolido menos que su forma de mirarme, como si estuviera por debajo de ella.

—Puedo cambiar.

—Qué curioso. Eso es justo lo que siempre le decía mi padre a mi madre antes de volver a arruinarle la vida.

El último golpe da en el blanco. Intento tomar aire mientras pienso qué decir, pero no soy capaz de dar con nada que merezca la pena. Ella se aprovecha de mi aturdimiento y se retira a una de las salidas ocultas del parque sin girarse a mirarme. Me debato entre echar a correr tras ella o regresar con el grupo. Dejar a Iris sola sabiendo lo enojada que está me resulta inconcebible, pero tampoco puedo dejar a los Yakura en manos de mi padre. Y menos después de lo que nos esforzamos Iris y yo por esto.

«Ya te encargarás de Iris cuando acabe todo.»

Probablemente sea lo mejor, y sin embargo me cuesta volver con los demás. Cada paso que me aleja de Iris es como estar caminando sobre arenas movedizas.

«No dedicaste dos años de tu vida a este acuerdo para perderlo ahora. Recomponte.»

Vuelvo con el grupo, ignorando la sensación que me oprime el pecho cuanto más me alejo de Iris. Por el bien de mi futuro, debo arrinconar mis emociones y seguir adelante. En la teoría parece sencillo, hasta que la señora Yakura me pregunta dónde está Iris.

—No se sentía bien.

A mi padre se le ilumina la mirada, y a mí me invade una necesidad imperiosa de echarlo a patadas.

—Ay, pobre. ¿Necesita ayuda para volver al hotel? —sugiere el señor Yakura.

Niego con la cabeza.

—No quería que canceláramos la visita por ella.

—¿Seguro? Podemos...

—Seguro —lo interrumpo.

—Espero que se mejore —dice la señora Yakura con una sonrisa.

Si el gesto de Iris es una mínima muestra del dolor que siente ahora mismo, dudo que vaya a mejorar a corto plazo.

Y todo gracias a mí.

41

Iris

¿Que si esperaba que Declan me atacara así después del esfuerzo de dejarlo todo para acudir en su ayuda cuando me lo pidió? No; pero, carajo, la sorpresa me dolió casi tanto como las cosas que me dijo.

«En la descripción de tus funciones se indica que debes solucionar problemas, no causarlos.»

La garganta se me cierra. ¿Cómo se atreve a hablar así de mí y de mis funciones? No puedo creer que dedicara tres años de mi vida a solucionarle los problemas cuando surgían para que luego me aparte a la primera de cambio cuando meto la pata.

«Si es que metiste la pata.»

Independientemente de lo que yo haya hecho, Declan no me tendría que haber hablado así. Utilizó mis inseguridades en mi contra hasta dejarme indefensa y destrozada como en el pasado. No es la primera vez que soy el objetivo de esos latigazos verbales, pero lo de hoy fue distinto. Lo de hoy fue algo tan personal que no pienso volver a experimentarlo nunca más.

«Si tienes que enojarte con alguien que sea contigo. Tú eres la que decidió abrirse a él.»

¿Qué era lo que me decía siempre Declan?

Ah, sí.

«Aprende a usar las palabras como armas, porque son más fuertes que cualquier puño.»

Me siento una imbécil por darle la munición necesaria para usarla contra mí. Una lágrima me cae por la cara, y me la seco con la manga de la camiseta.

En lugar de regodearme en la autocompasión durante el trayecto en autobús hasta el hotel, llamo al piloto y le pido que prepare el *jet* privado para el despegue. Puede que sea un fracaso, pero también soy una Kane, así que por mí Declan puede volar en un avión comercial si quiere volver a Chicago mañana. Yo no pienso quedarme en Dreamland ni una hora más después de cómo me habló. El parque se me hace demasiado pequeño para los dos en estos momentos, y prefiero irme corriendo de aquí. Al menos así podré digerir todo lo que me dijo sin nadie que intente sabotearme, quitarle importancia al asunto o hacerme llorar. Conociendo a mi marido, sería capaz de hacer las tres cosas si no me voy de aquí.

Si algo se me da bien es huir. ¿Quedarme y afrontar problemas que duelen como una puñalada? Ni en broma. Que se vayan a la mierda, él y el acuerdo. No me merezco que me haga daño solo por salvar las apariencias, y mucho menos después de todo lo que sacrifiqué por él.

El autobús nos deja en el hotel. No sé cuánto tiempo tengo hasta que Declan vuelva a la habitación, de modo que el pánico me hace ponerme las pilas. Con suerte, el señor Yakura entretendrá a Declan y a su padre con el tema de los contratos durante horas. Días, incluso.

El problema es que la idea no me satisface tanto como esperaba. En vez de eso, me provoca otra ronda de lágrimas cuando imagino a Declan optando por cerrar el acuerdo antes que venir por mí. Después de todo lo que me dijo, sería lógico que quisiera arreglar las cosas inmediatamente, siempre y cuando le importara lo más mínimo. Estoy tan afectada que ni siquiera sé discernir si sentirme así es un acto egoísta o no.

Me sacudo la tristeza de encima y me pongo a preparar el equipaje. La maleta parece estar a punto de reventar, pero de alguna manera mis pertenencias aguantan en su lugar. Tiro mi llave del hotel al buró, escribo una nota breve y salgo de la habitación sin mirar atrás. Por lo visto, mi miedo a que Declan regresara a buscarme era infundado, pues no se molestó en aparecer. En vez de sentirme aliviada, me vuelve a arrollar una oleada de desesperación.

Claro que no vino. Las prioridades de Declan siempre serán las de la empresa, cueste lo que cueste. Para eso lo formaron desde que era joven, y yo estaba dispuesta a estar siempre en segunda posición porque su amor lo vale.

Lo valía. En pasado. Ya no. No me importaría vivir sin la sensación de que me arrancó el corazón y lo rompió en mil pedazos.

«Ahora mismo no tengo tiempo para distracciones, que es lo que tú eres.»

«Se disculpó justo después.»

Claro, igual que mi padre después de decirle las cosas más horribles imaginables a mi madre. Aprendí de sus errores, y no pienso caer en la misma trampa.

«Tienes que irte de aquí.»

Espero que Declan cierre el acuerdo. No porque sea una persona mezquina o esté loca, sino porque deseo que de verdad haya valido la pena todo lo que perdió. Incluida la posibilidad de ganarse mi amor.

Me piden un taxi desde recepción para que me lleve al aeropuerto privado. Cuando llego allí, la puerta de la cabina ya está abierta y el avión está listo para el despegue. Bajo del taxi y contemplo el avión. Noto una punzada de duda, y me pregunto si debería dar media vuelta y regresar al hotel.

«¿De verdad piensas dejarlo? ¿Y si te necesita?»

Su voz vuelve a mí como un acto vengativo.

«Todo equipo tiene un líder, y resulta que no eres tú.»

Sacudo la cabeza, despejando cualquier duda.

«No vas a volver. No después de cómo te habló.»

Estiro los hombros, subo las escaleras del *jet* y me siento en el lado opuesto a donde solemos acomodarnos. La tripulación del avión se limita a una sola azafata que me ofrece bebidas y aperitivos. El estómago se me revuelve ante la idea de meterme algo en la boca en este momento, así que declino la oferta.

No sé cómo consigo mantener la compostura durante todo el vuelo. Harrison me recoge en el aeropuerto, y tiene la sensibilidad suficiente de no preguntarme dónde está Declan. No sé si podría responder sin echarme a llorar. Me mira de una forma que me hace preguntarme si sabe que pasó algo, pero guarda silencio mientras me ayuda con el equipaje. Me deja en casa de Cal antes de irse.

Hasta este momento, permanecí aturdida y estrictamente en modo de supervivencia. Sí, se me salieron un par de lágrimas, pero no quise valorar todo lo que Declan me dijo hasta que llamo a la puerta de Cal, que abre poco después.

—Hola. Regresaste pronto, ¿no?

Se me saltan las lágrimas antes de poder contenerlas.

—Ay, Dios. —Me hace entrar en su casa y cierra la puerta, antes de darme un abrazo y sujetarme para que las piernas no me fallen.

Las lágrimas se convierten en sollozos. Cal me presta atención mientras le cuento todo lo que pasó hoy, y solo me interrumpe para hacerme un par de preguntas.

Espera a que acabe para hablar.

—Debe ser un idiota para decirte esas pendejadas. Lo único que estuvo fuera de lugar hoy fue su actitud.

Me aparta y hago una mueca al ver las manchas de lágrimas de su camiseta.

—Me dijo que soy un fracaso.

—El fracasado es él por haber perdido el control. Nadie debería hablarte así, y mucho menos él.

Sorbo por la nariz.

—Se puso como un energúmeno.

—Me vale madres cómo se sintiera. No justifica lo que hizo.

Dejo caer la cabeza.

—Metí la pata.

Cal me toma de la mano y me arrastra hasta el sofá. Desaparece de la estancia antes de volver con una caja de pañuelos, unas pastillas para el dolor de cabeza y un vaso de agua.

—Gracias. —Levanto la cabeza con una sonrisa débil.

Él frunce aún más el ceño.

—Es lo menos que puedo hacer, teniendo en cuenta que fui precisamente yo quien lo animó a ir detrás de ti.

—No es culpa tuya.

—Sabía que no te merecía.

Tuerzo el gesto, recordando el momento en que Declan se dijo lo mismo.

—No...

—No lo defiendas. Lo que te dijo es inaceptable, sobre todo después de todo lo que compartiste con él.

Respiro hondo.

—¿Te importa que me quede aquí esta noche?

—La habitación de invitados es tuya, todo el tiempo que necesites.

Suspiro.

—No puedo esconderme aquí para siempre.

—Puedes hacer lo que te dé la gana. Declan no es tu guardián.

—Ya lo sé, pero tengo que actuar con cierta madurez.

—Él no está para hablar de madurez, ¿sabes?

—Estamos casados, y eso no va a cambiarlo una discusión.

Cal suelta un largo suspiro.

—No, pero puede que cambie tu forma de afrontar el matrimonio.

—Sí, ya lo sé —respondo, retorciendo las manos sobre el regazo.

Él se deja caer a mi lado en el sofá.

—Todo va a salir bien.

—¿En serio? Porque ahora mismo me siento fatal. Ni siquiera vino a buscarme después de insultarme. Dejó que me fuera como si no significara nada para él, y todo porque el acuerdo es más importante que yo. —Una lágrima solitaria se me desliza por la mejilla antes de aterrizar en mi regazo.

—La cagó, no hay más.

—¿Y qué hago yo ahora?

—Tú no tienes que hacer nada. El que perdió los papeles es él, no tú. Sé que estás acostumbrada a ir siempre detrás de él arreglando sus meteduras de pata, pero a veces no se lo puedes solucionar todo.

La garganta me sube y me baja.

—¿Y si él no lo soluciona?

—Pues entonces significará que no te merece.

42

Declan

Mi padre y yo seguimos compitiendo por la atención del señor Yakura. En lugar de oír los consejos de Iris, opto por contratacar con más vehemencia para demostrarle que soy el mejor candidato para hacer realidad el Dreamland de Tokio. Mi padre responde a todos mis embates. Le hace promesas que dudo que sea capaz de cumplir, aunque su tono y porte sean de la más absoluta confianza. Soy consciente de que la situación se está yendo de las manos. El señor y la señora Yakura tratan de mantener sus anchas sonrisas y el brillo en los ojos, pero no puedo ni imaginarme lo agotador que debe de estar resultándoles esto.

Iris me advirtió que diera por terminado el día, pero no la escuché. No. La pisoteé sin miramientos porque estaba demasiado enojado para pensar con claridad. Después de deslomarme por ganarme su confianza, lo tiré todo por la borda ante la primera señal de adversidad. La culpa es mía y solo mía. Ni de mis desplantes ni de mi padre, ni muchísimo menos de Iris, aunque seguro que así la hice sentir.

Un nubarrón de emociones me sigue de cerca durante el resto del recorrido. No me quito de encima la sensación de que metí la pata hasta el fondo continuando con el día como si nada a pesar del consejo de Iris. Cuanto más tiempo pasa, menos claro tengo que haya tomado la decisión correcta. La duda no tiene nada que ver con que mi padre me esté robando el tiempo del señor Yakura, sino con la idea de haberle hecho daño a Iris y permitido que se fuera. Siento una necesidad imperiosa de dejarlos a todos allí tirados e irme a buscar a Iris.

No paro de pensar en lo que le he dicho cuando estaba enojado. Una cosa es acusarla de ser una distracción y otra totalmente distinta es dudar de su capacidad para hacer su trabajo. Sé que es capaz de todo y más, y aun así la destrocé como si no valiera nada. No estoy orgulloso de cómo le comuniqué que su plan era una mierda. Pero nada me hace sentir peor que haberle dicho que fracasé. Escogí las palabras movido por la ira, sin pensar realmente en el impacto que pudieran tener.

No es hasta que no regresamos a la entrada del parque cuando el señor Yakura me aparta a un lado. Mi padre no nos quita el ojo de encima, ni siquiera cuando ya no nos oye.

—Declan, ¿está todo bien? —Me mira con una sonrisa igual de deslumbrante que su ridícula camisa neón.

—Sí, no se preocupe.

—No pude evitar fijarme en que estuviste mucho más callado desde que se fue Iris. Aunque aprecio que pasaras el día con nosotros, habríamos preferido que te marcharas con tu esposa si no estaba bien.

«Si es que todavía tengo esposa con la que volver.»

—Quería que siguiéramos adelante con el plan.

O eso pienso, vaya. El señor Yakura pierde la sonrisa.

—Me lo imaginé. Se mostró muy persuasiva al teléfono cuando estuvo organizándonos este viaje. Casi me sentía mal por haber invitado a tu padre; sé que su relación no pasa por un buen momento.

«Espera, ¿qué?»

—Repita eso último.

—Yo fui el que invitó a tu padre a acompañarnos. ¿Por qué iba a presentarse aquí si no?

—¿Cuándo se lo dijo?

El señor Yakura ladea la cabeza.

—El mismo día que Iris llamó para planificarlo todo con mi asistente. Quería que no faltara nadie para el anuncio. Es una lástima que Iris se fuera. Sé lo mucho que se esforzó por organizarlo todo, y me apena profundamente irme de aquí sin decirle que esta decisión no tiene nada que ver con ella.

Tengo el estómago tan revuelto que creo estar a una confesión más de vomitar. Iris no tuvo nada que ver con que mi padre viniera al parque. Sí, configuró el correo electrónico en el que se informaba a la gente de que yo estaría de visita en Dreamland, pero mi padre estaba al tanto de lo del viaje mucho antes de que ella creara el mensaje.

«Carajo.»

Metí la pata hasta el fondo. Todo por entregarme a la ira y la irracionalidad, creyendo que había algún culpable más de mi fracaso aparte de mí.

—¿Por qué hizo eso?

—Me interesaba ver cómo trabajaban juntos tu padre y tú. Y al final resultó que no iba errado con mis teorías.

Que se vayan al carajo él y mi papá. Si el señor Yakura prefiere trabajar con él, allá él. Si prefiere trabajar conmigo, fantástico, aunque yo ya no tengo tan claro que quiera colaborar con él. Me utilizó, y prefiero trabajar con gente honesta que no esté dispuesta a manipularme.

Yakura levanta las manos.

—Soy consciente de que esto te molesta. Te prometo que lo último que quería era ofenderte. Mi intención era simplemente comprender mejor sus dinámicas familiares antes de inclinarme por uno o por el otro.

—Déjeme adivinar: decidió no trabajar con ninguno de los dos.

Aprieta los labios.

—No es que no quiera, pero la relación que tienes con tu padre es compleja. Salta a la vista que se tienen cierto recelo, aunque traten de aparentar que no existe. Se volvió mucho más evidente cuando Iris se fue.

«Si la hubieras escuchado en lugar de descalificarla...»

Respiro hondo varias veces para reducir las revoluciones de mis pensamientos.

«Eres idiota, Declan. Un imbécil que ahuyentó a la única persona que estaba de tu lado solo porque querías demostrarle al mundo que tenías lo que hay que tener para cerrar un acuerdo.»

—¿Acaso venía siquiera con la idea de firmar un contrato?

—Venía con la mentalidad abierta. Mi esposa y yo

nos inclinábamos más por ti, pero veo que todavía te queda camino por recorrer. Eres joven, Declan. Joven, ambicioso y lo bastante apasionado como para algún día tener lo que hay que tener para ser un líder. Nadie duda de ti, aunque soy consciente de que mi decisión pueda hacerte sentir que sí.

Las sienes me palpitan con la presión que se me acumula en el cráneo.

—Ya veo.

—No creo que ahora mismo quieras oír lo que tengo que decirte, pero, si no te importa, me gustaría ofrecerte un consejo de director general a futuro director general.

Tomo aire para no saltarle a la yugular.

—Adelante.

Yakura deja escapar un largo suspiro, como si en el fondo estuviera nervioso por si le respondía que no.

—Eres tan fuerte como tu mayor temor. Mira a tu padre, por ejemplo: le aterra perder la autoridad, y por eso está dispuesto a arruinar la carrera profesional de su hijo con tal de sentirse fuerte y relevante. Será su perdición algún día, te lo garantizo. Así que te recomiendo que aprendas de él y de sus errores antes de que sea demasiado tarde para ti. Afronta tus miedos y aprovéchalos para crecer como persona, o acabarás pasándote toda la vida luchando contra ellos en todo momento.

Trato de contenerme para no hablar, pero pierdo la capacidad de controlar mis palabras.

—¿Y cuál es el mío?

Él se ríe.

—Rebusca en tu alma y descúbrelo por ti mismo. No puedo darte todas las respuestas. Ese es precisamente el objetivo de la vida. —La señora Yakura lo llama y él la mira por encima del hombro y le levanta un dedo—. Una última cosa —dice volviéndose hacia mí.

Como si esta conversación pudiera empeorar aún más.

—¿Qué?

—Ven a hablar conmigo cuando consideres que es el momento oportuno. Si las revistas del corazón que lee mi mujer están en lo cierto, puede que eso sea más pronto que tarde. Con un poco de suerte, ya te encontraste a ti mismo para entonces.

Cuando termina de hablar, me guiña un ojo. No tengo ni idea de cómo puede saberlo, pero veo que sospecha algo.

—Ve a cuidar de tu mujer. Dile que lo siento y que espero que lo entienda. —Me lanza una última sonrisa antes de que él y su mujer se marchen del parque.

No les quito ojo hasta que desaparecen por las puertas, y no me doy cuenta de que mi padre se estaba acercando a mí.

—¿Qué se siente el haber perdido el trabajo de dos años?

—Pues es mucho menos patético que volver a casa y encontrarla vacía, sabiendo que solo te tienes a ti y a tu miserable existencia para hacerte compañía. Nos vemos el lunes.

Sus zapatos taconean detrás de mí.

—¿Adónde vas?

—Se acabó. Lo intenté y perdí. Si me disculpas, me voy a buscar a mi mujer para irnos de aquí lo más pronto posible.

Mi padre me agarra del brazo, y yo doy un tirón para soltarme.

—No me toques —le escupo.

—No hemos terminado.

—Si esperas que te haga un escándalo, ya puedes esperar sentado. No pienso volver a caer en la trampa.

—¿En serio? Pues supongo que tendré que esperar al lunes, cuando te toque presentarle tu fracaso a la junta.

Me encojo de hombros.

—Me da igual lo que piensen de mí. La mitad te considera un desgraciado y aun así te siguen lamiendo las botas por el apellido. Mientras reciba mi herencia, sus opiniones me importan una mierda.

—¿Y crees que así demuestras lo que vales? Lo único que vas a conseguir es que nadie te tome en serio como aspirante a director general.

—Puede, pero da lo mismo, ¿no? El abuelo lo dejó todo atado y bien atado.

—No pienso darte descanso en ningún punto de este proceso.

—Inténtalo, de verdad, pero no voy a contratacar. Me harté. Eres una causa perdida y me niego a malgastar más energía contigo. Prefiero dedicarla a lo verdaderamente importante, como mi mujer, mis hijos y mis hermanos. Tú tomaste la decisión de ser un miserable de mierda, pero eso no significa que yo tenga que caer en lo mismo. —Me voy de allí antes de darle la oportunidad de responder.

El señor Yakura me pidió que reflexionara sobre cuál es mi mayor temor, y lo estaba mirando fijamente a los ojos.

«No quiero convertirme en mi padre.»

Me pasé toda la vida esforzándome por ser mejor que él, hasta el punto de seguir sus pasos para usurparle el puesto. Malgasté demasiado tiempo intentando destruirlo, cuando debería haberme centrado en lo importante.

No pienso tropezar dos veces con la misma piedra. Ya no.

Vuelvo al hotel convencido de que encontraré a Iris en la habitación, pero desapareció junto con sus cosas. ¿Pediría otra habitación para evitarme? Después de lo que le dije, no la culparía. Pero si cree que voy a permitir que duerma en otro lado, está muy equivocada.

Las parejas discuten. Podemos arreglarlo. Pero primero necesito que me escuche. Compruebo los mensajes, pero no tengo ninguno de Iris. El corazón se me acelera cuando la llamo al teléfono y me manda directamente al buzón de voz.

—Carajo.

Tiro el teléfono a la cama y rebota en un trozo de papel blanco que se camufla con el edredón. Casi temo darle la vuelta, pero me armo de valor. El mensaje es la peor de mis pesadillas.

Considera esto mi carta de renuncia no oficial. El aviso oficial lo tendrás encima de tu mesa el lunes a las nueve de la mañana.

Iris

Arrugo el papel antes de tirarlo a la papelera. No voy a permitir que renuncie por haber tenido una discusión por trabajo, por mucho que lo intente. Lo que le dije fue duro, injusto y estuvo fuera de lugar, pero eso no significa que pueda renunciar sin darme la oportunidad de compensárselo.

«Pero primero tienes que encontrarla.»
—Mierda.

43

Declan

No encuentro a Iris en el hotel. Sin contar el parque, el único otro lugar al que creo que podría haber ido es a casa de Rowan. Tomo aire y llamo a la puerta. La luz del interior se enciende antes de que me abran, y Zahra aparece al otro lado. La veo tan radiante y alegre como siempre; es como si absorbiera la energía del mismísimo Sol. No sé cómo mi hermano puede soportarla.

—¿Has visto a Iris? —Voy al grano.

—Pues... ¿no debería estar contigo?

Me doy media vuelta y empiezo a bajar por las escaleras; no estoy dispuesto a perder más tiempo.

—¡Oye, espera! —grita Zahra, y echa a correr detrás de mí.

Acelero.

—¡Para!

No le hago caso. El ruido del chancleteo en el suelo me hace rechinar los dientes. Ignoro los gritos de

Zahra, hasta que poco después me detiene mi hermano, que vuelve de correr.

Se saca un auricular de la oreja mientras me mira con cara de pocos amigos.

—¿Se puede saber qué haces aquí?

Zahra se para a mi lado, tratando de recuperar el aliento.

—¿Te dijeron alguna vez que tienes las piernas muy largas?

—¿Qué haces persiguiendo a mi hermano?

—Quería hablar con él, pero no se dejaba atrapar.

Rowan me arquea una ceja.

—¿Quieres explicarme por qué huías de mi novia?

Respiro hondo.

—No tengo tiempo para hablar. Ya desperdicié suficiente.

—Pues ve al grano.

—Estoy buscando a Iris.

—Buena suerte.

Doy un paso al frente.

—¿Sabes dónde está?

—Te lo digo si le haces caso a Zahra y le dedicas unos minutos de tu tiempo. Es lo menos que puedes hacer después de tratarme como la mierda esta mañana, ¿no te parece?

Aprieto la mandíbula.

—Está bien. Habla —digo, mirando a Zahra.

—¿Les importa que entremos? Necesito un vaso de agua.

La poca mecha que me quedaba se consume cuando los sigo de vuelta a la casa en la que pasaba la mayor parte de las vacaciones cuando era niño. Me invaden los recuerdos cuando contemplo el columpio de mi madre en la cochera, aún colgando del mismo lugar tantos años después.

—Es mi sitio favorito de toda la casa —comenta Zahra, lanzándome una sonrisita.

«Obvio.»

La ignoro y atravieso la puerta principal. La casa apenas ha cambiado, más allá de una mano de pintura reciente y unos muebles más modernos. En el marco de la puerta de la cocina aún se conservan nuestras marcas de crecimiento año tras año, la mía la más alta.

—Se siente raro volver aquí después de tanto tiempo, ¿eh? —Rowan se apoya en la encimera de la cocina y me observa mientras lo asimilo todo.

—¿Cómo puedes vivir aquí?

—Me trae algunos buenos recuerdos.

—Me alegro por ti.

—¿Quieres tomar algo? —pregunta Zahra, metiendo la cabeza en el refrigerador.

—Agua, gracias.

Me llena un vaso antes de prepararse uno para ella.

—Bueno, ¿quiere alguien decirme por qué me retienen como rehén emocional?

Rowan mira a Zahra y ella se limita a sonreír.

—Te mentí cuando dije que tenía información. Solo quería retenerte el tiempo suficiente para que Rowan volviera y pudieran limar asperezas de una vez.

Mi hermano niega con la cabeza y dirige la vista al techo.

—Eres un dolor de huevos.

—Ya lo sé, y por eso me quieres tanto. —Zahra le da un beso en la mejilla antes de desaparecer escaleras arriba.

—No tiene un pelo de tonta.

—Lo que es es una metiche. No soporta que nos peleemos, sobre todo cuando es por mi decisión de haberme quedado a vivir aquí.

—¿Le contestaste lo de antes?

—Se lo cuento todo.

Le doy un sorbo al vaso de agua.

—Interesante.

Me atrevo a decir que Zahra probablemente me considere la persona más miserable del mundo.

Rowan toma un vaso y se lo llena hasta el borde de agua.

—¿Cómo estuvo el recorrido?

—¿Por qué me lo preguntas?

—Porque me importa.

—¿Incluso después de hablarte mal?

Él suspira.

—El amor es incondicional. Sé que nuestro padre nos hizo creer lo contrario, pero que a veces me enoje contigo y viceversa no significa que no te quiera o no me importes. Aunque te pases el día comportándote como un pendejo.

—¿Quién iba a decir que Dreamland te convertiría en un cursilón?

—Dreamland y la gente de aquí. —Esboza una sonrisa sincera que le llega a los ojos, y no recuerdo la última vez que lo vi tan feliz. Nunca, quizá.

Nadie puede controlar de quién se enamora, y resulta que encontró el amor en el lugar que menos me esperaba. Ya va siendo hora de que lo acepte y sigamos con nuestras vidas, por el bien de los dos. Lo estuve castigando por buscar aquello con lo que se sintiera realizado, y todo porque sentía que me estaba traicionando. Me aferré a la idea de que me estaba abandonando, como el resto del mundo, para enfrentarme solo a mi padre y a todas las expectativas que me impone la empresa. En vez de apoyarlo, usé su felicidad contra él, tal como hizo mi padre con nosotros incontables veces a lo largo de nuestras vidas.

«No eres mejor que él.»

Es difícil asumir que el hombre del que llevo toda la vida renegando es justamente la persona en la que me estoy convirtiendo poco a poco.

«No es demasiado tarde para empezar a tomar mejores decisiones.»

Noto la boca seca aun y cuando bebo mucha agua.

—Cometí algunos errores.

Rowan pestañea, pero guarda silencio.

—Dije cosas de las que no me enorgullezco. Te amenacé, menosprecié y aparté de mí porque tomaste una decisión que no me gustó. Como hermano mayor, se supone que debo dar ejemplo. Ser el más maduro. Tomar las mejores decisiones. Mantener la cabeza bien alta por muchos reclamos que reciba. El problema es que lo único que hice fue demostrarte lo que no hay que hacer. En vez de darte la libertad de ser quien tú quisieras, intentaba meterte a la fuerza en un molde en el que ya no encajabas. Fue un acto egoísta por mi parte, y lo siento.

—Guau. —Parpadea.

No hay mucho más que decir. A partir de ahora, pienso hacerlo mejor. Punto.

Me pongo de pie.

—Ya me voy.

Rowan toma un juego de llaves de un cuenco de la encimera.

—Déjame que te lleve al aeropuerto.

—¿Cómo al aeropuerto?

Suelta una risita.

—Hace un rato que Iris volvió a Chicago con el *jet*.

—¿Que hizo qué?

—Creo que esta noche vuelas en un avión comercial. Más te vale comprar tu boleto antes de que sea demasiado tarde.

Sigo procesando la idea de que Iris esté en Chicago en estos momentos.

«¿Para qué iba a quedarse? Después de cómo le hablaste, no tenía razón para hacerlo.»

Trago saliva para deshacer el nudo que tengo en la garganta.

—La cagué.

—Nada que arrastrarse un poco no pueda arreglar.

—¿A qué te refieres?

—Métete en el coche y te lo explico —contesta, y esboza una sonrisa preocupante.

Este trayecto en coche va a ser interesante.

¿Lo de arrastrarse incluye comentarle a Iris que tomé un vuelo comercial por primera vez en una década solo para poder verla antes? Porque, en ese caso, el asiento en turista que me asignaron en el último momento valió cada minuto de tortura, teniendo en cuenta que estuve atrapado entre un niño que no paraba de hablar y una madre con un bebé inconsolable.

Los oídos aún me zumban cuando llego a nuestra casa. Harrison me abre la puerta y salgo. No se me ocurre preguntarle por Iris hasta que entro en la penumbra silenciosa de nuestro hogar.

—¿Iris? —grito mientras deambulo por los pasillos invadidos por sus plantas.

No recibo respuesta alguna. Busco por toda la casa dos veces antes de llegar a la conclusión de que no está.

—Mierda.

Saco el celular y la llamo. Para sorpresa de nadie, no contesta. A continuación, marco el número de Cal, pero tampoco responde.

Yo: ¿Está Iris contigo?

No responde inmediatamente, y no me interesa quedarme aquí cruzado de brazos. Para esperar, también puedo ir a su casa.

No tardo ni treinta minutos en estacionarme fuera de su depa, y vuelvo a llamarlo. Esta vez sí responde, pero con más brusquedad que de costumbre.

—¿Se puede saber qué quieres?

Veo que Iris ya habló con él.

—¿Dónde está Iris?

Oigo una puerta cerrándose de fondo.

—Está durmiendo.

—¿En tu casa? —pregunto, apretando los dientes.

—Creo que eso le da lo mismo siempre que no sea en la tuya.

—Pásamela.

—Ahora mismo no quiere hablar contigo.

—Que me lo diga ella misma.

—Hombre, escúchame. Vete a casa y aprovecha la noche para que se enfríe un poco el asunto. Los dos están muy alterados como para hablar ahora mismo.

—A la mierda. —Cuelgo el celular.

No pienso dejar que Cal me diga cómo tengo que relacionarme con mi mujer. Puede que sean amigos, pero yo soy su marido. Por muy enojada que esté, Iris tiene que estar en nuestra casa. Las parejas resuelven sus problemas hablando. No necesitan mediadores externos que gestionen sus problemas.

El portero de Cal me abre la puerta. Pulso el botón del elevador y espero, taconeando con el mocasín hasta que las puertas se abren. El trayecto hasta el último piso es rápido.

Toco a la puerta de Cal con el puño.

—Ábreme.

—Desgraciado —lo oigo mascullar antes de que la puerta se abra—. Vete a casa —me espeta mientras la cierra de nuevo, antes de que yo la bloquee con el pie y vuelva a abrirla.

—¿Dónde está?

Cal me da un empujón y me tambaleo hacia atrás.

Me quedo atónito. ¿Cal me acaba de empujar? No se le ocurriría ponerle la mano encima a nadie, y mucho menos se dedica a ir por ahí con aires de superioridad cuando está enojado. Solo lo he visto comportarse así en la pista de hielo durante los partidos de hockey de la escuela, y era algo que formaba parte del deporte.

Me hunde un dedo en el pecho.

—Ahora mismo no quiere hablar contigo.

—¿Y qué? ¿Acaso sabes tú lo que le conviene?

—Pues alguien tendrá que saberlo, visto que tú no tienes ni idea. Sabía que no serías capaz de cuidarla. Es que mira que lo sabía, y aun así te ayudé, porque pensaba que a lo mejor estabas empezando a cambiar. Que a lo mejor la querías de verdad.

—Es que la quiero. Y a ti no te debo ninguna explicación.

—No, Declan. ¿Cómo se puede querer a una persona a la que llamas fracasada, igual que el resto de los desgraciados que le han arruinado la vida?

—Cierra la boca.

—¿Y eso por qué, eh? Como si no hicieras siempre lo mismo.

Tenso la mandíbula.

—Metí la pata.

—¿Metiste la pata? —Cal deja escapar una carcajada—. Menospreciaste a tu mujer hasta que la hiciste sentir tan miserable como tú. La hiciste sentir pequeña, inútil e insignificante, y todo porque te preocupa más el trabajo que la persona a la que afirmas amar. Así que no puedo más que decirte: felicidades, Declan. Te pasaste la vida protegiéndonos de nuestro padre para acabar convirtiéndote en él.

—Vete a la mierda. —Me muerdo la lengua y noto un regusto a sangre.

Él se despide de mí sacándome el dedo antes de cerrar la puerta de un golpe.

No hay peor sensación que volver a casa sin Iris. La sensación de derrota me hunde los hombros y hace que cada paso que doy me cueste más que el anterior. Me arrastro hasta el interior de la casa a oscuras, sumida en un silencio sepulcral. Lo que antes me aliviaba ahora solo me produce pavor, y más siendo consciente de que todo esto me lo gané a pulso. Me quedo absorto repitiéndome las palabras de mi hermano para llenar el silencio.

«¿Cómo se puede querer a una persona a la que llamas fracasada, igual que el resto de los desgraciados que le han arruinado la vida?»

«Menospreciaste a tu mujer hasta que la hiciste sentir tan miserable como tú.»

«Te pasaste la vida protegiéndonos de nuestro padre para acabar convirtiéndote en él.»

Eso último es lo que más me duele. Que Cal piense eso de mí...

Me hace perder la cabeza todo esto. Y no por los sacrificios que hice, sino porque tiene razón. Si no me controlo, terminaré siendo igual que mi padre. Al fin y al cabo, él tampoco empezó siendo un cabrón insensible. Le llevó su tiempo, y una tragedia, llegar a un punto oscuro de su vida mucho más rápido que la mayoría.

«Tú puedes ser diferente. No es demasiado tarde.»

Suelto un largo suspiro mientras me dirijo a la cocina. Después del vuelo infernal y de la conversación con mi hermano, no tengo energías para cocinarme nada, pero el estómago me ruge y me exige algún tipo de nutrición.

Rebusco en la despensa, valorando diversas posibilidades antes de elegir la opción favorita de Iris: pasta blanca.

La opresión del pecho se me intensifica mientras recuerdo todas las veces que me cocinó a lo largo de las últimas semanas. Puede que no fuera alta cocina, pero a mí no me importaba mientras ella me hiciera compañía. Una compañía que ya no tengo porque la ahuyenté.

Coloco dos manteles sin pensar demasiado. Tardo diez minutos en caer en mi error, y se me forma un nudo en la garganta que casi me impide respirar. Intento comer, pero todo me sabe a cartón.

La inquietud que siento en el estómago va empeorando más y más cuando dejo mi plato de pasta a medio comer en el fregadero y subo al piso de arriba. Vaya a donde vaya, no puedo huir de mis errores. Ni siquiera mi habitación es un refugio seguro. Los recuerdos de Iris me asaltan en cuanto entro; su perfume aún flota en el ambiente. La liga del pelo en el tocador. Un tacón inesperado, abandonado en un rincón durante un polvo. Una foto enmarcada del día de nuestra boda, con ella sonriéndome mientras yo le hago una mueca a la cámara.

Me agarro el pecho y suplico por que la opresión desaparezca. Me tiemblan las manos y respiro hondo varias veces, tratando de evitar el ataque de ansiedad antes de que empiece.

«No la mereciste nunca.»

No. No me la merecía y aun así la deseaba.

Extraño a mi mujer. Su lugar está conmigo, quejándose de lo mucho que me gusta acurrucarme con ella aunque en el fondo le encante. Haría lo que fuera por oírla gruñirle a la alarma de mi despertador por las mañanas, o por el beso reticente antes de salir de la cama para irme a entrenar.

Me tapo con el edredón después de bañarme y clavo la mirada en el techo, envuelto por el aroma a gel de coco de Iris. Ninguna postura me resulta cómoda sin ella.

«Estás en la mierda.»

Me doy la vuelta por tercera vez y observo el cactus que me regaló hace dos años.

«No seas llorón.»

Lo intentaré. Solo por ella.

44

Declan

Me planto en la puerta de Cal a las ocho de la mañana con un café en la mano, listo para hablar con Iris. Apenas dormí y estoy en pie gracias al montón de cafeína que me tomé después de una noche en vela en la que no paré de dar vueltas.

Mi hermano abre la puerta con traje y corbata, algo harto inusual en alguien como él, que ni siquiera tiene trabajo.

—¿Adónde vas?

—A trabajar —dice, cerrando la puerta y echando la llave.

—¿Desde cuándo tienes trabajo?

—Desde que necesitas un secretario.

Lo miro boquiabierto.

—¿Cómo?

—Iris no va a ir a trabajar hoy.

—Cómo que no. Las dos semanas de plazo ni siquiera han empezado.

Cal se ríe.

—Me parece que tienes que echarle un vistazo al correo.

Frunzo el ceño mientras saco el celular y compruebo la bandeja de entrada.

—No lo puedo creer.

—Exacto. Se va a tomar dos semanas de vacaciones, y empieza hoy.

—Para nada.

Mi hermano esboza una sonrisa.

—¿Me vas a llevar al trabajo o no?

—¿Qué es lo que te parece tan gracioso?

—Que me alegra ver que por fin alguien te pone en tu lugar. ¿De verdad creías que podías hablarle como le hablaste y esperar que por dos semanas fuera a trabajar?

Aprieto con fuerza las muelas.

—Quiero hablar con ella.

—Ya se pondrá ella en contacto contigo cuando esté preparada.

—Pues supongo que entonces tendré que dar yo el primer paso. —Le quito las llaves de la mano y abro la puerta antes de que tenga oportunidad de recuperarlas.

—Dec...

Le cierro la puerta en las narices y pongo el seguro antes de que pueda entrar.

—¡Abre la puerta, carajo! —exclama aporreando la madera.

Tiro las llaves a la mesa del recibidor antes de seguir la música directamente hasta la cocina. Mi mirada y la de Iris se cruzan de inmediato.

—¿Qué haces aquí?

—Te traigo café.

Me acerco lo suficiente como para alargarle el vaso. Ella lo observa como si creyera que fuese venenoso.

—¿Viniste hasta aquí para traerme un café?

—No. Vine para hablar contigo. El café no es más que una forma de sobornarte a cambio de tu tiempo.

—No quiero más sobornos tuyos. Ya no.

—Bueno. Pues para más tarde, quizá —respondo, y lo dejo sobre la encimera.

—No sé si preguntarte cómo entraste.

—Le quité las llaves a Cal y lo dejé afuera.

—Declan...

—Te extraño.

—No hace ni veinticuatro horas que no nos vemos.

—El gen de la adicción que corre por la sangre de mi familia es incontrolable. Apiádate de tu pobre marido.

Iris reacciona a la broma con una mueca. Me niego a perder la esperanza, aunque no negaré que me lo cuestiono un instante al ver cómo me mira.

—Te extraño muchísimo. No sé qué hacer con mi vida. La casa está demasiado tranquila y el lavabo excesivamente limpio. Ni siquiera la pasta sabe igual cuando no la cocinas tú.

—Yo no cocino; cuezo. Según tú, hay una gran diferencia.

—Vuelve a casa. Cocinaré todos los días durante el resto de nuestras vidas siempre que accedas a no irte nunca más.

Ella cierra los ojos.

—No.

Aprovecho que baja la guardia y camino hasta ella.

Su barbilla encaja perfectamente con la palma de mi mano, y le acaricio la mejilla con el pulgar.

—Por favor. Sin ti no soy nada.

Ella me mira y pestañea.

—No estoy preparada.

—¿Cómo que «no estás preparada»?

El malestar me vuelve al estómago con más intensidad que nunca cuando ella se aparta de mí. No se lo impido, por más que todas y cada una de las células de mi cuerpo me atraigan hacia ella como un imán.

—Necesito tiempo para pensar.

—¿Para pensar en qué?

—En ti. En mí. En nosotros.

—¿Qué pasa con nosotros?

—Que ni siquiera sé si hubo un «nosotros» para empezar.

Noto una punzada de dolor en el pecho al oír esa confesión. En lugar de obsesionarme con el mal que me corroe por dentro como una sepsis, opto por ignorarlo.

—Firmaste un contrato.

—Nuestro acuerdo no hablaba en ningún momento de tener una relación real. Tú mismo dijiste que era un juego.

—Esto no es un juego y lo sabes, carajo. —Siento un acceso de ira ante la idea de que Iris piense eso, pero me contengo. Ya le hice suficiente daño.

Ella sacude la cabeza.

—Yo ya no sé qué creer.

—¿Y qué? ¿Prefieres volver a como estaban las cosas antes de que nos enamoráramos?

Desvía la mirada, y veo la respuesta grabada a fuego en su rostro. «Eso es exactamente lo que pensaba.»

Suelto una risotada amarga.

—Adelante, tómate tu tiempo, pero hay un hecho incontrovertible: tú y yo somos inevitables.

La cantidad de autocontrol que necesito reunir para alejarme de ella es descomunal, pero no conseguiré nada bueno si sigo presionándola. Me pidió tiempo, y mi intención es dárselo. Siempre que sea acorde a mis reglas.

Cal me deja la carta de renuncia de Iris a las nueve en punto de la mañana, tal como ella lo prometió. Después de todo lo que pasé para intentar evitarlo, Iris se va de todas formas.

«Y todo es culpa tuya.»

Cal deambula frente a mi mesa. Levanto la vista de la carta.

—¿Necesitas algo?

—¿Piensas firmarla?

Agarro la carta de renuncia y casi la arrugo con los puños.

—Pienso firmarla.

Él arquea una ceja y hace un gesto de cabeza en dirección al papel.

—Ya puedes volver a tu mesa.

—¿Y perderme todo este conflicto y angustia internos? ¿Por quién me tomas?

—Por un muerto viviente.

Cal sonríe.

—¿Cómo voy a perderme los problemas que estás teniendo para gestionar este desmadre? Es demasiado entretenido, sobre todo teniendo en cuenta lo infeliz que hiciste a Iris.

—¿Te importa dejarme en paz? No estoy de humor.

Él enarca las cejas, y me doy cuenta de que me salgo del personaje. Le pregunto si se puede ir.

Desde que entré en la oficina, me estuvo atormentando una sensación constante de acidez. Ni todas las reuniones o trabajos sesudos del mundo pueden hacerme olvidar la conversación que tuve con Iris esta mañana.

Paso por delante del escritorio de Cal por inercia, esperando en parte encontrarla allí, para luego recordar que no va a volver. Estoy tan acostumbrado a tenerla cerca que no sé muy bien cómo voy a superar su ausencia.

—Es lo mejor. —Mi hermano arrastra la silla habitual de Iris, pero yo le señalo la otra.

Él me lanza una mirada de desagrado mientras se deja caer en el asiento opuesto al de Iris.

—No va a volver. Guardarle la silla no va a cambiar nada.

—Sigue siendo mi esposa. Esa silla es suya independientemente de su ocupación, así que utiliza la otra.

—Ah, pero ¿sigue siendo tu esposa?

—Fuera de aquí —le espeto.

Él se encoge de hombros.

—Yo solo pregunto.

—No, lo que quieres es discutir.

—Pues mira, a lo mejor sí. Al menos así podemos solucionar esto de una vez. No me gusta trabajar con tanta tensión entre nosotros.

—No hay nada que solucionar. Esto es entre ella y yo, y me da igual la impresión que te dé.

—Declan, se presentó en mi casa llorando. No voy a hacer como si eso no hubiera pasado solo porque tú decidieras, un poquito demasiado tarde, que te equivocaste y que quieres recuperarla.

Aprieto los puños sobre el regazo.

—No pienso hablar de esto contigo.

—Pues firma el papel y me voy.

Tomo una pluma y hago ademán de firmar la carta de renuncia, pero me detengo. Sostengo la mano sobre el espacio de la firma, y Cal se aclara la garganta.

—Si de verdad la quieres, tienes que firmar el papel.

—¿Aunque no me parezca bien?

—Claro que no te parece bien. Hace muchísimo tiempo que tienen una relación de codependencia.

—Al menos todas las sesiones de rehabilitación que te pagué te sirvieron de algo. —Puede que no evitaran que volviera a beber, pero aprendió un par de cosas sobre los malos hábitos.

Cal responde sacándome el dedo.

—Este trabajo no debería ser lo que los mantuviera unidos, igual que tampoco debería ser lo que los separara. Por eso, si de verdad quieres intentar tener un matrimonio que funcione, debes aceptar que deje de ser tu empleada.

Aprieto la pluma contra el papel y escribo mi nombre junto al de ella.

—Toma —digo, y alejo de mí la carta antes de tener la oportunidad de romperla.

—Todo saldrá bien.

—A mí no me parece nada de eso. Porque siento que voy a perderla incluso antes de haberla tenido —replico.

A él se le enternece el gesto.

—Todavía estás a tiempo de recuperarla.

—¿Y tú cómo lo sabes?

—Porque por alguna razón, no me digas por qué, te quiere a pesar de todos los motivos que tiene para odiarte.

—No me lo ha dicho nunca.

—¿El qué?

—Nunca me ha dicho que me quiere —digo con voz queda.

—Eso no significa que no pueda llegar a decírtelo. —Cal sale de mi despacho con la carta de renuncia de Iris firmada.

Saco el celular antes de cambiar de idea. Sigue en pie lo de darle espacio a Iris, pero eso no quiere decir que tenga que guardar silencio mientras tanto. Abro nuestra conversación y le escribo una única palabra para expresarle lo que siento.

Yo: *Lítost.**

Le adjunto una foto de su silla vacía para expresar el sufrimiento que me atormenta al recordar lo solo que me siento sin ella. No responde. Tampoco esperaba que lo hiciera, pero aun así noto una opresión en el pecho.

Intento seguir trabajando, pero no dejo de pensar en nuestra relación. Mi cerebro no parece ser capaz de concentrarse en ninguna tarea, por mucho que me esfuerce. En vez de obligarme, apago la computadora y dedico el resto del día a planear exactamente cómo puedo recuperar a Iris.

* *Lítost*: sustantivo, checo: estado de agonía o aflicción.

Las palabras de Cal me resuenan en la cabeza.

«Te quiere a pesar de todos los motivos que tiene para odiarte.»

¿Y si solo le diera motivos para quererme?

45

Iris

Dedico mi primer día de vacaciones a no hacer absolutamente nada. Debería ser increíble, como siempre me lo había imaginado, pero no consigo quitarme de la cabeza que dejé mi trabajo. Y, sobre todo, me siento como si también hubiera dejado a Declan.

Clavo la mirada en el techo durante lo que me parecen horas, tratando de decidir qué hacer. La necesidad de preguntarle a Cal es casi tan fuerte como el deseo de responder al mensaje de Declan. ¿Cómo no voy a contestarle después de que me haya enviado una foto de mi silla y una palabra que se traduce como algo parecido a «estoy hundido»?

No sé qué hacer con todos estos sentimientos que me asaltan a la vez. Estoy enojada con Declan por lo que pasó en Dreamland, pero también me siento culpable al saber que está sufriendo por mí. No soy de ese tipo de personas que disfrutan guardándoles rencor a los demás. Me enferma, me irrita y siento una ansiedad que casi justificaría que me tomara un ansiolítico.

Intento distraerme actualizando mi currículum. Prefiero hacer algo útil que regodearme en mis sentimientos, aunque la tarea me agota emocionalmente mucho más de lo que preveía cuando me pongo a revisar mi experiencia profesional como asistente de Declan. Dejo de bajar por el documento en la sección que menos me gusta de mi currículum, titulada «Estudios previos». Sigue vacía, con una única mención a un diploma que conseguí en la prepa.

La vergüenza que suelo sentir al recordar que no fui a la universidad ya desapareció, lo cual me sorprende. Pasé años evitando hablar con otros compañeros sobre mis grados y mis cualificaciones. La inseguridad por la falta de experiencia me ha atormentado siempre, y por eso me esforzaba por demostrarle a todo el mundo que no era un fracaso.

Las palabras de Declan me dolieron por múltiples razones, pero es posible que el motivo principal ni siquiera tenga que ver con él. Porque, en el fondo, soy un fracaso, pero no como la gente se imagina.

Fracasé al no afrontar mis miedos. En vez de eso, me pasé años creyendo que yo valía tanto como mi trabajo, y ahora que estoy desempleada, me siento perdida. Pospuse los estudios y fui a lo seguro. E incluso cuando asumí el riesgo de enviar una solicitud al departamento de Recursos Humanos, seguía siendo un intento desesperado por no salirme de mi zona de confort.

Evité volver a estudiar porque temía fracasar. Y en lugar de afrontar ese miedo, caí en la rutina, una rutina que me acompaña desde que acabé la prepa con diecinueve años. Una rutina de la que nunca seré capaz de escapar si sigo permitiendo que mis inseguridades pasadas determinen mis decisiones presentes.

«Tú ya no eres esa chica. La única persona a la que le tienes que demostrar lo que vales es a ti misma.»

He ahí la cuestión. Por fin estoy preparada para demostrar que las únicas limitaciones son las que me impongo yo misma.

Cierro la pestaña y abro una nueva para buscar universidades de la zona. Si mi yo adolescente me viera ahora, bien podría darle un paro cardiaco. Jamás me habría imaginado que solicitaría entrar a la universidad por voluntad propia.

«¿De veras crees que le daría un ataque al corazón por eso? Te casaste con tu jefe por una herencia que ni siquiera es tuya.»

Me quito a Declan de la cabeza. Si quiero hacer algo de provecho hoy, no puedo pasarme el día pensando en él, por mucho que quiera.

Abro un documento de Excel nuevo y empiezo a anotar los pros y los contras de cada universidad, carrera y costos de las colegiaturas. Después de eso, preparo una lista con todo lo que tengo que hacer antes de enviar siquiera la solicitud, como estudiar para las pruebas de ingreso.

Para cuando Cal vuelve a casa después de su primer día de trabajo, llegó a una conclusión: voy a retomar los estudios.

El teléfono me vibra con un nuevo mensaje. Lo tomo de la encimera y al desbloquear la pantalla veo que es de Declan.

Declan: *Saudade*.*

Se me descarga una foto de la isla de nuestra cocina. Mi mantel está colocado al lado del suyo, como si pudiera presentarme allí de un momento a otro y sentarme con él mientras se come su pasta. Ya van tres noches que me envía una foto similar, todas con palabras diferentes pero con una temática idéntica.

Anhelo. Tristeza. Arrepentimiento.

Quizá Declan no sea el único que sufre *saudade*. A juzgar por el dolor que me atenaza el pecho mientras me obsesiono con su mensaje, yo también siento la necesidad de volver a mi hogar.

«Mi hogar.»

Carajo. ¿Desde cuándo su casa comenzó a parecerme un hogar?

«Desde que empezaste a enamorarte de él.»

Se me forma un nudo en la garganta, y me esfuerzo por tomar aire.

—¿Qué te pasa? —me pregunta Cal al entrar en la cocina.

—Nada.

—¿Declan te envió otro mensaje?

—Sí —suspiro.

—¿Ya le contestaste?

—No. —Y no porque no quiera. No hay otra cosa que se me antoje más en el mundo, pero la parte racional de mi cerebro me lo impide, y me hago preguntas que me detienen.

«¿Y si vuelve a cagarla?»

* *Saudade*: sustantivo, portugués: sensación de anhelo, melancolía, deseo y nostalgia.

«¿Y si solo va detrás de mí porque no quiere poner en riesgo la herencia?»

«¿Y si decido enamorarme de él a pesar de todas las alertas, consciente de que no dejará de hacerme daño?»

Tengo la cabeza saturada de preguntas sin una respuesta real.

—¿Quieres hablar con él?

—No —respondo, evitando el contacto visual.

—Lo extrañas.

No es una pregunta.

—Pues claro que lo extraño. Lo extraño tanto que se me revuelve el estómago, porque ya para empezar me siento culpable por desearlo.

—Entonces, ¿por qué no hablas con él?

—Porque ya le hice caso a mi corazón antes y mira adónde me ha llevado. Ahora dudo de todo. Si esto es el amor, no quiero estar enamorada, porque duele hasta el alma.

Se me salen las lágrimas, y Cal me da un abrazo.

—Todo va a salir bien.

—¿Cómo puedes tenerlo tan claro?

Su pecho me ahoga la respuesta.

—Porque si Declan te quiere la mitad de lo que tú lo quieres a él, hará todo lo posible por enmendar sus errores.

Después de la crisis de ayer, decido hacerle una visita a la persona que más me entiende del mundo. Puede que mi madre me ayude a comprender mejor las emociones que me atormentan. Aunque no conozca toda la historia sobre mi matrimonio, sabe lo suficiente sobre las relaciones para ayudarme a afrontar la mía.

Su salón de clases no ha cambiado nada con el paso de los años. Sigue oliendo a pintura vieja con una nota de pegamento, y me recuerda a las tardes que me pasaba pintando mientras ella hacía extraescolares.

—Vaya, dichosos los ojos. —Mi madre me devuelve el abrazo con un apretón.

—Tenía ganas de verte.

—¿Qué pasó? —me pregunta, con la misma mirada que me lanza siempre que se huele algo.

—Nada...

Se ríe mientras le da unos golpecitos a uno de los bancos de la clase.

—Siéntate —dice, antes de acercarme una hoja de colorear en blanco y un paquete de lápices de colores.

Así funcionaron siempre las cosas entre nosotras. «Colorea y confiesa», le llamaba ella, porque siempre conseguía que me acabara viniendo abajo.

—Me gusta mucho que vengas a verme, pero no puedo evitarme preguntarme por qué.

—¿Necesito una excusa para visitar a mi madre?

—Teniendo en cuenta que hace tres años que no pisas mi salón, sí.

Suspiro.

—Es algo importante, ¿eh?

Dejo caer la cabeza y clavo la vista en mis manos.

—La semana pasada Declan y yo discutimos.

—Aaah. Ya me lo imaginaba.

—La cosa se nos fue de las manos y nos dijimos demasiadas verdades, no sé si me explico.

Las pocas arrugas que tiene en torno a los ojos se le tensan.

—Te dijo algo que te hirió.

Le ofrezco un resumen de la pelea, centrándome sobre todo en los problemas del trabajo y cómo ha afectado eso a nuestra vida personal.

—No puedo evitar pensar... —Me interrumpo, sopesando cómo puedo verbalizar mis preocupaciones.

—Si llegará a convertirse en alguien como tu padre —termina ella por mí.

—Exacto.

Me posa una mano encima y dejo de pintar.

—Es normal que te preocupe después de todo lo que viviste con tu padre y conmigo, pero tienes que entender que las parejas discuten. Forma parte de toda relación sana, lo cual no implica que la otra persona deba menospreciarte o hacerte daño adrede, pero la gente se equivoca. Esta no será la primera ni la última vez que Declan te diga algo que en el fondo no siente, motivado por la tensión del momento. Pero siempre que se arrepienta, y hablo de arrepentirse de verdad, tú también debes aprender a perdonarlo.

—Qué fácil es decirlo.

Mi madre me aprieta la mano.

—Aprender a perdonar es tan importante como saber pedir perdón.

46

Declan

Como un reloj, le envío a Iris otro mensaje por la mañana. Adjunto una foto nuestra en el Jardín Botánico con una palabra que describe a la perfección lo mucho que la añoro.

Yo: *Sehnsucht*.*

Contemplo la pantalla del teléfono durante más tiempo del debido, esperando una respuesta que no llega nunca. El corazón se me marchita un poco más dentro del pecho con cada mensaje ignorado.

«Tienes dos opciones: enojarte o seguir adelante con el plan.»

Tomo aire, apago el ordenador y cierro con llave mi despacho.

—¿Adónde vas? —me pregunta Cal, levantando la cabeza del ordenador.

* *Sehnsucht*: sustantivo, alemán: anhelo, deseo, añoranza o ansia.

—Me tomo el resto del día libre.

—¿Perdón?

—Cancela todas las citas que tengo para el resto del día, por favor. No estaré disponible.

—¿Las ocho?

—¿Algún problema?

—No, pero...

—Fantástico. Te veo mañana. —Avanzo hacia la salida, pero entonces me paro y me giro para mirar a mi hermano, que sigue boquiabierto—. Y, oye, gracias por ayudarme. Sé que no tenías ninguna obligación, pero aprecio mucho que te hayas ofrecido a echarle una mano a Iris.

—Lo hago por ella, no por ti.

—Ya lo sé, y por eso te lo agradezco todavía más. —Salgo del despacho con la cabeza bien alta, listo para poner en marcha mi plan.

Harrison y yo conducimos por todo Chicago buscando el perro perfecto en una protectora tras otra. Iris me dejó muy claros sus requisitos, y no pienso meter la pata. Mi entusiasmo mengua con cada refugio en el que no encuentro nada, y para el décimo ya empiezo a perder la esperanza.

—Quizá podamos volver a intentarlo mañana, señor —me dice Harrison mientras me aguanta la puerta del coche.

Dejo escapar un largo suspiro. Esto es una parte fundamental de mi plan y ni siquiera puedo lograrlo. ¿Tan difícil es encontrar a un perro grandote y blandito que siga a Iris a todas partes?

Pues prácticamente imposible, por lo visto.

Saco el teléfono y compruebo la siguiente protectora de mi lista.

—Vamos a probar con una más y, si no, tiro la toalla por hoy.

Harrison me lleva hasta la última. No está en el mejor barrio de la ciudad, de modo que tampoco espero tardar demasiado; visto lo visto, puede que cuando salga ya no encuentre ni a Harrison ni el Maybach.

Una campanita tintinea sobre mi cabeza cuando entro en el edificio. La única empleada del lugar no se digna ni a levantar los ojos de la revista que está leyendo.

—Hola —digo, parándome delante del mostrador.

Ella infla una pompa con el chicle antes de hacerla explotar.

—Estamos cerrados.

Le echo un vistazo al cartel de la entrada.

—Según el horario, todavía quedan treinta minutos. A mí no me engañas.

La chica abre mucho los ojos antes de entornarlos, como si me hubiera reconocido pero no supiera ubicarme.

—¿Cómo puedo ayudarte?

—Estoy buscando un perro grande y tierno que tenga ansiedad por separación.

—Un poco específico, ¿no?

—Y que lo digas. ¿Tienes algún perro que encaje con mi descripción?

—Pueees... no, que yo sepa.

La poca esperanza que me quedaba desaparece. Me reorganizaré y volveré a intentarlo mañana, después de una buena noche de descanso. O al menos todo lo buena que pueda ser sabiendo que Iris está en la otra punta de Chicago, durmiendo en el depa de mi hermano.

Planto la mano sobre el mostrador.

—Está bien. Gracias por tu tiempo.

—¿Quieres entrar a echar un vistazo de todas formas?

Abro la boca para decirle que no, pero entonces cambio de idea.

«Ya que viniste hasta aquí, no pierdes nada por darte una vuelta.»

—Vale. Te sigo.

La chica me acompaña hasta la parte trasera. Las paredes están llenas de jaulas ocupadas por perros y otros animales que esperan un nuevo hogar. Algunos se acobardan en los rincones de la jaula, mientras que otros me bufan o ladran cuando paso por delante.

—¿Ves alguno que te guste?

—No.

Todos son o demasiado pequeños, o tienen demasiado poco pelo o están demasiado asustados como para ser un candidato adecuado.

Un perro ladra desde la jaula más alejada.

—¿Ahí que hay?

—Esa jaula está reservada para preparar a los perros para la eutanasia. Probablemente esté un poco nervioso por haberlo separado de los demás.

—¿Van a matarlo?

—No tenemos espacio ni dinero para acogerlos a todos, así que cuando ya llevan un tiempo determinado pendientes de adopción... Ya sabes.

Por Dios. Me acerco a la última jaula. Dos ojos negros me observan desde el interior, apenas visibles detrás de la mata de pelo blanco y gris que los recubre.

—¿De qué raza es? ¿Oso polar?

Ella se aproxima y lee la placa.

—Creen que podría ser un antiguo pastor inglés. Sin una prueba de ADN, es difícil saberlo.

Bueno, viejo sí parece. Según la tarjeta, su fecha de nacimiento estimada es hace más de cinco años. Eso en años de perro es prácticamente un anciano.

—¿Puedes soltarlo?

—¿Seguro? Es un poco... inquieto. —Por cómo mira alrededor de la sala, casi parece que necesite algún tipo de toques eléctricos para controlar al perro.

—Tú ábrela.

Ella se encoge de hombros antes de quitar el seguro de la jaula. El perro sale disparado como una bala antes de abalanzárseme encima. Intento mantener el equilibrio, pero acabo cayendo de nalgas mientras el perro me lame la cara desde la barbilla hasta la frente. Es absolutamente repulsivo, y sin embargo no puedo parar de reírme cuando repite el gesto pero en el otro lado de mi cara, hasta no dejar ni una sola zona sin chupar.

—¿A este lo van a sacrificar mañana?

—Mañana a primera hora.

El perro gime, como si entendiera la conversación. Se sienta en mi regazo como si fuera un cachorro, pero me aplasta el miembro con su peso. Me lo quito de encima y me pongo de pie.

—¿No quiso adoptarlo nadie?

—Para nada. —La muchacha revisa otra vez la tarjeta—. Uy, mira. Tiene problemas de abandono y no le gusta estar solo más de unas pocas horas. Si se siente solo, es posible que destroce tu sillón favorito o se mee en la alfombra.

Fantástico. Misterio resuelto.

El perro me observa entre pestañeos como si me prometiera que no nos dará ningún problema. Me cuesta creerlo a juzgar por cómo me llena de babas los zapatos, como si quisiera convertirlos en su nuevo juguete para masticar.

—Creo que esto es lo más parecido a problemas de separación que voy a encontrar.

—Entonces... ¿te lo llevas?

—Claro. Prepárame el papeleo.

Ahora soy el orgulloso padre de un perro dependiente que probablemente destruya mi hogar antes de que Iris tenga siquiera oportunidad de regresar.

Fenomenal.

Al día siguiente, me presento en el trabajo con el perro, aún pendiente de bautizar. Después de que arruinara mis mocasines favoritos cuando salí a correr por la tarde, ya no puedo confiarme en dejarlo solo cerca de cosas caras. Llevarlo a la oficina es una solución temporal, y algo que debo arreglar pronto, en cuanto encuentre una guardería para perros en condiciones donde lo entrenen.

—¿Se puede saber qué es eso? —pregunta Cal, deteniéndose en la puerta de mi despacho.

—Un perro —contesto, sin levantar la vista del ordenador.

El perro responde con un ladrido, e intenta sin éxito soltarse de la correa que he atado a mi mesa.

—Ya vi que es un perro, pero ¿qué hace aquí? ¿En tu despacho?

—Tiene problemas de apego.

El perro ladra como dándome la razón.

—¿Es tuyo? —Cal da un paso vacilante hacia el animal.

—Y de Iris.

—No me digas que le buscaste un perro solo porque crees que la hará feliz.

—Bueno, pues no te digo.

Él se pasa la mano por la cara.

—Válgame.

—Si piensas ponerte a criticar mi plan, más te vale seguir trabajando. Ya estoy bastante estresado. —Entre lo de buscar trabajadores temporales que ocupen el puesto de Iris y revisar el resto de mi plan, no me doy abasto.

—¿Y se puede saber cuál es tu plan?

Entrecierro los ojos.

—¿Qué más te da?

—Me da que soy tu hermano y me siento obligado a ayudarte antes de que pierdas la cabeza.

—¿Crees que puedo perder más la cabeza? Adopté un perro.

—No lo sé, pero prefiero no descubrirlo —contesta, dándole palmaditas al perro en la cabeza.

Lo fulmino con la mirada.

—Pensaba que estabas enojado conmigo.

—Es que estoy enojado contigo, pero quiero lo mejor para Iris, aunque eso te incluya a ti.

—Muchas gracias por el cumplido indirecto, pendejo.

Él se encoge de hombros.

—Como si necesitaras que te alimentaran todavía más el ego.

—Visto que mi mujer no quiere ni verme, me vendría bien toda la ayuda posible.

—¿Quién habría dicho que estar enamorado te convertiría en una persona tan patética?

—Si esto te parece patético, espera a ver lo que tengo pensado.

47
Iris

—¿Falta mucho?

Cuando Cal me pidió que lo acompañara a hacer unos mandados, pensaba que sería ir y volver del súper. Hace mucho que dejamos atrás el súper y toda señal de civilización.

—No —responde, tamborileando con los dedos sobre el volante al ritmo de la música que sale de la radio.

—Tengo la sensación de llevar horas dando vueltas en círculos.

Cal se ríe.

—Treinta minutos. Cuando mucho.

Un rayo atraviesa el cielo.

—Va a llover.

—Qué oportuno —contesta él con sequedad.

—¿Piensas decirme cuál es el plan o vas a seguir jugando con el elemento sorpresa?

—No soy yo el que va a sorprenderte.

—¿Cómo?

Para el coche y desbloquea las puertas.

—Bájate.

—Estás jugando, ¿no?

—Por desgracia no. Aunque estoy convencido de que desearás que esto sea una broma.

No muevo ni un músculo. Cal sale del coche y rodea el capó para abrir mi puerta.

—Vamos.

—Estamos en mitad de la nada.

—No seas tan dramática. Hace diez minutos que pasamos por un Starbucks.

—¿Me puedes decir qué hacemos aquí?

Estoy tan conmocionada que lo sigo fuera del coche.

—Dale un segundo.

—Por tu bien, espero que no me la hayas jugado. —Miro alrededor, tratando de encontrar a la persona de quien habla.

Mi comentario no recibe respuesta. Cal vuelve a subirse en el coche y cambia de sentido como en una película para luego alejarse de mí. Las ruedas chillan cuando acelera carretera abajo, dejándome allí tirada tosiendo con el humo del tubo de escape.

—¿Qué mierda...? —Saco el celular del bolso y marco su número.

El imbécil rechaza la llamada y me manda al buzón de voz.

Empiezo a hablar en cuanto suena el pitido para dejarle un mensaje.

—Ya puedes pensar en una buena razón para haberme dejado aquí tirada, porque...

Interrumpo la bronca al ver un coche aproximándose por la carretera. Vi suficientes documentales de crímenes como para saber que viajar de dedo y subirse en vehículos de desconocidos nunca acaba bien. Examino el perímetro en busca de algún lugar donde esconderme, pero estoy rodeada de tierra yerma y varios montones de basura.

—Carajo, Cal, pienso matarte esta noche mientras duermas.

Cuando el vehículo se acerca, me doy cuenta de que no se trata de un coche, sino de una furgoneta blanca. Una que me recuerda demasiado a las de los asesinos en serie de las que siempre alertan a las mujeres para que las eviten. El corazón me martillea contra el pecho, buscando una forma de salir.

Cruzo los dedos y susurro:

—Por favor, que no sea un asesino con un hacha. Por favor, que no sea un asesino con un hacha...

Doy un respingo al oír el sonido de un claxon seguido por el ladrido de un perro.

—¿Te llevo?

Pongo los ojos como platos al distinguir la voz de Declan.

—No lo puedo creer.

Me muerdo la lengua y un regusto metálico me inunda de inmediato la boca.

«Pues parece que no estoy soñando.»

Declan sale del vehículo con su mejor traje.

—Tengo unas cosas que hacer, así que si quieres que te lleve, te puedes ir subiendo al coche. —Se apoya en el cofre como si no estuviéramos viviendo la situación más extraña de nuestras vidas.

Abro la boca para preguntarle por qué Cal me la jugó, pero me interrumpe un trueno.

Declan enarca una ceja.

—Bueno, ¿nos vamos o quieres que te caiga un rayo encima?

Echo a correr hacia el asiento del copiloto y abro la puerta.

—Déjame en el Starbucks que hay más abajo.

—Voy en dirección contraria.

—Pues cambia de rumbo. —Me siento antes de que el cielo se nos caiga encima.

Él no responde cuando cierra mi puerta con una media sonrisa.

—Pero ¿qué...?

El ladrido de un perro me corta la respuesta. Echo un vistazo a los asientos traseros y encuentro a un perro enorme atado a una especie de asiento para animales. Está cubierto de pelo de la cabeza a los pies, y apenas le distingo los ojillos debajo de ese pelambre. Me sorprende que haya conseguido meterlo en el asiento de atrás con lo descomunal que es.

—¿De quién es ese perro? —le pregunto cuando abre su puerta.

—Nuestro.

—¿Cómo que nuestro?

El perro responde con un ladrido. No voy ni a prestarle atención a ese comentario. En vez de eso, busco la dirección de los Starbucks más cercanos en el teléfono.

—Llévame aquí.

Declan ignora del todo mi mapa al girar en la dirección opuesta.

—¡Declan!

—Sé que no me lo merezco, pero te pido que me dediques diez minutos de tu tiempo.

Me transporto a la última vez que me pidió diez minutos y en su lugar me ofreció diez palabras.

«Creo que empiezo a enamorarme de ti, Iris Elizabeth Kane.»

Recordarlo me vuelve lo bastante sumisa como para guardar silencio mientras él avanza por la carretera. Los nubarrones se separan sobre nuestras cabezas. La lluvia repiquetea contra la luna y Declan se ve obligado a activar los limpiaparabrisas para ver con claridad.

El perro gimotea al oír un trueno.

—¿A qué viene el perro?

—Me dijiste que querías uno.

Abro la boca, pero no logro articular palabra.

—Pasé por once refugios hasta encontrar uno que encajara exactamente con tus requisitos, pero, mira, no sé cómo lo conseguí. Solo espero que te guste, porque no pienso devolverlo a ese espanto de sitio. Si no me lo hubiera llevado, lo habrían sacrificado.

Se me escapa una risotada antes de que pueda contenerla. Cuando me inventé la historia del perro, no creía que llegaría el día en que Declan se decidiría a encontrármelo. Y mucho menos a adoptar a uno del tamaño de un oso.

—¿Por qué lo hiciste? —La voz se me rompe de una forma que refleja el estado de mi determinación.

—¿Por qué no? Tú querías un perro y yo lo he hecho realidad.

—¿Y la camioneta?

—Me ha parecido sensato tenerla preparada para todos los críos que quieras tener algún día.

Se me nubla la visión.

—No puedes hablar en serio.

—Hablo en serio, y pienso demostrártelo.

Guarda silencio y pisa a fondo el acelerador. El resto del trayecto es bastante accidentado. Doy las gracias cuando Declan detiene la camioneta antes de que yo acabe vomitando con el mareo. Se estaciona delante de una vetusta granja con las ventanas tapiadas y un porche que parece a punto de venirse abajo. Él se baja del coche sin paraguas, y casi se me olvida que está lloviendo.

No parece molestarle lo más mínimo cuando abre mi puerta y me ofrece una mano.

—Ven conmigo.

Lo miro desconcertada.

—Está lloviendo.

—Ya lo sé. Ahí está la gracia.

Me agarra la mano y me saca del coche. Las gotas de lluvia me salpican en la piel. Declan me guía lejos del coche, pero no avanzamos demasiado antes de pararnos delante de la cochera destartalada. Tiene el pelo, la piel y la ropa calados de agua. No tengo claro que mi aspecto sea demasiado bueno con la camiseta pegada al cuerpo. Me siento tentada de refugiarme en la cochera, pero la madera parece hinchada y podrida tras años de abandono.

—¿Qué es este lugar?

—Dame un segundo.

—Sin problema. Yo te espero mientras me da una neumonía.

Sin soltarme la mano, tira y gira mi montón de anillos hasta quitármelos. La opresión insoportable que noto en el pecho se intensifica cuando me observo el dedo desnudo.

—Espera...

Declan se saca la cajita de un anillo de la chamarra e hinca una rodilla. Su rostro es un lienzo en blanco, totalmente desprovisto de cualquier emoción visible cuando levanta la cabeza para mirarme.

El corazón se me acelera cuando me toma de la mano izquierda.

—¿Se puede saber qué haces?

—Te estoy pidiendo matrimonio en mitad de una tormenta con un Tom Ford.

«Dios mío de mi vida.»

No puede ser. Es imposible que esté recreando la historia que me inventé.

«¿Verdad?»

Error. Abre la cajita del anillo y suelto un grito ahogado. Incluso sin rayos de sol que se reflejen en él, es evidente que me compró el anillo de esmeralda más hermoso que he visto en mi vida.

—Iris.

—¿Sí? —Arrastro la mirada desde sus ojos al anillo, y de vuelta a su cara.

Le tiembla la mano, y sé que no tiene nada que ver con la lluvia, así que se la aprieto para reconfortarlo. Masculla algo que me suena a «vamos por la grande», y el corazón me da un vuelco ante esa muestra de vulnerabilidad.

—*Ya'aburnee.** O «tú me entierras a mí». Una traducción aproximada de mi intención de abandonar este mundo antes que tú, porque no me imagino vivir ni un solo día sin que tú formes parte de él. Si esta última semana fue una muestra de ese tipo de vida, te aseguro que no merece la pena vivirla. Eres mi mujer y mi mejor amiga. La futura madre de mis hijos y el único lugar que de verdad siento como mi hogar. Eres la mujer con la que quiero pasar el resto de mis días, y no porque firmaras un contrato, sino porque me quieres lo suficiente

* *Ya'aburnee*: árabe: «tú me entierras a mí».

como para haberte quedado a mi lado sin contratos de por medio.

»Quiero ser el tipo de hombre que merece a una mujer como tú, si es que eso es posible. Te prometo que me esforzaré todos los días para asegurarme de que no te arrepientes de haberte casado con un miserable como yo. Porque cuando estoy contigo ya no me siento así, en absoluto. Me haces feliz hasta tal punto que temo parpadear por si en ese instante lo pierdo todo.

La vulnerabilidad de sus palabras toca todas y cada una de las fibras de mi cuerpo.

—Te daré todo lo que quieras, sin excepciones, siempre que me des la oportunidad de hacerte tan feliz como tú a mí. Un perro. Una familia. Un hogar. Lo quiero todo. Estos son mis términos y condiciones; o los tomas o los dejas, porque no estoy abierto a negociaciones.

—Solo tú eres capaz de conseguir que una pedida de mano suene a una adquisición comercial y salirte con la tuya.

—Cásate conmigo —me ordena con una sonrisa que podría hacer que accediera a todo lo que me propusiese.

—Ya estoy casada contigo. —Mis lágrimas se mezclan con las gotas de lluvia, y no tengo claro dónde empiezan unas y dónde terminan las otras.

—Cásate conmigo, pero esta vez de verdad. Sin contratos. Sin herencias de por medio. Sin más expectativa que la de quererme a pesar de todas las razones por las que probablemente deberías detestarme.

Me contempla sin decir nada más. Las emociones recorren su rostro como en un anillo del humor, de la felicidad al miedo. Lo miro fijamente al tiempo que el chaparrón da paso poco a poco a una llovizna.

Casarme otra vez con él significa confiarle mi corazón, sabiendo que me lo puede romper. Significa ofrecerle una oportunidad real de aprender de sus errores y convertirse en una mejor persona. El matrimonio no es fácil, pero la vida tampoco, y no me imagino ni una cosa ni la otra sin Declan. Por suerte, no me hace ninguna falta.

—Sí. —La respuesta se me escapa de la boca como un susurro, de modo que repito con firmeza—: Sí, quiero casarme contigo.

Las piernas me tiemblan al ver la sonrisa que esboza mientras me desliza el anillo nuevo por el dedo. Los diamantes rodean la gema verde como rayos de sol, que destellan cuando por fin el astro rey asoma entre las nubes.

—Fueron los peores treinta segundos de mi vida.

Me río.

—Te lo mereces después de todo lo que me has hecho pasar.

Declan se pone en pie y me abraza. Sus labios se aprietan contra los míos y me arrebatan la capacidad de respirar mientras me besa con cada ápice de amor de su cuerpo. El abrazo de Declan es como volver a casa. Los dedos de los pies me hormiguean y el pecho se me calienta, y me invade una profunda emoción cuando sus labios se posan suavemente sobre los míos en una disculpa muda.

Nuestro beso se alarga durante lo que me parecen horas. Para cuando nos separamos, los dos estamos empapados, aunque la lluvia ya bajó oficialmente.

Me mira de una forma que me provoca otro escalofrío columna abajo. Doy un paso atrás, consciente de lo que significa esa mirada.

Me aclaro la garganta.

—¿Piensas contarme qué hacemos aquí en mitad de la nada?

—Te presento nuestro nuevo hogar.

—Perdón, ¿nuestro qué? —Contemplo la casa boquiabierta. Utilizo el término libremente, si tenemos en cuenta que el lugar parece que lleva años abandonado.

—Déjame que te enseñe algo. —Me toma de la mano y rodeamos la casa hasta la parte de atrás.

—No lo puedo creer —musito, atónita.

Él sonríe.

—¿Te gusta?

Camino hacia el imponente invernadero. A diferencia de la casa que hay a nuestras espaldas, da la impresión de que alguien vino recientemente a cuidar del invernadero. El cristal está impoluto y brilla, y me ayuda a hacerme una buena idea del espacio vacío del interior. Necesitaría cientos de plantas para llenarlo. Tal vez incluso mil.

Declan me atrae hacia su pecho para poder apoyarme la barbilla en el hombro.

—Primero pensé en dejar que eligieras tú el lugar, pero cuando mi agente inmobiliario me envió este anuncio sabía que no podía dejarlo pasar. Vine hasta aquí ese mismo día para ver cómo era y presentar una oferta.

—¿Por qué? —pregunto con la voz entrecortada.

—Porque no hay nada que desee más en este mundo que convertir una casa en un hogar contigo.

Declan debería ir siempre con un cartel de alerta, porque cada vez que lo tengo cerca corro el riesgo de desmayarme.

—Es precioso.

Sus brazos me aprietan con firmeza.

—¿Quieres verlo?

—¿Podemos entrar?

Declan sonríe al apartarse de mí y abrir la puerta. Dedico los cinco minutos siguientes a explorar el lugar, analizando todo el espacio que tendré para mí.

—Es como estar en el cielo. —Paso un dedo por una mesa vacía que espera que alguien la llene de macetas.

—Entiendo por ese comentario que te gusta, ¿no? —Su voz segura no coincide con el gesto vacilante de sus ojos.

«Está nervioso.»

El Declan ansioso es mi Declan preferido, porque es la versión de él que no conoce nadie más. Hace todo lo posible por ocultársela al mundo, pero cuando está conmigo no teme bajar la guardia. Noto una calidez y un hormigueo en el pecho al saber que confía lo suficiente en mí como para compartir esa parte de sí mismo. Porque para alguien que creció convencido de que las emociones eran una debilidad, esto probablemente signifique mucho más de lo que podré llegar a imaginar jamás.

Camino hasta él y me cuelgo de su cuello.

—Me encanta.

—Me alegro. Porque si la pedida no funcionaba, este era mi plan B para convencerte de que te casaras conmigo.

Le doy un golpe en el pecho húmedo.

—No puedes comprar así el amor de la gente.

Los ojos le tiemblan.

—Yo no quiero el amor de la gente. Quiero el tuyo.

—Ya lo tienes.

Declan parpadea, y yo me pongo de puntitas para acercar mis labios a los suyos.

—*Daisuki*. —Presiono mi boca contra la suya, y él deja escapar una respiración entrecortada—. *Szeretlek*. —Gruñe cuando intensifico el beso, pero se aparta poco después, sin aliento—. *Ich liebe dich* —repito las mismas tres palabras que él me susurró cuando me estaba haciendo el amor.

Declan cierra los ojos, como si estuviera experimentando una sobrecarga sensorial.

—Te quiero —termino en una lengua que los dos entendamos para que mi mensaje llegue sin problemas a su destino, puesto que lo más probable es que haya pronunciado fatal las otras palabras.

—Dímelo otra vez. —Sus ojos oscuros se posan en mi boca.

—Te. Quiero.

Me da un beso en la coronilla. El dolor que le veo grabado en el rostro hace que se me forme un nudo en el estómago, consciente de que pasó treinta y seis años de vida creyendo que era imposible que alguien lo quisiera, y todo por culpa de un padre nefasto y abusivo.

Le acaricio la mejilla.

—Y siempre te querré. Hoy. Mañana. Siempre.

—Eso lo dices ahora... —Su voz se convierte en apenas un hilo, y desvía la mirada.

Noto una opresión en el pecho.

—Y te lo diré todos los días hasta que te lo creas.

—A lo mejor nos lleva toda la vida.

Recorro su alianza con la punta del dedo.

—Menos mal que si hay algo que nos sobra ahora mismo es tiempo.

Epílogo

Iris

Un año más tarde

—¿Está ocupado? —pregunto, tras detenerme frente a la mesa del asistente de Declan.

—Adelante —responde, negando con la cabeza con una sonrisa antes de volver a concentrar la atención en la pantalla de la computadora.

Camino hasta la puerta del despacho de Declan y golpeo la madera con los nudillos, como cientos de veces antes. Su voz de trueno atraviesa la puerta, y la abro antes de que tenga oportunidad de protestar.

—Te he dicho que no me moles... —Se interrumpe cuando nuestras miradas se cruzan. Las arrugas de su frente se transforman en esa sonrisita suya que hace que me fallen las rodillas.

Me tiemblan las piernas, y a punto estoy de torcerme el tobillo antes de recuperar el equilibrio.

Declan se pone de pie y me acompaña hasta la silla

antes de que me pase algo desafortunado, como caerme de bruces sobre la moqueta. Desde que anuncié que estaba embarazada, se comporta de una forma que me hace pensar que no descansará hasta envolverme permanentemente en plástico de burbujas para protegerme.

—Hace semanas que te dije que dejaras de ponerte esas trampas mortales. —Desde que Declan leyó una historia de terror sobre una mujer embarazada y unos tacones, no deja de molestar con el tema. Temo llegar un día a casa y encontrar el clóset vacío y la chimenea ardiendo con mis posesiones más preciadas.

—Quiero disfrutar de mis zapatos mientras aún me los pueda ver —digo dándome golpecitos en la barriga, aún pequeña.

—Son peligrosos.

—Llevo poniéndome tacones desde que era una niña y descubrí el clóset de mamá. No me ofendas.

Él aprieta los labios contra mi coronilla.

—¿Cómo está mi chica favorita?

Estoy a punto de corregirlo, pero me contengo.

«No le arruines la sorpresa.»

—Me desperté sin tener que ir corriendo al lavabo, así que cuento el día de hoy como un éxito digno de celebración.

Deposito la bolsa con la comida para llevar de nuestro italiano favorito sobre la mesa de Declan. Él se ríe al tomar asiento en la silla que hay frente a mí.

—¿Qué te dijo el doctor sobre los mareos matutinos?

—Me aseguró que las náuseas constantes son temporales y que, con suerte, deberían desaparecer pronto. ¡«Con suerte»! ¿Puedes creerlo?

—¿Qué sentido tiene llamarles «mareos matutinos» si te duran todo el día?

—Porque la publicidad falsa funciona de maravilla con las mujeres inocentes como yo.

Declan se ríe. El corazón se me acelera cuando él levanta la bolsa de papel, pero se detiene justo antes de abrirlo, y por poco no suelto un gruñido.

«Relájate antes de que se las huela.»

Organizar una sorpresa a espaldas de Declan es prácticamente imposible. Se ha empeñado en venir a todas mis citas con el ginecólogo, así que he tenido que hacer malabares con su secretario para llenarle la agenda hasta los topes. El pobre Jeff tuvo que soportar su ira toda la mañana.

Ya me encargaré yo de que le asignen un buen bonus por su sacrificio.

—¿Hablaron de algo más?

Niego con la cabeza.

—Para nada. Está todo en orden, aunque ya subí casi cinco kilos.

Su sonrisa se ensancha. Yo entrecierro los ojos, lo cual provoca que él se ría.

—Me alegra saber que te estoy alimentando bien.

—Lo que estás es consintiéndome.

Declan llega a casa a la hora de la cena todas las noches, a tiempo de prepararme un menú equilibrado. Al principio, creía que sería cosa de un día, pero sigue llegando a casa todos los días a las siete de la tarde.

—Pues te puedes ir acostumbrando.

—¿Hasta cuándo?

En el momento en que sea director general, dudo que tenga tiempo de seguir adelante con estas pequeñas tradiciones.

—Indefinidamente.

Parpadeo.

—¿Incluso cuando seas director general?

—Sobre todo cuando sea director general. Tú me mantienes cuerdo.

—Pues me parece aterrador, sobre todo teniendo en cuenta que la semana pasada me puse a llorar con el anuncio de un supermercado.

Él se encoge de hombros.

—Hay que decir que el anuncio era muy bueno.

Echo hacia atrás la cabeza al reírme. Cuando me recompongo para tomar aire, veo que Declan me clava la mirada como un foco de vigilancia.

—¿Qué pasa?

El brillo de los ojos se le refleja en la sonrisa de la cara.

—Extraño tenerte por aquí.

Siento una opresión en el pecho, y me invade una oleada abrumadora de afecto.

—A Jeff se le da muy bien su trabajo.

—Pero no eres tú.

Me pongo de pie y rodeo su mesa. Él arrastra la silla hacia atrás y me sienta en su regazo, antes de rodearme con las manos y posarme una sobre la panza. La expresión de felicidad de su rostro hace que se me desboque el corazón. Se inclina hacia delante para darme un beso, pero se detiene al oír cómo me ruge el estómago y frunce el ceño.

—¿No has comido aún?

Hago una mueca.

—No.

Me levanta de su regazo antes de ayudarme a sentarme de nuevo. Él, en vez de volver a su silla, toma la bolsa de la comida para llevar y la rasga.

—Esto no es sano.

Pongo los ojos en blanco.

—Perdón por querer celebrarlo con algo especial.

—¿Qué hay que cele...? —Se interrumpe al sacar una minisuculenta de la bolsa. Las letras negras destacan sobre la maceta blanca: «A mi niña le encantan las suculentas».

—Puedes ponerlo en el buró, al lado del cactus.

Declan se vuelve hacia mí con los ojos muy abiertos.

—¿Vamos a tener una niña?

Asiento con una sonrisa.

—Me enteré hoy.

Declan me alza en brazos y me besa con entusiasmo. Sus brazos se cierran en torno a mi cuerpo y me sujeta con firmeza mientras me hace estragos en la boca. Siento que el pecho podría estallarme en cualquier momento con el amor que me profesa. No deja de besarme hasta que vuelve a gruñirme el estómago y nos acordamos de que la tercera personita que hay en el despacho está hambrienta.

Él se aparta. Abro la boca para protestar, pero me detengo cuando Declan se arrodilla delante de mí. Me da un beso en la panza y a punto estoy de derretirme con la dulzura de la escena. Los ojos se me llenan de lágrimas. Una consigue escaparse y me baja por la cara.

—Sé que vas a tenerme todo el día de arriba para abajo, pequeña Kane, pero valdrán la pena todas las canas de mi cabeza. Te lo garantizo.

Epílogo ampliado

Declan

—Acuérdate de lo que te dije.

—Tenemos que hablar bajito. —Mi hija se lleva un dedo a los labios antes de reírse. Ilona no sabe ni remotamente lo que significa hablar para sus adentros, pero no me enojo. A fin de cuentas, solo tiene cinco años.

Le reviso la ropa que se puso de la cabeza a los pies. No combina para nada.

—¿Y el cartel?

Separa los labios diminutos y toma aire.

—Se me olvidó. —Echa a correr pasillo abajo. Las trenzas se le sacuden sobre la espalda y hace que reboten las cuentas con forma de mariposa que lleva en los extremos.

A juzgar por los ruidos que salen de la habitación, parece que esté habiendo una guerra. Resisto la necesidad de ir a comprobar qué está haciendo. Iris me dice que tengo que dejar de ser un padre helicóptero, porque ya es tiempo de que Ilona madure un poco.

¿Cómo va a madurar? Yo quiero que se quede con cinco años para siempre.

—¡Ya lo tengo! —grita al salir atropelladamente de la habitación.

—Shhh. —Me llevo un dedo a los labios y ella se ríe, y el sonido es como beberse un rayo de sol.

Sus zapatitos repiquetean sobre la duela mientras vuelve conmigo.

—Déjame verlo. —Pongo una cara larga y señalo el póster.

Ella sostiene el cartel de la graduación al revés, y yo le doy la vuelta.

fEliz grAbUAcIOn

Casi, pero se entiende.

—Mmm... —digo, rascándome la barbilla.

Ella alza la vista y me mira con unos ojazos marrones cargados de incertidumbre.

—¿Crees que a mami le gustará?

Me inclino hacia ella y le doy un beso en la mejilla rolliza.

—Creo que le encantará.

—¡Viva! —se susurra a gritos para sí misma, y una parte del corazón se me derrite ante la escena.

—Venga, vamos a buscar a mamá —digo, y le ofrezco una mano.

Ella me la mira fijamente antes de salir disparada hacia la puerta de nuestra habitación sin ni siquiera molestarse en esperarme.

—Ilo...

Demasiado tarde. Irrumpe en la habitación.

—¡ZORPRESA!

Me apresuro a alcanzarla para evitar que se pase de entusiasmo y le haga daño a Iris en el proceso.

Nuestra hija salta sobre la cama y nos llena el edredón blanco del polvo dorado del póster. Detesto la diamantina, pero criar a una hija obsesionada con las manualidades implica que me pase el día inhalando esta mierda como un adicto a la cocaína.

Iris parece pensar lo mismo cuando me mira con gesto risueño.

—Que alguien me explique qué está pasando aquí.

Por muchos años que llevemos casados, Iris sigue conservando la habilidad de incapacitarme solo con una sonrisa. Siento un acceso de deseo mientras la observo.

Después de un susto en urgencias el mes pasado, Iris tendrá que pasar el resto del embarazo en cama. El cambio fue un golpe duro. Pasó de poder ir a la universidad y ayudar a criar a Ilona a verse postrada en la cama. Y aunque no lo admita, sé que sigue enojada por no haber podido asistir a la ceremonia de inauguración de Dreamland Tokio la semana pasada.

De ahí la fiesta. No podía permitir que no se celebraran tantos años de esfuerzos. Puede que le costara más tiempo que a la mayoría de su generación, pero ahora tenemos una niña sana y dos criaturas más en camino gracias a los sacrificios que hace para priorizar siempre a la familia.

—¡Papá te organizó una fiesta de grabuación!

—¿Una qué?

—Una fiesta de graduación. —Me sitúo junto a su lado de la cama y le doy un beso delicado en los labios.

—¡Puaj!

Iris se ríe.

—¿Seguro que estás preparado para los gemelos?

—Por supuesto. Todavía nos queda media camioneta por llenar.

Ella niega con la cabeza sonriendo.

—A este ritmo, vamos a necesitar un autobús.

—Todo es hablarlo.

Se ríe antes de soltar un grito ahogado cuando le quito el edredón de encima.

—No me distraigas más. Tenemos invitados abajo que te están esperando.

—¿Cómo? O sea, ¿ahora mismo?

—Sí. Vamos, arriba.

Iris se mira lo que lleva puesto con una cara de horror.

—No pueden verme así.

—Estás fantástica.

—Pssst. ¿Papá? —susurra Ilona, haciéndome un gesto con la mano.

—Dime, cielo. —Me inclino para que pueda ahuecar la mano en torno a mi oreja.

—Olvidaste el gorro —dice a viva voz, sin entender en absoluto cómo funciona lo de hablar al oído.

Iris reprime una risotada con la palma de la mano.

Mierda. El birrete.

—Un segundo. —Bajo corriendo las escaleras y recojo el birrete de graduación de Iris de la mesa del salón sin toparme con nadie. Para cuando regreso a la habitación, Iris tiene puesto un vestido informal e Ilona ya no está.

—¿Qué haces de pie?

—Solo tengo que reposar un poco. Ni que estuviera con soporte vital. Está bien hacer un poco de ejercicio de cuando en cuando.

Le coloco el birrete en la cabeza antes de agacharme para tomarla en brazos. Ella pone los ojos en blanco.

—Mira que eres dramático.

—Prefiero el término *sobreprotector*.

Salimos de la habitación y bajamos las escaleras. El ruido de voces se intensifica cuando entramos en el salón.

—¡Sorpresa! —gritan todos los presentes.

Ollie ladra antes de sacar la lengua. Apenas le distingo el gorrito de graduación entre la mata de pelo que le cubre la cabeza.

—Ay, Dios —dice Iris cubriéndose la boca.

Nuestras familias están atrincheradas en la sala. La mamá de Iris me ayudó a decorar el espacio con serpentinas, globos y suficiente confeti como para tener a mi hija feliz.

Iris me posa una mano sobre la mejilla y yo la miro.

—Gracias por organizar todo esto —me dice, y le brillan los ojos.

—Te lo mereces. Es culpa mía que hayas vuelto a quedar embarazada.

Deja caer hacia atrás la cabeza antes de reírse en dirección al techo.

—Tú y el estúpido *jet* privado. No tendríamos tantos problemas si viajáramos en comercial.

—¿Quieres apostar?

Me da un golpe en el pecho con una risita antes de que la deje en el sillón. Cuando todo el mundo tiene en la mano una copa de refresco de manzana, aviso a Ilona para dar nuestros discursos.

Ilona no quiso decirme qué preparó, pero suponía que sería algo breve y enternecedor. Conociendo a mi hija, debería haber previsto que las cosas no irían por ahí.

Se lleva una mano al pecho.

—Juro lealtad a la bandera...

Iris se carcajea mientras los demás miran alrededor confundidos antes de unirse a recitar el Juramento a la bandera. Cuando llega mi turno de hablar, la mitad del grupo tiene la cara como un tomate o los ojos vidriosos por la risa contenida.

Ilona levanta la cabeza y me mira.

—¿Lo hice bien, papi?

—Genial, tesoro. Va a ser difícil superarlo.

Me lanza la más radiante de las sonrisas antes de irse corriendo con sus primos.

Aunque ya no me pongo nervioso al hablar en público desde que soy director general, el corazón me sigue dando un vuelco cuando Iris me mira.

Levanto la copa.

—Felicidades por este grandísimo logro. Jamás dudé de tu capacidad para ser una madre, esposa y estudiante increíble, aunque sé que tú sí. Pero perseveraste a pesar de las dudas y te graduaste para ayudar a otras personas como tú. No hay nadie que se merezca más este título que tú, sobre todo teniendo en cuenta lo que has tenido que sacrificar para conseguirlo. Eres la persona más fuerte que conozco y la trabajadora más incansable con la que he tenido el placer de colaborar, y me siento muy agradecido por que nuestros hijos puedan contar con alguien como tú que les sirva de ejemplo.

Iris se seca los ojos, y yo termino con una palabra solo para ella.

—*Gunnen*.*

—¡¿Eso qué lengua es?! —grita la abuela de Iris desde algún lugar de la multitud.

—Yo diría que neerlandés o alemán —contesta Rowan.

—¿Y a qué diantres viene ahora eso?

Iris sonríe.

—Porque nos queremos así.

* *Gunnen*: sustantivo, neerlandés: encontrar la felicidad en los éxitos de otra persona por lo mucho que la quieres.

Agradecimientos

Igual que Declan con Iris, yo también tengo la gran fortuna de contar con el mejor equipo posible que me ayudó a publicar *Términos y condiciones*. Gracias de todo corazón.

A mis lectores: gracias. Sin el amor que demostraron por *La letra pequeña*, esta secuela no habría sido posible. Aprecio mucho a todas aquellas personas que leen y reseñan mis libros, y que no dejan de hablarles sobre ellos a sus amigos, familiares y seguidores. El amor que sienten por mis personajes y mi manera de contar historias me cambió la vida en el mejor sentido posible. Pueden enviarme un correo electrónico o un mensaje directo siempre que quieran. Lo leo todo.

Mamá: gracias por recordarme siempre que regara las plantas cuando estaba escribiendo este libro. Te agradecen tu dedicación para ayudarlas a sobrevivir cuando yo estaba refugiada en las profundidades de la cueva de la escritura.

Señor Smith: puede que no seas multimillonario, pero te quiero igual.

DP: puede que te preguntes qué demonios está pasando cuando leas esta dedicatoria en medio de una librería. ¡Sorpresa! Escribo literatura romántica. Pero tampoco compres este libro a la fuerza.

Erica: si solo te diera las gracias por haber corregido este libro, me quedaría extremadamente corta. No te imaginas lo que significan para mí tu amistad, tus charlas motivadoras y tu apoyo durante algunos de los años más difíciles de mi vida. Gracias por alegrarme los días.

Becca: gracias por creer en mí y en mi historia incluso cuando a mí se me olvidaba. Me impulsas a ser la mejor escritora posible, y no veo la hora de seguir creciendo contigo.

Mary: a una de mis primerísimas amigas lectoras y la persona a la que más escribo en el mundo (lo siento, señor Smith), gracias. Tu talento habla por sí solo, y podría pasarme horas elogiando tus alucinantes habilidades para el diseño gráfico, pero me lo guardo para una nota de voz.

Kendra: gracias por ayudarme a llevar este libro un paso más allá. Eres un diamante en bruto en esta comunidad literaria y agradezco mucho tu apoyo. No puedo expresar con palabras lo importante que es para mí todo lo que haces, desde las canciones que me envías hasta la publicidad que haces de mis libros.

Elizabeth T: gracias por formar parte de este proyecto como lectora de sensibilidad. Tus comentarios e ideas me han ayudado muchísimo a que Iris y su familia cobren vida.

A mis lectoras beta (Amy, Mary, Nura, Mia, Elizabeth, Kendra): les doy las gracias a todas por ayudarme a hacer realidad esta historia. Gracias por estar conmigo durante las fechas de entrega tan apretadas, mi síndrome del impostor, y las preguntas y revisiones constantes.

Jos: tus mensajes de texto y notas de voz siempre me sacan una sonrisa, y doy las gracias cada día por tenerte en mi vida. Gracias por aguantar lo mal que se me da escribir mensajes.

Mis Bandini Babes: gracias por hacer que mi grupo sea como un segundo hogar. Disfruto mucho sabiéndome sus nombres y sabiendo cuál es su conductor de Fórmula 1 favorito o el novio literario que quiere cada una.

A todo el equipo de Valentine PR: gracias por ayudarme a publicar este libro.

Y a esos dos versos de la canción «Illicit Affairs», de Taylor Swift, en los que se habla de un lenguaje secreto: gracias por existir. Me inspiraron el juego de palabras entre Declan e Iris.